BASTEI
LÜBBE
TASCHENBUCH

Weitere Titel der Autorin

Perfect Passion – Stürmisch
Perfect Passion – Verführerisch
Perfect Passion – Sündig
Perfect Passion – Feurig
Perfect Passion – Fesselnd
Perfect Passion – Berauschend

Perfect Touch – Ungestüm
Perfect Touch – Intensiv
Perfect Touch – Ergeben
Perfect Touch – Untrennbar

Perfect – Für immer verführt

Über die Autorin:

Jessica Clare lebt mit ihrem Mann in Texas. Ihre freie Zeit verbringt sie mit Schreiben, Lesen, Schreiben, Videospielen und noch mehr Schreiben. Mit der Serie »Perfect Passion« schaffte sie den Sprung auf die Bestseller-Listen von der NEW YORK TIMES, von USA TODAY und vom SPIEGEL.

Jessica Clare

PERFECT TOUCH

VEREINIGT

Roman

Aus dem amerikanischen Englisch
von Kerstin Fricke

BASTEI LÜBBE
TASCHENBUCH

BASTEI LÜBBE TASCHENBUCH
Band 17 617

Dieser Titel ist auch als E-Book erschienen

MIX
Papier aus verantwortungsvollen Quellen
FSC® C083411
www.fsc.org

Vollständige Taschenbuchausgabe

Deutsche Erstausgabe

Titel der amerikanischen Originalausgabe: »Billionaire On The Loose«
Originalverlag: InterMix Books, New York
Published by Agreement with the author, c/o Baror International, Inc.,
Armonk, New York, USA

Textredaktion: Mona Gabriel, Leipzig
Titelillustration: FAVORITBUERO, München unter Verwendung
eines Motivs von © shutterstock/Lace Design Gallery
Umschlaggestaltung: FAVORITBUERO, München
Satz: Urban SatzKonzept, Düsseldorf
Gesetzt aus der Garamond
Druck und Verarbeitung: CPI books GmbH, Leck-Germany
Printed in Germany
ISBN 978-3-404-17617-5

5 4 3 2 1

Sie finden uns im Internet unter www.luebbe.de
Bitte beachten Sie auch: www.lesejury.de

1

Leo wusste sofort, dass irgendetwas nicht stimmte. Im privaten Arbeitszimmer seiner Großtante erwarteten ihn die Königin, die Kronprinzessin sowie ihr frisch angetrauter amerikanischer Ehemann zusammen mit dem engsten Berater der Königin.

Das war gar nicht gut. Wäre es ein gesetzlicher Feiertag gewesen, hätte er es noch verstanden, aber um zweiundzwanzig Uhr an einem Dienstag konnte das nur etwas Schlimmes bedeuten.

Leo strich sich mit einer Hand durch das zerzauste Haar und bereute es, dass er keine Zeit mehr zum Duschen gehabt hatte, bevor er zum Palast gekommen war. »Entschuldigt. Ich hatte vor Kurzem noch ein Polospiel.« Gut, danach war er noch mit einigen Freunden für ein paar Stunden in der Kneipe versackt. Aber er war der Ansicht, dass man Siege feiern musste, und heute hatten sie gewonnen. Er trat zu der betagten Königin und gab ihr einen Kuss auf die Wange. »Wie geht es dir, Tante?«

»Ich mache mir Sorgen«, antwortete sie und tätschelte seine Schulter. »Setz dich bitte, Leo. Das wird keine angenehme Unterhaltung.«

Verdammt. Er begrüßte schnell noch Alex mit einem Wangenkuss und nickte ihrem Mann Luke zu, bevor er auf dem freien Stuhl gegenüber der Königin Platz nahm. Den Minister hatte er nicht begrüßt, aber er kannte den Kerl auch überhaupt nicht, und diese Geheimnistuerei machte ihn langsam nervös. »Was ist denn los?«

Die Königin sah den Minister an und nickte. »Sie dürfen sprechen.«

Der kleine Mann rückte seine Brille zurecht und musterte Leo kurz. »Sie sind sich bewusst, dass Sie der Fünfte in der Thronfolge sind, oder?«

»Eigentlich dachte ich, ich wäre der Sechste.« Solche Dinge interessierten Leo nicht besonders, da er seinen Titel nur nutzte, damit man ihm Drinks ausgab und er Frauen beeindrucken konnte. Daher wäre es für ihn auch völlig in Ordnung gewesen, wenn er nie weiter nach oben rutschte – schließlich war seine Cousine Alex so schrecklich ernst geworden, seitdem sie Kronprinzessin war. Sie schien sich überhaupt nicht mehr zu amüsieren.

Er hingegen hatte jede Menge Spaß und genoss das Leben.

»Nun ja, es gab da letztens dieses Problem mit George.« Wieder rückte der Mann seine Brille zurecht und warf der Königin einen nervösen Blick zu. Als sie nickte, fuhr er fort. »Sie sind doch gewiss darüber informiert, dass George daraufhin seinen Anspruch auf den Thron aufgegeben hat?«

Leo rieb sich die Nase. »Man hätte schon im tiefsten Dschungel leben müssen, um das nicht mitzukriegen.«

George war nicht nur mit einem, sondern gleich mit zwei Zimmermädchen aus dem Palast erwischt worden, die überdies beide verheiratet waren. Schließlich hatte er unter dem Druck der Königin auf seinen Platz in der Thronfolge verzichtet. Man hatte ihn dafür mit einer ansehnlichen Abfindung entschädigt, von der allerdings nur die Familie etwas wusste. Für den Rest der Welt war George ein Ehebrecher, der sich wirklich grämte, weil er auf frischer Tat ertappt worden war. Seine Angehörigen wussten es jedoch besser. Schließlich war George schon immer ein ziemlicher Lustmolch gewesen. Leo bedauerte allerdings Georges arme Ehefrau, die immer einen sehr netten Eindruck gemacht hatte.

»Das ist eine ernste Sache«, schalt ihn Alex mit stahlharter Stimme.

Er rutschte auf seinem Stuhl herum. »Entschuldigt. Ja, ich habe davon gehört. George ist also nicht mehr der Zweite der Thronfolge.«

»Damit rücken alle einen Platz vor«, erläuterte der Minister und zog eine Liste aus der Tasche. »Nach Prinzessin Alex folgt Georges Sohn Peter. Danach seine Tochter Alma. Dann Ihr Cousin Griffin, gefolgt von Ihnen.«

Leo nickte. Das war alles nicht neu für ihn.

»Das Problem ist, dass eine immer größere Gruppe von Bürgern unzufrieden ist. Und sie tun ihren Unmut laut kund. Sie sind nicht glücklich darüber, dass Ihre Hoheit Alexandra einen Amerikaner geheiratet hat, und jetzt halten sie Ausschau nach jemandem, den sie nach dem Ableben der Königin auf den Thron setzen können.«

Leo runzelte die Stirn und sah seine königliche Großtante erschrocken an. Sie schien dieses Jahr etwas gebrechlicher auszusehen als sonst, war aber ansonsten noch kräftig und im Vollbesitz ihrer geistigen Kräfte. War die britische Königin nicht sogar noch älter als Großtante Alexandra? Ihr machte niemand den Thron streitig, was sollte dann dieses Theater? »Ich kann Ihnen nicht ganz folgen. Warum reden wir ausgerechnet jetzt darüber?«

»Weil ich alt bin«, erwiderte die Königin. »Die Menschen wollen junges Blut auf dem Thron sehen. Ich habe vor, in einem oder zwei Jahren zugunsten von Alexandra zurückzutreten.«

»Und den Unzufriedenen gefällt nicht, dass sie mit einem Amerikaner verheiratet ist, daher wollen sie jemand anderen auf dem Thron haben.«

Leo überlegte kurz. »Aber nicht Peter, oder?« Sein Cousin konnte doch höchstens sieben sein.

»Nein, nicht Peter«, bestätigte die Königin. »Er ist zu jung. Alma scheidet aus demselben Grund aus.«

Leo brach der Schweiß aus. »Also Griffin?«

»Griffin wird in den nächsten Monaten ebenfalls eine Amerikanerin heiraten«, merkte Prinzessin Alex leise an. »Eine bürgerliche Amerikanerin ohne Vermögen. Er liebt sie sehr und ist bereit, notfalls sogar seinen Platz in der Thronfolge für sie aufzugeben.«

Verdammt. So langsam wurde es kritisch. Leo rutschte auf seinem Stuhl herum. »Die wollen doch nicht etwa mich?«

»Auf dem Papier machen Sie auf das Volk von Bellissime einen guten Eindruck«, sagte der Minister und warf der Königin einen Blick zu. Dann zog er ein Blatt hervor. »Sie sind bei der jüngeren Bevölkerung sehr beliebt und haben zwei Jahre in der königlichen Armee gedient, obwohl Sie genug Geld gehabt hätten, um sich freizukaufen. Sie sind wohlhabend und würden dem Staat nicht zur Last fallen. Sie sehen gut aus und sind sportlich. Überdies gab es in letzter Zeit keinerlei Skandale, in die Sie verwickelt gewesen wären. Falls Sie eine Lady aus Bellissime oder sogar eine Prinzessin aus einem Nachbarland heiraten sollten, wären Sie derjenige, den das Volk am liebsten auf dem Thron sehen würde.«

Leo sah Alex erschrocken an. »Aber ich will gar nicht König werden.«

»Ich möchte auch nicht, dass du König wirst«, gab sie kalt zurück. Er bemerkte, dass sie die Hand ihres Mannes nahm und die Finger mit seinen verschränkte. »Wir versuchen alles, um ein Baby zu bekommen und die Thronfolge zu sichern. Aber bis dahin müssen wir mit den unzufriedenen Bürgern zurechtkommen, die sich über meine Ehe mit Luke ärgern.«

»Mit mir auf dem Thron wären sie noch viel weniger glücklich«, rief Leo aus. »Ich bin in England zur Schule gegangen und habe im Leben noch nichts erreicht. Mein Geld habe ich allein Griffins Investitionen zu verdanken und dass ich den Familienbesitz an diesen Filmproduzenten verkauft habe. Ich habe noch nichts Nennenswertes geleistet und mich gerade mal bei ein paar Events sehen lassen. Daher bin ich eindeutig der falsche Mann für diesen Job.«

»Da sind wir ganz deiner Meinung«, erwiderte die Königin offen. »Du wärst eine sehr schlechte Wahl.«

Na, dann waren sie sich ja wenigstens in der Hinsicht einig. Trotzdem kam Leo sich jetzt ziemlich bescheuert vor.

»Aus diesem Grund haben wir dich heute auch hergebeten, Leo. Du wirst das Land verlassen.«

»Was?«

Alex sah zuerst ihre Großmutter und dann Leo an. »Es wäre für alle das Beste, wenn du dich für eine Weile nicht in der Öffentlichkeit sehen lassen würdest.«

Er rieb sich das Kinn. Diese Vorstellung gefiel ihm gar nicht, schließlich war Bellissime seine Heimat. Aber wenn er die Wahl hatte, ob er den Thron besteigen oder einige Monate auf einer sonnigen Insel verbringen sollte, dann würde er Letzteres vorziehen. »Okay, dann fahre ich in den Urlaub …«

»Genau genommen«, unterbrach ihn seine Großtante, »wirst du nach Amerika gehen.«

Leo runzelte die Stirn. »Ach ja?« Amerika hörte sich so … na ja, so amerikanisch an. Vermutlich war es da sogar ganz nett, aber er konnte die Faszination seines Cousins und seiner Cousine für dieses Land nicht nachvollziehen. »Kann ich nicht einfach nach Thailand fliegen oder einige Monate irgendwo anders verbringen?«

»Du wirst die nächsten ein oder zwei Jahre in Amerika leben«, beharrte die Königin.

Ein oder zwei Jahre? »Aber mein Poloteam ...«

»Wird einen neuen Kapitän finden.«

»Meine Ländereien ...«

»Müssen nicht beaufsichtigt werden.« Die Königin musterte ihn ernst. »Das ist keine Bitte, Leo, sondern eine Anweisung.«

Verdammt. Er strich sich mit den Händen über die Wangen und wusste, dass er keine Wahl hatte. »Na gut, dann werde ich mich eben für eine Weile bei den Amerikanern amüsieren. Da ihr sowieso schon alles geplant habt, habt ihr wahrscheinlich auch längst entschieden, wohin ich gehen soll?«

»Allerdings.« Prinzessin Alexandra schob ihm lächelnd einen cremeweißen Umschlag über den Tisch zu. »Du bist als Trauzeuge zu einer Hochzeit eingeladen.«

2

Haben Sie schon versucht, Ihr Modem zurückzusetzen, Ma'am?«, fragte Taylor höflich und brachte ihre Spielfigur in Position. Es war nicht gerade einfach, im Homeoffice zu arbeiten und gleichzeitig *Excelsior* zu spielen, doch was Multitasking anging, war Taylor ein Profi. »Auf diese Weise lässt sich eine Vielzahl von Problemen beheben.«

»Was ist ein Modem?«, wollte die ältere Dame am anderen Ende der Leitung wissen.

Du liebe Güte. Das würde jetzt wohl etwas länger dauern. Rasch schrieb sie eine Nachricht in den Gilden-Chat: *Wartet kurz, bin eben AFK.*

Schon wieder?, beschwerte sich Rowsdower. *Du bist ständig weg. Du kannst auch gleich Tay-FK schreiben.*

Dann leite du doch den Raid!, schoss sie zurück.

Seufz. Okay.

Wir warten, schrieb Sigmund.

Sie drehte sich auf ihrem Bürostuhl um und rief auf dem anderen Computer die entsprechende Kundendatei auf. »Ich werde jetzt einige Einträge in Ihrem Konto machen und Sie dann Schritt für Schritt durch den Vorgang führen.« Während sie langsam und sehr detailreich erklärte, wie die Kundin das Modem aus- und wieder einschalten sollte, hörte sie hinter sich das Pingen ihres Spielerechners, das ihr verriet, dass die anderen Spieler miteinander chatteten. Sie drehte sich zu dem Bildschirm um.

Ich habe viel an dich gedacht, hatte Sigmund ihr per privater

Nachricht geschrieben. *Ich finde, wir sollten im Spiel heiraten. Ich mag dich wirklich sehr.*

Oh nein. Taylors Magen zog sich zusammen. Aber sie zwang sich, der Kundin am Telefon ihre ganze Aufmerksamkeit zu widmen und das ständige Pingen hinter sich zu ignorieren. Sigmund wurde schon wieder anhänglich, und das war nicht gut. Vielleicht beruhigte er sich ja wieder, wenn sie ihm erst in einigen Minuten antwortete.

Als sie das Telefonat endlich beendet hatte, war der ganze Bildschirm voller privater Chat-Nachrichten von Sigmund.

Sigmund: Ich habe in letzter Zeit viel an dich gedacht. Du hast doch nichts dagegen, oder?

Sigmund: Du bist der einzige Lichtblick in meinem Leben.

Sigmund: Ich weiß nicht, was ich tun würde, wenn du mich verlässt.

Sigmund: Bist du da? Ist dir das jetzt unangenehm?

Sigmund: Ich hoffe, nicht. Ich sage dir ja nur, was ich empfinde.

Sigmund: Ich habe dich übrigens auf Facebook gesucht. Du bist wunderschön. Und da steht, dass du Single bist. Wie schön!

Sigmund: Kommst du auch mal wieder?

Sigmund: Ich hoffe, deine Kunden machen dir das Leben nicht so schwer.

Sigmund: Ping mich an, wenn du wieder da bist.

Sigmund: Ich drück dich, meine Schöne.

Großer Gott. Je länger sie weg war, desto mehr Nachrichten schickte er. Taylor sprang auf und ging in die Küche, um sich eine Schüssel Cornflakes zu holen. Sie schüttete einfach den kompletten Inhalt der Packung in eine Rührschüssel, gab Milch darauf und kehrte an ihren Schreibtisch zurück. Was sollte sie bloß mit Sigmund machen?

Einer der Gründe, aus denen sie tagsüber *Excelsior* und nicht *World of Warcraft* spielte, war, dass es dafür kein Chatprogramm wie Ventrilo gab. *Excelsior* war gewissermaßen »old school«, denn wenn man mit jemandem reden wollte, sprach man nicht ins Mikrofon, sondern tippte. Daher eignete sich das Spiel perfekt für die Zeit, die sie mit einem langweiligen Anruf oder Warten verbringen musste. Das Problem war nur, dass ihr das Spiel schon seit Monaten keinen Spaß mehr machte, sie jedoch nicht aufhören konnte.

Wegen Sigmund.

Er wurde von Tag zu Tag schlimmer. Sie hatten sich angefreundet, miteinander geplaudert und Witze gemacht, da tagsüber nicht viele andere Leute online waren. Zuerst war er nett und witzig gewesen, daher hatte sie sich mit ihm unterhalten. Doch im Laufe der Monate wurde Sigmund immer anhänglicher. Dann fingen die Probleme an.

Jetzt schickte er ihr jeden Tag Nachrichten wie: *Wenn du aufhörst, werde ich alles beenden.* Oder: *Du bist das Einzige, was mein Leben noch lebenswert macht, Taylor.* Oder: Ich liebe dich, Taylor. Was empfindest du für mich?

So langsam wusste sie einfach nicht mehr weiter.

Sie wollte das Spiel verlassen, sie wollte unbedingt damit aufhören. Eigentlich war es ganz nett, aber dieser Stress ging ihr auf die Nerven. Das Problem war nur, dass Sigmund völlig durchdrehte, wenn sie sich auch nur einen Tag lang nicht einloggte, und ihr immer mehr deprimierende Nachrichten schickte.

Es kam ihr beinahe so vor, als wäre sie seine Geisel.

Langsam aß Taylor ihre Cornflakes und beobachtete, wie immer mehr Nachrichten von Sigmund auf ihrem Bildschirm auftauchten.

Sigmund: Ich kann mir gut vorstellen, wie dir die Kunden das Leben zur Hölle machen.

Sigmund: Du bist einfach viel zu nett.

Sigmund: Ich sollte deinen Boss anrufen und ihm sagen, dass er dir eine Gehaltserhöhung geben muss.

Sigmund: Mann, das ist aber ein langes Telefonat.

Sigmund: Ich hab deine Facebook-Seite wieder offen. Du bist so hübsch. Hast du auf dem Foto einen Doctor-Who-Schal um? Ich finde den vierten Doktor am besten.

Sigmund: Ein Mädchen wie dich würde ich glatt heiraten.

Sigmund: Das war hoffentlich nicht zu dreist von mir. Aber ... ich mag dich wirklich.

Sigmund: Taylor?

Sie stöhnte frustriert in ihre Schüssel. Warum hatte sie ihm bloß ihren Namen verraten? Das hatte sie jetzt davon. Immer wenn sie online ging, nervte er sie. Jetzt, wo er sie auch auf Facebook gefunden hatte, würde er ihr bestimmt auch da Nachrichten schicken. Sie fühlte sich immer mehr in die Ecke gedrängt.

Taylor stellte ihre Schüssel weg, überlegte kurz und fing an zu tippen.

HaveANiceTay: Wieder da. Hey, Sig, wir sind Freunde, aber ich bin nicht auf der Suche nach einer Beziehung. Kann nicht einfach alles so bleiben, wie es ist?

Einige Minuten lang kam keine Antwort. Taylor kaute auf ihrer Unterlippe herum und machte sich schon Sorgen, dass er jetzt völlig durchdrehen und ihr die ganze Nacht lang Selbstmorddrohungen schicken würde, damit sie ihn beruhigen musste mit Nachrichten wie: *Nein, bring dich nicht um; ja, du bist ein netter Kerl; bitte tu dir nichts an.* So etwas war in den letzten Monaten schon häufig passiert, und allein bei dem Gedanken daran bekam Taylor erneut Magenschmerzen.

Sigmund: Ich weiß. Ich will einfach zu viel. Aber ... Du bist das einzig Gute in meinem Leben.

HaveANiceTay: So ein Blödsinn! Du hast doch das Spiel!

Sigmund: Nein, es gibt nur dich!

HaveANiceTay: Und die Gilde.

Sigmund: Die können mich alle nicht leiden. Ich trete nur deinetwegen nicht aus.

HaveANiceTay: Das stimmt doch gar nicht. Und wir sollten uns jetzt langsam mal um den Raid kümmern.

Bevor er etwas erwidern konnte, gab sie schnell in den Haupt-Chat ein: *Hey, Leute! Ich bin wieder da. Legen wir los!* Die anderen Charaktere jubelten und tanzten, um sich dann in Position zu bringen, damit sie den Boss angreifen konnten. Sie wollten den Raid durchziehen, und da sie die Gildenleiterin war, war es ihr Job, sie da durchzubringen.

Gerade als jemand den ersten Pfeil abschoss, klingelte ihr Telefon. Verdammt! Sie ließ es dreimal klingeln und hämmerte auf die Tasten, während die Explosionen auf dem Bildschirm aufflackerten. Nachdem sie das Arsenal ihres Charakters leer gefeuert hatte, nahm sie den Anruf an. »Technischer Kundendienst, Taylor am Apparat.«

»Tay? Ich bin's, Gretchen.«

»Ach, Mann. Hey, Gretchen. Es ist gerade sehr ungünstig.« Die Trashmobs stürmten in den Raum, und Taylor ließ ihren Charakter einen Gebietszauber wirken.

»Spielst du etwa wieder dieses blöde Spiel?«

»Ähm, welches meinst du? Ich spiele drei verschiedene.« Na ja, zumindest hatte sie das mal getan. Jetzt kam sie wegen Sigmund eigentlich nur noch zu Excelsior. So ein Mist!

»Das mit den Dingsen und den Drachen. Ist ja auch egal. Hey, am Samstagnachmittag musst du dich mal von deinem Computer loseisen.«

Der Boss leuchtete und aktivierte seinen Schutzschild, und sie klickte automatisch auf den Schild ihres eigenen Charakters. *Nicht so schnell!*, meinte sie zu den anderen. Wenn sie den Boss jetzt angriffen, würde er sie auslöschen. Alle hielten auch sofort inne, bis auf einen Noob, und sie nahm sich vor, ihm nach dem Raid mal ein paar Takte zu erzählen. Sie beobachtete, wie der Boss den Charakter angriff und plattmachte. Tja, so was passierte nun mal, wenn man nicht auf den Raidleiter hörte.

»Es ist nämlich so, dass am Samstag ein Freund vorbeikommt, den ich dir vorstellen möchte. Er ist neu in der Stadt und braucht jemanden, der ihn ein bisschen herumführt.«

Taylor stöhnte auf. »Kann das nicht jemand machen, der, na ja, gut mit Menschen umgehen kann? Ich bin viel besser, wenn es um Videospiele geht.« Der Boss senkte seinen Schild, und sie tippte: *ATTACKE!* Ihre Gilde stürmte vor, und der Kampf ging weiter.

»Das ist ja das Problem. Greer ist momentan in Vegas, Audrey könnte jeden Augenblick ihr Baby bekommen, Edie besucht mit Magnus irgendeine Convention, Chelsea hat ein Roller-Derby-Spiel, und Bron muss sich um irgend so eine Wohltätigkeitsveranstaltung kümmern. Du bist die einzige Brautjungfer, die noch verfügbar ist. Mir ist schon klar, dass Gollum nur ungern seine Höhle verlässt, aber kannst du deinen Schatz denn nicht mal für zwei Stunden oder so allein lassen und dich mit meinem Gast treffen? Bitte!«

»Ich habe einen Raid«, behauptete Taylor automatisch.

»Du hast gesagt, du würdest jederzeit Zeit für mich finden, wenn ich dir rechtzeitig Bescheid sage. Und das tue ich gerade!«

Da hatte Gretchen allerdings recht. Taylor seufzte, während der Boss zu Boden ging und Goldmünzen über ihren Bildschirm regneten. Sie hatten gewonnen.

Sigmund: Wir haben es geschafft, Süße!

Süße? Taylor zuckte zurück. Süße? »Weißt du was, *G…* Wenn ich es mir recht überlege, habe ich doch Zeit.«

»Hurra! Du wirst es nicht bereuen! Um vierzehn Uhr bei mir, okay?«

»Ich werde da sein. Tschüss, Gretchen!« Sie legte auf, doch schon kam der nächste Anruf. Bevor sie ihn annahm, schrieb sie Sigmund noch schnell eine Nachricht.

HaveANiceTay: Ich kann Samstag leider nicht mitmachen. Leitest du den Raid?

Sigmund: Jetzt ist mein Wochenende ruiniert. Ich hatte gehofft, wir würden es zusammen verbringen.

Taylor knirschte mit den Zähnen. Vielleicht war ein Tag, den sie nicht am Rechner verbrachte, genau das, was sie brauchte.

* * *

Obwohl es sie nervös machte, den ganzen Nachmittag die Finger von ihrem Computer zu lassen, fuhr Taylor am Samstag zu Gretchen, wie sie es versprochen hatte. Sie hatte sich an diesem Morgen selbst die Leviten gelesen: Es ist gut, mal vor die Tür zu kommen; die Gilde kommt auch ohne mich klar; und ein paar Stunden außerhalb ihrer winzigen Wohnung konnten nicht schaden.

In Wirklichkeit wollte sie nur Sigmund und seinen bedrückenden Nachrichten entkommen. Es ging nämlich schon die ganze Woche so: Sobald sie mal mehrere Stunden nicht am Rechner war, schrieb er ihr SMS, weil er irgendwie an ihre Handynummer rangekommen war. Schaute sie bei Facebook rein, bekam sie dort Nachrichten. Im Spiel pingte er sie sowieso ständig an und schrieb ihr, wie hübsch sie war, wie sehr er sie mochte und ob sie nicht mal etwas zusammen unternehmen wollten.

Natürlich im Spiel. Sigmund hatte noch nie ein persönliches Treffen vorgeschlagen, sie auch nie angerufen – und ihr natürlich auch nie seine persönlichen Daten gegeben. Nicht dass sie daran überhaupt interessiert gewesen wäre. Aber in einem richtigen Gespräch wäre es ihr vielleicht endlich möglich, ihm auf nette Art einen Korb zu geben. Was nicht bedeuten sollte, dass sie darin gut gewesen wäre. Aber so langsam wurde ihr klar, dass sie etwas unternehmen musste. Irgendetwas.

Als sie im Taxi auf dem Weg zum Buchanan-Anwesen war, vibrierte ihr Handy.

Sigmund: Ich hatte mir überlegt, heute beim Raid den Tank zu machen. Bist du damit einverstanden?

Sigmund: Es gefällt mir gar nicht, dass wir den Raid ohne dich durchziehen.

Sigmund: Reichen zwanzig für den Raid? Oder sollten wir fünfundzwanzig Leute mitnehmen und alles umlegen? Was denkst du?

Sigmund: Du bist doch nicht sauer auf mich, oder, Tay?

Sigmund: Oh Gott. Ich könnte es nicht ertragen, wenn du wütend auf mich wärst. Bitte sag, dass du mich nicht ignorierst, Tay.

Sigmund: Mein Leben wäre am Ende, wenn du kein Teil mehr davon bist.

Taylors Magen zog sich schmerzhaft zusammen, und sie nahm schnell eine Schmerztablette. Dieser Kerl machte sie völlig fertig. Eigentlich hatten diese Spiele nur ein lustiger Zeitvertreib sein sollen und nichts, was zur Pflicht und zehnmal stressiger als ihr Job wurde. Gestern hatte sie sich sogar bei der Arbeit krankgemeldet, weil Sigmund den Raid beim Feuerboss von Driza durchziehen wollte. Er war mit einer zusammengewürfelten Gruppe reingegangen, die nicht lange durchgehalten hatte, und danach hatte er sich den ganzen Tag nicht mehr eingekriegt. Sie hatte ihn mehrmals beruhigen müssen und sich nicht mehr auf ihren Job konzentrieren können. Dies war das dritte Mal in diesem Monat, dass sie nicht hatte arbeiten können, und ihr war klar, dass ihr Boss das nicht mehr witzig fand.

Aber sie wusste nicht, was sie sonst tun sollte. Stirnrunzelnd griff sie nach ihrem Handy und schrieb notgedrungen eine Antwort.

HaveANiceTay: Ich bin da, aber du weißt, dass ich den ganzen Nachmittag unterwegs sein werde, Sig. Da kannst du mir nicht ständig Nachrichten schicken. Ich kann dir nicht die ganze Zeit antworten! Ich bin nicht sauer, nur beschäftigt.

Sigmund: Okay. Puh.

Sigmund: Küsschen.

Sigmund: War nur Spaß.

Sigmund: Oder auch nicht.

Seufz. Der Kerl war ihr wirklich ein Rätsel. Wenn er ihr nicht gerade aus der Ferne Liebeserklärungen machte, drohte er damit, sich etwas anzutun, oder verlangte, dass sie im Spiel Zeit mit ihm verbrachte. Er war wirklich fertig und zog Taylor, die normalerweise eine positive Lebenseinstellung hatte, mit sich runter.

Aber wenn er einen Freund brauchte und wirklich derart selbstmordgefährdet war, konnte sie ihn doch nicht hängen lassen, oder? Das wäre ihr jedenfalls schrecklich egoistisch vorgekommen.

Sigmund: Ohne dich macht der Raid keinen Spaß.

Warum hatte sie ihm überhaupt geschrieben, dass sie beschäftigt war und nicht antworten konnte? Rasch schickte sie noch eine SMS, dass sie jetzt wirklich weg wäre, und stellte ihr

Handy auf lautlos. Er würde eben ein paar Stunden ohne sie auskommen müssen. Sie schloss die Augen und lehnte sich zurück.

Die restliche Fahrt zum Buchanan-Anwesen verlief friedlich, und Taylors Laune war deutlich gestiegen, als sie den Taxifahrer bezahlte und ausstieg. Sie hatte beschlossen, heute Nachmittag ganz einfach nicht mehr aufs Handy zu sehen. Dann hätte sie wenigstens ihre Ruhe. Eigentlich hatte sie zwar Bereitschaft, aber die Technik-Hotline rief am Wochenende doch sowieso niemand an.

Das Buchanan-Herrenhaus war riesig und beeindruckend. Es sah aus wie eines dieser Spukhäuser aus einem Videospiel. Das Innere war im Gegensatz zur Fassade jedoch sehr modern, was einen Nerd wie Taylor immer wieder aufs Neue enttäuschte. Allerdings hatte sie nichts dagegen einzuwenden, selbst hier auf dem Land eine vernünftige WLAN-Verbindung zu bekommen. Taylor nahm ihren Rucksack, ging zur Tür und steckte das Handy in die Gesäßtasche ihrer Jeans. Sie klingelte mehrmals, und es ertönte der Flohwalzer.

»Das kann nur Taylor sein«, rief Gretchen auf der anderen Seite der Tür. Taylor hörte Schritte auf den Marmorfliesen, dann wurde die Tür geöffnet, und Gretchen stand vor ihr – mit einer Schürze um den Leib und zerzaustem, zu einem wilden Knoten hochgebundenen Haar. »Dir ist schon klar, dass du nur einmal klingeln musst, oder?«

»Ja, ich weiß«, entgegnete Taylor und betrat das Haus. »Wo ist euer Butler?«

»Der hat einen Notfall in der Familie. Ich habe ihm das Wochenende freigegeben. Es ist ja nicht so, als könnten wir nicht selbst an die Tür gehen, oder?« Sie schloss die Tür und deutete in einen Seitenflur. »Ich habe Scones im Ofen. Kommst du für ein paar Minuten mit in die Küche?«

»Scones? Wie britisch von dir, Mylady!«

»Himmel noch eins, Tay, das war der schlechteste britische Akzent aller Zeiten.«

»So spricht Billie Piper aus *Doctor Who*.«

»Schrei doch nicht so.« Gretchen zuckte zusammen. »Ich kann mir nicht vorstellen, dass Billie den Doctor den ganzen Tag lang angeschrien hat. Wenn du lauter sprichst, klingst du auch nicht britischer.«

»Cheerio und chop chop.«

»Jetzt hör endlich auf, verdammt.«

Taylor kicherte und umarmte Gretchen. Sie freute sich so, ihre Freundin zu sehen. Mit jemandem zu interagieren, ohne dass Excelsior etwas damit zu tun hatte. »Da du mich so nett bittest, höre ich damit auf.«

Gretchen schüttelte den Kopf, legte Taylor einen Arm um die Taille und führte sie durch einen der vielen Korridore des Herrenhauses. »Dann erzähl doch mal, was du in letzter Zeit so getrieben hast.«

»Ach, eigentlich waren da nur Kundendienstsachen, nichts Aufregendes.«

»Hast du die Beförderung angenommen?«

Taylor zuckte zusammen. »Nein, hab ich nicht.«

»Oh, Tay! Warum denn nicht?« Gretchen ließ sie los und schob die Schwingtür zur Küche auf. Dahinter lag eine reizende große Küche mit schwarz-weiß gekacheltem Boden und einer Topfaufhängung über dem Herd. Das Ganze sah aus, als könnte Martha Stewart jeden Augenblick hier auftauchen.

»Na ja …« Taylor setzte sich auf einen Stuhl und stützte die Ellbogen auf den mit Zutaten übersäten Tisch. Dabei fiel eine Wasserflasche um, und Taylor griff danach, nur um dabei eine Pfeffermühle und eine Flasche Olivenöl umzuschmeißen. »Oh Gott!«

»Tay!«, brüllte Gretchen und griff schnell nach den herabfallenden Sachen. »Ich hatte ganz vergessen, was für ein Tollpatsch du bist. Fass bloß nichts an!«

Zerknirscht verschränkte Taylor die Arme vor der Brust und ignorierte die Tatsache, dass sie Sconesteig an einen Ärmel bekommen hatte. »Entschuldige.«

Gretchen warf ihr einen verzweifelten Blick zu. »Jetzt erklär mir doch bitte mal, wie es kommt, dass du nach all dieser Zeit noch immer so ein Schussel bist.«

»Magie?« Taylor strahlte ihre Freundin an. Manchmal achtete sie eben einfach nicht auf ihre Umgebung. Ihre Freunde waren das von ihr gewohnt. Sie ließ sich nun mal leicht ablenken.

Gretchen schüttelte den Kopf, schob die Teigreste von der Arbeitsplatte in eine Schüssel und stellte alles ins Spülbecken. »Ich würde eher von einem Voodoofluch sprechen. Aber wir kommen vom Thema ab. Wieso hast du die Beförderung nicht angenommen? Ich weiß doch ganz genau, dass du ständig knapp bei Kasse bist.«

Taylor zuckte mit den Achseln. Was sollte sie darauf erwidern? Dass die Gildenaktivitäten – und Sigmunds Anhänglichkeit – es ihr unmöglich machten, die zusätzlichen Arbeitsstunden, die der Job als Supervisor erforderte, zu erbringen? Dass sie dann im Büro anstatt zu Hause hätte arbeiten müssen und somit nicht mehr spielen könnte – was sich auch negativ auf Sigmund ausgewirkt hätte? Dass sie sich in den letzten Monaten so oft krankgemeldet hatte und man ihr die Beförderung deshalb gar nicht mehr angeboten, sondern sie stattdessen gefragt hatte, ob sie ärztliche Hilfe benötigte? »Es … es schien mir einfach nicht das Richtige zu sein.«

»Das lag doch bestimmt nur daran, dass du süchtig nach diesem Spiel bist, oder?« Gretchen stemmte die Hände in die

Hüften, und für einen kurzen Augenblick sah sie Taylors Mutter erschreckend ähnlich. »Müssen wir uns Sorgen um dich machen, Tay?«

»Nein, es geht mir gut.« Sie spielte ja nicht freiwillig so viel. Wenn es nach ihr ginge, hätte sie ihr Konto für einige Monate auf Eis gelegt und sich mal eine Pause gegönnt. Aber jedes Mal, wenn sie genau das versuchte, wurde die Sache mit Sigmund unschön, und sie bekam noch größere Schuldgefühle. »Ich spiele inzwischen sogar weniger«, log sie daher. »In letzter Zeit hatte ich bei der Arbeit viel um die Ohren.«

»Ja, das kenne ich«, meinte Gretchen mitfühlend und zog sich Ofenhandschuhe über. »Der Immobilienmarkt spielt seit einiger Zeit verrückt, und Hunter macht am laufenden Band Geschäfte. Er ist natürlich nicht direkt in die Verkäufe involviert, aber seine ganzen Büros kommen kaum hinterher, und das bedeutet, dass mein armer Schatz auch jede Menge Arbeit hat.« Sie deutete mit einem Handschuh auf Taylor. »Könntest du bitte ein bisschen was von der Zitronenschale abreiben, während ich die Scones aus dem Ofen hole und versuche, mich nicht zu verbrennen?«

»Klar.« Während Gretchen sich abwandte, griff Taylor nach der Zitrone, ließ sie versehentlich fallen und stand auf, um sie wieder aufzuheben. Dabei stieß sie sich den Kopf an der Unterseite des Tisches. Sie zuckte zusammen, setzte sich wieder und rieb sich den Schädel. Verdammt! »Ich bin mir nicht sicher, ob du mir wirklich ein scharfes Objekt in die Hand drücken solltest.«

»Nimm die Reibe, du Dummerchen.« Gretchen zog ein Blech voller dreieckiger Backwerke aus dem Ofen, und sofort duftete es in der ganzen Küche nach Zitronenkuchen. »Aber wenn du dich damit auch verletzt, ist das nicht meine Schuld.«

Vorsichtig griff Taylor nach der Reibe und zog die Zitrone darüber. »Wie laufen denn die Hochzeitsvorbereitungen?«

»Ach, ganz furchtbar. Greer soll eigentlich alles planen, aber sie hat mich im Stich gelassen und ist mehrere Wochen lang bei ihrem Dad in Las Vegas. Dabei ist das eine so wichtige Zeit für mich, Taylor! Ich muss immerhin die Kuchen aussuchen und all so was!« Gretchen schüttelte den Kopf. »Es ist eine Tragödie.«

»Ach ja, richtig. Ihr Vater heiratet auch, nicht wahr?« Taylor rümpfte die Nase. Greer war eine süße, zurückhaltende Person, aber ihr Vater ... Tja, der war ein widerlicher alter Sack. Doch das konnte sie Greer wohl kaum vorwerfen, die mit ihrer Familie und dem Unternehmen ihres Vaters so wenig wie möglich zu tun haben wollte.

»Drillinge«, bestätigte Gretchen. Sie stellte das Backblech ab und beäugte Taylor. »Wo wir gerade davon sprechen: Was macht denn dein Liebesleben? Triffst du dich mit jemandem?«

»Nein, natürlich nicht.« Allein bei der Vorstellung wurde ihr übel. Sigmund würde ausflippen, wenn sie einem Kerl online auch nur zu nahe kam, und sie verließ so gut wie nie die Wohnung, sodass sie auch niemanden offline kennenlernen konnte.

Gretchen war überrascht von Taylors Reaktion. »Möchtest du denn keine Beziehung?«

»Das ist ... kompliziert.« *Es gibt da online diesen Typen, der droht, sich etwas anzutun, wenn ich auch nur längere Zeit vom Computer weg bin, und ich weiß nicht, was ich machen soll.*

»Weißt du ... der Freund, dem du die Stadt zeigen sollst, der ist erst vor Kurzem hergezogen.« Gretchens Augen funkelten. »Und er ist verdammt heiß, Süße, also leg lieber Lippenstift auf.«

»Lippenstift?« Taylor ließ die Zitrone erneut fallen.

Gretchen fing die Frucht auf und nahm Taylor die Reibe aus der Hand. »Ja, Lippenstift. Schmink dich, richte deine Frisur, und bring dich in Flirtstimmung. Er wäre ein guter Fang, und ich denke, du wirst ihn mögen.« Sie hob anzüglich die Augenbrauen. »Er kommt aus Bellissime.«

»Aus diesem komischen kleinen Land, aus dem Griffin auch kommt?« Taylor hatte Maylee kennengelernt, die sehr nett, aber auch ein ziemliches Landei war, um dann zu erfahren, dass es sich bei ihrem Verlobten um einen steifen Aristokraten aus Übersee handelte.

»Ja, genau! Sag mal, kannst du diesen *Hello-Kitty*-Rucksack vielleicht verschwinden lassen?« Gretchen strahlte sie an.

Aber Taylor umklammerte die Riemen des Rucksacks und schüttelte den Kopf. »Ich mag diesen Rucksack.«

»Das tun Achtjährige auch. Und erst dieser Schal! Den musst du unbedingt abnehmen.«

»Das ist der Schal des vierten Doctors!«

»Und aus genau diesem Grund muss er verschwinden. Ich will nicht, dass er dich sofort als Freak einstuft, bevor er überhaupt registriert hat, wie süß du bist.« Sie kniff Taylor in die Wangen und zerrte an dem Schal.

Aber Taylor hielt ihren geliebten Schal fest. Sie war ein Nerd und auch bereit, dazu zu stehen. Sehr viele heiße Typen standen auf Nerdfrauen. Bisher war ihr zwar noch keiner begegnet, aber das hieß nicht, dass es keine gab. »Ich dachte, ich soll den Mann nur ein paar Stunden beschäftigen, ihm zeigen, wie er zur U-Bahn kommt und all so was. Ist das etwa ein *Date?*«

»Eigentlich nicht. Aber du kannst mir vertrauen, wenn ich dir versichere, dass er ein heißer Typ ist und dass er mit seinem Hintern Nüsse knacken kann. Dann willst du doch auch gut aussehen, oder nicht?«

»Na gut.« Taylor stellte sich bildlich vor, wie irgendein heißer Typ mit seinem Hintern Nüsse knackte, und schüttelte dann schnell den Kopf, um dieses Bild wieder loszuwerden. »Aber du darfst nicht vergessen, dass solche Männer im Allgemeinen nicht auf Frauen wie mich stehen, daher wäre es wahrscheinlich besser, wenn ich ihm einfach nur die Stadt zeige ...«

»Make-up«, fiel ihr Gretchen ins Wort. »Hast du welches dabei, oder nicht?«

»Ich habe ein paar Schminkutensilien im Rucksack.« Taylor zuckte bei Gretchens Befehlston zusammen. »Kommt er gleich her?«

Gretchen sah auf die Uhr. »Er müsste jeden Moment hier sein. Du solltest dich beeilen.«

Na super! Sie würde den Nachmittag mit einem heißen Kerl verbringen? Anstatt einer leichten Nervosität verspürte sie echte Panik. Wenn Sigmund das herausfand, würde er ausflippen. Großer Gott, warum machte sie sich überhaupt Sorgen, dass Sigmund davon erfuhr? Sie war ja schon genauso durchgedreht wie er. Mann! Sie stand auf. »Welches Bad darf ich benutzen?«

»Geh im Flur nach rechts. Nimm nicht das erste Bad auf der linken Seite – die Tür klemmt –, sondern das zweite.«

Es gab mehr als ein Badezimmer auf diesem Flur? Du liebe Güte. »Rechts, links, rechts.«

»Rechts, links, links«, korrigierte Gretchen sie und wischte sich die Hände an einem Handtuch ab. Da klingelte es auch schon an der Tür, und ihre Augen leuchteten auf. »Das wird er sein. Husch, husch!«

»Bin schon weg«, sagte Taylor und lief auf den Flur, während Gretchen in die entgegengesetzte Richtung verschwand. Okay. Ein Badezimmer finden, Mascara auftragen, damit sie nicht so müde aussah, und einem heißen Typen die Stadt zeigen. Das sollte doch zu schaffen sein. Vielleicht würde es sogar Spaß machen. Sie ging davon aus, dass sie nicht sein Typ sein würde, doch das ging in Ordnung. Ehrlich gesagt stand sie eher auf heiße Wissenschaftler wie den Typen aus *Criminal Minds* oder Joseph Gordon-Levitt. Ein großer, muskulöser Mann war bestimmt ein dämlicher Macho, und ein solcher Mann kam ihr nicht ins Haus.

Doch sie würde sich Gretchen zuliebe schminken. Ihre Freundin wollte immer, dass alle um sie herum glücklich waren, und sie versuchte schon seit einer Ewigkeit, Taylor zu verkuppeln. Normalerweise endeten diese hinterhältigen Versuche mit völligen Fehlschlägen, was Gretchen jedoch nicht davon abhielt, es immer wieder zu versuchen.

Der Flur, in den Gretchen sie geschickt hatte, schien endlos zu sein, und sie sah unzählige geschlossene Türen. Großer Gott. Wie viele Zimmer gab es hier eigentlich? Taylor war neugierig geworden und zog ihr Handy aus der Tasche, um danach zu googeln, hielt jedoch inne, noch bevor sie das Display entsperrt hatte. Sie durfte nicht nachsehen, denn wenn Sigmund erneut etwas geschrieben hatte, würde sie nur nervös oder sogar panisch werden.

Aber ein Blick konnte doch nichts schaden, oder? Sie wollte nur mal schnell nachsehen, wie es beim Raid lief. Und wenn sie keine Nachricht von ihm hatte, wäre das doch wunderbar, oder nicht? Dann könnte sie den Nachmittag richtig genießen.

Weil sie nun mal ein sehr ungeduldiger und neugieriger Mensch war, strich Taylor mit einem Finger über das Display und entriegelte es.

Ein Dutzend Nachrichten wurden darauf angezeigt, und sie bekam sofort schlechte Laune. Während sie langsam weiterging, fing sie an zu lesen.

Sigmund: Der Raid fängt gleich an.

Sigmund: Daphine und LitteJohn sind nicht aufgetaucht. Jetzt fehlen uns ein Tank und ein Heiler. So ein Mist.

Sigmund: Ich kann es nicht fassen, dass diese Arschlöcher nicht gekommen sind. Das liegt nur daran, dass du nicht da bist!

Sigmund: Sie hassen mich bestimmt.

Sigmund: Warum kann mich keiner leiden?

Sigmund: Keiner außer dir.

Sigmund: Dabei gebe ich mir solche Mühe, Taylor. Wirklich!

Sigmund: Ich wünschte, du wärst jetzt hier. Es ist immer ganz schrecklich, wenn du nicht da bist.

Sigmund: Ich würde mich am liebsten ausloggen und in ein Loch kriechen.

Sigmund: Oder mich endgültig vom Leben abmelden.

Großer Gott. Sollte sie antworten? Ihn ignorieren? Sie hatte ihm gesagt, dass sie nicht reagieren konnte, und trotzdem schickte er ihr unaufhörlich Nachrichten. Was sollte sie denn jetzt machen? Ihm eine fröhliche SMS schicken, um ihn aufzuheitern? Aber dann spielte sie ihm doch nur in die Karten ...

Ohne groß auf ihre Umgebung zu achten, betrat Taylor das Badezimmer und schloss die Tür hinter sich. Sie machte noch einen Schritt ...

... und hätte sich beinahe erwürgt. Ihr Schal war in der Tür hängen geblieben. Verdammt. Sie drehte sich um und zerrte daran, aber er ließ sich nicht rausziehen. Mit einem frustrierten Seufzer legte sie ihr Handy auf den Waschtisch und öffnete die Tür.

Jedenfalls versuchte sie es.

Der Türknauf ließ sich zwar bewegen, aber die Tür ging nicht auf. Ihr Schal hing im Türspalt fest, und die Tür rührte sich nicht. Oje. Hatte Gretchen gesagt, sie solle das Bad auf der linken oder auf der rechten Seite nehmen?

Mann, Mann, Mann. Taylor war sich ziemlich sicher, dass sie sich gerade im Badezimmer eingesperrt hatte, während der heiße Typ angekommen war. Konnte dieser Tag noch schlimmer werden?

Nach einem unsicheren Blick auf das Display griff Taylor erneut nach ihrem Handy.

Sigmund: Ich wünschte, ich wäre tot. Es ist doch allen egal, ob ich hier bin oder nicht. Die tauchen ja nicht mal zum Raid auf. ☹

Na, großartig. Sie hätte das Universum nicht herausfordern sollen. Der Tag konnte tatsächlich noch schlimmer werden. Sie machte lieber einen Schritt von der Toilette weg, nicht dass diese auch noch überlief oder etwas ähnlich Schlimmes passierte.

3

Leo betrachtete das beeindruckende Herrenhaus, als er darauf zuging. Es kam ihm irgendwie seltsam vor, ohne Wachen oder wenigstens einen Freund im Schlepptau irgendwo aufzutauchen. Allerdings war ihm nach einigen Tagen in den Vereinigten Staaten klar geworden, dass er zwar im Großteil von Europa ein VIP, hier jedoch ein Niemand war.

Eigentlich empfand er das sogar als recht angenehm. Es war beruhigend, und niemand ging ihm auf die Nerven. Möglicherweise konnte er sich daran gewöhnen.

Er klingelte und bemerkte, dass die Fassade des Hauses zwar alt aussah, die Tür jedoch neu war, und er vermutete, dass das Innere ebenfalls modern aussehen würde. Leo war in einem fünfhundert Jahre alten Herrenhaus mit niedrigen Decken, einem undichten Dach und Hausgeistern aufgewachsen. Nach dem Tod seiner Eltern hatte er es verkauft und es nie bereut. Der Unterhalt eines solchen Gebäudes kostete ein Vermögen. Außerdem passte es nicht zu seinem Lebensstil. Er hatte eine Suite in einem Hotel in der Innenstadt gemietet, überlegte sich jedoch, sich für den Aufenthalt in New York eine Wohnung zu kaufen. Etwas Modernes. Diese Vorstellung gefiel ihm. Vielleicht ein Apartment über einem der hiesigen Pubs, auch wenn er bisher noch so gut wie keinen hatte entdecken können …

Die Tür wurde geöffnet, und das riss ihn aus seinen Gedankengängen. Eine lächelnde Rothaarige begrüßte ihn. »Du liebe Güte, was gibt man euch da drüben eigentlich zu essen?« Bei diesen Worten begutachtete sie ihn von Kopf bis Fuß. »Sie müssen Leo sein. Ich muss zugeben, dass Ihnen die Fotos im Internet nicht gerecht werden.«

Er reichte ihr lachend die Hand. »Leo delle Scogliere, Griffins Cousin. Soweit ich weiß, werde ich erwartet?«

»Ja! Kommen Sie rein.« Sie winkte ihn aufgeregt ins Haus und ignorierte seine ausgestreckte Hand. »Ich bin Gretchen, die Braut. Mein Verlobter Hunter ist auch bald mit der Arbeit fertig, und Ihre Stadtführerin muss hier auch irgendwo sein.« Sie schloss die Tür hinter ihm, nachdem er das Haus betreten hatte.

»Freut mich, Sie kennenzulernen«, meinte Leo. Die Frau schien ganz nett zu sein, wirkte allerdings ein wenig hektisch. »Soweit ich weiß, ist mein Cousin Griffin noch in Übersee?«

»Ja! Sie haben ihn und Maylee knapp verpasst. Als Sie Bellissime verlassen haben, sind sie gerade abgereist. Vermutlich hätten Sie sich von unterwegs winken können. Eigentlich erstaunt es mich, dass Sie nicht geblieben sind, um ihn dort zu begrüßen.«

Dann wusste sie nichts von den politischen Unruhen? Das war gut, denn es bedeutete, dass er verschwunden war, bevor sich die Nachricht hatte verbreiten können. »Ich hatte hier geschäftlich zu tun. Diplomatische Besuche und so.«

»Das klingt langweilig.«

»Das kann es in der Tat sein«, bestätigte er lachend.

»Haben Sie Maylee schon kennengelernt?«

»Leider nicht«, antwortete Leo und entschied sich, optimistisch zu bleiben. »Ich habe gehört, sie wäre recht … schlicht.«

»Sie ist ein Landei«, erklärte Gretchen und fügte hinzu: »Aber ein niedliches. Griffin und sie passen gut zueinander.«

Dieser Meinung war Leo jedoch nicht. Er hatte schon einiges über die seltsame Verlobte seines Cousins gehört, und die Vorstellung, dass sein reicher adliger Vetter eine derart ungebildete und durch und durch gewöhnliche Frau heiraten wollte, stieß ihn ab. Nahm man Griffins Verlobung und die kürzlich geschlossene Ehe seiner Cousine mit diesem Schauspieler zusammen, musste man sich eingestehen, dass der Stammbaum ganz schön verwässert wurde …

Ach herrje. Er klang ja schon wie die Aufständischen. Leo räusperte sich. »Sie ist bestimmt ganz reizend.«

Gretchen spähte in einen Flur, drehte sich dann wieder zu ihm um und riss leicht die Augen auf. Ihr Blick wirkte auf einmal überaus interessiert. »Und was machen Sie so, Leo? Interessieren Sie sich für Computer?«

»Eigentlich nicht.«

»Videospiele?«

»Ich bevorzuge Sportarten, bei denen ich etwas mit meinen Händen machen kann.« Er hob die Hände, als würde er einen Ball festhalten. »Cricket, Rugby, Fußball. Ich bin der Kapitän des Poloteams von Bellissime und außerdem Läufer. Ich mag körperliche Aktivitäten und bin kein großer Freund von Computern und solchen Sachen.«

»Oh.« Seine Antwort schien sie irgendwie zu enttäuschen. »Dann könnten Sportspiele vielleicht die Lösung sein.«

»Wie bitte?«

»Ach, nichts.« Sie lächelte ihn an und schnippte mit den Fingern. »Es sei denn, Sie sind ein Fan dieser britischen Science-Fiction-Serien?«

Er starrte sie irritiert an.

»Gut, das war auch nur ein Schuss ins Blaue. Schon okay.« Sie verschränkte die Finger vor sich. »Wir werden schon eine Gemeinsamkeit finden.«

»Eine Gemeinsamkeit?«

»Vergessen Sie's.« Sie schwiegen kurz betreten, dann sah sie sich erneut um. »Du liebe Güte. Ich weiß wirklich nicht, wo Taylor so lange steckt. Sie hat gesagt, sie wäre gleich wieder da.«

Diesen Namen kannte er noch nicht. »Und Taylor ist ...?«

Gretchen strahlte ihn an, und ihre Miene kam ihm auf unheimliche Weise vertraut vor – die hatte er schon bei vielen Menschen gesehen, die ihn verkuppeln wollten. »Sie ist eine der Brautjungfern und hat sich bereit erklärt, Sie in der Stadt herumzuführen. Ist das nicht nett von ihr?«

»Ja, sehr freundlich.« Es gelang ihm mit Müh und Not, nicht sarkastisch zu klingen. Das war ja ganz großartig. Seine neue Gastgeberin wollte ihm wohl reihenweise Frauen an den Hals werfen, was? Dabei war er überaus geübt darin, den Fallstricken einer Beziehung aus dem Weg zu gehen. Er war sehr gern Single und hatte nicht vor, daran etwas zu ändern.

Gretchen runzelte die Stirn, zuckte mit den Achseln und tätschelte seinen Arm. »Wie wäre es, wenn Sie hier warten, während ich meinen Verlobten hole? Danach setzen wir uns bei schönen Zitronenscones und Tee zusammen. Ich habe extra für Sie welche gebacken.«

Er nickte und schaute ihr hinterher, als sie die Treppe hinauflief. Sie wollte ihn also mit einer ihrer Brautjungfern verkuppeln? Damit hätte er natürlich rechnen müssen, als er die Einladung erhalten hatte. Doch als Gast konnte er wohl schlecht ablehnen, oder? Da blieb ihm nur die Hoffnung, dass seine Stadtführerin wenigstens erträglich sein würde. Er versuchte, sich eine Frau vorzustellen, die ihm gefallen könnte. Jemand mit langem blondem Haar und sehr ausgeprägten ... Rundungen, das wäre genau die Richtige für ihn. Die Amerikaner machten schließlich keine halben Sachen.

Als er seinen rechten italienischen Slipper anhob, stellte er fest, dass darunter ein Kaugummi klebte. Widerlich. Das gehörte zu den Dingen, an die er sich in New York erst gewöhnen musste: Hier war alles schmutzig und voll, ganz im Gegensatz zu seinem idyllischen kleinen Land. Außerdem hatte er ständig so einen schwachen seltsamen Geruch in der Nase. Leo erschauderte und zog den Schuh aus. Er brauchte ein Tuch oder einen Lappen, um den Kaugummi wegzubekommen. Normalerweise hatte er ja einen Diener, der solche Dinge für ihn erledigte, aber seine Dienerschaft war in Bellissime geblieben, da er hier ja »inkognito« leben sollte. Doch dies war eine sehr unpassende Zeit für so etwas.

Leo sah sich um, konnte jedoch keinen Abfalleimer in der Nähe erkennen, nur einen sehr schönen Teppich, den er mit dem nächsten Schritt ruiniert hätte. Seltsamerweise waren auch nirgendwo Bedienstete zu sehen. Na gut, dann musste er die Sache eben selbst in Ordnung bringen. Er ging den Flur entlang, den beschmutzten Schuh in einer Hand, und hielt Ausschau nach einem Badezimmer.

Der erste Korridor, den er passierte, hatte nichts Interessantes zu bieten, aber jenseits der Küche erspähte er eine Tür, hinter der sich ein Badezimmer befinden mochte. Großartig. Er ging darauf zu …

… und verharrte, als heftig an einer geschlossenen Tür gerüttelt wurde.

Wer in aller Welt war das? Ein Diener, der versehentlich eingeschlossen worden war? Leo kniff die Augen zusammen und betrachtete die Tür. Da schien ein Stück Stoff im Türrahmen eingeklemmt zu sein. Er ging darauf zu, da er nun neugierig geworden war, und schon rüttelte erneut jemand an der Tür.

Jetzt, wo er nicht mehr so weit entfernt war, konnte er dahinter auch eine leise Stimme hören.

»… so dumm … warum gibt es hier keine verdammten Holodecks … oder gleich eine TARDIS. Doctor Who sitzt bestimmt nie in seiner blöden TARDIS fest.« Wieder wurde an der Tür gerüttelt. »Denk doch mal nach, Tay. Der Doctor geht nicht aufs Klo. Er ist ein Time Lord. Das sind hoch entwickelte Lebensformen, die keinen Stuhlgang mehr haben.«

Ah ja. »Ist bei Ihnen da drin alles in Ordnung?«

Wieder rappelte die Tür, und dann sagte die Person dahinter: »Beam me up, Scotty. Hier gibt es kein intelligentes Leben.«

Okay. Ein verrücktes Zimmermädchen vielleicht. »Suchen Sie jemanden namens Scotty?«

Nach einer kurzen Pause: »Das ist aus *Star Trek*.«

»Wie bitte?«

»So etwas sagen Trekkies eben.« Der Türknauf wurde herumgedreht. »Haben Sie denn keinen der *Star-Trek*-Filme gesehen? Oder eine der Serien? Oder wenigstens die Zeichentrickfolgen?«

»Leider nicht.« Warum in aller Welt hätte er sich das ansehen sollen?

»Oh. Mann, das ist abgefahren.« Die Stimme der Frau klang skeptisch. »Ich muss mal ein ernstes Wort mit Gretchen reden, damit sie ihre Angestellten besser schult. Sie sollte ihnen öfter mal einen Tag freigeben, damit sie fernsehen oder ins Kino gehen können. Die Armen kennen vermutlich nichts als *Downton Abbey*. We-te-ef.«

Unwillkürlich zog Leo die Mundwinkel nach oben. »Sie sind kein Fan der Serie, was?«

»Kann ich nicht behaupten. Nichts für ungut und nichts gegen euch Briten, aber die Serie ist der reinste Langweiler.«

Leo schnaubte. Sein Akzent war ungefähr so britisch wie der ihre.

»Wie dem auch sei. Ich ziehe jedenfalls die guten alten Science-Fiction-Serien vor.« Wieder wackelte der Türknauf. »Oder Fantasy. Wo wir gerade bei Fantasien sind: Meine aktuelle dreht sich darum, dass ich eines Tages aus diesem Zimmer rauskomme, aber ich scheine hier festzusitzen.«

Er kicherte. »Darf ich Ihnen vielleicht behilflich sein?«

»Das wäre ganz großartig.«

Er stellte den beschmutzten Schuh beiseite und sah sich die Tür genauer an. Das Holz sah alt und brüchig aus, und er konnte genau erkennen, wo sich die Tür oben und unten verzogen hatte, vermutlich aufgrund der Feuchtigkeit. So etwas war in seinem alten Elternhaus auch öfter passiert. Normalerweise gab es einen Trick, wie man solche Türen aufbekam, aber dieses hässliche Stück Stoff, das da im Türrahmen steckte, könnte sich als problematisch erweisen. »Sie müssen wahrscheinlich ein Stück Stoff abschneiden …«

Ihr Keuchen war deutlich zu hören. »Vergessen Sie's! Das ist der Schal des vierten Doktors.«

Ah ja. »Na gut. Dann treten Sie bitte zurück.«

»Augenblick! Lassen Sie mich schnell den Schal abnehmen.«

Er wartete, und dann hörte er ein leises Röcheln. Oje. »Ist bei Ihnen da drin alles in Ordnung?«

Die Frau keuchte. »Ja. Ich hatte nur … ich hatte nur vergessen, dass das Ding festsitzt. Jetzt ist alles gut.«

»Sehr schön. Dann gehen Sie bitte von der Tür weg.« Er machte einen Schritt nach hinten. »Und wenn der Türrahmen bricht, müssen Sie das meiner Gastgeberin erklären, ja?«

»Mm-hm.«

Leo machte sich bereit, nahm die Tür noch einmal in Augenschein und warf sich dagegen. Das Holz knarrte, rührte sich jedoch nicht, obwohl die Frau dahinter aufkreischte. Als er erneut mit ganzer Kraft gegen die Tür drückte, flog sie jedoch auf, und Leo stolperte hinein.

Im Badezimmer sah es aus wie auf einem Schlachtfeld. Der

ganze Waschtisch war voller Wasser und Seifenflecken, der Schal schien sich um seine Beine gewickelt zu haben, und auf dem Boden lag eine junge Frau. Ihre Beine waren gespreizt, und mit dem Kopf lehnte sie am Rand der mit Löwenfüßen verzierten Badewanne.

Großer Gott! Er eilte an ihre Seite. »Geht es Ihnen gut?«

Sie stöhnte und rieb sich mit einer Hand den Hinterkopf. »Hat mich eine Dampfwalze überrollt?«

»Ich sagte doch, dass Sie von der Tür weggehen sollen.«

»Ja, aber dann dachte ich, ich könnte Ihnen helfen, indem ich auf dieser Seite ziehe. Das war anscheinend keine gute Idee.« Wieder rieb sie sich den Kopf und ließ sich von ihm in eine sitzende Position aufhelfen. »Mein Kopf bringt mich beinahe um.«

Sie hatte an der Tür ziehen wollen? Das war das Dümmste, was Leo je gehört hatte, doch diesen Gedanken behielt er lieber für sich.

Eigentlich hätte er ihren Kopf nach Verletzungen untersuchen müssen, aber er kam nicht umhin zu bemerken, dass sie ein weißes T-Shirt trug, das komplett durchnässt war und ihr am Körper klebte. Durch den nassen Stoff sah er die Umrisse eines hellen BHs, zwei wundervolle, gut geformte Brüste und steife, aufgerichtete Brustwarzen, die um Aufmerksamkeit zu flehen schienen.

»Ich frage das ja nur ungern«, murmelte Leo und half ihr auf die Beine, »aber warum sind Sie so nass?« Wundervoll nass, musste er sich eingestehen. Sie sah ziemlich niedlich aus mit ihrem rundlichen Gesicht, aber immer wieder zogen ihre Brüste seinen Blick auf sich – und das zu Recht, denn sie waren einfach großartig und unter ihrer Kleidung gut zu erkennen.

»Oh.« Sie sah ihn mit großen grauen Augen an und blinzelte

mehrmals. Dann blickte sie auf ihr T-Shirt hinab und verzog das Gesicht. »Dafür gibt es einen Grund.«

»Ach was.« Leo nahm ein Handtuch aus einem Regal und reichte es ihr, auch wenn er es bedauerte, dass er ihre Brüste dann nicht mehr sehen würde.

Sie ließ das Handtuch sofort fallen, bückte sich, um es wieder aufzuheben, und stieß sich dabei den Kopf am Waschbecken. »Au!«

Du liebe Güte. »Bleiben Sie einfach stehen. Ich hebe es schon auf.« Er beugte sich vor, um ihr das Handtuch zu reichen, aber sie bückte sich zur selben Zeit, wobei ihre rechte Brustwarze seinen Arm berührte. Sofort bekam er eine Erektion. Es war schon eine Weile her, dass er das letzte Mal mit einer Frau geschlafen hatte, und sein Körper reagierte eindeutig auf diese seltsame, aber auch attraktive junge Frau.

»Entschuldigung«, sagte sie und rieb sich die Stirn. »Ich sollte vielleicht anmerken, dass ich ein bisschen tollpatschig bin.«

Ein bisschen war offenbar untertrieben. »Schon okay. Möchten Sie sich hinsetzen?«

»Nein.« Sie blinzelte mehrmals. »Ist mein Schal noch heil? Sie haben doch nichts abgeschnitten, oder?«

Da sie das Handtuch ganz vergessen zu haben schien, legte er es ihr um die Schultern und spürte, wie sein Beschützerinstinkt erwachte. »Ihr Schal ist unversehrt. Aber warum sind Sie denn nun nass?«

»Ich? Oh.« Sie biss sich auf die Unterlippe und warf ihm einen betretenen Blick zu. »Ich habe online gelesen, dass man eine klemmende Tür mit Wasser und Seife aufbekommen kann, daher habe ich das ausprobiert, aber irgendwie habe ich dabei mehr abbekommen als die Tür.« Sie presste die Lippen aufeinander. »Danach wollte ich alles sauber machen, doch irgendwie wurde es nur noch schlimmer. Die Seife, die sie hier benutzen, ist ganz schön glitschig.«

»Das habe ich auch schon über Seife gehört«, kommentierte er trocken. »Vielleicht sollten Sie bei Ihrem Arbeitgeber den Antrag stellen, dass weniger … glitschige Seife gekauft wird.« Und er musste Gretchen dafür danken, dass ihre Angestellte nur ein dünnes weißes T-Shirt trug, auch wenn ihn die Jeans der Frau irritierte. Ihr Aufzug wirkte nicht gerade wie die typische Kleidung eines Zimmermädchens.

»Mein Arbeitgeber?« Sie kicherte. »Ich arbeite im technischen Kundendienst. Mein Arbeitgeber hat nicht die geringste Ahnung von Seife.«

Ah. So langsam dämmerte es ihm. »Taylor?«

»Woher kennen Sie meinen Namen?«

»Ich habe geraten.« Er blickte grinsend auf sie herab. »Mein Name ist Leo, und ich glaube, wir sollen ein wenig Zeit miteinander verbringen.« Eigentlich sollte er entsetzt sein, denn die Frau war anscheinend eine Katastrophe … aber sie hatte auch wundervolle Brüste und sehr schöne Augen. Er vermutete, dass auch noch andere Dinge an ihr sehr reizvoll sein könnten, und er freute sich schon darauf, sie zu entdecken.

Sie sah ihn mit ihren sehr schönen Augen an und ließ den Blick dann über seine Brust und seine Beine wandern. »*Mamma mia.* Was gibt man euch in Europa eigentlich zu essen?«

Er verzog amüsiert die Lippen. »Ziegenkäse und Baguettes?«

»Wow«, hauchte sie. Sie sah ihm noch einmal ins Gesicht und begutachtete erneut seinen Körper. »Sie müssen aber verdammt viel Ziegenkäse gegessen haben. Sie sehen ja aus wie Thor, und damit meine ich nicht den aus der Mythologie, sondern den aus den Marvel-Filmen. Den scharfen blonden

Chris Hemsworth. Allerdings sind Sie eher der *Avengers*-Thor als der *Dark-Kingdom*-Thor.«

»Was?«

»Ach, nichts.« Sie blinzelte mehrmals schnell und begaffte seine Brust. »Eindeutig der *Avengers*-Thor.«

Er musste lachen. Wenn man ihn schon mit einer Frau verkuppeln wollte, dann konnte er ja von Glück reden, dass sie wenigstens witzig war. »So langsam befürchte ich, dass Sie sich doch schlimmer den Kopf angeschlagen haben, als ich ursprünglich dachte.«

»Nein, ich bin immer so.« Sie schenkte ihm ein verlegenes Lächeln und deutete dann zur Tür. »Ich will ja kein Spielverderber sein, aber es wäre vermutlich ganz schön übel, wenn das Ding wieder zufällt, während wir noch hier drin sind.«

»Da haben Sie recht. Wollen wir unsere Gastgeberin suchen?«

»Oh, ja, klar. Gretchen macht sich bestimmt schon Sorgen, dass ich ein paar kostbare Vasen oder andere Antiquitäten zerstört haben könnte.«

Das konnte er sich lebhaft vorstellen. Leo reichte ihr den Arm, da sie noch immer ein wenig unsicher auf den Beinen zu sein schien – außerdem hatte sie sich zweimal den Kopf angeschlagen.

Sie umklammerte seinen Arm und betastete vorsichtig seine Muskeln. »Oh Mann.«

Unwillkürlich musste er wieder lachen.

»Ist Ihnen aufgefallen, dass Sie einen Schuh verloren haben?«, merkte sie an, als sie das Badezimmer verließen.

»Ach ja, genau. Da klebt ein Kaugummi drunter, und ich konnte keinen Diener finden, der ihn entfernt.« Er ließ ihren Arm los und hob seinen Slipper wieder auf.

»Soll ich das für Sie übernehmen? Das ist das Mindeste, was ich tun kann«, bot sie an.

»Das ist wirklich nicht ...«

Aber es war schon zu spät. Sie nahm ihm den Schuh aus der Hand und hatte auch schon etwas Kaugummi am Finger kleben. Er beobachtete, wie sie ihre kleine, niedliche Nase rümpfte und versuchte, den Kaugummi zu entfernen, wobei sie ihn nur noch mehr verteilte.

»Ich sollte lieber wieder ins Bad gehen und mir die Hände waschen«, sagte sie leise.

»Aber tun Sie mir einen Gefallen und lassen Sie die Tür auf.«

* * *

Großer Gott, Gretchen wollte sie mit einem Adonis verkuppeln. Taylor wusste nicht, ob sie ihrer Freundin danken oder sie verfluchen sollte. Ein Adonis war nun wirklich nichts für Taylor. Sie war eher die Freundin des Nerd-Nebendarstellers, und außerdem stand sie sowieso viel mehr auf Spiderman als auf Thor.

Aber dieser Mann da auf dem Flur sah definitiv aus wie ein Gott.

Sie konnte den Blick nicht von ihm abwenden, als sie sich mit Gretchen in eines der vielen luxuriösen Arbeitszimmer des Herrenhauses setzten. Er hatte eine Teetasse in der Hand, und, wow, hatte der Mann große Hände! Riesige gebräunte Hände mit kräftigen Fingern. Wahrscheinlich würde er bei Excelsior gnadenlos versagen, weil er die Tasten nicht traf, die eher für kleinere Finger gemacht waren. Aber wen interessierte das schon? Er hatte unglaubliche, wunderschöne Hände.

Auch sein Haar war unfassbar. Es war dunkelblond, dick

und lockig und fiel ihm auf den Hemdkragen. Eigentlich hätte das unmöglich aussehen müssen, und bei dünnem Haar hätte es lächerlich gewirkt, aber so sah er aus wie ein gottverdammter Filmstar. *Thor*, rief ihr der Verstand ins Gedächtnis. Er sieht eindeutig aus wie Thor. Außerdem war er groß und gut gebaut, und sie musste zugeben, dass sie noch keinem Mann wie ihm begegnet war. In Kombination mit seinem süßen, kaum hörbaren Akzent übte er eine unglaubliche Faszination auf sie aus. Er hätte nur darum bitten müssen, und schon hätte sie ihr Batman-Höschen von sich geschleudert.

Doch das würde selbstverständlich nicht passieren. Sie hatte sich schon genug zum Narren gemacht, als er sie pitschnass aus dem Badezimmer befreit hatte. Dabei hatte sie wie eine Idiotin gewirkt, und er war nur höflich und täuschte Interesse vor, während Gretchen ununterbrochen von der Hochzeit erzählte. Hunter, der neben seiner Verlobten saß, machte ebenfalls den Anschein, als gäbe es tausend Orte, an denen er lieber gewesen wäre als hier. Taylor stellte fest, dass Hunter und sie sich sehr ähnlich waren. Sie konnten beide nicht gut mit anderen Menschen umgehen. Hunter liebte Gretchen sehr, aber Tay vermutete, dass er auf den Rest der Welt gut und gern hätte verzichten können.

Sie wusste genau, wie er sich fühlte.

»Tja, da wir alle zur Hochzeitsgesellschaft gehören, können wir uns doch auch duzen, oder?«, schlug Gretchen gerade vor und warf Taylor einen Blick zu. »Ich wollte meine Freundin eigentlich bitten, dir die Stadt zu zeigen, aber ich bin mir nicht mehr sicher, ob sie dafür angemessen gekleidet ist.«

Taylor blickte auf ihr T-Shirt herab. Sie hatte das schlichte T-Shirt (das am besten zu ihrem Schal passte) gegen das ausgetauscht, das sie noch im Rucksack gehabt hatte. »Was stimmt denn mit meinem T-Shirt nicht?«

»Ist das nicht eine Sternenflottenuniform?«

»Genau. Man weiß schließlich nie, wann man mal in einen Trekkies-Flashmob gerät. Ich bin gern auf alles vorbereitet.«

Gretchen schüttelte den Kopf. »Du bist manchmal wirklich komisch, Tay.«

»Ich finde, sie sieht gut aus«, schaltete sich Leo ein. »Und ich würde mich sehr freuen, wenn du Zeit hättest und mir die Stadt zeigen könnest, Taylor.« Er sah sie mit seinen wundervollen dunklen Augen an, und sie wäre am liebsten wie eine dieser Heldinnen in ihren Büchern in Ohnmacht gefallen. Himmel, sah der Mann gut aus. Das brachte sie ganz durcheinander.

»Ach, ich weiß nicht«, erwiderte Taylor. Ihr Handy vibrierte immer wieder in ihrer Gesäßtasche und gab ihr zu verstehen, dass ständig neue Nachrichten eintrafen, und sie konnte sich denken, dass es keine guten waren. »Ich muss bald wieder in meiner Wohnung sein.«

Gretchen starrte sie an, als hätte sie den Verstand verloren. »Wegen deines Spiels?«

»Ein Spiel?« Leo merkte auf. »Bist du Sportlerin?«

»Ähm ... Ich spiele ein MMORPG.« Taylor strahlte ihn an. »Das ist auch fast ein Sport, immerhin gibt es Teams und all so was.«

»Ein MM-was?« Leo riss die Augen auf.

»Ein MMORPG«, wiederholte Taylor. Du liebe Güte, der Kerl sah zwar aus wie ein Gott, schien aber in einer Höhle gehaust zu haben. »Ein Massen-Mehrspieler-Online-Rollenspiel. Und ich soll heute den Raid leiten, wenn ich wieder zu Hause bin.«

»Aber das kann doch warten, oder nicht?« Gretchen deutete auf Leo. »Führ ihn doch ein bisschen herum. Zeig ihm einige der Läden, die du so kennst, und geh mit ihm was essen, ja?«

»Ähm …« Taylor kaute auf einem Fingernagel herum und zog ihr Handy aus der Tasche. Sofort erschienen unzählige Nachrichten von Sigmund auf dem Display, und ihr Magen zog sich zusammen. Sie blickte auf. Leo beobachtete sie, und als sich ihre Blicke begegneten, schenkte er ihr ein Lächeln. Junge, der Mann hatte sogar Grübchen!

Die hatte nicht mal Thor.

»Na gut, ein Stündchen kann ich schon erübrigen«, gab sie nach.

»Wollen wir aufbrechen?« Leo erhob sich und grinste Taylor an.

Solange es nichts mit Sigmund zu tun hatte, war sie für alles zu haben. »Na, dann los.«

4

Sobald sie in der Stadt waren, kam sich Taylor komisch vor. Normalerweise bekam sie gar nicht mit, was andere Menschen so machten, aber heute bemerkte selbst sie die irritierten Blicke, die ihr die anderen Frauen auf der Straße zuwarfen. Sie sahen sie mit Leo, bemerkten ihr *Star-Trek*-T-Shirt und wussten nicht, wie das alles zusammenpasste. Na gut, dann wurde es Zeit, dass sie sich daran gewöhnte.

Gretchen hatte vorgeschlagen, dass sie ihm zeigte, wo sie immer hinging, daher steuerte Taylor als Erstes ihren Lieblingscomicladen an. *Superheroes, Dice & More* war ein winziges, aber sehr charmantes Geschäft in Lower Manhattan. Sie kannte dort jeden, und die Besitzer waren sehr nett. Gab es einen besseren Ort, um neue Freunde für Leo zu finden ... und um sich ein neues T-Shirt zu kaufen? Im Schaufenster hingen alte, ausgeblichene Comicposter, und sie strahlte Leo beruhigend an, als sie seine verwirrte Miene bemerkte. »Das ist nur ein Zwischenstopp«, versicherte sie ihm. »Danach gehen wir was essen und sehen uns die High Line an. Oder möchtest du lieber in ein Museum?«

»Ich sehe mir gern die High Line an.« Er betrat den Laden und begutachtete den Tisch voller Wackelkopffiguren und leicht bekleideter Superheldinnen.

»Liest du viel?«, erkundigte sich Taylor und bahnte sich den Weg durch den engen Laden, bis sie den Ständer mit den T-Shirts erreicht hatte. Die meisten der schwarzen Kleidungsstücke waren für Männer gedacht, aber sie war sich ziemlich sicher, dass sie bei ihrem letzten Besuch auch ein Girlieshirt gesehen hatte. Rasch sah sie sich die verschiedenen Shirts an. Captain America, Captain America … Thor. Das war doch lustig! Sie zog das T-Shirt heraus.

»Nein, eigentlich nicht.« Als er sie anlächelte, bekam sie beim Anblick seiner Grübchen weiche Knie. »Aber das legst du mir doch nicht zum Nachteil aus, oder?«

»Natürlich nicht.« Sie schenkte ihm ein Lächeln. Es kam ihr jedes Mal wie eine Belohnung vor, wenn er sie anlächelte. »Ich bin in letzter Zeit auch kaum zum Lesen gekommen, da ich einfach zu viel um die Ohren hatte.« Sie ging zur Kasse, wo sich Murder Bill gerade mit Andrew unterhielt. »Hi, Leute.«

»Tay!« Bill klatschte bei ihrem Anblick in die Hände. »Dich habe ich ja schon ewig nicht mehr gesehen! Deine Abos stapeln sich schon. Bist du hier, um sie abzuholen?« Dann bemerkte er Leo und musterte Taylor skeptisch. »Ist das dein Bodyguard?«

Lachend warf sie das T-Shirt auf die Ladentheke. »Wofür brauche ich denn einen Bodyguard? Das ist mein Freund Leo.«

Bill nahm das T-Shirt vom Bügel, kassierte ab und betrachtete sie besorgt. »Geht dir dieser Kerl online noch immer auf die Nerven?«

Ihr Lachen klang ein bisschen zu gezwungen. Hatte sie das etwa erwähnt? Sie musste wirklich lernen, den Mund zu halten. »Ach, Quatsch, das war nicht weiter wild. Und Leo ist neu in der Stadt.«

»Aha.« Bill wirkte kurz enttäuscht. »Ein Date?«

»Kein Date«, bestätigte sie und erwiderte sein Lächeln. »Bekomme ich auf das T-Shirt Treuerabatt?«

»Du doch immer, Tay«, erwiderte Bill und zwinkerte ihr zu.

Das T-Shirt kostete siebzehn Dollar fünfzig, da sie jedoch nur fünfzehn dabeihatte, schrieb Bill den Restbetrag auf und versicherte ihr, dass sie das beim nächsten Mal bezahlen könne. Sie ging nach hinten, um sich umzuziehen, stopfte ihr altes T-Shirt in den *Hello-Kitty*-Rucksack und ging zurück zu Leo, der sich gerade mit Bill und Andrew unterhielt. Allerdings sahen die beiden nicht so aus, als würden sie sich für das interessieren, was er zu sagen hatte.

»Wir gehen noch was essen«, erklärte Taylor und nahm Leos Arm. Was sie vor allem tat, weil sie dann wieder seine Muskeln berühren konnte. Aber nicht nur deswegen. Himmel, der Mann hatte es ihr wirklich angetan, weil er so unglaublich gut aussah. »Wollt ihr mitkommen?« Sie sah Andrew und Bill fragend an.

»Das geht leider nicht. Wir müssen im Laden bleiben.« Bill räusperte sich.

Taylor runzelte die Stirn. Bill hatte auch schon früher vorübergehend geschlossen, um mit ihr essen zu gehen, und es war ja nicht so, als würde gerade großer Andrang herrschen. Aber wie er wollte. »Okay, dann bis bald.«

Sie ging mit Leo hinaus, und sie waren schon ein ganzes Stück vom Laden entfernt, als Leo fragte: »Dir ist doch bewusst, dass die beiden in dich verschossen sind?«

»Was?« Sie schaute zu ihm auf und blieb abrupt stehen.

Er zog sie am Arm zur Seite, um einem Fußgänger mit Kinderwagen Platz zu machen. »Sie sind beide regelrecht in Panik geraten, als sie dachten, ich wäre dein Freund.«

»Ach, sie sind doch nur Freunde.« Sie winkte ab. »Die beiden sind harmlos. Wir kennen uns schon ewig.«

»Als du dich umgezogen hast, haben sie mich nach meinen Absichten gefragt und mich gewarnt, dass ich dir ja nicht wehtun soll.«

Okay, das war schon sehr merkwürdig. »Sie haben dich nach deinen Absichten gefragt?«

Er zog sie an sich, und ein Junge auf einem Skateboard bedachte sie mit einem finsteren Blick, als er an ihnen vorbeifuhr. »Ja, das haben sie, und ich habe ihnen versichert, dass ich gedenke, mich dir gegenüber sehr ehrenwert zu verhalten.«

»Ach, das ist aber schade«, sprudelte es aus ihr heraus. Ihre Fantasien gingen da in eine ganz andere Richtung.

Leo sah sie überrascht an und musste lachen. »Du steckst wirklich voller Überraschungen.«

»Tue ich das?« Dabei hatte sie schon geglaubt, eben ins Fettnäpfchen getreten zu sein.

»Und wie.« Er legte ihr einen Arm um die Schultern, und sie stellte fest, dass ihr das sehr gefiel. Es fühlte sich gut an. Fast wie bei einem Date. »Wo gehen wir jetzt hin?«

»Hast du Hunger? Ein paar Blocks entfernt ist ein toller Pub.« Dort fanden jeden Samstagabend LAN-Partys statt, daher ging sie dort häufig ein und aus und kannte so gut wie jeden. »Die machen leckere Burger.«

Er grinste. »Glaubst du, da läuft ein Spiel?«

»Was für ein Spiel?«

»Na ja, Sport.«

»Wenn wir nett fragen, schalten sie den Fernseher vielleicht ein.«

Er lachte. »Dann sollten wir das tun.«

Seine Aufmerksamkeit machte Taylor ganz nervös, und sie ließ sich von ihm die Tür öffnen. Im Pub empfing sie eine heimelige Atmosphäre. Sehr viele Restaurants in Manhattan waren äußerst vornehm, doch *Pub Life* sah eher ein bisschen schäbig aus. Die Bänke waren abgenutzt, die Barhocker noch viel mehr, und die Bodendielen knarrten bei jedem Schritt. Im ganzen Restaurant roch es nach Chili-Pommes, und sie konnte sehen, dass die Kellner auf einer Seite des Raums bereits Tische für die LAN-Party zusammenschoben, die später an diesem Abend stattfinden würde. Taylor konnte mal wieder nicht daran teilnehmen, wie schon viel zu oft in letzter Zeit. Doch im Augenblick war ihr das ziemlich egal, da sie sich in Gesellschaft eines Mannes befand, der wie ein Halbgott aussah und bei dessen Grübchen sie weiche Knie und ein feuchtes Höschen bekam.

Gerade Letzteres kam bei Taylor nur sehr selten vor.

Sie winkte einen Kellner zu sich. »Hey, Doug. Können wir meinen üblichen Tisch kriegen?«

»Tay Tay!« Er umarmte sie stürmisch, sodass Leo sie loslassen musste. »Meine kleine Tay Tay lässt sich mal wieder blicken! Wir haben uns ja schon eine Ewigkeit nicht mehr gesehen! Lässt du uns neuerdings samstagabends im Stich?«

»Ich war nur beschäftigt«, murmelte sie und wand sich aus Dougs Umarmung. »Viel zu tun und so.«

»Hmmm.« Er ging in die hinterste Nische, räumte einige benutzte Gläser vom Tisch und wischte die Tischplatte ab. »Nur nicht so schüchtern, Süße. Setz dich. Bleibst du heute Abend zur LAN-Party?«

Sie grinste Doug verlegen an. »Leider nicht. Mein Freund hier interessiert sich nicht so für Computer.«

Doug fasste sich in gespieltem Entsetzen an die Brust. »Wie in aller Welt hast du unsere kleine Tay dann kennengelernt?«

»Durch eine gemeinsame Freundin«, erwiderte Leo gelassen. Dann deutete er auf den Fernseher über der Bar, auf dem momentan Nachrichten liefen. »Bekommt ihr auch einen Sportsender rein?«

»Ich werde sehen, was sich machen lässt.« Doug zwinkerte ihnen zu und verschwand.

»Noch ein Freund?«, erkundigte sich Leo, während sich Taylor auf die Bank setzte.

»Wir sind nur befreundet. Sein Freund ist in meiner Gilde.«

»Ah. Was war eine Gilde doch gleich noch mal?« Leo setzte sich ihr gegenüber.

Taylor hätte beinahe das Gesicht verzogen, riss sich jedoch zusammen. »Du weißt wirklich gar nichts über MMOs?«

»Leider nicht. Ich bin kein großer Freund von Computern.« Er faltete die Hände auf dem Tisch und beugte sich vor. »Wie kommt es, dass du dich hier hinten versteckst, anstatt an der Bar zu sitzen?«

Sie zuckte zusammen. »Früher habe ich das gemacht, aber wenn ich abgelenkt werde, falle ich schnell vom Barhocker. Daher reservieren sie mir jetzt lieber eine Nische, wenn sie wissen, dass ich vorbeikomme.«

Er legte den Kopf in den Nacken und lachte. »Warum überrascht mich das nicht?«

»Weil du mich vorhin aus einem überfluteten Badezimmer gerettet hast?« Sie legte die Hände in den Schoß und bemühte sich, nicht herumzuzappeln. Himmel, der Mann sah noch viel besser aus, wenn er so lachte. Und sie hatte nicht das Gefühl, dass er sie auslachte, und das war schön. Die meisten heißen Kerle bedachten sie höchstens mit abfälligen Bemerkungen.

»Das kann gut sein.« Leo grinste sie an. »Verrätst du mir, warum du so tollpatschig bist? Hat das medizinische Gründe?«

»Ich lasse mich leicht ablenken«, gab Taylor zu. Sie beugte sich vor und stützte das Kinn in die Hände. Dann starrte sie den Mann eben an. Na und? Das war doch erlaubt, oder nicht? Was konnte sie denn dafür, dass er so gut aussah? »Es kommt manchmal vor, dass ich vergesse, was ich eigentlich gerade tun wollte, und dann passieren mir diese Missgeschicke.«

Er verzog amüsiert die Lippen. »Dann scheinst du dich aber wirklich im Augenblick zu verlieren.«

»Ja«, hauchte sie. »Ich starre irgendwie ins Leere und bekomme nichts mehr mit.« Der Blick, mit dem er sie bedachte, war weitaus nachdenklicher und heißer, als sie es gewohnt war. Versuchte er, in ihren Worten etwas Verfängliches zu entdecken? Sie rutschte unruhig hin und her. »Aber so was passiert doch jedem.«

»Das würde ich nicht behaupten.« Leo drehte sich zu dem Fernseher über der Bar um, auf dem jetzt ein Fußballspiel zu sehen war. Er zeigte dem Barkeeper einen hochgereckten Daumen, und dann kam Doug auch schon, um ihre Bestellung aufzunehmen. Sie bestellten beide einen Burger und Leo ein Guinness, was sie mit einem Naserümpfen kommentierte. Taylor bevorzugte Craftbeer. Die Getränke kamen, und sie nippte an ihrem Pale Ale. Es schmeckte köstlich.

»Hast du einen Freund, Taylor?«, erkundigte sich Leo.

Oje. Sein Blick gehörte nicht zu der Sorte, mit dem man eine Fremdenführerin betrachtete, sondern war viel heißer. Junge, Junge. Dabei war sie doch gar nicht der Typ für heiße Affären oder One-Night-Stands.

Mit Ausnahme dieses einen Mals bei der Excelsior-Convention, doch darüber wollte sie lieber nicht genauer nachdenken.

Aber Leo? Himmel, bei Leo war alles möglich. Sie konnte sich bildlich vorstellen, wie sie eine heiße Nacht mit ihm verbrachte, die sie nie bereuen würde. Gut, er würde sie danach nie wieder anrufen, aber war das wichtig? Er war heiß, er war Europäer, und sie würde ihn nur bei Gretchens Hochzeit in einem halben Jahr wiedersehen. Taylor leckte sich die Lippen. »Nein.«

Als wollte es sie an ihre Verpflichtungen erinnern, summte das Handy in ihrer Tasche. Würg. Sigmund.

»Ich habe zwar viele Freunde, aber keine Beziehung.«

»Nicht einmal mit diesem Onlinetypen?« Er trank einen ordentlichen Schluck Bier und beobachtete sie.

»Wir sind uns nie begegnet, und er ist nur irgendein Kerl, der kein Nein akzeptieren will.« Sie legte die Finger fest um ihre Bierflasche.

»Soll ich mal mit ihm reden?«

Sie riss die Augen auf und schüttelte den Kopf. »Er ist nur ... komisch. Und macht gerade eine schlimme Phase durch. Wir sind online befreundet, aber das ist auch schon alles. Du kannst mir glauben, dass es momentan keinen Mann in meinem Leben gibt.«

»Ansonsten wäre deine Freundin Gretchen wohl auch nicht so erpicht darauf gewesen, dass du mir die Stadt zeigst, oder?«

Taylor lachte auf und entspannte sich wieder. »Das war ziemlich offensichtlich, was?«

»Die Bedeutung des Wörtchens ›subtil‹ kennt sie wahrscheinlich nicht.«

»Das hast du ganz richtig erkannt.« Taylor hob ihre Flasche, um mit ihm anzustoßen. »Sollen wir uns schwören, dass wir nur Freunde sein werden, und ihre Verkupplungsversuche ignorieren?«

»Das habe ich nicht gesagt«, entgegnete Leo langsam. Wieder verzog er die Lippen, sodass seine Grübchen zu sehen waren.

Ach, am liebsten hätte sie ihm ihr Höschen direkt ins Gesicht geworfen.

»Ich bin doch bestimmt gar nicht dein Typ«, sprudelte es aus ihr heraus.

»Das stimmt. Aber genau darum mag ich dich. Ich hatte ohnehin vor, hier in Amerika allerlei neue Dinge auszuprobieren.«

»Und ich gehöre dazu?« Die Worte kamen ihr über die Lippen, bevor sie es verhindern konnte.

Sie riss die Augen auf, und er lachte so herzhaft, dass sie ihn nur noch anhimmeln konnte. Er machte den Anschein, als würde er sich köstlich amüsieren. »Der Abend ist noch jung, Taylor. Mal sehen, wie er endet.«

»Von meiner Seite spricht natürlich nichts gegen diese Idee. Ich könnte mir keinen Besseren für einen One-Night-Stand vorstellen als dich.«

»Danke für das Kompliment«, sagte er ernst.

Sie winkte ab. »Du weißt doch, wie ich das meine. Huch, ist mein Bier schon alle? Ich glaube, ich brauche noch eins.« Schon winkte sie Doug zu.

»Betrink dich bloß nicht«, murmelte Leo und beugte sich vor. »Ich bin kein Mann, der betrunkene Frauen ausnutzt.«

»Dann muss ich nüchtern sein, um von dir ausgenutzt zu werden?«

Wieder lachte er auf. »So ungefähr. Sturzbetrunken wäre daher schlecht.«

Sie schnitt eine Grimasse. »Ich bin betrunken noch tollpatschiger.«

»Was du nicht sagst.«

»So richtig unbeholfen.«

»Das müssen wir um jeden Preis verhindern.«

Sie drohte ihm spielerisch mit einem Finger, und sie grinsten sich an. Die Unterhaltung kam für einen Moment zum Erliegen. Leo starrte zum Fernseher über der Bar hinüber, und Doug brachte ihnen neue Getränke. Das war sehr schön, stellte Taylor fest. Sie war nicht online. Sie leitete keinen Raid, spielte kein Videospiel und war auch nicht mit ihrer App beschäftigt, über die sie mit anderen Freunden, die gerade online waren, kommunizierte. Zum ersten Mal seit Monaten befand sie sich mitten im wirklichen Leben und nicht in einem Spiel.

Es war merkwürdig entspannend. »Und, wer gewinnt das Fußballspiel?«

»Barcelona, aber sie haben gerade eine Gelbe Karte bekommen.«

»Ich habe nicht die leiseste Ahnung, was das ist.«

Seine Augen leuchteten auf, und er erklärte ihr ausgiebig die Regeln eines Fußballspiels. Eine Gelbe Karte war anscheinend irgendeine Strafe und bla, bla, bla. Taylor stützte einfach erneut das Kinn in die Hände und sah ihm beim Reden zu. Er sah so wahnsinnig gut aus. Fast wie ein Disneyprinz. Darum war es auch völlig unwichtig, dass er überhaupt nicht zu ihr passte und sie nicht zu ihm. Sie hätte ihn den ganzen Tag lang ansehen können. Seine Augen glänzten, und er deutete auf den Fernseher und dann auf das Feld, das er mit Pommes auf dem Tisch nachbaute, und sie wollte ihm stundenlang dabei zuschauen.

Vielleicht sogar tagelang.

»Hast du alles verstanden?«, wollte er wissen.

»Oh, klar.«

Er warf ihr einen skeptischen Blick zu und tippte gegen ihre zweite Bierflasche. »Du bist doch nicht gerade dabei, dich hier abzuschießen, oder?«

»Nein, keine Sorge. Ein bisschen was vertrage ich schon. Erst nach fünf oder sechs dieser Flaschen wäre ich betrunken.« Sie zuckte die Achseln. »Außerdem muss ja keiner von uns noch fahren. Wir kommen mit der U-Bahn überallhin. In der Nähe aller großen Hotels gibt es eine Station.«

Leo nippte erneut an seinem Bier. »Auch in der Nähe deiner Wohnung?«

»Die liegt nur ein oder zwei Blocks entfernt, da kann man zu Fuß hinlaufen. Warum fragst du?«

Er grinste sie an. »Nimmst du mich später mit nach Hause?«

»Würdest du denn mitkommen?«

»Sofort«, bestätigte er nickend.

Bei dieser Vorstellung schlug ihr Herz schneller, aber Taylor blieb weiterhin misstrauisch. »Warum? Wir wissen doch beide, dass ich nicht dein Typ bin.«

Leo grinste noch breiter, und ihr wurde wieder ganz warm. »Das ist genau der Grund, aus dem ich dich mag. Du bist anders, als ich erwartet hatte, doch das muss nicht gleich was Schlimmes sein.« Er deutete auf ihre Umgebung. »Und solange ich in Amerika bin, will ich auch meinen Horizont erweitern.«

»Du willst deinen Horizont erweitern? Das klingt so, als wäre ich ein Forschungsobjekt.«

Er lachte und fummelte an seinem Glas herum. »Ganz und gar nicht. Es wäre eher ein Abenteuer.«

»Das klingt schon besser.« Sie setzte sich etwas aufrechter hin. Abenteuer machten Spaß, ganz im Gegensatz zu Wissenschaft und Forschung. Dann seufzte sie, weil sie wieder daran denken musste, dass sie ihre Zeit hier und nicht online verbrachte. Ihr Handy hatte schon die ganze Zeit gesummt, weil ständig neue Nachrichten eintrafen, und sie ging fest davon aus, dass Sigmund kurz vor dem Durchdrehen war. Aber es tat irgendwie gut, ihn zu ignorieren. Sie wusste, dass das nicht nett von ihr war, aber an diesem wundervollen Abend war ihr das völlig egal. Taylor trank noch einen Schluck von ihrem leichten, fruchtigen Ale, das ihr samten die Kehle hinunterrann und zu den Dingen gehörte, die sie sich nicht oft gönnte. »Ich sollte eigentlich bald gehen.«

»Weil du noch spielen willst?«

Sie nickte. »Meine Gilde bringt mich bestimmt um, nachdem ich sie heute sitzen gelassen habe.«

Er beugte sich vor. »Diese ganze Gildensache ist mir immer noch nicht klar. Kannst du es mir erklären?«

Taylor war sich nicht ganz sicher, ob Leo sie auf den Arm nehmen wollte, allerdings sah er sie mit ernster Miene an. »Mann, du verbringst wirklich nicht viel Zeit vor einem Computer, oder?«

»Ich bin eher der Outdoorfreund und gehe jagen.«

»Jagen. Würg.«

»Computer. Würg.«

Sie musste lachen. »Okay, ein Punkt für dich.«

Er trank noch einen Schluck und klopfte auf den Tisch. »Na, dann raus damit. Erzähl mir von diesen Gilden und warum dir deine so wichtig ist.«

»Na ja, die Sache ist die.« Taylor dachte darüber nach und beugte sich ein wenig vor. Ohne es zu merken, knibbelte sie am Etikett ihrer Bierflasche herum. Wenn man Menschen, die nicht spielten, etwas über Gilden erzählen wollte, fing man sich meist komische Blicke ein, da diese nicht verstanden, welchen Reiz das Gildenwesen haben sollte. Sie sah zum Fernseher hinüber, auf dem noch immer das Fußballspiel lief. »Ich denke, man kann es mit einer Teamsportart vergleichen. Wir haben uns entschieden, zusammen in einem Team zu spielen, und anstatt gegen andere Teams anzutreten – was übrigens auch geht –, kämpft man normalerweise gegen den Computer.« Als er nickte, fuhr sie fort. »In jeder Gilde gibt es Leute, die eine Sache besonders gut können. Das lässt sich mit den einzelnen Positionen beim Fußball vergleichen. Man hat einen DD, also jemanden, der richtig Schaden macht, man hat Tanks und Heiler. Um einen Raid erfolgreich durchzuführen, braucht man ein gutes Gleichgewicht aller drei Gruppen.«

»Und ein Raid ist ...«

»Eine Art Spiel gegen den Computer. Man geht in einen großen Dungeon und bestreitet eine gewaltige Schlacht gegen die Monster.« Da er ihr noch immer nicht diesen Blick zuwarf, der ihr zu verstehen gab, dass sie verrückt war, sprach sie weiter. »Ich bin die Gildenleiterin, daher ist meine Abwesenheit beim Raid heute so, als würde man das Team ohne Trainer aufs Feld schicken.«

»Ah.« Er klopfte mit den Fingerknöcheln auf den Tisch. »Dass du nicht da bist, versaut den anderen den Tag.«

»Ganz genau! Himmel, ich könnte dich dafür küssen, dass du das verstehst. Sonst halten mich immer alle für irre.«

»Ich bin der Kapitän meines Poloteams zu Hause, daher verstehe ich das sehr gut.« Er beugte sich vor. »Aber den Kuss würde ich dennoch nehmen.«

Er flirtete ganz schön heftig mit ihr, oder? Vermutlich flirtete er einfach mit allen Frauen, und sie stellte keine Ausnahme dar. Sie konnte jedoch nicht leugnen, dass sie es genoss und dass sie das Gefühl hatte, sie würden sich verstehen. Normalerweise stieg sie nicht auf solche Flirtversuche ein, aber an diesem Abend wollte sie ein bisschen über die Stränge schlagen. Wann bekam sie schon mal die Gelegenheit, einen heißen Europäer zu küssen? Daher beugte sie sich vor, sodass sich ihre Münder über dem Tisch berührten.

Ihre Lippen streiften einander gerade mal, und doch wurde ihr sofort ganz heiß. Ihre Brustwarzen wurden als Reaktion darauf steif, und jeder Zentimeter ihres Körpers schien auf Leos Nähe zu reagieren. Als sie sich wieder setzte, schenkte er ihr erneut sein hinreißendes Lächeln.

»Ich sollte dich vielleicht noch öfter herausfordern, was, Taylor?«

»Ich tue nur, was ich tun will«, erwiderte sie grinsend. Bei ihm fühlte sie sich ... sorglos. Leicht. Glücklich.

Die Burger kamen, und Taylor erzählte weiter von ihrer

Gilde, wie ein Raid funktionierte und dass die Zusammensetzung der Gruppe ebenso wichtig war wie die Ausstattung der Charaktere. Leo hörte ihr interessiert zu, zog von Zeit zu Zeit Vergleiche zum Sport und erzählte ihr einige Geschichten von vergangenen Polospielen oder Jagdausflügen.

Nachdem sie noch einige Bierflaschen geleert hatte, beschlossen sie, noch etwas zu essen zu bestellen. Taylor entschied sich für fritierte Essiggurken und ließ Leo eine probieren. Als er angewidert das Gesicht verzog, bekam sie einen Lachanfall, und danach forderten sie sich eine Zeit lang zu allen möglichen Dingen heraus, und wer es nicht tat, musste als Strafe ein Stück fritierte Gurke essen.

Ach, sie amüsierte sich köstlich. Selbst Leo, der anfangs noch häufig zum Fernseher hinübergeschaut hatte, war jetzt ganz auf sie konzentriert. Seine Augen funkelten amüsiert, als sie ihm von der Kleiderprobe für Gretchens Hochzeit erzählte, bei der sie versehentlich in eine Schuhschachtel getreten und oben ohne aus der Umkleide getaumelt war.

»Tay?« Eine vertraute Stimme unterbrach sie, und als sie den Kopf hob und die Flasche schon an den Lippen hatte, erkannte sie Chester und Frank, die sie neugierig musterten. Die beiden hatten ihre Laptops in der Hand.

»Hey, Leute.« Sie strich sich über das Haar und traf mit dem Ellbogen ihre Bierflasche. Glücklicherweise fing Leo sie gerade noch rechtzeitig auf, sodass nur einige Tropfen herausschwappten. »Ups.«

»Du bist es wirklich«, rief Frank aus. »Ich war mir nicht sicher, bis du beinahe dein Bier umgeworfen hast. Ist das hier ein … Date?«

»Ach, nein.« Taylor winkte ab. »Das ist Leo. Er ist nur ein Freund und neu in der Stadt. Ich führe ihn ein bisschen herum.«

Leo reichte den beiden die Hand. »Freut mich. Seid ihr Freunde von Taylor?«

»Wir gehören zu ihrer Gildenallianz«, antwortete Chester mit derart angespannter Stimme, dass Taylor ganz komisch wurde. »Daher ist es umso merkwürdiger, dich hier zu sehen, wie du dich amüsierst, während wir heute Abend mit mehreren Gilden einen Raid durchgezogen haben.« Er ignorierte Leos ausgestreckte Hand. »Es war ein totaler Wipe.«

Taylor zuckte zusammen.

»Ein was?«, hakte Leo nach.

»Alle sind gestorben«, erklärte Frank. »Ein riesiger Fehlschlag. Wir haben zwei Stunden gebraucht, bis alle wiederbelebt waren. Es war brutal, und jetzt sind alle Beteiligten mies drauf.«

»Ja. Ich hoffe, du hast dich bei deinem Nicht-Date amüsiert«, fauchte Chester und ging weiter.

Frank trat näher an ihren Tisch heran. »So hat er das nicht gemeint. Gib ihm ein paar Tage, dann hat er sich wieder beruhigt. Sehen wir uns nächsten Samstag, Tay?«

»Ich werde versuchen, dabei zu sein«, versprach sie ihm. »Aber ich bin auf jeden Fall online.«

»Also bis dann.« Frank winkte ihnen noch einmal zu und lief dann seinem Freund hinterher ins Hinterzimmer. Als sich Taylor umdrehte, konnte sie erkennen, dass alle Tische für die LAN-Party besetzt waren. Verdammt. Jetzt würde bald jeder wissen, dass sie ihre Gilde wegen eines Dates versetzt hatte. Chester ging nicht nur schnell in die Luft, er hatte auch noch eine große Klappe.

Sigmund würde durchdrehen. Mist!

Taylor rieb sich die Stirn. »Mann, war das peinlich.«

»Ich habe mein Team auch mal versetzt, um mit ein paar Freunden was trinken zu gehen«, versuchte Leo, sie zu trösten.

Er griff über den Tisch, legte ihr eine große, warme Hand auf den Arm und drückte sie sanft. »Mich hat zwar keiner erwischt, aber meine Schuldgefühle haben mir trotzdem den Spaß verdorben.«

Sie lächelte ihn gequält an. »Ich müsste wirklich bald mal nach Hause.«

»Ich bringe dich zu deiner Wohnung.« Er zog ein Bündel Dollarscheine aus der Brieftasche und warf sie auf den Tisch.

»Eigentlich sollte ich dich nach Hause bringen«, protestierte sie. »Ich kenne mich hier immerhin aus.«

»Wenn ich mich verlaufe, nehme ich mir ein Taxi«, meinte er schulterzuckend und legte ihr eine Hand in den Rücken, als sie beide aufgestanden waren. Das fühlte sich auf merkwürdige Weise richtig an. »Daher kann ich ruhig den Gentleman spielen und dich nach Hause bringen.«

Was sollte sie dazu noch sagen? Sie verließen zusammen den Pub und gingen schweigend zur U-Bahn. Sie hatte noch immer nicht auf ihr Handy geguckt und fürchtete sich immer mehr davor. Aber nichts, was sie jetzt noch tat, würde irgendetwas ändern, daher brauchte sie auch erst nachzusehen, wenn sie bereit war, sich mit den Konsequenzen zu befassen.

Glücklicherweise mussten sie von der U-Bahn-Station nicht weit laufen bis zu ihr. Leo behielt die ganze Zeit eine Hand in ihrem Rücken, und dann deutete Taylor auf das Gebäude. »Hier wohne ich. Entschuldige, dass ich dir nicht mehr von der Stadt gezeigt habe ...«

Er legte ihr einen Finger an die Lippen. »Du musst dich nicht entschuldigen. Ich hatte sehr viel Spaß, und weil wir uns beide amüsiert haben, sollte sich auch keiner von uns deswegen schlecht fühlen.«

Sie lächelte, als er den Finger wegnahm, und schob die Hände in die Hosentaschen. »Es ist nur ... kompliziert. Dabei geht es nicht nur um Gildenangelegenheiten, sondern um etwas ... Persönliches.«

»Ein Exfreund?«, mutmaßte er.

»Großer Gott, nein.« Sie erschauderte.

»Gut.« Er beugte sich vor und sah zu ihrer Überraschung ganz so aus, als wollte er sie küssen. Doch stattdessen sagte er: »Du darfst dich auch mal amüsieren.«

»Ich weiß«, flüsterte sie. Verdammt, warum küsste er sie denn nicht? Sein Gesicht war dem ihren so nahe, und er sah selbst aus dieser Entfernung gut aus. Sie spürte seinen warmen Atem im Gesicht und roch das Guinness, und zum ersten Mal in ihrem Leben empfand sie es als angenehm. »Ich habe nur sehr viele Verpflichtungen, das ist alles.«

»Die sind morgen früh auch noch da, also genieß einfach den Rest der Nacht.«

Taylor seufzte unglücklich. »Zu schade, dass sie jetzt vorbei ist.«

Zu ihrer Überraschung gab er ihr ausgerechnet jetzt einen sanften Kuss. »Das muss sie aber nicht sein«, raunte er ihr zu und hauchte die Worte förmlich gegen ihre Lippen. »Nimm mich mit rauf.«

Möglicherweise war sie ja verrückt, aber genau das würde sie auch tun. »Was ist mit Kondomen?«

»Die hab ich immer dabei.«

Das hätte ihr wahrscheinlich eine weitere Warnung sein sollen, dass sie nicht zusammenpassten. Doch sie konnte an nichts anderes denken als an seinen wundervollen Körper, wie umwerfend er war und wie gern sie ihn mit nach oben nehmen wollte.

Morgen würde ihre Welt implodieren, aber heute Nacht – heute Nacht wollte sie das Leben genießen. Daher packte Taylor Leo am Hemdkragen, zog ihn zu sich und küsste ihn erneut. Dies war jedoch keiner der federleichten Küsse wie bisher, sondern ein richtiger, leidenschaftlicher Kuss, der noch weitaus mehr versprach. Wenn sie das schon durchziehen wollte, dann auch richtig. Mit dem heißesten Kerl, den sie je gesehen hatte, würde es kein halbherziges Gefummel geben.

Sie würde Thor in ihr Bett zerren, und dort sollte er ihr allein gehören.

5

Trotz des heißen Kusses auf der Straße war Taylor nervös, weil sie Leo mit in ihre Wohnung nehmen und mit ihm schlafen wollte. Sie war doch keines dieser Mädchen, die Männer in Bars aufrissen. Schließlich hatte sie in ihrem ganzen Leben gerade mal mit drei Männern geschlafen, und mit allen hatte sie eine Beziehung gehabt.

Okay, mit vier Männern. Da war noch dieser Typ auf der Excelsior-Convention gewesen, doch der hatte in seiner Lederrüstung einfach zu heiß ausgesehen, und sie hatte ihn nur mit in ihr Bett genommen, weil sie wissen wollte, wie das war. Nachdem sie jedoch einen genaueren Blick auf seine Zähne geworfen hatte, war ihr Interesse an ihm verflogen. Die Dentalhygiene war ihr bei Männern sehr wichtig.

Leo jedoch hatte großartige Zähne. Eigentlich war sie davon überzeugt, dass alles an ihm großartig sein musste. Was nicht bedeutete, dass sie mehr als einen One-Night-Stand im Sinn hatte. Das hatte sie sich schon vor der Frage nach den Kondomen geschworen. Dieser Mann spielte in einer völlig anderen Liga als sie. Er gehörte nicht in die »Freund eines Nerds« –, sondern eher in die »Großer Gott, stell keine Fragen, schlaf mit ihm und sei dankbar dafür«-Kategorie.

Daher würde sie auch genau das tun.

Während der Fahrt mit dem Fahrstuhl nach oben allerdings herrschte betretenes Schweigen. Taylor trat in der kleinen, schmutzigen Kabine von einem Fuß auf den anderen. Wahrscheinlich war er eine andere Umgebung gewöhnt, und sie zuckte innerlich zusammen, als sie daran dachte, dass auf dem Boden ihrer winzigen Wohnung Schmutzwäsche lag und dass neben ihren Computern bergeweise benutzte Cornflakesschüsseln standen. Aber sie hatte ja auch nicht mit Besuch gerechnet, sonst hätte sie vorher aufgeräumt. Ihr schoss durch den Kopf, dass es möglicherweise keine schlechte Idee war, ihn einige Minuten auf dem Flur warten zu lassen, während sie hektisch aufräumte.

»Wie lange lebst du schon in New York?«, fragte Leo in das Schweigen hinein.

»Ich?«

»Nein, ich rede mit den anderen hier im Fahrstuhl«, meinte er grinsend und sah sich in der leeren Kabine um.

Sie lief puterrot an. »Seit dem College. Ich komme ursprünglich aus einer Kleinstadt in South Carolina. Aber da wollte ich unbedingt weg. Dort gab es keine Perspektiven. Das heißt, ich lebe jetzt seit fünf ... sechs Jahren hier.« Wow. Das war rückblickend schon ein bisschen peinlich. Sechs Jahre, und der beste Job, den sie mit ihrem Abschluss in Informatik hatte ergattern können, war im technischen Kundendienst? Himmel, war das enttäuschend. »Ähm, was ist mit dir? Wie lange wirst du in der Stadt bleiben?«

Er zuckte mit den Achseln. »Bis ich sie leid bin, schätze ich.«

»Aha.« Es musste schön sein, keine Geldsorgen zu haben. New York war nicht gerade ein billiges Pflaster, um sich die Zeit zu vertreiben. »Und du bist Griffins Cousin, richtig?« Sie war Griffin einmal auf einer Party begegnet. »Ist er nicht ein Viscount? Bist du dann so was wie ein Duke?«

Er blickte mit gerunzelter Stirn auf sie herab. »In Bellissime trägt nur die Königsfamilie Titel, und ich bin Baron. Warum fragst du?«

Sie hatte irgendwie den Eindruck, dass er nicht gern über dieses Thema reden wollte. »Baron klingt doch ziemlich cool. Was hat man denn von so einem Titel?«

»Nur ein Wappen«, antwortete er lächelnd.

»Oh Mann, du hast dein eigenes Wappen. Das würde ich auf alles raufdrucken lassen.« Sie grinste breit. »Auf meine Schecks, mein Handy, einfach auf alles.«

Leo musste lachen. »Es sieht eigentlich ziemlich hässlich aus.«

»Das ist doch unwichtig. Es ist einfach cool, dass du eins hast.« Er stieß ein kehliges Geräusch aus, das alles Mögliche bedeuten konnte, und sie zuckte zusammen. »Ist das ein blödes Thema? Ich kann auch einfach den Mund halten.«

»Schon okay.«

»Und du kannst es dir jederzeit anders überlegen. Ich nehme es dir nicht übel.«

Er lächelte zwar weiter, wirkte jedoch ein wenig irritiert. »Willst du mich etwa loswerden, Taylor?«

»Nein! Ganz und gar nicht! Ich wollte damit nur sagen, dass ich es dir nicht verdenken kann, wenn du beim Anblick meiner *Doctor-Who*-Devotionalien die Flucht ergreifst.«

Dieses Mal war sein Lachen aufrichtig. »Jetzt bin ich ja gewarnt, und ich verspreche dir, dass ich keinen Schreckensschrei ausstoßen werde.«

»Das sagst du jetzt, aber wir sprechen uns gleich wieder.« Sie hatten ihre Etage erreicht, stiegen aus, und sie nahm ihren Schlüssel aus der Tasche.

»Aber ich muss dich warnen: Ich hatte nicht mit Besuch gerechnet und bin nicht gerade ein ordentlicher Mensch.«

»Solange ich nicht auf dem Boden schlafen muss, kann ich mit allem leben.«

»Du kannst nicht auf dem Boden schlafen. Da liegt meine Schmutzwäsche.«

Wieder lachte er auf, und sie ging schnell zu ihrer Wohnungstür. Da sie am Ende des Flurs wohnte, hoffte sie den ganzen Weg über, dass keiner ihrer Nachbarn rauskam und sie mit einem Mann sah …

Ach, so ein Quatsch! Sollten sie sie doch mit Leo sehen! Sie war sich ziemlich sicher, dass alle sehr beeindruckt wären.

Aber dann war die Tür offen, und alles andere wurde unwichtig. Taylor wappnete sich und hoffte, dass ihr Apartment nicht so schlimm aussah wie in ihrer Erinnerung. »Komm rein.«

Sie betrat ihre Wohnung und seufzte erleichtert auf. So schlimm sah es gar nicht aus. Der Großteil ihrer Schmutzwäsche stapelte sich an einem Ende des Futons, der auch als Gästebett herhalten musste. Sie war zwar eine Chaotin, aber mit System. Ihr Bett war nicht gemacht, doch das war unwichtig. Sie hatten ja sowieso vor, sich darin herumzuwälzen. »Home sweet home.«

Leo sah jedoch schockiert aus. »Hier wohnst du?« Er ging hinein und rieb sich das Kinn.

»Ähm, ja. Ist das schlimm?«

»Es ist so … beengt.«

Taylor schaute sich um und versuchte, ihre Wohnung mit seinen Augen zu sehen. Gut, das Apartment war ziemlich vollgestellt, aber sie lebte ja auch allein hier. Der Futon stand an einer Wand, an der gegenüberliegenden hing der Fernseher. Ihr Bett stand vor den Fenstern, und in der Ecke daneben hatte sie ihren Computerschreibtisch aufgebaut, auf dem ihre beiden Laptops standen. Gleich links neben der Tür befand sich ihre kleine Küche (okay, es waren eigentlich nur zwei Küchenschränke, eine Mikrowelle und ein Spülbecken), und daneben lag das Badezimmer. Alles in allem nutzte sie die knapp vierzig Quadratmeter gut aus. »Na ja, in dieser Stadt bekommt man erst ab einer Miete von zweitausend Dollar pro Monat eine anständige Wohnung. Was zahlst du für deine?«

Leo zog die Augenbrauen zusammen. »Ich bin mir nicht sicher.«

Sie zuckte mit den Achseln. »Vielleicht solltest du dich lieber mal danach erkundigen, nicht dass dir eine böse Überraschung droht.«

»Da hast du recht«, murmelte er und ging langsam weiter. Dabei rieb er sich das Kinn und sah sich immer wieder um.

Taylor wurde die Sache immer peinlicher. »Möchtest du was trinken? Es müsste noch Wasser da sein.« Sie hätte ihm ja auch einen Snack angeboten, aber die Instantnudeln, die sie dahatte, waren bestimmt nicht nach seinem Geschmack.

Er schüttelte den Kopf und streckte eine Hand nach ihr aus. »Ich bin ein lausiger Gast. Bitte entschuldige.«

Sie schloss die Tür hinter sich, verriegelte sie und stellte den Rucksack auf den Boden. »Schon okay. Die Wohnung ist wirklich klein. Ich musste mich nach dem Einzug auch erst einmal daran gewöhnen. Für das, was ich für diese Schuhschachtel bezahle, kann man in South Carolina ein ganzes Haus mieten. Manchmal frage ich mich, ob ich nicht wieder zurückgehen sollte.«

Leo ließ sich auf die Bettkante sinken und lehnte sich zurück. »Ich bin sehr froh, dass du hiergeblieben bist.«

Großer Gott! Der heißeste Mann der Welt lag auf ihrem Bett. Auf ihrem Bett! »Ich auch«, hauchte sie. Dann leckte sie sich über die trockenen Lippen, ging zu ihrem Computerschreibtisch und legte ihr Handy darauf. Dabei kam sie versehentlich gegen die Maus, und der Bildschirm ging an. Sie hatte ihr E-Mail-Programm offen gelassen und sah jetzt einundsechzig neue Nachrichten vor sich. Alle, die sie erkennen konnte, waren von Sigmund.

Bei dem Anblick drehte sich ihr der Magen um.

»Ist alles okay?« Eine warme Hand legte sich auf ihre.

Taylor sah Leo an. Er sah so sexy aus, so heiß – und er war hier! Eine solche Gelegenheit würde sie nie wieder bekommen. Außerdem war Sigmund jetzt ohnehin wütend und angepisst, da hatte sie sowieso nichts mehr zu verlieren, oder? Daher verdrängte sie ihre Sorgen und verschränkte die Finger mit Leos. »Das ist nur irgendein Blödsinn, der bis morgen warten kann.«

»Dann setz dich zu mir.«

Da ihre Mutter keine Närrin großgezogen hatte, tat Taylor genau das. Sie setzte sich zaghaft auf die Bettkante und war ein wenig unsicher, da sie nicht daran gewöhnt war, dass es sich ein großer, breitschultriger, heißer Typ auf ihrem Doppelbett bequem machte.

Leo legte ihr sofort eine Hand um die Taille und zog sie nach hinten, bis sie flach auf dem Rücken lag. Er hatte sich auf die Seite gelegt und blickte nachdenklich auf sie herab. »Du spielst doch jetzt nicht etwa die Schüchterne, oder?«

Sie versuchte, sich ganz lässig zu geben. »Pff. Wer würde denn schüchtern sein, wenn er seinen eigenen Thor im Bett hat?«

Er musterte sie weiterhin nachdenklich. »Das ist dieser große Kerl aus dem Film, oder?«

»Ich werde einfach so tun, als hättest du das gerade nicht gefragt.«

Er grinste sie an. »Dann stehst du auf ihn?«

Taylor spürte, wie sie warme Wangen bekam. »Ich schlafe nicht mit dir, weil ich möglicherweise auf Thor stehe, was ich ganz bestimmt nicht zugeben werde, sondern weil du ein heißer Typ bist.«

»Na, das höre ich doch gern.« Er beugte sich vor und presste sanft die Lippen auf ihre. Sofort waren ihre Sorgen um Sigmund und die Aufmerksamkeit, die er von ihr einforderte, vergessen. Leo war jetzt hier, und sie begehrte ihn mehr als alles andere. Taylor seufzte leise, schlang ihm die Arme um den Hals und zog ihn zu sich. Die Zeit des Zweifelns war vorbei. Wenn sie ihn davon überzeugen musste, dass sie wirklich mit ihm schlafen wollte, dann würde sie das eben mit ihren Küssen tun. Im Bett hatte sie zwar nicht so viele Erfahrungen, aber sie konnte verdammt gut küssen, was vor allem daran lag, dass sie das im Allgemeinen sehr lange mit einem Mann machte, bevor sie ihn in ihr Bett ließ.

Na ja, abgesehen von Leo und dem Kerl von der Convention. Aber wenn eine Beziehung im Raum stand, dann musste sie sich monatelang küssend darauf vorbereiten. Konnte der Mann nicht gut küssen, verlor sie schnell das Interesse. Daher zupfte sie jetzt mit den Zähnen an Leos Unterlippe, damit er seinen Mund öffnete, und als er es tat, vertiefte sie den Kuss.

Sein leises, lustvolles Stöhnen ließ ihr einen wohligen Schauer über den Rücken laufen, und die Art, wie er die Arme um sie legte, verriet ihr ebenfalls, wie gut ihm das Küssen gefiel. Sehr schön. Sie übernahm dabei gern die Führung, weil sie dann dafür sorgen konnte, dass es ein guter Kuss wurde. Nachdem sie zu oft schlechte Küsse hatte ertragen müssen, wollte sie nicht mehr darauf warten, dass ein Mann es richtig machte, sondern zeigte ihm, was sie wollte.

Sie musste ihm zugutehalten, dass er nicht sofort versuchte, die Kontrolle zu übernehmen. Stattdessen liebkoste er ihre Zunge zärtlich mit der seinen und zog sich dann zurück, als wäre er gespannt darauf, was sie als Nächstes tun würde. Oh, das gefiel ihr. Taylor umgarnte seine Zunge und küsste ihn immer inniger und leidenschaftlicher. Sie liebte das Küssen, diese Intimität, das Flirten dabei, dass sie den anderen schmecken konnte, einfach alles daran. Am liebsten hätte sie Leo stundenlang geküsst, und so freute sie sich, dass er es anscheinend nicht eilig hatte, in ihr Höschen zu gelangen. Er gab sich damit zufrieden, den Kuss zu erwidern und ihr die Führung zu überlassen. Und so küssten sie sich weiter.

Langsam.

Schnell und keck.

Feucht.

Genüsslich.

Und leidenschaftlich. Oh ja, sehr leidenschaftlich.

Mit jedem Kuss wurde sie erregter und feuchter. Als sie endlich bereit war, zu etwas anderem überzugehen, hatte sie seinen Geschmack verinnerlicht und seinen Geruch in der Nase. Ihre Brustwarzen waren steif und schmerzten, und sie presste die Brüste gegen seine Brust und rieb sich an ihm, während sie ihn weiter küsste. Er hatte wirklich einen hervorragenden Mund zum Küssen, stellte sie fest. Da er sich an diesem Morgen rasiert hatte, zerkratzte sie sich nicht das Gesicht an seinen Bartstoppeln, er schmeckte gut, und sein Mund stellte die perfekte Kombination aus festen Lippen und Sanftheit dar.

»Mjam«, murmelte sie und schob ihm eine Hand ins Haar.

Er kicherte, und sie schlug die Augen auf und sah ihn an. Sie konnte deutlich erkennen, wie erregt er war, und er sah so sexy aus, dass sie sogar noch feuchter wurde. »Bist du immer so aggressiv im Bett, oder habe ich einfach Glück, Tay?«

»Ich ... ich lasse mich manchmal mitreißen. Ist das schlimm?« Weil sie schon viel zu lange redeten, beugte sie sich vor und knabberte erneut an seiner prallen Unterlippe.

Leo stöhnte, rollte sich auf sie und vertiefte den Kuss. Nun übernahm er die Kontrolle, und ... oh ... okay, das war gar nicht so schlecht. Eigentlich gefiel es ihr sogar sehr gut. Taylors Stöhnen verhallte in seinem Mund, als er eine besonders empfindliche Stelle mit der Zunge berührte, und sie erschauerte, da er die Lippen danach an ihrem Unterkiefer zu ihrem rechten Ohr wandern ließ. Oh Gott, sie mochte es so sehr, wenn man ihre Ohren liebkoste.

»Mitgerissen zu werden ist völlig in Ordnung«, glaubte sie ihn sagen zu hören, aber tatsächlich achtete sie kaum noch auf seine Worte. Er fuhr mit der Zunge über ihre Ohrmuschel, und sie bohrte die Fingernägel in sein Hemd, keuchte auf und bog den Rücken durch. »Das gefällt dir, was?«, murmelte er.

Sie nickte nicht, da er sonst vielleicht aufgehört hätte, sondern wimmerte nur etwas, das ein Ja hätte sein können, und krallte sich in seine Schultern.

Dann ließ er die Zunge in ihr Ohr wandern, und ... Großer Gott! Taylor stieß einen leisen Schrei aus und klammerte sich an Leo fest. Das, was er da machte, löste eine Flut an Empfindungen in ihr aus. Sie bohrte die Fersen in die Matratze und drückte den Rücken durch, während er etwas flüsterte, das sie nicht verstand.

Doch das war auch nicht weiter wichtig. »Zieh dich aus«, hauchte sie und zerrte an seinem Hemd. Sie wollte seine Haut auf ihrer spüren.

»Das ist eine hervorragende Idee«, raunte er ihr ins Ohr und ließ seine Zunge noch einmal über ihre Ohrmuschel tänzeln, als wollte er ihre Erregung ins Unermessliche steigern. Er setzte sich auf, und sie wimmerte leise, weil sie so gierig war, aber sie wollte ihn auch endlich spüren können.

Einen Augenblick später wurde sie belohnt, als er sein dunkles Hemd auszog und mit nackter Brust vor ihr saß.

»Heilige Mutter Anakin Skywalkers«, hauchte sie.

Hatte sie ihn wirklich nur für Thor gehalten? Dabei war er doch weitaus mehr. Gegen Leo war Thor ein Anfänger. Denn sie war sich ziemlich sicher, dass Thor nicht so einen großartigen Oberkörper mit ausgeprägten Muskeln und leicht gebräunter Haut besaß. Seine leichte Brustbehaarung war kein Manko, sondern ließ ihn sogar noch heißer aussehen. Oh, Mama, war er sexy, bis hin zu den Brustwarzen. Was wirklich unfair war, denn jetzt wollte sie unbedingt daran lecken.

Sie setzte sich auf und drückte ihn sofort wieder aufs Bett. »Leg dich auf den Rücken«, ordnete sie an. »Ich muss diese ganze Pracht mit dem Mund erkunden.«

Er gehorchte lachend und legte sich wieder hin, um mit einer Hand sanft ihren Rücken zu streicheln, während sie sich hinhockte und seine Brust mit Küssen bedeckte. Denn dieser Körper hatte es wirklich verdient, dass man ihm auf diese Weise huldigte, und genau das würde sie jetzt tun. Sie drückte einen Kuss auf einen harten Brustmuskel und wäre beinahe in Ohnmacht gefallen, als sie mit der Zunge darüberfuhr. Himmel, war dieser Muskel hart. Gab es so etwas nicht nur in Comics?

Was hatte sie doch für ein Glück!

Taylor knabberte an seiner Brust und fuhr mit den Zähnen vorsichtig über seine linke Brustwarze. Leo zischte leise, entzog sich ihr aber nicht, und sie ging zur anderen Seite über und setzte ihre Erkundungstour mit den Lippen und der Zunge fort. Leo atmete schnell und stöhnte hin und wieder leise, also schien es ihm zu gefallen. Solange er still hielt und sie machen ließ, war ihr eigentlich alles andere egal, denn ... verdammt! Sie fuhr mit der Zunge über die Furche zwischen seinen Bauchmuskeln – er hatte dort eine Furche! – und arbeitete sich weiter nach unten vor. Immerhin erwartete sie dort unten noch mehr Spaß, und sie wollte wirklich alles von ihm kennenlernen. »Ich mache mich jetzt wie Frodo auf und suche deinen Schicksalsberg.«

»Du machst was?«

»Ach, vergiss es. Das ist nur Nerd-Gerede.« Sie tauchte die Zunge in seinen Bauchnabel. »Mein Schatzzzz.«

Er kicherte und streichelte ihr mit einer Hand die Wange, während sie seinen Bauch küsste. »Warum ziehst du nicht auch dein T-Shirt aus? Gleiches Recht für alle.«

»Oh. Okay. Ich war nur durch deinem Adoniskörper abgelenkt.« Sie richtete sich höchst widerstrebend auf, beugte sich dann vor und drückte noch einen schnellen Kuss auf sein Sixpack. Denn Sixpacks musste man küssen, jawohl! Danach setzte sie sich mit einem leisen Seufzer gerade hin. »Aber ich muss dich warnen: Ich trage nicht gerade heiße Dessous.«

Leo zuckte mit den Achseln.

»Und mit nicht heiß meine ich, dass ich möglicherweise einen Batman-Slip anhabe.«

Er grinste sie an. »Stehst du auf Batman?«

»Was für eine Frage! Batman ist der Beste.«

»Ich mag Batman auch. Dann lass mich deinen Slip mal sehen«, verlangte er und wackelte mit den Augenbrauen.

»Aber gern«, sagte Taylor ernst, musste dann aber doch kichern. Sie zog sich das T-Shirt über den Kopf und warf es auf den Boden. Ihr BH war schlicht weiß und somit gar nicht so schlimm. Nicht komisch, nicht unsexy, einfach nur schlicht. Da er bei diesem Anblick nicht laut schreiend wegrannte, öffnete sie den BH und zog ihn aus.

Leo zog die Augenbrauen hoch, als sie den BH zur Seite schleuderte.

»Was ist?«

»Du hast ganz schön viel unter deiner Kleidung versteckt, was?«

Sie blickte auf ihre Brüste herab und zuckte dann mit den Achseln. »Überraschung! Es sind Titten.«

Er lachte. »Das habe ich vorhin schon gedacht, aber ich sage es dir auch gern: Du hast umwerfende Brüste.« Er strich mit den Fingerknöcheln über ihre rechte Brustwarze, und Taylor wäre beinahe auf der Stelle gekommen, weil es sich so gut anfühlte. »Aber in meiner Fantasie waren sie nicht ansatzweise so großartig.«

Was, er hatte vorher schon über ihre Brüste nachgedacht? Hurra! »Mach das noch mal, dann bekommst du meinen Slip nicht mehr zu sehen.«

Sofort zog er die Hand weg. »Ich muss zugeben, dass ich sehr gespannt auf diesen Batman-Slip bin.«

Ach, verdammt. Sie sehnte sich so sehr danach, dass er ihre Brüste streichelte, und war enttäuscht, dass sie darauf noch etwas warten musste. Mann, war sie gierig! Vermutlich musste sie sich einfach auf ihn stürzen, sobald er ihren Slip gesehen hatte. Taylor rutschte von ihm herunter und stand auf. Sie zog den Reißverschluss ihrer Jeans auf, schob sich den Stoff über die Hüften und zeigte ihm ihren Batman-Slip in Erwachsenengröße – im Internet konnte man heutzutage wirklich alles bestellen.

Sein zufriedenes Grinsen war derart umwerfend, dass sie ein Bein hob und sich die Skinny Jeans abstreifen wollte, wobei sie jedoch vergaß, dass diese noch auf Oberschenkelhöhe hing. Sie geriet ins Taumeln, aber Leos Reflexe waren deutlich besser als ihre, und so konnte er sie festhalten, bevor sie hinfiel.

»Sei vorsichtig«, sagte er leise.

»Entschuldige«, hauchte sie. »Manchmal lasse ich mich eben mitreißen. Nächstes Mal passe ich besser auf.«

Sie wollte sich schon hinsetzen, aber er legte ihr eine Hand auf die Schulter und hielt sie davon ab. »Wie wäre es, wenn ich dir helfe?«

Oh. »Okay, aber lass dir nicht zu viel Zeit. Ich bin noch lange nicht damit fertig, dich mit der Zunge zu erkunden.«

»Es würde mir im Traum nicht einfallen, dir das zu verwehren«, murmelte er und setzte sich auf. Dabei stach ihr die dicke Beule in seiner Hose ins Auge. Oh, oh, sie schien heute Nacht wirklich Glück zu haben, denn das sah ganz danach aus, als wäre er dort unten ebenso umwerfend.

Doch dann vergaß sie für einen Augenblick alles andere, als sie seine Hände auf den Oberschenkeln spürte und er ihre Jeans herunterzog. Seine Finger strichen federleicht über ihre Haut. »Ich vermute fast, dass du da unter all den Schichten auch sehr ansehnliche Beine versteckst.«

»Ich würde es nicht als verstecken, sondern eher als anziehen bezeichnen.«

Er warf den Kopf in den Nacken und lachte. »Du überraschst mich immer wieder, Taylor.«

»Ich hoffe, du magst Überraschungen.«

Sein Lachen ging in ein sinnliches Lächeln über. »Man könnte sogar behaupten, dass ich sie liebe.«

Mit einem Mal hatte sie Schmetterlinge im Bauch, aber sie zwang sich, ganz ruhig liegen zu bleiben, während er ihr die Hose auszog. Ein Glück, dass sie sich erst heute Morgen rasiert hatte! Sie stöhnte leise auf, als er mit den Fingern über ihre Wade strich, bevor er die Jeans auf den Boden legte.

Gut. Jetzt konnte sie ihn endlich weiter streicheln. Sie wollte sich schon aufsetzen, aber Leo legte die Hände an ihr Höschen und schob die Fingerspitzen unter den Saum. Taylor erstarrte. Wenn er ihr den Slip ausziehen wollte, dann würde sie ihn bestimmt nicht davon abhalten. Sie biss sich auf die Unterlippe und erschauerte ob seiner Berührung erneut, und ganz langsam zog er ihr den Slip herunter.

»Wunderschön«, murmelte er. »Ich könnte dich stundenlang einfach nur ansehen.«

»Hoffentlich machst du das nicht!«, sprudelte es aus ihr heraus.

Er sah sie überrascht an. »Was?«

Ups, hatte sie das etwa laut ausgesprochen? Sie setzte sich auf, schleuderte ihren Slip beiseite und konnte ihre Ungeduld nicht mehr im Zaum halten. »Ansehen ist ja schön und gut, aber ich bin doch eher fürs Anfassen.« Bei diesen Worten legte sie ihm eine Hand an die Schulter und schob ihn nicht gerade sanft nach hinten, um ihm zu verstehen zu geben, dass er sich wieder hinlegen sollte. »Und jetzt zieh die Hose aus.«

Er lachte erneut auf. »Du bist ganz schön herrisch im Bett, was?«

»Genug geredet. Hose runter.« Sie legte die Hände an seine Hüften, und da sie nicht widerstehen konnte, sondern sich einfach vergewissern musste, dass er auch tatsächlich so viel in der Hose hatte, strich sie ihm mit einer Hand über den Schritt. Oh ja. Das fühlte sich gut an. Taylor stieß einen zufriedenen Seufzer aus. »Mann, bin ich froh, dass ich dich mit nach Hause genommen habe.«

»Damit sind wir schon zwei«, erwiderte er mit rauer Stimme. »Soll ich mich hinlegen, damit du dich austoben kannst, oder brauchst du Hilfe?«

»Leg dich einfach auf den Rücken und lass mich machen«, entgegnete sie selbstsicher. Sie öffnete seinen Gürtel und zog leicht daran. Leo hob gehorsam das Becken, und sie zog ihm den Gürtel aus der Hose – um sich ein Ende gegen die Wange zu schlagen. »Au.«

Er lachte. »Lass mich raten – du hast dich in deiner Aufgabe verloren?«

»Bingo.« Sie rieb sich die Wange und schleuderte den Gürtel zur Seite. Es wurde Zeit, dass sie an die wichtigen Dinge herankam. Daher zog sie den Reißverschluss seiner Hose herunter und enthüllte die schwarzen Retropants darunter. Oh. Diese Unterhosen mochte sie sehr, weil sie immer so schön eng anlagen, und das war auch bei Leo der Fall. Nachdem sie ihm die Hose über die Oberschenkel gezogen hatte, musste sie eine kleine Pause einlegen und sich Luft zufächeln. »Großer Gott, deine Beine sind einfach der Hammer.«

Sie hätte nie gedacht, dass sie sich mal für die Beine eines Mannes interessieren würde, aber seine waren ebenso goldfarben wie der Rest seines Körpers, sehr muskulös und mit hellbraunem Haar bedeckt. Dieser Mann schien die Verkörperung all ihrer feuchten Träume zu sein. Das wurde ja immer besser.

»Das liegt am Reiten«, erklärte er, legte die Hände hinter den Kopf und sah sie amüsiert an. »Ich bin ein großer Sportsfreund.«

»Das glaube ich gern.« Sie fuhr mit den Fingernägeln vorsichtig über seinen rechten Oberschenkel und seufzte zufrieden. Nachdem sie ihm die Hose und die Socken ausgezogen hatte – irgendwann musste er sich die Schuhe bereits abgestreift haben –, bewunderte sie die ganze maskuline Schönheit, die da in ihrem Bett lag. Sie strich mit den Händen über seine Oberschenkel und betastete sie forschend, denn sie musste diesen Mann einfach anfassen, das ging gar nicht anders. Sie konnte vor Freude kaum an sich halten.

Als sie ihm jedoch die Unterhose auszog, erwartete sie eine weitere Überraschung. »Du bist nicht beschnitten?« Seine Eichel hatte einen dunklen Lilaton und war entblößt, aber darunter konnte sie ein wenig gewellte Haut erkennen, bei der es sich nur um seine Vorhaut handeln konnte.

»Nein. Ist das ein Problem?«

Sie überlegte kurz und zuckte dann mit den Achseln. »Fühlt es sich anders an?«

»Keine Ahnung. Ich habe noch nie mit einem beschnittenen Mann geschlafen«, meinte er grinsend.

Sie stieß ein Schnauben aus und schlug sich eine Hand vor den Mund. »Du bist echt schlimm.«

»Bin ich nicht.« Er zog sie mit breitem Grinsen auf seine Brust. »Und da sich bisher noch keine beschwert hat, gehe ich mal davon aus, dass ich auch weiß, wie man damit umgeht.«

»Na, ein Glück.« Sie rieb sich an ihm und drückte ihre Lippen auf seine.

Zu ihrer Überraschung drehte er sich mit ihr in den Armen um, sodass sie unter ihm lag. Sie spreizte die Beine, damit er sich dazwischen legen konnte, und hätte beinahe laut gestöhnt, weil es sich so gut anfühlte, ihn auf sich zu spüren. Es gab doch nichts Besseres als einen großen, heißen nordischen Gott, der einen in die Matratze drückte.

Er küsste sie spielerisch, und dann spürte sie seine Hand an ihrer linken Brust. Oh ja! Endlich bekam ihre Brustwarze die notwendige Aufmerksamkeit. Taylor wand sich unter ihm, als er ihre Brust sanft streichelte und mit den Fingern über die empfindliche Haut fuhr. Er ließ sie an der Unterseite der Brustwarze entlangwandern und rieb diese dann wieder und wieder mit dem Daumen, bis Taylor kurz vor einem Orgasmus stand. Sie stemmte die Hände gegen seine Schultern, und das machte alles sogar noch besser, weil es das reinste Vergnügen war, ihn zu berühren. Möglicherweise grub sie auch die Fingernägel in seine Haut und stieß ein sehr undamenhaftes lustvolles Stöhnen aus.

Was jedoch nichts im Vergleich zu dem Geräusch war, das ihr über die Lippen kam, als er ihre Brustwarze mit der Zunge verwöhnte. Möglicherweise verlor sie ein wenig die Kontrolle, wand sich und kratzte ihn. Ihre Brüste waren so empfindlich, dass sie seine Zärtlichkeiten kaum noch ertragen konnte, und als er sanft in ihre rechte Brustwarze biss, sog sie scharf die Luft ein. Sie biss die Zähne zusammen, zog Leo an sich, drückte das Gesicht gegen seinen Hals und küsste ihn dort.

»Oh ja«, hörte sie ihn sagen.

Da sie kaum noch an sich halten konnte und wollte, dass er ebenso wild wurde wie sie, saugte sie an seiner Haut. Er drehte sich zusammen mit ihr wieder um, sodass sie jetzt rittlings auf ihm saß und besser an seinen Hals herankommen konnte. Oh, sie liebte diesen Hals und konnte gar nicht aufhören, daran zu lecken und zu knabbern. Dieser Mann schmeckte so unverschämt gut.

Währenddessen umfing er ihre Brüste und streichelte erneut ihre Brustwarzen. Sie stöhnte an seinem Schlüsselbein und wurde immer fieberhafter in ihren Bemühungen. Dabei bewegte sie rhythmisch die Hüften, und er raunte ihr leise Worte ins Ohr, die sie überhaupt nicht mitbekam, weil sie derart mit seinem Geschmack beschäftigt war.

Sie spürte, wie er eine Hand nach unten wandern ließ, und spreizte bereitwillig für ihn die Beine. Dann stieß sie die Luft aus, als er ihr eine große Hand in den Schritt legte, was gleichzeitig zärtlich und besitzergreifend war – und wundervoll. Taylor bewegte sich heftiger und hoffte darauf, dass er sie mit den Fingern erkundete, was er auch gleich darauf tat. Er strich mit einem Finger über ihre Scheide, teilte ihre Schamlippen und rieb ihre Klitoris.

Als Reaktion darauf zuckte sie heftig zusammen und wusste genau, was sie jetzt wollte.

»Ich will dich«, stieß sie keuchend hervor und war sich ziemlich sicher, dass sie sterben würde, wenn sie ihn nicht sofort in sich spürte.

Er lachte, und seine Stimme klang rau. »Du bist die ungeduldigste Frau, die mir je begegnet ist, weißt du das?«

Warum redete er noch, wo sie doch längst miteinander schlafen konnten? Sie drückte die Lippen auf seine, küsste ihn und legte eine Hand um sein Glied, um ihn zu ermutigen. Als er daraufhin stöhnte, vermutete sie, dass sich ihr Wunsch bald erfüllen würde. Sie streichelte ihn und stellte überrascht – und auch erfreut – fest, dass sich dank seiner Vorhaut alles etwas leichter bewegen ließ. Das war … interessant.

Leo versteifte sich. »Okay, okay. Ich hole schnell ein Kondom, du ungeduldiges kleines Ding.«

»Machen Sie's so, Nummer eins«, zitierte sie *Star Trek*.

Er schien es nicht mitzubekommen. Vielmehr stand er vom Bett auf und kramte in der abgelegten Kleidung herum. Taylor starrte seinen Hintern an, denn, mal im Ernst, das war ein Weltklassehintern. Knackig, muskulös und sehr ansehnlich, genau wie Brad Pitts Hintern in diesem *Troja*-Film. Aber anders als bei Brad war Leos Hintern blasser als der Rest seines Körpers, was ihr verriet, dass er sich sehr oft in der Sonne aufhielt.

Sie war richtiggehend fasziniert von diesem weißen Hintern, und als er einen Augenblick später mit einem eingepackten Kondom in der Hand zurückkehrte, konnte sie nicht widerstehen und tätschelte seine Pobacke. Hier saß sie und durfte den tollsten Hintern der Welt bestaunen, und angesichts der blassen Hautfarbe ging sie davon aus, dass das nicht vielen vergönnt war. Dabei war es eigentlich eine Schande, einen solchen Hintern vor der Welt zu verstecken. Sie fragte sich, ob er sie auch daran herumspielen lassen würde. »Stehst du auf Analspiele?«

Er starrte sie schockiert an. »Was?«

»Prostatamassage? Ich habe gehört, dass das für Männer super sein soll.«

»So was habe ich noch nie gemacht.« Er rollte sich das Kondom über seinen prallen Penis, was ihr nur Appetit auf mehr machte.

Immerhin hatte er nicht Nein gesagt, sondern nur, dass er es nicht kannte. Aber sie vermutete, dass es bei ihrem ersten und einzigen Sex wohl doch nicht ganz angemessen war. Na gut. Sie hätte das zu gern mal ausprobiert, nur um herauszufinden, wie ein Mann darauf reagierte.

Doch das war jetzt unwichtig, denn das Kondom saß, und Leo legte sich erneut auf sie. Taylor konnte es kaum noch erwarten, ihn endlich in sich zu spüren. Junge, war sie bereit dafür. Sie rutschte ein wenig auf dem Bett herum und war derart feucht und erregt, dass sie es schon an der Innenseite ihrer Oberschenkel spüren konnte.

Leo beugte sich über sie und wollte sie küssen, als müsste er sie noch auf den Sex vorbereiten. Wie niedlich. Taylor legte ihm die Hände an die Schultern, zog ihn zu sich herunter, um ihn enthusiastisch zu küssen, und legte ihm die Beine um die Taille, damit er auch wirklich wusste, dass sie bereit war. Sie hörte sein ersticktes Lachen, doch das war ihr egal. Die Zeit des Vorspiels war vorbei, und jetzt wollte sie, dass es zur Sache ging.

»Geduld«, murmelte er und drückte die Eichel vor ihren Scheideneingang.

Als Reaktion darauf hob sie das Becken an und versuchte, ihn in sich hineinzuschieben. »Ich bin kein besonders geduldiger Mensch.«

»Nein, das bist du nicht«, hauchte er und küsste sie erneut. Dabei drang er vorsichtig in sie ein.

Wow, war das gut. Sie klammerte sich noch fester an ihn. »Mehr!«

Daraufhin stieß er sich fest in sie hinein.

Das war perfekt! Sie schrie auf, und als er sich vorbeugte,

biss sie ihn in den Hals, während er immer wieder in sie eindrang. Er zischte leise etwas, das nach Französisch klang, und stieß sich in sie hinein. Ihre Schreie wurden immer schriller, und sie bohrte die Fingernägel in seinen Rücken – was ihr aber ziemlich egal war –, weil er perfekt zu ihr zu passen schien. Irgendwie berührte er sie an genau den richtigen Stellen und schien bei jedem Stoß ihren G-Punkt und auch ihre Klitoris zu reiben. Das klang zwar völlig verrückt, aber sie hatte schon jetzt das Gefühl, dass sie gleich wie eine Rakete explodieren würde. Dabei hatte sie doch noch nie zuvor allein durch die Penetration einen Orgasmus gehabt, und jetzt stand er kurz bevor.

Sie legte die Hände an seine Hüften und kam seinen Stößen entgegen. »Fester!«

»Verdammt, Weib«, stieß er keuchend aus, kam ihrer Aufforderung jedoch nach. Schon wackelte ihr Bett so heftig, dass sie befürchtete, ihre Nachbarn würden sich gleich beschweren – nicht dass sie das in diesem Moment interessiert hätte. Diese wundervolle lustvolle Spirale baute sich bereits in ihr auf, und das allein dank der herrlichen Reibung, die sein Penis in ihr auslöste.

»Du bringst mich um«, schrie sie und krallte sich in seine Schultern.

»Soll ich aufhören?« Er verharrte.

»Nein, bloß nicht!« Sie schlug ihm mit den Fäusten gegen seine wunderbaren Arme. »Das ist gut! Das ist so verdammt gut!«

Sein Lachen ging in einem weiteren Stöhnen unter, und dann schrie sie noch lauter auf, als er die Hüften etwas anders anwinkelte und wieder in sie eindrang. Das war genau das Richtige! Sie schrie seinen Namen, hielt sich an ihm fest, als würde ihr Leben davon abhängen, und ihr ganzer Körper zog sich zusammen. Taylor war sich trotz des rauschenden Blutes in ihrem Kopf und der Flut an Empfindungen, die der Höhepunkt mit sich brachte, ziemlich sicher, dass er ebenfalls kam. Leo erschauerte und sackte dann auf ihr zusammen.

Wie benommen starrte Taylor an die Decke. »Das war … wow!«

Leo, der auf ihr lag, stöhnte. »Du machst keine halben Sachen, was?«

Sie schüttelte den Kopf. »Tut mir leid.«

»Verdammt. Du musst dich doch nicht entschuldigen.« Er setzte sich leise lachend auf und keuchte noch immer. »Aber du hast mich ganz schön ausgelaugt.«

Ihre Erwiderung bestand in einem Grinsen, da es ihr ganz genauso ging. »Ausgelaugt« beschrieb es ganz gut. »Durch und durch befriedigt« wäre auch ein passender Ausdruck für ihren Zustand gewesen.

Eine Minute später stieg er von ihr herunter und aus dem Bett, um das Kondom zu entsorgen. Taylor setzte sich auf und fühlte sich auf die genau richtige Weise verschwitzt und schmutzig. Am besten ging sie erst mal duschen. Danach wäre eine Schüssel Cornflakes nicht zu verachten.

Denn dieser Orgasmus musste gefeiert werden.

6

Leo wachte am nächsten Morgen früh auf, nach einer Nacht in dem unbequemsten und engsten Bett, in dem er je gelegen hatte. Taylor schmiegte sich an ihn, und ihm tat alles weh.

Aber es war eine unfassbar großartige Nacht gewesen. Gähnend stieg er aus dem Bett und ging ins Bad, wo er sich die Augen rieb und in den Spiegel starrte, um den Schaden zu begutachten. Sein Hals war auf beiden Seiten voller Knutschflecken, er hatte Bissspuren auf einer Schulter, und als er sich umdrehte, entdeckte er auf seinem Rücken unzählige Kratzer.

Diese Frau war im Bett der reinste Teufel.

Das hatte ihm sehr gefallen.

Alles an Taylor war anders, als er erwartet hatte, von der Art, wie sie sich kleidete, bis hin zu ihrer Offenheit und Freizügigkeit. Die meisten Frauen, mit denen er ausgegangen war oder geschlafen hatte, waren irgendwie gehemmt gewesen – manchmal war es ihm sogar so vorgekommen, als würden sie ihm nur etwas vorspielen, so komisch verhielten sie sich im Bett. Aber Taylor war herrisch und fordernd und dabei völlig bei sich gewesen. Er war selbst überrascht, dass es ihn erregt hatte, wie sie mit ihren kleinen Fäusten auf seinen Arm gehämmert und verlangt hatte, dass er schneller wurde oder in einem anderen Winkel in sie eindrang. Während er die Kratzer auf seinem Rücken bewunderte, grinste er sein Spiegelbild an. Schon jetzt genoss er seine Zeit in den Vereinigten Staaten sehr. Er war mit geringen Erwartungen hergekommen, doch bisher waren diese übertroffen worden.

Und er mochte Taylor wirklich. Aber ihre Wohnung ... Er hatte zu Hause Wandschränke, die größer waren als ihr Apartment. Als er an zu Hause dachte, fragte er sich, ob er irgendjemanden anrufen musste. Sein ganzes Leben lang hatten sich Dienstboten um ihn gekümmert. Er hatte einen Diener gehabt, der ihm die Kleidung zurechtlegte, und Fahrer, die ihn überall hinbrachten. Jetzt war er hier in den USA und hatte ... nichts von alldem.

Irgendwie wusste er nicht so recht, was er eigentlich mit sich anfangen sollte.

Sein Magen knurrte, und Leo legte sich stirnrunzelnd eine Hand auf den Bauch. Er hatte Hunger, aber hier gab es keine Diener. Selbst im Hotel musste er nur ins Restaurant gehen, und schon wurde ihm etwas zu essen gebracht. Er hatte noch nie zuvor selbst für sich sorgen müssen. Doch das würde er schon noch hinbekommen. Zuerst musste er allerdings unter die Dusche.

In Taylors winziger Dusche ging das heiße Wasser schon lange, bevor er fertig war, zur Neige, und er spülte sich ab und kramte laut fluchend in ihrem Badschrank herum, während er pitschnass nach einem Handtuch suchte. Er entdeckte ein verschlissenes *Star-Wars*-Handtuch und wickelte es sich um die Hüften. Als er aus dem Bad kam, stellte er fest, dass Taylor noch immer im Tiefschlaf im Bett lag, den Mund leicht geöffnet hatte und völlig sorglos aussah.

Eigentlich fand er das sehr niedlich, und er hätte sie gern weiterschlafen lassen, aber sein Magen knurrte wirklich laut. Daher ging er zum Bett und berührte sie vorsichtig am Fußknöchel.

Sie setzte sich ruckartig auf, und ihr zerzaustes Haar flog durch die Luft. »Hm? Was?«

Leo beobachtete, wie ihre vollen Brüste verheißungsvoll

unter der Bettdecke wippten, die sie sich schnell bis zum Kinn hochzog. Diese Frau war die reinste Versuchung. »Kannst du mir Frühstück machen?«

Taylor starrte ihn mit verschlafenen Augen an. »Wie bitte?«

»Ob du mir Frühstück machen kannst. Ich bin am Verhungern.« Er schenkte ihr ein bezauberndes Lächeln.

Sie rieb sich mit einer Hand die Augen und drehte sich zu dem Wecker um, der die Form einer dieser *Star-Wars*-Figuren hatte. »Es ist fünf Uhr früh. Willst du mich verarschen? Wer steht denn so früh auf?«

»Man muss früh aufstehen, wenn man laufen gehen will.«

»Ich laufe höchstens zurück ins Traumland.« Sie ließ sich wieder ins Bett fallen und zog sich ein Kissen über den Kopf.

Leo runzelte die Stirn. »Trainierst du denn nicht?« Tat das denn nicht jeder? Wie sollte man sich sonst für Polospiele und dergleichen fit halten? Da fiel ihm wieder ein, dass sie ja gar kein Polo spielte. Ah. Er setzte sich ans Fußende des Bettes und zog ihren kleinen rechten Fuß auf seinen Schoß, was er vor allem deshalb tat, weil er sie so gern berührte. »Was hast du heute vor?«

»Ich schlafe noch ein paar Stunden und muss dann arbeiten«, antwortete sie leise.

Das klang nicht so, als würde es zu seinen Plänen passen. »Und was ist mit mir?«

Sie setzte sich auf und rieb sich erneut die Augen. »Ich will dir ja nicht zu nahe treten, Leo, aber was soll die Frage? Ich dachte, das hier wäre ein unverbindlicher One-Night-Stand?«

»Das ist es auch.«

Sie runzelte die Stirn und gähnte. »Was willst du dann?«

Er strahlte sie an. »Frühstück?«

Taylor stöhnte gequält auf, stieg jedoch aus dem Bett. Das war doch schon mal ein Anfang. Als sie jedoch – nackt – zu einem der kleinen Küchenschränke über ihrem Herd ging, eine Schachtel herausholte und ihm reichte, war er verwirrt.

»Was ist das?«

»Cornflakes. Aber iss nicht alle Marshmallows.« Sie wartete, bis er ihr die Schachtel abgenommen hatte, und schlurfte dann ins Bad.

Cornflakes? Er konnte sich nicht daran erinnern, schon mal welche gegessen zu haben. Kurios. Normalerweise bestand sein Frühstück aus Toast, Eiern, Orangensaft und verschiedenen Wurstsorten, je nachdem, in welchem Land er sich gerade aufhielt. Eine Schüssel voller trockener, süßer Marshmallows klang nicht gerade verlockend, aber schließlich befand er sich jetzt in Amerika. Er aß eine Hand voll Cornflakes, wobei er darauf achtete, die Marshmallows nicht anzurühren, und hörte, wie sie das Wasser in der Dusche anstellte.

Einen Augenblick später ertönte ein leiser Schrei, und er zuckte zusammen, da sie das Wasser sofort wieder abstellte und aus dem Bad geschossen kam. »Hast du das ganze heiße Wasser aufgebraucht?«

Er zuckte mit den Achseln. »Ich wusste nicht, dass es so wenig davon gibt. Das solltest du mal reparieren lassen.«

Sie starrte ihn an, und er bemerkte, dass ihre Haare tropfnass waren. »Ich lebe in einem Apartmenthaus mit hunderten anderer Menschen, da kann ich die Wassertemperatur nicht beeinflussen.«

»Ah.« Er aß noch eine Hand voll Cornflakes und zuckte erneut mit den Achseln. »Wollen wir joggen gehen, wo du schon mal wach bist?«

Taylor wischte sich eine nasse Locke aus dem Gesicht und wickelte ihr Handtuch fester um sich. »Du kannst von Glück reden, dass du so gut aussiehst, sonst würde ich dich auf der Stelle umbringen.«

Er grinste. »Du bist anscheinend ein Morgenmuffel.«

Sie zeigte ihm die Zähne. »Und du willst mit mir joggen gehen?«

Ein weiteres Achselzucken. »Ich gehe morgens immer joggen. Das erfrischt mich.« Er stellte die Cornflakespackung beiseite, da das Zeug nach nichts schmeckte und auch nicht wirklich satt machte. »Von mir aus kann's losgehen.«

»Ich gebe mir die größte Mühe, dir nicht den Hals umzudrehen. Wie kann ein Mann so früh am Morgen nur schon so unausstehlich sein? Jetzt ist mir auch klar, warum du single bist.«

Er musste unwillkürlich lachen. »Na gut, du musst nicht mitkommen.«

»Das hört sich schon besser an.« Sie ließ das Handtuch auf den Boden fallen und kroch wieder ins Bett.

Es fiel ihm schwer, nicht zu bewundern, wie heiß sie aussah, als sie auf allen vieren über das Bett krabbelte. Kurz überlegte er, ob er sich zu ihr legen sollte, aber er vermutete, dass sie noch schlafen wollte, während er hellwach war. Nach einer Nacht voller heißem Sex fühlte er sich immer wie neugeboren. Er rieb sich nachdenklich den Hals. »Geh du wieder schlafen, und ich gehe joggen.«

Sie reckte einen Daumen in die Luft.

»Wo finde ich Joggingkleidung?«

Taylor öffnete ein Auge. »Im Ernst?«

»Was?«

»Wieso weißt du nicht, wie man an Joggingkleidung kommt?«

Er zuckte mit den Achseln. »Normalerweise mache ich den Schrank auf, und sie ist da.«

»Und wer ... wer legt sie in deinen Schrank?«

»Mein Diener.«

»Und wo steckt der?«

»Zu Hause. Seine Frau erwartet ein Kind, daher konnte er mich nicht begleiten.« Außerdem wusste Leo auch gar nicht, wie lange er in den Vereinigten Staaten bleiben wollte, und es wäre unfair gewesen, den Mann so lange von seiner Familie fernzuhalten.

»Für einen heißen Kerl bist du ganz schön hilflos. Ich habe ein paar Shirts, die dir passen könnten, aber leider keine Hose. Die musst du dir schon von zu Hause holen.«

»Hmm.« Die Vorstellung, in sein langweiliges Hotelzimmer zurückzukehren, behagte ihm gar nicht. Dort fühlte er sich erst recht wie im Exil – er war allein, langweilte sich und kam sich schrecklich vergessen vor. Das war kein gutes Gefühl, erst recht nicht für ihn. Er hatte sich sein ganzes Leben lang von seiner Familie und seinen Freunden verehrt und geschätzt gefühlt, und die Bewohner von Bellissime liebten ihn. Dort war er immer von Menschen umgeben gewesen.

Das Alleinsein kam ihm wie Folter vor.

Taylor rieb sich die Augen. »Du könntest dir auch Joggingkleidung kaufen gehen. Um die Ecke ist ein Sportgeschäft, ich weiß allerdings nicht, ob es jetzt schon aufhat. Wie viel willst du denn ausgeben?«

Wieder zuckte er mit den Achseln. »Normalerweise kaufe ich mir meine Kleidung nicht selbst. Was schlägst du denn vor?«

Sie schnaubte. »Dass du aufhörst, dein Leben von anderen bestimmen zu lassen.«

»Sie helfen mir.«

»Wenn du das sagst.« Sie warf ihrem Kissen einen letzten traurigen Blick zu und rutschte an die Bettkante. »Ich werde mit dir frühstücken gehen, wenn du willst, aber ich gehe nicht joggen.«

»Irgendwann bringe ich dich schon dazu«, neckte er sie.

* * *

Eine Stunde später saßen sie in einem winzigen Café in der Nähe von Taylors Wohnung. Die Gegend war für Leos Geschmack etwas zu heruntergekommen, und er hatte auf der Straße einen Obdachlosen gesehen, was ihn schockiert hatte. Manche Dinge gab es in Bellissime einfach nicht, und dort kam es auch nie vor, dass Menschen an ihm vorbeigingen, als würde er überhaupt nicht existieren. Taylor hatte dem Mann ein paar Dollarscheine in den Becher gestopft, war jedoch nicht stehen geblieben, ebenso wenig wie irgendein anderer.

Das kam ihm falsch vor, aber er wusste nicht, was er dagegen unternehmen konnte. Auch als er seinen Toast verspeist und seinen Kaffee ausgetrunken hatte, war er nicht schlauer. Taylor hatte nur eine Schüssel Müsli gegessen, nippte jetzt an ihrem Kaffee und schien ihm nicht in die Augen sehen zu können.

»Stimmt was nicht?«, fragte er schließlich, da sie sich unwohl zu fühlen schien. Tat ihr der Obdachlose ebenso leid wie ihm?

Sie fummelte an ihrer Tasse herum. »Diese Sache ist komplizierter, als ich gedacht hatte. Du bist wirklich heiß, Leo, und die letzte Nacht war großartig, aber …« Sie hielt inne und betrachtete ihn nachdenklich. »Ich bin momentan nicht auf der Suche nach einer Beziehung. Mein Leben ist auch so schon kompliziert genug.«

Deswegen machte sie sich Sorgen? »Ich bin auch nicht auf eine Beziehung aus.«

Sie lächelte ihn an. »Gut. Ich war schon besorgt, dass ›joggen gehen‹ ein Euphemismus für irgendetwas ist, das ich nicht verstehe.«

Er musste lachen. Das war wirklich toll an Taylor: Sie brachte ihn immer zum Lachen, selbst wenn er noch so niedergeschlagen war. »Nein, ich halte mich nur gern fit. Und die meiste Zeit langweile ich mich.«

»Ich nicht«, entgegnete sie offen und stellte ihre Kaffeetasse ab. »Und du warst fantastisch. Wirklich fantastisch. Aber mein Leben ist wirklich sehr kompliziert.« Für einen kurzen Augenblick sah sie traurig aus. »Wenn es nicht so wäre, würde ich mich dir sofort an den Hals werfen. Ich würde sogar mit dir joggen gehen, wenn ich dafür öfter mit dir schlafen dürfte. Aber mein Job beansprucht mich gerade sehr, und ich habe auch sonst viel um die Ohren, und wenn ich mich nicht bald an die Arbeit mache, werfen die mich noch raus.«

Ihm war nicht ganz klar, was sie damit meinte, aber ihrer Miene nach zu urteilen, war es nichts Gutes. »Kann ich dir irgendwie helfen? Ich habe mehr als genug Zeit.«

»Was genau kannst du mit einem Computer anstellen?«

»Ich kann ihn einschalten und meine E-Mails abrufen. Das ist aber auch schon alles.«

Ihre Mundwinkel zuckten. »Dann kannst du mir leider nicht helfen. Aber danke für das Angebot.«

»Wollen wir uns heute Abend wieder treffen, wenn du mit der Arbeit fertig bist?« Er hatte Lust auf Unterhaltung, und wenn er dazu noch mit Taylor schlafen konnte, wäre das umso besser.

Sie zog einige Dollarscheine aus einem knalligen pinkfarbenen Portemonnaie und legte sie auf den Tisch. »Ich werde vermutlich keine Zeit haben. Da ich gestern unterwegs gewesen bin, werde ich heute länger arbeiten müssen. Außerdem ist da noch meine Gilde.« Sie warf ihm einen betretenen

Blick zu. »Ich muss mich auf den neuesten Stand bringen lassen.«

»Weil es dein Team ist. Das habe ich nicht vergessen.«

Sie lächelte ihn an. »Ganz genau.«

Seltsamerweise ärgerte sich Leo über diese Abfuhr. Taylor war eigentlich überhaupt nicht sein Typ, und doch war sie jetzt diejenige, die es anscheinend kaum erwarten konnte, ihn loszuwerden. Die meisten Frauen bekamen gar nicht genug von seiner Aufmerksamkeit. »Dann vielleicht morgen?«

»Morgen habe ich auch zu tun.« Sie biss sich auf die Unterlippe.

Er lehnte sich frustriert zurück. »Du bist keine besonders gute Stadtführerin.«

Sie bekam rote Wangen und er sofort ein schlechtes Gewissen. Erregt war er jedoch auch, da ihn diese Röte an die letzte Nacht erinnerte. Und jetzt, wo sie ihn abblitzen ließ, musste er sich eingestehen, dass die letzte Nacht wirklich spektakulär gewesen war.

»In der Hinsicht habe ich wirklich versagt.« Sie ließ die Schultern hängen.

Verdammt. Jetzt kam er sich richtig schlecht vor. Leo legte eine Hand auf ihre. »Das ist nicht deine Schuld. Mir ist bloß langweilig. Falls du diese Woche mal Zeit hast, sagst du mir einfach Bescheid, okay?«

Sie schenkte ihm ein Lächeln und drückte seine Hand. »Ist das der Code für einen weiteren One-Night-Stand? Aber mir gefällt die Vorstellung, dass ich darüber entscheiden kann.«

»Ich hatte zwar eher an ein normales Treffen gedacht, aber wir werden ja sehen, was sich so ergibt.« Er grinste sie an.

* * *

Taylor hastete zurück in ihre Wohnung und ärgerte sich darüber, dass sie so verstimmt war. Dabei spürte sie doch diese angenehme Wundheit im Schritt und diesen schwachen Muskelkater, wie es nach richtig gutem Sex sein sollte. So hatte sie sich schon seit einer Ewigkeit nicht mehr gefühlt, und das genoss sie sehr. Weniger angenehm waren jedoch ihre Gedanken an die Gilde. Es war offensichtlich, dass Leo, der umwerfende, heiße europäische Playboy, sich langweilte und nach Gesellschaft sehnte, und doch konnte Taylor nur an sich denken.

Es war ja nicht so, dass sie ungern Zeit mit ihm verbrachte. Wenn sie jetzt zwei Wochen Urlaub und keine Verpflichtungen gehabt hätte, wäre sie den ganzen Tag lang nicht von seiner Seite gewichen. Doch sie kam beinahe um vor Schuldgefühlen, da sie fast zwei Tage nicht am Computer gewesen war. Außerdem hatte sie die nächsten beiden Tage Bereitschaft beim Kundendienst. Würg. Das bedeutete, dass Tag und Nacht alle »Notfälle« direkt an sie weitergeleitet wurden. Jeder kam mal an die Reihe, aber ausgerechnet jetzt musste das Los auf sie fallen.

Die Arbeit machte ihr keinen Spaß, aber welcher Job tat das schon? In letzter Zeit schien es ihr Boss ständig auf sie abgesehen zu haben, aber man brauchte sie. Die würden sie schon nicht feuern. Eventuell bekam sie eine Verwarnung, weil sie nicht verfügbar gewesen war, und musste eine Standpauke über sich ergehen lassen, aber das würde sie schon überstehen – so wie immer.

Was ihr größere Sorgen bereitete, waren Excelsior und Sigmund.

Dem Großteil ihrer Gilde war es vermutlich egal, was sie getrieben hatte. Es war ja nicht so, als hätte sie sich verpflichtet, ständig online zu sein. Wenn sie es war, konnte sie ihnen bei den Raids helfen, ansonsten eben nicht.

Aber bei Sigmund sah die Sache anders aus.

Sie hatte während der ganzen Zeit mit Leo nicht ein Mal ihre E-Mails abgerufen. Sie hatte auch die SMS von Sigmund ignoriert. Und sie hatte sich erst recht nicht bei Excelsior eingeloggt, denn sie hatte weitaus bessere und heißere Dinge im Sinn gehabt. Aber jetzt wurde es Zeit, den Tatsachen ins Auge zu sehen. Während sie sich innerlich wappnete, entsperrte Taylor ihr Handy. Eine Nachricht nach der anderen erschien, und sie zuckte zusammen und ging alle durch. Sie waren alle von Sigmund, der sich panisch Sorgen um sie machte. Er wollte wissen, wieso sie nicht online aufgetaucht war; bat sie, ihm kurz zu schreiben, dass es ihr gut ging. Sehr viele Nachrichten wiederholten sich, als wollte er sicherstellen, dass sie sie auch bekam.

Oje.

Auf dem Rückweg zu ihrer Wohnung las sie die Nachrichten durch, dann setzte sie sich an ihren Computer und widmete sich ihren E-Mails. Die ganze Freude und Zufriedenheit der letzten Nacht waren verflogen und wurden durch nagende Schuldgefühle ersetzt. War Sigmund jetzt endgültig außer Kontrolle geraten? Sie würde nie damit leben können, wenn er sich ihretwegen etwas angetan hatte. Mit einem unguten Gefühl im Magen las sie seine zahlreichen E-Mails durch, die zunehmend verzweifelter klangen.

Schließlich loggte sie sich mit mulmigem Gefühl bei Excelsior ein, und ihr Charakter erschien auf dem Bildschirm. Leuchtend grüne Bäume und ein üppiger Wald umgaben ihre Drachenreiterin, und ein anderer Charakter lief gerade an der Stelle vorbei, an der sie stand. Ihr Charakter stand im Kraaka-Dorf, was ausgesprochen seltsam war, denn sie hätte schwören können, dass sie sich in der Stadt Cityport ausgeloggt hatte. Möglicherweise hatte es einen globalen Reset gegeben, von dem sie nichts mitbekommen hatte. Da sie neugierig geworden war, rief sie die Nachricht des Tages auf.

Du spielst seit 198 Tagen und warst vor 6 Stunden das letzte Mal online.

Was? Sie war sich ziemlich sicher, dass sie vor sechs Stunden zusammen mit Leo das zweite Kondom in Benutzung gehabt hatte. Bei dieser Erinnerung presste sie die Beine zusammen. *Böse Taylor. Denk nicht an den scharfen Kerl, dem du gerade eine Abfuhr erteilt hast. Du hast ganz andere Probleme und keine Zeit für Schäferstündchen. Damit ist es jetzt vorbei.* Was eigentlich schade war, da es Spaß gemacht hatte.

Sigmund: Hi.

Sie verkrampfte sich sofort. Gleichzeitig ärgerte sie sich darüber, dass sie nervös wurde, sobald Sigmund sie kontaktierte, aber sie wusste nicht, was sie dagegen tun konnte.

Sigmund: Falls du dich wunderst, ich habe mich vor ein paar Stunden bei deinem Konto angemeldet, weil ich wissen wollte, ob damit alles okay ist. Esme hat mir dein Passwort verraten.

Esme war die Heilerin ihrer Gilde, der sie das Passwort eigentlich nur für den Notfall gegeben hatte. Sie nahm sich vor, es sofort zu ändern.

HaveANiceTay: Okay, danke. Ja, es läuft alles.

Sigmund: Geht es dir gut?

Sigmund: Wo bist du gewesen?

Sigmund: Ich habe mir solche Sorgen gemacht.

HaveANiceTay: Mir kam was dazwischen, sodass ich länger als geplant weg gewesen bin. Entschuldige.

Sigmund: Was ist denn dazwischengekommen?

Sigmund: Geht es dir gut?

Sigmund: Bist du krank?

HaveANiceTay: Nein, ich bin nicht krank, aber … ein

Freund ist vorübergehend in der Stadt. Ich hatte dir doch erzählt, dass ich nicht da sein werde.

Sigmund: Ja, aber du hast auch gesagt, du wärst abends wieder da, und das warst du nicht.

Sigmund: Und einige Typen aus der Gilde ›Liege of Darkness‹ haben erzählt, dass sie dich mit einem Mann im Pub gesehen hätten.

Sigmund: Hattest du ein Date???

Oh Mann. Sie fasste den Vorsatz, beim nächsten Spieler-gegen-Spieler-Event jeden von »Liege of Darkness« abzuschlachten.

HaveANiceTay: Nein, das war kein Date. Er ist noch nicht lange in den Staaten und suchte Gesellschaft. Eine Freundin hat mich gebeten, ihm die Stadt zu zeigen.

Sigmund: Hört sich für mich ganz nach einem Date an.

Okay, es hatte sich eindeutig zu einem Date entwickelt, und sie hatten mehrmals miteinander geschlafen. Bei der Erinnerung wurde Taylor ganz warm. Doch das konnte sie Sigmund natürlich nicht sagen, der von ihr regelrecht besessen war.

HaveANiceTay: Es war kein Date. Wem glaubst du, denen oder mir?

Weil sie ohnehin schon dabei war, ihm ein schlechtes Gewissen zu machen, schrieb sie noch:

HaveANiceTay: Ich dachte, wir wären Freunde.

Sie verschränkte die Arme vor der Brust und starrte wartend auf den Bildschirm. *Bitte kauf es mir ab.* Er würde völlig durchdrehen, wenn er ihr das nicht glaubte, und sie wusste nicht, was sie dann tun sollte. Die Vorstellung, die nächsten acht Stunden damit zu verbringen, ihn davon abzuhalten, sich etwas anzutun, war so schlimm, dass sie am liebsten schreiend vom Computer weggerannt wäre. Doch das konnte sie nicht tun. Sie saß hier fest, war regelrecht seine Geisel und wurde von seinen Drohungen, sich wehzutun oder umzubringen, festgehalten.

Sigmund: Okay. Entschuldige. Ich bin wohl ein wenig in Panik geraten.

Taylor stieß die Luft aus.

HaveANiceTay: Schon gut.

Sigmund: Ich habe mir eben Sorgen gemacht.

HaveANiceTay: Ich weiß. Es wurde spät, weil er einfach keine Ahnung hat, und danach bin ich direkt ins Bett gegangen. Tut mir leid, dass ich den Raid verpasst habe.

Sigmund: Du würdest es mir doch sagen, wenn du einen Freund hast, oder?

HaveANiceTay: Würde das denn einen Unterschied machen? Wir sind nur Freunde, Sigmund. Ich habe es dir doch schon mal gesagt, dass ich keine Beziehung habe. Daran hat sich nichts geändert. Und ich will auch keine.

Sigmund: Nicht einmal mit mir?

Ganz bestimmt nicht mit dir! Das Gute am Internet war, dass es einem leichter fiel, Dinge weniger drastisch rüberzubringen.

HaveANiceTay: Nicht einmal mit dir. ☺

Sigmund: Und auch nicht mit dem Typen, mit dem du zusammen warst?

HaveANiceTay: Wir sind nur Freunde, das ist alles. Er ist ebenso wenig auf eine Beziehung aus wie ich.

Allerdings wollten sie beide heißen Sex, doch das war etwas anderes. Taylor schaute hinüber zu ihrem Bett, das nach der letzten Nacht noch immer ganz zerwühlt war. Sie fragte sich, ob die Kissen wohl noch nach Leo dufteten, und schon wurde ihr wieder ganz warm.

Sigmund: Ist es komisch, dass ich mich darüber freue?

HaveANiceTay: Ich habe einfach zu viel um die Ohren. Die

Arbeit ist super anstrengend, und für die Gilde geht meine ganze Freizeit drauf.

HaveANiceTay: Ich komme ja so schon kaum aus dem Haus.

Sigmund: Hm.

Das Gespräch verlief deutlich besser, als sie erwartet hatte. Die Anspannung in ihren Schultern ließ ein wenig nach, und sie beschloss, die entscheidende Nachricht abzuschicken.

HaveANiceTay: Selbst wenn ich mal einen Tag nicht online bin, musst du nicht gleich durchdrehen und mir eine Million Nachrichten schicken oder mein Konto hacken, okay? Das wird mir langsam unheimlich.

Es gab eine lange Pause, die Taylor immer nervöser machte. Vielleicht war sie doch zu weit gegangen. Möglicherweise war es nicht klug, Sigmund zu schelten, weil er ein Cyberstalker war, aber, verdammt, ihr gingen die Optionen aus.

Sigmund: Es ist nur so, dass ... Du bist meine beste Freundin.

Sigmund: Meine EINZIGE Freundin.

Sigmund: Ich hätte mir letzte Nacht beinahe was angetan.

Sigmund: Ich habe mir den Kopf zerbrochen, ob ich was Falsches gesagt habe.

Sigmund: Und dann war ich so aufgebracht, dass ich in die Küche gegangen bin und mir ein Messer geholt habe.

Sigmund: Ich habe versucht, mich daran zu erinnern, wie man sich am effektivsten die Pulsadern aufschneidet.

Sigmund: Aber dann hatte ich doch nicht den Mumm dazu.

Taylor schnappte nach Luft, und vor lauter Frustration und Panik stiegen ihr die Tränen in die Augen. Sie presste die Finger an ihre Schläfen. Eigentlich war sie ein sehr fröhlicher Mensch, aber wegen Sigmund wurde sie zu einem Nervenbündel.

HaveANiceTay: Du kannst dir doch nichts antun, nur weil ich mal EINEN TAG lang nicht online bin. Spinnst du, Sig?

HaveANiceTay: Das ist doch bescheuert.

Sigmund: Ich weiß.

Sigmund: Aber ich bin dann immer so verzweifelt … und ich liebe dich doch so sehr.

Sigmund: Keine Sorge, als Freundin natürlich.

Sigmund: Ich liebe dich wie eine Freundin.

Sigmund: Und ich bin in Panik geraten. Tut mir leid.

HaveANiceTay: Jetzt fühle ich mich auch nicht besser!

Sigmund: Tut mir leid.

Sigmund: Wenn es dich beruhigt: Ich habe beschlossen, dass ein Messer nicht die richtige Methode ist. Zu blutig. Ich werde Tabletten schlucken.

HaveANiceTay: Hörst du jetzt endlich auf damit? Du darfst dich nicht umbringen, Sigmund. Bitte! Hast du denn niemanden, mit dem du reden kannst? Angehörige? Einen Therapeuten? Einen Mitbewohner? Irgendjemanden?

Sigmund: Ich rede doch mit dir, oder nicht?

Taylor hätte sich am liebsten übergeben. Gut, er redete mit ihr darüber, aber sie konnte ihm da nicht raushelfen. Sie wusste nicht, was sie tun sollte … sie konnte einfach nur online bei ihm sein.

HaveANiceTay: Versprich mir einfach, dass du dir nichts antun wirst, okay?

Sigmund: Das kann ich dir nicht versprechen.

Sigmund: Aber ich verspreche dir, dass ich nichts tue, ohne vorher mit dir zu reden.

Sigmund: Hey, in ein paar Minuten bricht eine Gruppe zur Dunkelzitadelle auf. Wollen wir mitgehen?

HaveANiceTay: Okay. Ich muss nur eben mit diesem Kunden telefonieren, dann bin ich wieder da. Bis gleich.

Sie markierte ihren Charakter als »away from the computer« und schob den Bürostuhl von ihrem kleinen Eckschreibtisch weg. In Wirklichkeit musste sie mit niemandem telefonieren, aber das konnte Sigmund ja nicht wissen. Sie brauchte einfach ein paar Minuten für sich. Am liebsten wäre sie weggelaufen, hätte ihr Konto gelöscht und keinen Blick zurückgeworfen, aber das wäre das Ende für Sigmund, oder nicht?

Frustriert und aufgelöst ließ sich Taylor aufs Bett fallen und drückte ihr Kopfkissen an die Brust.

Es roch tatsächlich nach Leo.

Ein verzweifeltes Schluchzen stieg aus ihrer Kehle auf, und sie drückte die Nase in das Kissen und weinte einige Minuten lang, bevor sie zurück an den Rechner ging.

7

Jeden Morgen verließ Leo sein schickes Hotel an der Park Avenue und ging im Central Park joggen.

Am Montag traf er sich mit den Botschaftern aus Bellissime.

Am Mittwoch hatte er einen Fototermin zu wohltätigen Zwecken. Er blieb einige Zeit dort, schüttelte Hände und lächelte in die Kameras.

Am Donnerstag sah er sich den hiesigen Poloklub an.

Abgesehen davon langweilte er sich zu Tode und hatte viel zu viel Freizeit. Er drehte Runden im Hotelpool. Ging reiten. Nahm seine Mahlzeiten in verschiedenen Restaurants ein. Ging noch öfter joggen. Sah sich im Fernsehen einige Fußballspiele an.

Und langweilte sich noch immer. Inzwischen hatte er einige Bekanntschaften geschlossen, und die Mitglieder des Poloklubs schienen ganz nett zu sein ... aber das reichte ihm nicht. Alle hielten ihn entweder für einen Briten – und er war es leid, ständig seine Herkunft zu erklären – oder für einen wandelnden Geldsack. Die Leute fragten ihn, ob er Prinz William oder Kate Middleton kannte. Ob er sich oft mit Prinz Harry traf. Sie machten Witze und erkundigten sich, ob er in Hogwarts gewesen wäre. Einige Frauen im Poloklub hatten ihn angesehen, als wollten sie ihn mit Haut und Haaren verschlingen, aber anstatt sich geschmeichelt zu fühlen, war er genervt. Für diese Frauen war er nichts als ein umgänglicher Mann, der zufälligerweise auch noch einen Titel und gute Beziehungen hatte. Er war eine Art Statussymbol oder, schlimmer noch, eine Kuriosität.

Außerdem empfand er es als alarmierend, dass ihn viele der Frauen als leichte Beute anzusehen schienen. Sie setzten sich neben ihn, ließen sich von ihm auf Drinks einladen und machten versteckte Anspielungen, indem sie sich nach seiner Familie und seinem Job erkundigten. Nach gerade mal drei Fragen hatte er stets begriffen, dass sie sich eigentlich nur dafür interessierten, wie viel Geld er hatte.

Doch da waren sie die Angeschmierten, denn Leo hatte nicht die geringste Ahnung, wie reich er eigentlich war. Danach war er nicht wieder in den Poloklub gegangen. Er hatte sich gelangweilt, sich im Fernsehen noch mehr Fußballspiele angesehen und sich wie ein Ausgestoßener gefühlt.

Ein solches Leben war er einfach nicht gewohnt.

Nach einer Woche kam er sich völlig isoliert vor und wurde immer unruhiger. Außerdem ärgerte er sich zunehmend über die Lage in Bellissime, die seine aktuelle Situation erst heraufbeschworen hatte. Diese verdammten Separatisten.

Er hatte Taylor im Laufe der Woche mehrmals angerufen und ihr Nachrichten geschickt, doch sie hatten sich kein weiteres Mal getroffen. Sie entschuldigte sich immer, war witzig und süß, hatte jedoch keine Zeit für ihn. Entweder hatte sie Bereitschaft, war für einen Raid verabredet, musste lange arbeiten … Immer kamen neue Ausreden. In ihrem Leben passierte einfach zu viel, und sie hatte keine Zeit, ihn zu bespaßen.

Das fand Leo sehr schade, denn seit er in den Vereinigten Staaten war, hatte er mit ihr den meisten Spaß gehabt. Er konnte nicht aufhören, an sie zu denken. Ihr fröhliches, verspieltes Lachen, ihre seltsame Kleidung und ihr Enthusiasmus gingen ihm nicht aus dem Kopf, ebenso wie ihre Offenheit im Bett. Der Sex mit ihr war unglaublich gewesen. Da sie ihn jetzt auch noch ständig abblitzen ließ, wurde sie umso mysteriöser für ihn, und er wollte sie unbedingt besser kennenlernen ... wenn sie ihm doch nur die Gelegenheit dazu geben würde.

Daher griff er am Freitag erneut zum Telefon und versuchte es ein weiteres Mal.

Nachdem bei drei Versuchen nur die Mailbox rangegangen war, auf die er nichts draufsprechen wollte, geriet er ins Grübeln. Eine SMS wollte er nicht schreiben, da man die noch leichter ignorieren konnte – außerdem hatte er das diese Woche schon mehrmals getan, aber jetzt wollte er mit ihr reden.

Beim vierten Versuch ging sie endlich ran. »Technischer Kundendienst, wie kann ich Ihnen helfen?«, fragte sie fröhlich.

»Ich kriege meinen Computer nicht an«, sagte er.

Nach einer langen Pause hörte er ein Kichern, bei dem er fast eine Erektion bekam. »Leo?«

»Hallo.«

»Entschuldige, aber ich bin bei der Arbeit. Ich hatte nicht gesehen, dass es ein Privatgespräch ist.« Er konnte hören, dass sie lächelte. »Wie geht es dir?«

»Ich langweile mich zu Tode. Und was ist mit dir?«

Sie seufzte. »Ich habe viel zu tun. Bei der Arbeit ist diese Woche die Hölle los. Ich schiebe eine Extraschicht, weil mein Boss mich dazu gedrängt hat, aber jetzt habe ich gar keine Freizeit mehr.« Nun klang ihre Stimme nicht mehr fröhlich, sondern gestresst.

»Dann solltest du mal mit mir mittagessen gehen.«

»Ich kann nicht, ich habe Bereitschaft. Darum muss ich zu Hause bleiben und arbeiten.«

»Was ist mit Abendessen?«

»Ich muss bis Mitternacht arbeiten.«

»Ich könnte um Mitternacht vorbeikommen«, schlug er in möglichst gelassenem Tonfall vor. »Dann gehen wir was essen. Irgendein Restaurant wird schon noch aufhaben, oder? Das ist schließlich eine Großstadt.«

Ihr Seufzen klang bedrückt. »Das hört sich sehr verlockend an, aber irgendwann muss ich auch mal schlafen. Tut mir leid, aber ich bin echt ein Spielverderber. Es war leider nicht gelogen, als ich gesagt habe, dass ich für nichts mehr Zeit habe.«

»Du kannst es mir aber nicht verdenken, dass ich es trotzdem versuche. Was ist mit morgen?«

»Morgen Abend ist der nächste Raid, und nachdem ich letzte Woche schon nicht dabei war, muss ich dieses Mal daran teilnehmen.«

»Hmm, das ist wirklich schade.« Sie gab ihm wegen eines Computerspiels einen Korb. Das setzte seinem Ego gewaltig zu. »Wie wäre es denn mit heißem, unverfänglichem Sex nach deinem Raid? Ich könnte zu dir kommen.«

Sie kicherte erneut. »Lieber nicht. Aber danke für das Angebot.«

Himmel noch mal, sie gab einfach nicht nach. »Na gut. Du hast ja meine Nummer, falls du mich sehen willst.«

»Ja«, meinte sie fröhlich. »Tut mir leid, Leo, aber irgendwie ist momentan alles total hektisch. Das verstehst du doch, oder?«

»Aber sicher.« Er murmelte noch etwas wie »Schönen Tag noch« und legte frustriert auf. Normalerweise lagen ihm die Frauen reihenweise zu Füßen. Doch ausgerechnet dieses Mal, wo er wirklich hinter einer her war, konnte er sie nicht einmal dazu bringen, ihre Wohnung zu verlassen.

Nachdenklich starrte er sein Handy an. Tatsächlich verließ sie die Wohnung mindestens einmal pro Woche – wegen dieses Party-Dingens, das sie erwähnt hatte und das samstagabends im Pub stattfand. Die Chancen standen gut, dass er sie dort treffen würde, wenn er auch hinging.

Dann hatte er am Wochenende ja doch etwas vor.

***

Taylor freute sich überhaupt nicht auf die LAN-Party.

Dabei sollte man sich doch an einem Samstagabend amüsieren. Das war die Zeit, in der sie sich nach einer langen Woche im technischen Kundendienst entspannen wollte. Sie hatte zwei Extraschichten gemacht, nachts Bereitschaft geschoben und es irgendwie noch geschafft, tagsüber zu spielen, damit Sigmund nicht völlig durchdrehte. Und jetzt am Wochenende hatte sie nicht etwa weniger, sondern noch viel mehr Stress. Eigentlich wollte sie gar nicht auf die LAN-Party gehen. Wenn sie es tat, würde sie sich stundenlang mit anderen Menschen unterhalten müssen. Zuerst wollten sie einen instanzierten Raid machen, der nur per LAN verfügbar war, und danach einen Gilden-Raid. Das bedeutete, dass sie vermutlich nicht vor drei Uhr früh ins Bett kam, dabei wollte sie doch am liebsten jetzt schon schlafen.

Aber wenn sie nicht hinging, würde Sigmund nur vermuten, dass sie wieder eine Verabredung hatte, und er war schon die ganze Woche über so komisch gewesen.

Das Ironische an der ganzen Sache war, dass sie wirklich gern wieder mit Leo ausgegangen wäre, jedoch schlichtweg keine Zeit für ihn hatte. Sie musste schon die ganze Woche lang – fast schon obsessiv – an ihren One-Night-Stand denken und dass er sie in den letzten Tagen mehrmals per Telefon oder

SMS um ein Treffen gebeten hatte. Immer wenn sie gerade zusagen wollte, fiel ihr Sigmund wieder ein – Sigmund, der ihr täglich damit drohte, sich umzubringen.

Sie fühlte sich gefangen. Der ganze Spaß an Excelsior war ihr schon vor langer Zeit vergangen, und jetzt fühlte sie sich verpflichtet, weiterzuspielen und Zeit mit Sigmund zu verbringen, wo sie doch viel lieber Leo anrufen und ihm sagen würde, dass sie ihn wollte. Himmel, sie hatte sogar darüber nachgedacht, joggen zu gehen, und sie war nun wirklich nicht bei jedem Mann zu solchen körperlichen Aktivitäten bereit.

Aber solange Sigmund ihr tagtäglich die Pistole auf die Brust setzte, war sie schon bei der Vorstellung, einen weiteren Menschen in ihr Leben zu integrieren, gestresst. Daher würde ihr Leo für immer nur als fantastischer One-Night-Stand in Erinnerung bleiben.

Jammerschade.

Sie setzte sich ihre Lieblingskappe auf, zog sich ein T-Shirt und Jeans an, wickelte sich ihren *Doctor-Who*-Schal um und schnappte sich ihren Laptop. Sie musste hingehen. *So schlimm wird es schon nicht werden, Tay-Tay,* sagte sie sich. *Wenn du erst einmal da bist, wirst du dich schon amüsieren. Sobald du wieder zu Hause bist, kannst du dich entspannen. Du magst deine Gilde doch und spielst das Spiel gern.*

Seltsamerweise fiel es ihr jedes Mal schwerer, sich auf diese Weise zu motivieren.

Taylor schlang sich den Riemen ihrer Laptoptasche über die Schulter und verließ die Wohnung. Der Weg zum Pub war nicht weit, und sie holte sich unterwegs einen Eiskaffee, um sich aufzuheitern, da sie mental und körperlich ziemlich am Ende war.

Auf der Straße begegnete sie bereits einigen anderen Spielern, die ebenfalls unterwegs zum Pub waren. »Hey, Taylor«, begrüßte Nate sie und winkte. Er war mit Crispin und Geoff unterwegs. »Freust du dich schon auf den Raid?«

Überhaupt nicht. »Ja, klar!«

Der schlaksige Geoff lief aufgeregt auf ihre andere Seite, »Wir werden die von Six-Eleven in Grund und Boden rammen, oder?«

Taylor grinste. »Das will ich doch hoffen. Ich habe meine Drachenreiterin die ganze Woche über verbessert und ihr neue Ausrüstung besorgt.« Schließlich hatte sie sich während der Online-Zeit mit Sigmund irgendwie beschäftigen müssen.

»Genau wie ich. Das wird heute der Hammer.«

Das wollte sie doch hoffen.

Einer der Jungs hielt ihr die Tür des Pubs auf, und Taylor ging hinein. Dann hätte sie beinahe ihren Laptop fallen lassen, als sie Leo an der Bar entdeckte.

Er war kaum zu übersehen – schließlich überragten sein Kopf und seine Schultern die beiden, die neben ihm saßen, und sein wundervolles dunkelblondes Haar fiel sofort auf. Er sah sich das Fußballspiel auf dem Fernseher über der Bar an und sah plötzlich zur Tür, als würde er auf jemanden warten.

Als er sie entdeckte, lächelte er sie an.

Taylor stutzte. In ihrem Bauch machten sich gleichzeitig Nervosität und Aufregung breit. War Leo hergekommen, weil er sie sehen wollte?

Großer Gott. Sie konnte nur hoffen, dass Sigmund nichts davon erfuhr.

»Was machst du denn hier?«, fragte sie, als Leo aufstand und auf sie zukam.

»Ich dachte, ich komme zu der Party.«

Sie beugte sich vor und hielt nach seinem Rucksack Ausschau. »Wo ist dein Computer?«

»Ach, ist das eine Computerparty?«

»Was dachtest du denn, was eine LAN-Party ist?«

»Keine Ahnung.« Er zuckte mit den Achseln, grinste schief und trank einen Schluck Bier. »Aber da du hier sein würdest, wollte ich ebenfalls herkommen.«

Bei seinen Worten wurde ihr ganz warm. »Das ist eine Computerparty, du Pappnase. Jeder bringt seinen Laptop mit, und man spielt in einem lokalen Netzwerk.«

»Ah. Kann ich dir dann beim Spielen zusehen?« Er sah sie gebannt an und hob die Augenbrauen, und sie musste wieder an den letzten Samstag denken. Mann, war das eine unglaubliche Nacht gewesen. Alles in ihr sehnte sich nach einer Wiederholung. Welchen besseren Weg als ein paar Orgasmen gab es denn schon, um sich zu entspannen?

Aber sie zögerte. »Ich weiß nicht, Leo. Das war mein voller Ernst, als ich sagte, dass mein Leben gerade ziemlich kompliziert ist.«

»Ganz im Gegensatz zu meinem«, erwiderte er und schnitt eine Grimasse. »Ich langweile mich schrecklich, und du bist momentan das einzig Interessante in meinem Leben, daher dachte ich, ich komme her und leiste dir Gesellschaft.«

Sie kaute auf ihrer Unterlippe herum und sah zu den anderen hinüber. Alle gingen mit ihren Rechnern in den Nebenraum und musterten sie dabei neugierig. Wenn Leo bei ihr blieb, würde irgendjemand Sigmund davon erzählen. Gamer waren die schlimmsten Klatschbasen, die sie kannte.

»Es geht nicht, Leo. Tut mir leid.«

»Warum nicht?« Er runzelte die Stirn. »Liegt es an mir?«

»Nein, natürlich nicht! Du bist toll, unglaublich und wunderbar, und ich würde dich besteigen wie den Mount Everest, wenn mein Leben nicht gerade die reinste Katastrophe wäre.«

Er verzog die sinnlichen Lippen zu einem Lächeln. »Du magst Bergvergleiche, was?«

»Das liegt daran, dass du auch ein Berg bist, ein großer, scharfer Berg von einem Mann.« Sie berührte ihn am rechten Bizeps und zwang sich dann, die Hand sinken zu lassen. Wenn sie seine Muskeln zu lange berührte, wäre es um sie geschehen. »Ich kann nicht.«

»Kein Mann wird ewig warten«, murmelte er und beugte sich zu ihr hinüber.

»Ich weiß.« Es kam ihr vor, als müsste sie auf alle Weihnachtsgeschenke verzichten, doch es ging nicht anders. Es war schon schlimm genug, dass sie jetzt mit ihm redete. Sie machte widerstrebend einen Schritt nach hinten und deutete zum Hinterzimmer, in dem ihre Freunde gerade alles aufbauten. »Ich sollte gehen.«

»Taylor ...«, begann er und machte einen Schritt auf sie zu.

Nein, das war eine blöde Idee. Das alles hier. Sie drehte sich auf dem Absatz um, stürmte zum Hinterzimmer und drängelte sich dabei an Geoff und einigen anderen vorbei, die noch an der Bar standen, um sich Bier zu holen. Der hintere Raum war voll, und sie hatten die Tische zusammengeschoben, damit auch alle reinpassten. Taylor musste sich seitlich hindurchschlängeln und aufpassen, dass sie keine Stuhl- oder Menschenbeine mitnahm. *Bitte komm mir nicht hinterher, Leo. Bitte nicht.*

»Hey, Tay-Tay, sieh mal, was für dich gekommen ist!«

Als sie aufblickte, entdeckte sie Gina, die aufgesprungen war und in die Mitte der zusammengeschobenen Tische deutete.

Dort stand ein riesiger Strauß aus roten und weißen Blumen. Zwischen den Blüten steckten herzförmige Miniballons, und eine ebenfalls herzförmige Karte ragte in der Mitte heraus. Taylor ging langsam näher, stolperte beinahe über einen Stuhl und zog die Karte aus den Blumen.

Entschuldige, dass ich so anstrengend gewesen bin. Hoffentlich heitert dich der Strauß wieder auf. Dein Freund Sigmund.

Scheiße!

Sie starrte die Blumen entsetzt an. So etwas schenkte man sich unter Freunden nicht, einen solchen Strauß schenkte man seiner Freundin, wenn man Mist gebaut hatte. Der Strauß war riesig und musste ein Vermögen gekostet haben, und er hatte hier auf sie gewartet, weil Sigmund gewusst hatte, dass sie herkommen würde. Wäre sie nicht hier erschienen, hätte er das ebenfalls erfahren.

Taylor fühlte sich wie ein Tier in der Falle.

Sie warf die Karte weg und drehte sich auf dem Absatz um. Sie musste in die hinterste Ecke des Raums. Dort würde sie ihre Kopfhörer aufsetzen und sich verstecken.

Aus dem Augenwinkel sah sie, wie Leo im Türrahmen auftauchte. Verdammt! Er hatte die Blumen bestimmt gesehen, oder Gina würde es ihm verraten und …

Sie war derart damit beschäftigt, von den Blumen wegzukommen, dass sie gar nicht darauf achtete, wohin sie ging. Doch dann blieb sie mit dem Fuß an irgendetwas hängen, und im nächsten Augenblick kam die Tischplatte auch schon auf sie zu.

Etwas Hartes prallte gegen ihren Kopf, und um sie herum wurde es dunkel.

* * *

Leo saß nervös im Wartezimmer und starrte zur Uhr hinüber. In der Notaufnahme am anderen Ende des Ganges war viel los, und er hörte Babys weinen. Jemand beschwerte sich, und Krankenschwestern hasteten an ihm vorbei. Er rutschte auf dem unbequemen Stuhl in dem sterilen weißen Raum herum und schaute immer wieder zu der Tür, durch die Taylor vor nicht allzu langer Zeit verschwunden war. Er hatte noch nie solche Angst gehabt wie in dem Augenblick, in dem er sie ohnmächtig und mit blutender Stirn auf dem Boden hatte liegen sehen.

Im Nachhinein glaubte er, dass er mit ihr auf den Armen den ganzen Weg zum Krankenhaus gerannt war. Möglicherweise war er auch in ein Taxi gestiegen, aber so genau konnte er sich nicht mehr erinnern.

Die Tür ging auf, und ein Mann mit einem Klemmbrett in der Hand kam heraus. Er schrieb etwas auf, und Leo erhob sich. Als der Mann ihn sah, steckte er seinen Stift in die Brusttasche seines weißen Kittels. »Sind Sie der Freund?«

Leo brauchte eine kleine Notlüge. Taylor würde das bestimmt nicht gut finden, aber das war ihm egal. »Der bin ich.«

»Man hat mir erzählt, Sie hätten sie hergetragen. Bei Kopfverletzungen muss man wirklich vorsichtig sein. Es wäre besser gewesen, einen Krankenwagen zu rufen. Hätte sie eine Gehirnerschütterung gehabt, wäre ihr Zustand dadurch nur noch schlimmer geworden.« Er bedachte Leo mit einem tadelnden Blick.

Leo fuhr sich mit einer Hand durch das Haar. »Ich konnte nicht mehr klar denken und wollte sie nur schnellstmöglich zu einem Arzt bringen.« Erst dann registrierte er, was der Mann noch gesagt hatte. »Sie hat keine Gehirnerschütterung?«

»Sie hat einen heftigen Schlag gegen den Kopf bekommen, wird in einigen Tagen jedoch wieder auf den Beinen sein. Sechs Stiche am Haaransatz, ein verstauchter Fußknöchel vom Sturz und eine geprellte Rippe, weil sie dabei gegen etwas geprallt ist, vermutlich gegen einen Stuhl, wenn es dort tatsächlich so eng war, wie Sie sagen.« Der Arzt verlagerte das Gewicht und sah Leo ernst an. »Sie sagt, sie würde allein leben, aber ich möchte, dass während der nächsten Tage jemand bei ihr ist, falls ihre Kopfverletzung doch schwerer sein sollte, als wir annehmen.«

»Aber natürlich.« Darum musste der Mann ihn nicht lange bitten. Leo hatte ohnehin vor, Taylor mit in sein Hotelzimmer zu nehmen und sich vorerst um sie zu kümmern. »Ich werde bei ihr bleiben, bis es ihr besser geht.«

»Die junge Dame hat eine beachtliche Krankenakte«, fuhr der Arzt fort und musterte Leo irritiert. »Sie scheint zu Unfällen zu neigen. Allein in den letzten Jahren haben wir sie mehrmals in der Notaufnahme zu sehen bekommen.«

Leo rieb sich das Kinn. Die arme Taylor. »Sie lässt sich leicht ablenken.«

»Versuchen Sie, dafür zu sorgen, dass sie nicht aufsteht und sich nicht noch einmal verletzt, ja?«

Leo nickte. »Kann ich jetzt zu ihr?«

Der Arzt deutete auf die Tür. »Ich schicke gleich jemanden rein, der den Papierkram erledigt, danach kann sie nach Hause. Sie bekommt ein paar besonders wirksame Schmerztabletten mit, ansonsten verordne ich aber nur Ruhe.«

»Danke, Doktor.« Leo schüttelte dem Mann die Hand und hastete in Taylors Zimmer.

Im Krankenzimmer befanden sich ein Bett, ein blauer, aufgezogener Vorhang und einige piepende Geräte. Das alles war ihm völlig egal. Ihn interessierte nur die schmale, zerbrechlich wirkende Frau, die mit geschlossenen Augen und auf dem Kissen ausgebreiteten Haaren im Bett lag. Sie hatte einen dicken Verband um den Kopf, und ihr rechter Fuß ragte unter der Decke hervor und war in etwas eingewickelt, das wie ein aufblasbarer Plastikstiefel aussah.

»Taylor?« Er trat neben das Bett und sprach leise, da er sie nicht wecken wollte.

Sie schlug die Augen auf und sah ihn an. »Du bist ja immer noch da, Thor.«

»Ja, das bin ich.« Er zog sich einen Stuhl heran und nahm ihre Hand. Auf ihrem schwarzen T-Shirt stand in Großbuchstaben »Have you tried turning it off and on again?« direkt über ihren Brüsten, und sein Blick fiel erst auf die Schrift, bevor er ihr in die Augen sah. »Wie fühlst du dich?«

»Wie eine Idiotin.«

»Du bist gestolpert und hingefallen. Das ist alles. So was kann jedem mal passieren.«

»Mir passiert es aber ständig«, flüsterte sie betreten und zuckte zusammen. »Ich habe höllische Kopfschmerzen.«

»Das liegt daran, dass du versucht hast, ihn dir abzutrennen.« Ihre kleine Hand fühlte sich in seiner ganz zart an, und er streichelte sie wieder und wieder.

Sie kicherte, zischte auf und kniff die Augen zusammen. »Das tut weh.«

»Dann lach nicht.«

Taylor nickte und schüttelte seine Hand ein wenig. »Du hättest nicht bleiben müssen. So hast du dir den Samstagabend vermutlich nicht vorgestellt.«

»Das war doch selbstverständlich, dass ich bei dir geblieben bin.« Ihre anderen Freunde waren an ihren Computern sitzen geblieben, hatten unschlüssige Gesichter gemacht und ihn dankbar angesehen, als er mit ihr gegangen war. Er vermutete, dass sie einfach weitergespielt hatten. »Der Arzt sagt, dass in den nächsten Tagen jemand auf dich achtgeben soll.«

Sie schnitt eine Grimasse. »Ich komme schon klar.«

»Selbst wenn dem so wäre – ich habe längst entschieden, dass du mit zu mir in mein Hotel kommst.«

Sie riss die Augen auf. »Wie bitte?«

»Ich habe deinen Laptop mitgenommen.« Er tätschelte die Tasche, die er sich umgehängt hatte. »In meinem Hotel gibt es genug Bademäntel, und wir lassen den Zimmerservice kommen. Außerdem habe ich einen Whirlpool, und ich bestelle für morgen eine Massage zur Schmerzlinderung. Kurz gesagt: Du wirst die nächste Woche bei mir bleiben.«

Sie entzog ihm vorsichtig ihre Hand. »Leo, das ist wirklich nicht?«

»Ich weiß, ich weiß, aber ich möchte es. Du bist meine Freundin, Taylor, und Freunde passen aufeinander auf.« Wahrscheinlich wusste sie so etwas gar nicht, schließlich hatten sich ihre sogenannten Freunde sofort wieder ihren Computern zugewandt, während er sie zu einem Taxi getragen hatte. »Es sei denn, es gibt jemanden in der Stadt, den du anrufen kannst, damit du bei ihm bleiben kannst?«

Sie überlegte kurz. »Meine Eltern leben in Colorado.«

»Das ist nicht gerade um die Ecke.«

»Stimmt.« Ihre Mundwinkel zuckten. »Ich könnte Gretchen anrufen.«

»Das könntest du tun, aber sie hat vermutlich sehr viel um die Ohren, während ich mehr als genug Zeit für dich hätte.«

Taylor setzte sich vorsichtig auf. »Ich werde mir wie eine Last vorkommen, wenn du dich um mich kümmerst. So laufen One-Night-Stands eigentlich nicht ab, Thor.«

»Lass das mal meine Sorge sein.«

Sie nickte, betastete ihre Seite und zuckte zusammen. »Ich fühle mich echt nicht gut.«

»Du siehst auch nicht gut aus, wenn ich das so sagen darf.« Seiner Meinung nach war sie viel zu blass.

Wieder musste sie kichern und verzog vor Schmerz das Gesicht. »Danke für das Kompliment.«

»Die meiste Zeit bist du unglaublich niedlich, aber du siehst nicht ganz so sexy aus, wenn du gerade versucht hast, dich mit einem Stuhl umzubringen.«

»Hm, vermutlich hast du recht.« Sie zögerte und sah ihn traurig an. »Du musst das nicht tun, Leo. Ich möchte nicht, dass du dich mir verpflichtet fühlst. Wir sind nur Freunde und ...«

»Jetzt ist aber gut.« Er beugte sich vor und nahm wieder ihre Hand. »Ich langweile mich zu Tode, Taylor. Bitte. Komm und lass uns zusammen mein Hotelzimmer auf den Kopf stellen.«

Sie lächelte schwach, und plötzlich fühlte er sich tatsächlich fast wie ein nordischer Gott.

* * *

Es war schon spät, als Taylor endlich aus dem Krankenhaus entlassen wurde, die Rechnung bezahlt war und sie zusammen mit einem Taxi in sein Hotel fuhren. Sie hatte die Augen geschlossen und sah aus, als hätte sie Schmerzen, daher trug Leo sie durch die Lobby und in den Fahrstuhl. Er staunte darüber, wie leicht sie war, und nachdem sie zuerst protestiert hatte, schwieg sie, bis sie auf seinem Zimmer waren. Sie drückte sich an seine Brust, und als er sie durch die Suite zum Schlafzimmer trug, wurde ihm klar, dass es ihr wirklich nicht gut ging. Er setzte sie sanft auf dem Bett ab. »Warte hier«, murmelte er. »Ich hole dir ein Glas Wasser und deine Tabletten, und dann solltest du schlafen.«

Sie nickte, und ihr fielen bereits die Augen zu.

Leo deckte sie zu, schaltete das Licht aus und holte eine Wasserflasche aus dem Kühlschrank. Der Arzt hatte ihr nicht viele Tabletten mitgegeben und gesagt, dass sie nach heute Nacht keine mehr brauchen würde. Leo nahm zwei Tabletten aus der Packung und brachte sie Taylor. »Nimm die und schlaf eine Weile.«

Sie schluckte die Tabletten, trank etwas Wasser und kuschelte sich ins Bett. Er wollte gerade das Zimmer verlassen, als sie ihn noch einmal aufhielt. »Kannst du mir einen Gefallen tun?«

»Was denn?«

»Das wird sich jetzt komisch anhören«, murmelte sie und klang, als wäre sie schon am Einschlafen. »Aber könntest du bitte mein Handy suchen und Sigmund eine SMS schicken?«

Ein merkwürdiges Gefühl, das fast an Eifersucht erinnerte, machte sich in seinem Bauch breit. »Sigmund?«

Sie seufzte leise und drehte sich auf die Seite. »Er ist ein Gildenfreund und wird sich bestimmt Sorgen machen, da ich heute Abend online sein sollte, dann aber nicht aufgetaucht bin.«

»Wird erledigt.«

»Danke, Leo.«

Danach schwieg sie, und er drehte sich um, verließ den Raum und schloss die Tür hinter sich. Er war ebenfalls müde und beschloss, auf der Couch zu schlafen. Doch zuerst hatte er noch etwas zu erledigen. Er nahm Taylors Tasche und kramte auf der Suche nach ihrem Handy darin herum. Sie hatte es fallen lassen, als sie gestürzt war, und er erinnerte sich vage daran, dass er es in ihren Rucksack gestopft hatte.

Wer zum Teufel war Sigmund? Hatte sie ihm nicht versichert, dass sie keinen Freund hatte?

Er entdeckte das Handy und tippte auf gut Glück auf das Display. Mehrere Nachrichten erschienen darauf.

Sigmund: Ich hörte, dass du die LAN-Party früher verlassen musstest. Bist du zum Raid wieder zu Hause?

Sigmund: Der Raid hat schon angefangen. Wo steckst du denn?

Sigmund: Du machst das doch nicht schon wieder, oder?

Sigmund: Wir brauchen dich, Taylor! Wo zum Henker bleibst du???

Was für ein Arschloch. Leos Eifersucht ließ nach, als ihm klar wurde, dass dies wirklich nur einer ihrer Spielefreunde war, der sie suchte. Natürlich. Taylor war niedlich, leicht abzulenken und ein bisschen verrückt, aber sie hatte auf ihn nicht den Eindruck einer Lügnerin gemacht. Dafür sagte sie viel zu offen, was sie dachte. Sie erinnerte ihn ein bisschen an ihre Freundin Gretchen, die Frau, zu deren Hochzeitsgesellschaft er neuerdings gehörte. Kein Wunder, dass sich die beiden so gut verstanden.

Er tippte eine Nachricht.

HaveANiceTay: Hier ist Taylors Freund. Sie hat sich den Kopf angeschlagen und musste ins Krankenhaus. Es geht ihr gut, aber sie schläft jetzt.

Die Antwort kam prompt.

Sigmund: Es geht ihr gut?

Sigmund: Soll ich ihren Char spielen?

Sigmund: Wir brauchen ihren DD für den Raid. Sie ist einer der Tanks.

Verdammt noch mal, als ob er wüsste, was ein Char, ein DD oder ein Tank war.

HaveANiceTay: Sie schläft. Mach, was du für das Beste hältst.

Sigmund: Ok. Sag ihr, dass wir sie auf jeden Fall am Dienstag beim Raid brauchen. Und sag ihr, dass ich morgen online bin und chatten kann.

Leo knirschte mit den Zähnen. Wer immer dieser Sigmund war, er machte sich weitaus weniger Sorgen um Taylor als um den Raid oder den DD, was immer das auch war. Da sie ihm erklärt hatte, dass das so etwas wie ein Sport war, der jedoch online gespielt wurde, konnte er es ansatzweise nachvollziehen. Wenn ein Spieler nicht auftauchte, dann mussten die anderen dessen Aufgabe irgendwie mit übernehmen.

Aber, Himmel noch mal, hätte sich dieser Sigmund nicht etwas mehr Sorgen machen müssen, wenn er tatsächlich ihr Freund war? Wieso erkundigte er sich nicht wenigstens, wie es ihr ging? Das gefiel Leo überhaupt nicht. Er legte das Handy beiseite, setzte sich auf die Couch und kramte in Taylors Rucksack herum. Neulich hatte sie darin noch ein Ersatz-T-Shirt mit sich herumgetragen, aber heute befanden sich darin nur ihr Laptop, einige Kabel und mehrere Proteinriegel sowie ihr Schlüsselbund. Dann musste er ihr auf jeden Fall Kleidung besorgen, und sie brauchten weitere Decken. Er rief bei der Rezeption an.

»Was kann ich für Sie tun, Mr delle Scogliere?«

»Ich habe für einige Tage Besuch von einer Freundin und brauche noch einiges für mein Zimmer: einen zweiten Bademantel, zusätzliche Handtücher und eine Bettdecke.«

»Selbstverständlich, Sir.«

»Und Shampoo und Duschgel. Wenn Sie ein Schaumbad dahätten, wäre das auch schön.« Er stellte sich vor, wie Taylor mit einem begeisterten Lächeln umringt von Schaumbergen in der riesigen Wanne saß. »Auf jeden Fall ein Schaumbad.«

»Ich schicke jemanden los, der Ihnen alles besorgt. Benötigen Sie sonst noch etwas?«

Er zermarterte sich das Gehirn, weil ihm nichts einfallen wollte, was sie sonst noch mochte. »Cornflakes mit Marshmallows.«

»Cornflakes, Sir?«

»Ja. Und einen Damenpyjama aus sehr weichem Stoff.« Sie würde den kommenden Tag auf jeden Fall im Bett verbringen, dafür würde er schon sorgen.

»Welche Größe?« Er hörte, wie die Rezeptionistin etwas aufschrieb.

»Medium, denke ich. Bringen Sie einfach mehrere Größen mit. Ich werde alle bezahlen.«

»Wie Sie wollen, Sir.«

»Und ein paar Filme. Science-Fiction-Filme. Diese *Mr-Who*-Dinger.«

»*Doctor Who*, Sir?«

»Ja, genau.«

»Ich glaube, das ist eine Fernsehserie«, teilte die Frau ihm mit. »Und ich bin mir sicher, dass Sie sie im Pay-TV finden, das Sie über den Fernseher abrufen können.«

»Oh, natürlich. Vielen Dank.«

»Sagen Sie einfach Bescheid, falls Ihnen sonst noch etwas einfällt, Sir.«

»Mache ich.« Er legte auf und rieb sich nachdenklich das Kinn. Nach einigen Minuten rief er erneut bei der Rezeption an. »Kennen Sie ein Spiel, das MMOG heißt?«

»Ähm, meinen Sie ein MMORPG?«

»Ja, genau das ist es.«

»Das ist ein Spielegenre, Mr delle Scogliere. Mein Sohn spielt mehrere davon. Nur deshalb weiß ich überhaupt, was Sie meinen.« Sie klang amüsiert. »An welchem sind Sie denn interessiert?«

»Ich bin mir nicht sicher. Welches ist denn besonders beliebt?«

»*World of Warcraft*, würde ich sagen.«

»Können Sie mir das auch besorgen?«

»Ich werde sehen, was ich tun kann.« Wenn Taylor schon

mehrere Tage nicht vor die Tür kam, war es vermutlich nicht die dümmste Idee, dass er das Spiel lernte, damit er seine Zeit mit ihr verbringen konnte. Dieser Gedanke war durchaus reizvoll, denn dazu musste er nicht einmal vor die Tür. Seine Besuche beim hiesigen Poloklub waren ja nicht so von Erfolg gekrönt gewesen – ganz anders als zu Hause, wo er mit allen befreundet war und die Klubmitglieder tatsächlich spielen und nicht nur rumsitzen und trinken wollten.

Für einen kurzen Moment hatte er Heimweh. Er sehnte sich ganz schrecklich nach zu Hause. Zwar hatte er sein Land auch schon früher verlassen, aber man hatte ihn noch nie zuvor aufgefordert, nicht mehr wiederzukommen. Das wurmte ihn schon gewaltig. Er war schließlich kein Verbrecher, sondern nur ein Mitglied der Königsfamilie, das etwas weiter unten in der Thronfolge stand. Warum in aller Welt musste er bei diesem Spiel mitmachen, nur um einem Job aus dem Weg zu gehen, den er sowieso nicht haben wollte?

Frustriert griff er nach seinem Handy und rief in seinem Herrenhaus an.

»Villa delle Scogliere«, meldete sich eine leise Stimme, die er nicht erkannte.

»Hier ist Leo. Wer spricht da?«

»Oh. Mylord. Entschuldigen Sie bitte. Hier ist Brandon. Ich bin für Simon eingesprungen, weil seine Frau ihr Baby bekommen hat. Es ist ein Junge.«

»Gratulieren Sie ihnen bitte von mir.« Verdammt. Simon war sein Freund und sein persönlicher Diener. Wenn der Mann nicht vor Ort war, wer passte dann auf sein Haus auf? Leo hätte jetzt dort sein müssen und nicht dieser verängstigt klingende Mann. Er war schließlich kein Monster, sondern wollte sich nur nach dem Rechten erkundigen. »Wer ist heute anwesend?«

»Ich, der Koch, der Stallmeister und Ihr Buchhalter. Soll ich einen von ihnen an den Apparat holen?«

Sie würden ihm alle nicht helfen können. »Nein danke.«

»Ich habe eine Nummer, die mir Simon für den Fall gegeben hat, dass Sie anrufen und Fragen haben.« Der Mann – Brandon – klang zögerlich. »Es ist die von Franz Bersatz, dem Minister der Krone.«

Ah, das war der kleine Mann mit der Brille, der bei Leos Treffen mit der Königin dabei gewesen war. »Großartig. Geben Sie sie mir.« Er schrieb sich die Nummer auf, dankte Brandon und rief den Minister an.

»Hier spricht Franz Bersatz.«

Leo räusperte sich. »Hier ist Leo.«

»Leo! Wie gefällt es Ihnen in Amerika, Mylord?«

Eigentlich gefiel es ihm überhaupt nicht, aber er wollte auch nicht bockig erscheinen, indem er sich beschwerte. »Es ist großartig. Ich wollte nur mal hören, wie die Lage zu Hause ist. Haben sich inzwischen alle beruhigt?«

Der Minister klang nicht gerade zufrieden. »Leider nicht.«

»Was genau wollen Sie mir damit sagen?«

»Dass die Aufständischen von Ihrer Abreise erfahren haben und nun alles daransetzen, Ihre Rückkehr herbeizuführen.«

Na, dann hatten sie ja ein gemeinsames Ziel, denn er wollte auch wieder nach Hause. Doch wenn er jetzt heimkehrte, würden diese Leute verlangen, dass er den Thron bestieg, was er nun wiederum nicht wollte. »Und was ist, wenn ich meinem Anspruch auf den Thron entsage, so wie George?«

Der Minister seufzte resigniert. »Das wäre gar nicht gut.«

»Warum wäre das nicht gut? Ist es nicht das, was wir alle wollen? Dann stünde ich nicht mehr zur Debatte.«

»Das ist korrekt, aber die Art und Weise könnte Aufsehen erregen.«

Leo rieb sich die Stirn. »Das müssen Sie mir erklären.«

»Die Leute sind schon unruhig geworden, als die Prinzessin einen Amerikaner geheiratet hat. Dann verzichtete George auf seine Ansprüche?«

»Aber das hat er nur getan, weil er mit den Zimmermädchen geschlafen hat.«

»Das ist unwichtig«, erwiderte der Minister. »Es kann immer noch so ausgelegt werden, als hätte die Königin ihre Finger im Spiel gehabt. Griffin ist kein wirkliches Problem, weil er seit über zehn Jahren nicht mehr in Bellissime lebt. Er gilt eher als Randfigur, ganz im Gegensatz zu Ihnen. Zwar steht er in der Thronfolge sogar noch vor Ihnen, wird aber aufgrund seiner Verlobten nicht als neuer König in Betracht gezogen. Nehmen wir jetzt einmal an, Sie würden, aus welchem Grund auch immer, auf Ihre Ansprüche auf den Thron verzichten. Wie würde das für die Öffentlichkeit wohl aussehen?«

Der Mann hatte recht. Es würde den Anschein machen, als versuchte Cousine Alex' ihre Konkurrenten loszuwerden. Dabei war es völlig ohne Bedeutung, dass seine Cousine keine Hintergedanken verfolgte – Alex war ein nettes Mädchen, spielte jedoch viel zu sehr nach den Regeln. Alles, was zählen würde, war, dass die männlichen Familienmitglieder eins nach dem anderen aus der Thronfolge verschwanden. Leo seufzte schwer. »Verdammt.«

»Sehen Sie, worauf ich hinauswill? Sie können nicht einfach auf Ihren Anspruch verzichten, nur weil Sie nicht König werden wollen. Alles muss sorgfältig geplant werden, damit Prinzessin Alexandra nicht mit Schuldvorwürfen bombardiert wird. Ein Wort in die falschen Ohren, und schon sehen wir uns einer Revolte gegenüber. Und das will doch niemand.«

So ein Mist. Nein, er wollte auf keinen Fall eine Revolte. »Was soll ich denn tun?«

»Sie bleiben, wo Sie sind. Warten Sie ab, bis Gras über die Sache gewachsen ist. Erscheinen Sie bei allen gesellschaftlichen Ereignissen in den USA, zu denen Sie eingeladen werden. Finden Sie positive Worte über die Ehe Ihrer Cousine, und betonen Sie immer wieder, wie sehr Sie sich für sie freuen.«

»Für wie lange?«

»Solange es dauert. Ein Jahr, vielleicht zwei. Wahrscheinlich eher zwei. Wir haben ein PR-Team eingestellt, das mit der Krone zusammenarbeitet und dafür sorgt, dass die Prinzessin und ihr Mann im bestmöglichen Licht dastehen, und sie gibt sich die größte Mühe, schwanger zu werden.« Er räusperte sich, als wäre ihm erst jetzt bewusst geworden, was er da gesagt hatte. »Ähem. Sie wissen, was ich meine. Jedenfalls müssen Sie in den Vereinigten Staaten bleiben, bis sich hier alles wieder beruhigt hat.«

Ein Jahr oder gar zwei? Großer Gott. Er war erst seit einer Woche hier und langweilte sich schon jetzt zu Tode. »Was soll ich denn die ganze Zeit hier machen?«

»Wohltätigkeitsveranstaltungen besuchen oder Fototermine wahrnehmen und dergleichen. Ihnen wird schon etwas einfallen.«

Leo rieb sich frustriert die Stirn. »Ich darf also nicht nach Hause kommen, weil meine Cousine einen Amerikaner geheiratet hat, aber ich darf auch nicht aus der Thronfolge ausscheiden, da die Königin dann in einem schlechten Licht dastehen würde.«

»Ganz genau. Momentan sind Sie das beliebteste Mitglied der Königsfamilie, es sei denn, Sie finden ebenfalls eine völlig ungeeignete Amerikanerin und heiraten sie.« Der Minister lachte betreten über seinen eigenen Witz.

Leo hielt den Atem an und starrte zu seiner Schlafzimmertür hinüber. »Darauf komme ich möglicherweise zurück.«

»Bitte entschuldigen Sie, Sir, aber ich …«

Leo legte auf. Nachdenklich schaute er zum Schlafzimmer hinüber. Jetzt hatte er einen Plan. Besonders nett war er nicht, aber immerhin würden sich damit all seine Probleme lösen lassen.

8

Taylors Kopf schmerzte und pochte höllisch, und ihr Mund fühlte sich an, als wäre er voller Watte. Sie stöhnte leise und drückte ihr Kissen an sich, wobei sie feststellte, dass es über Nacht irgendwie weicher und bauschiger geworden war. Um sich zu vergewissern, dass sie sich das nicht nur einbildete, tat sie es gleich noch mal, und da bemerkte sie auch, dass sie noch komplett angezogen war und unter einer schweren Decke lag.

Sie setzte sich langsam auf und sah sich um.

Das war nicht ihr Bett.

Das war nicht einmal ihre Wohnung. Es war dunkel, aber selbst so merkte sie, dass sie nicht zu Hause war. Der Raum wirkte größer, und sie glaubte, in einiger Entfernung einen Staubsauger zu hören.

Sie erinnerte sich dunkel an das Krankenzimmer und wie Leo ihre Hand gehalten hatte. Hatte er nicht gesagt, dass er sie mit in sein Hotelzimmer nehmen wollte, damit er sich um sie kümmern konnte? Ja, genau. Sie kniff die Augen zusammen und schaute sich um. Das Zimmer war riesig, und vor den Fenstern hingen dicke Vorhänge, aber schon jetzt konnte sie die gewaltigen Ausmaße des Raums ausmachen. Taylor rutschte zur Bettkante – es war natürlich ein Kingsize-Bett – und tastete nach dem Lichtschalter. Als die Lampe anging, riss sie die Augen auf. Das Bett, in dem sie geschlafen hatte, war beeindruckend, hatte ein Kopfbrett aus gepolstertem Leder und luxuriöse dicke Decken. Darauf lagen etwa ein Dutzend Kissen, und das kunstvolle Gemälde an der Wand sah nach einem Original aus.

An einer Wand standen schöne Stühle und ein Tisch, und gegenüber davon befand sich eine Doppeltür, durch die man vermutlich ins Bad gelangte.

Okay, dieses Hotel war eindeutig schöner als jedes Gebäude, das sie jemals betreten hatte, mit Ausnahme von Gretchens und Hunters großartigem Herrenhaus. Verdammt. Leo hatte gesagt, dass er in Bellissime ein Adliger war, aber so getan, als wäre das keine große Sache.

Doch dieses Zimmer sprach eine andere Sprache.

Normale Menschen mieteten keine solchen Hotelzimmer. Auf gar keinen Fall. Sie schwang die Beine über die Bettkante, und sofort schoss der Schmerz durch ihren Körper, und sie stieß zischend die Luft aus. *Aua!* Als sie ihre Seite vorsichtig betastete, fühlte sich diese ebenso wund an wie ihr Kopf, aber es schien nicht geblutet zu haben. Ihr rechter Fuß war heiß und verschwitzt und schmerzte ebenfalls. Ein schneller Blick verriet ihr, dass man ihre Skinny Jeans an einer Seite bis zum Knie aufgeschnitten hatte. Na großartig. Sie trug eine Art Plastikstiefel am Fuß, und als sie versuchte, den Fuß darin zu bewegen, tat es höllisch weh. Okay. Das würde sie so schnell nicht noch einmal versuchen.

Taylor rieb sich das Gesicht und versuchte, sich an die Worte des Arztes zu erinnern. Ihr Kopf hatte derart wehgetan, dass sie ihm gar nicht richtig zugehört hatte. Ach ja, genau. Ihr Knöchel war geschwollen und empfindlich, aber nicht gebrochen. Dasselbe galt für ihre Rippe. Es fühlte sich jedoch deutlich schlimmer an.

Eigentlich tat ihr alles weh, was nur bedeuten konnte, dass sie noch schlimmer aussah. Dabei saß sie hier im Bett des heißesten Typen, dem sie je begegnet war. Verdammt! Sie musste schnell ein wenig Schadensbegrenzung betreiben.

Sie humpelte zum Badezimmer und schaltete das Licht ein.

Bei dem Anblick schnappte sie erneut nach Luft, denn, du liebe Güte, das war ein unglaubliches Bad. Dicke Teppiche lagen auf dem Travertinfußboden, und dicke, flauschige Handtücher lagen auf einem kleinen Rolltisch neben einer Badewanne, die aussah, als hätte man eine riesige Marmorschüssel in den Boden eingelassen. Sie humpelte mit weit aufgerissenen Augen darauf zu. Eine solche Wanne war ja der reinste Traum. Auf einer Seite des Raumes entdeckte sie außerdem eine Dusche, die aussah wie ein Wasserfall, sogar mit einer gemauerten Wand und einem halben Dutzend Sprühdüsen. Großer Gott. Dieses Badezimmer war ja der Hammer!

Taylor sah in den Spiegel, ein riesiges, von Mosaiken umgebenes Oval, das fast eine ganze Wand einnahm, und zuckte zusammen. Oh, sie sah wirklich schrecklich aus. Der dicke Verband, der ihren halben Kopf bedeckte, musste verschwinden, vor allem, da ihr Haar darunter herausragte und in alle Richtungen abstand. Vorsichtig wickelte sie die Bandage ab und enthüllte ein eckiges, blutiges Pflaster direkt am Haaransatz. Nachdem sie auch dieses abgezogen hatte, begutachtete sie den Schaden. Sechs Stiche und sehr viele blaue Flecken. Wunderbar. Sie versuchte, mit den Fingern ihr Haar zu glätten, und wusch sich das Gesicht. Als sie so gut aussah, wie es unter diesen Umständen eben möglich war, drückte sie das Pflaster wieder auf die Stiche und humpelte zurück ins Schlafzimmer. Durch die andere Doppeltür gelangte man vermutlich in den Rest der Suite – denn etwas anderes konnte das hier doch nicht sein, oder?

Wusste Leo überhaupt, was so ein Hotelzimmer kostete? Und man berechnete ihm jetzt, wo sie hier wohnte, bestimmt noch einen Aufschlag. Mist. Sie musste unbedingt mit ihm reden.

Sie humpelte durch die Tür und sah sich staunend um. Wenn

sie das Schlafzimmer schon für verrückt gehalten hatte, so war es nichts im Vergleich zum Rest der Suite. Drei riesige Sofas gruppierten sich um einen Tisch mit frischen Blumen in einer Kristallvase. Auf der linken Seite des Raums konnte sie ein Klavier und einen Schreibtisch mit Computer erkennen, daneben eine Minibar, und der Fernseher an der hinteren Wand war der größte, den sie je gesehen hatte. An der gegenüberliegenden Wand gelangte man durch Glastüren auf einen Balkon, und die Fensterfront bot einen umwerfenden Blick auf New York.

Ihr Apartment war im Vergleich zu dieser Suite eine Schuhschachtel, und sie kam sich sehr deplatziert vor. »Hallo? Leo?«

Auf einem der Sofas bewegte sich etwas. Leo setzte sich auf, und sein wundervolles Haar war total zerzaust, als er sich die Augen rieb. »Hey, Taylor. Wie fühlst du dich?«

»Als hätte mich ein Rancor ausgeschissen.«

»Ein was?«

Sie winkte ab und humpelte zu ihm hinüber. »Vergiss es, ich …«

Mit einer überraschend flüssigen Bewegung sprang er auf und kam auf sie zu. »Du solltest nicht auf sein und mit deinem kaputten Knöchel herumlaufen. Ich werde dich tragen.«

»Ich … Nein, es geht mir gut. Ich kann selbst …« Ihr Protest erstarb, als er sie wie ein Kind hochhob und durch den Raum trug. Okay. Wow. Sie hatte also nicht geträumt, dass er sie wie eine Jungfrau in Nöten gerettet hatte. Eigentlich dürfte ihr das nicht gefallen.

Doch irgendwie war es ganz … sexy.

Verwirrt schwieg Taylor, während Leo sie zu einem der Sofas trug und sanft darauf absetzte. Sie sagte auch nichts, als er ihr rechtes Bein auf eine der gepolsterten Ottomanen legte und vorsichtshalber noch ein Kissen unter ihrem Fuß platzierte.

»Wie ist das?«, erkundigte er sich.

»Super. Einfach super. Ähm.« Sie strich sich nervös übers Haar. »Hast du hier geschlafen?« Als sie die Decken und Kissen auf einem der Sofas sah, bekam sie Schuldgefühle.

»Ja. Ich wollte dich nicht versehentlich im Schlaf anrempeln.«

»Och, das wäre doch nicht so schlimm gewesen«, murmelte Taylor und musste an lauter heiße Dinge denken, die man im Bett so anstellen konnte.

»Was hast du gesagt?«

»Nichts. Danke, dass du mich hergebracht hast, aber es geht mir wirklich wieder gut.«

»Es geht dir nicht gut. Der Arzt hat gesagt, dass du während der nächsten Tage nicht allein sein sollst, falls die Kopfverletzung doch schlimmer ist, als sie annehmen.« Er setzte sich auf die Ottomane und nahm ihren Fuß auf den Schoß. »Sollen wir uns das mal ansehen?«

»Das musst du wirklich nicht tun ...«, begann sie, stockte dann jedoch, als er die Plastikummantelung abnahm und ihren Fuß daraus befreite. Leo war sehr vorsichtig, bemerkte sie, und berührte sie nur zaghaft. »Tut das weh?«

»Eigentlich nicht. Der Fuß ist ein wenig lädiert, tut aber nur weh, wenn ich auftrete.« Sie starrte eher seine großen Finger an, die ihren Knöchel massierten, als ihre Verletzung. Aber es ging einfach nicht anders, denn immer wenn er sich bewegte oder sie berührte, ja, verdammt, wenn er auch nur lächelte, musste sie an ihre gemeinsame Nacht denken.

Himmel, sie war wirklich verdorben. Er kümmerte sich rührend um sie, und sie konnte nur daran denken, wie sich seine Finger an ganz anderen Stellen anfühlten.

»Kannst du ihn mal für mich bewegen?«

Taylor wurde rot. »Was?« Ihre Stimme klang eher wie ein Quieken, als sie ihn anstarrte.

»Deinen Knöchel.«

Oh. Natürlich. Sie wackelte leicht mit dem Fuß. »Es tut weh, aber nicht so schlimm, dass ich es nicht aushalten könnte. Ich kann nach Hause gehen?«

»Nein, du wirst den Rest der Woche hier bei mir bleiben.« Er legte ihr den Plastikstiefel wieder an und platzierte ihren Fuß vorsichtig auf der Ottomane. »Zeig mir mal die Stiche.«

»Ich habe sie mir im Bad schon angesehen. Ist nicht so schlimm«, erwiderte sie rasch. »Du musst sie dir nicht auch noch angucken.«

»Ich will aber.« Leo setzte sich neben sie auf die Couch, und zwar so dicht, dass sein Knie ihren Oberschenkel berührte. Ach, verdammt, jetzt musste sie an heiße Knie denken. Warum hatte sie gerade jetzt derart versaute Gedanken?

Das lag natürlich an Leo, denn er war der heißeste Mann, der ihr je begegnet war. Da sie jetzt wusste, wie gut der Sex mit ihm war, durfte sie sich doch nicht wundern, dass sie mehr wollte. Das war nur natürlich, zumindest sagte sie sich das. Jede Frau, die bei Verstand war, wäre versucht, diesen Plastikstiefel von sich zu schleudern und Leo auf der Stelle zu besteigen.

Taylor hielt den Atem an, als er immer näher kam und sich vorbeugte. Er legte die Hände an das Pflaster auf ihrer Stirn, und sein Gesicht war dem ihren so nah. Sie blickte zu ihm auf und blinzelte mehrmals schnell. Er hatte Bartstoppeln am kräftigen Kinn, doch anstatt damit ungepflegt oder schmuddelig zu wirken, sah er irgendwie wild und sehr sexy aus. Du liebe Güte, sie himmelte den Mann an, der hier gerade ihre Wunden untersuchte. Bestimmt war er nicht im Geringsten erregt.

»Sieht widerlich aus«, erklärte er fröhlich. »Da bleibt bestimmt eine Narbe zurück.«

»Du solltest nicht so zufrieden klingen, wenn du einer Frau so etwas mitteilst.«

»Narben sind die Nebenwirkungen jedes Spiels.« Er drückte die Gaze wieder fest.

»Das mag sein, aber bei meinen Spielen sitze ich im Allgemeinen auf einem Bürostuhl. Man benötigt schon ganz besondere Fähigkeiten, um sich dabei zu verletzen.«

»Genau genommen hast du es nicht mal bis zu deinem Stuhl geschafft.« Er grinste sie an.

Er war ihr eindeutig zu nahe, und seine Anziehungskraft war beinahe unwiderstehlich. Sie wandte den Blick ab und berührte das Pflaster etwas fester als klug war, um wieder in die Realität zurückzukehren. »Glücklicherweise gibt es Kopfbedeckungen.«

»Du wirst mit der Narbe ebenso niedlich aussehen wie ohne.«

Ach, verdammt. Scheiß auf die Realität. »Gehe ich recht in der Annahme, dass du jetzt nicht mit mir schlafen willst?«

Leo riss die Augen auf und lachte dann schallend los.

»Ist das ein Nein? Oder ein Vielleicht?« Mit Letzterem konnte sie etwas anfangen.

»Ich finde dich zwar unglaublich attraktiv, Taylor ...«

Mist, es war ein Nein.

»... aber du hast eine Kopfwunde, einen verstauchten Fußknöchel und geprellte Rippen. Das Letzte, was du jetzt gebrauchen kannst, ist, von mir durchgerüttelt zu werden.«

»Ich könnte es verkraften«, behauptete sie hoffnungsvoll.

Wieder grinste er sie an. »Es ist wirklich sehr schmeichelhaft, dass du unbedingt mit mir schlafen willst. Bist du gerade wirklich so erregt? Du bist doch eben erst aufgewacht.«

»Na ja, es ist so ... Für jemanden wie mich gleichst du einem seltenen und märchenhaften Einhorn. So einen Mann trifft man höchstens einmal im Leben. Und wie bei jedem Einhorn werde ich mir später Vorwürfe machen, wenn ich nicht versuche, es zu reiten.«

Er konnte kaum noch an sich halten vor Lachen. »Großer Gott, Taylor. Was redest du denn da?«

»Macht es dich an?«

Leo wischte sich die Lachtränen aus den Augen. »Es braucht keine Worte, damit du mich anmachst. Du bist auch so unglaublich sexy.« Er legte ihr die Hände an die Wangen und blickte auf sie herab. »Aber ich bin mir auch der Tatsache bewusst, dass du verletzt bist, daher kannst du das vorerst vergessen.«

Sie seufzte. »Ich hab's wenigstens versucht.«

»Ja, das hast du.« Er beugte sich vor und gab ihr einen Kuss auf die Nasenspitze.

Bei dieser süßen kleinen Geste wurde ihr ganz warm. »Wenn du nicht mit mir schlafen willst, warum hast du dich dann bereit erklärt, dich um mich zu kümmern?«

Er runzelte die Stirn. »Weil wir Freunde sind. Du brauchst jemanden, der für dich da ist, Taylor, und ich habe mehr als genug Freizeit.«

»Das mag sein, aber du könntest mich auch einfach in meiner Wohnung absetzen. Ich verspreche, dass ich sie die kommende Woche nicht verlasse. Der Supermarkt um die Ecke kann mir Milch und Cornflakes bringen, und mehr brauche ich nicht.«

»Nein, das kannst du vergessen. Du bleibst hier.« Er nahm eines der Kissen und stopfte es ihr in den Rücken. »Ich akzeptiere kein Nein als Antwort.«

»Aber ich muss arbeiten ...«

»Du arbeitest doch sowieso von zu Hause, oder nicht? Dein Handy und dein Laptop sind hier. Wenn du noch irgendetwas brauchst, lasse ich es besorgen und ins Hotel bringen.«

Sie kaute nachdenklich auf ihrer Unterlippe herum. Wenn er ihr noch ein Headset besorgte, könnte sie tatsächlich von hier aus arbeiten. Oh Mann. Aus irgendeinem Grund war der Gedanke an die Arbeit ganz und gar nicht angenehm. Das lag womöglich daran, dass ihr der Job gerade gehörig auf die Nerven ging. Und sie wollte das nicht in seiner Gegenwart machen, weil er sich dann langweilen würde. »Außerdem wollte ich spielen, wenn ich nicht arbeite ...«

»Du kannst ein Nickerchen machen, wenn du nicht arbeitest«, erklärte er. »Wie es der Arzt gesagt hat. Und wenn du spielen musst, dann kannst du das auch tun.« Er beugte sich vor. »Ich habe mir deine Spiele gekauft.«

Sie riss die Augen auf. »Wirklich?«

»Ja. Vielleicht können wir ja ein bisschen zusammen spielen? Dann kannst du mir zeigen, wie alles funktioniert.«

Du liebe Güte, sie war wirklich im Nerd-Himmel, oder? »Das ... könnte ich, aber ...«

»Bevor du weitersprichst, will ich dir erst zeigen, was ich gekauft habe.« Er stand auf und ging zu einem Tisch hinüber, auf dem mehrere Tüten standen. »Ich habe das Hotel gebeten, jemanden für mich einkaufen zu schicken. Sie haben dir ein paar Kosmetikartikel besorgt, Pyjamas in verschiedenen Größen und mehrere T-Shirts. Ich habe sogar die Marshmallow-Cornflakes hier, die du so gern isst. Es gibt keinen Grund, warum du nicht hierbleiben solltest.«

»Was ist, wenn du dich langweilst?« Sie war noch immer nicht überzeugt. »Ich bin nicht gerade die aufregendste Frau, und ich werde sehr viel Zeit damit verbringen, einen Bildschirm anzustarren oder zu schlafen. Wird das nicht langweilig für dich?«

»Auf keinen Fall. Ich habe mich schon die ganze Woche gelangweilt und bin froh, wenn ich Gesellschaft habe.«

»Wenn dir so langweilig ist, warum fährst du dann nicht wieder nach Hause?«

»Ich habe meiner Familie versprochen, dass ich für eine gewisse Zeit hierbleibe. Sie finden, dass ich nicht genug von der Welt gesehen habe.«

Wow. Das kam überraschend, vor allem da er auf sie sehr welterfahren wirkte. Aber Angehörige kamen manchmal auf seltsame Ideen. »Dann kann ich es dir also nicht ausreden? Auch wenn ich glaube, dass du es bereuen wirst?«

»Ich werde es ganz bestimmt nicht bereuen, und nein, du kannst es mir nicht ausreden.«

Na gut, dann hatte sie jetzt wohl vorübergehend einen Mitbewohner. Das aufgeregte Flattern in ihrer Magengrube ignorierte sie geflissentlich.

* * *

Als Taylor in einem riesigen Pyjama aus seinem Hotelschlafzimmer kam, empfand Leo eine überwältigende ... Zufriedenheit. Das war sehr merkwürdig. Eigentlich hätte er nicht derart zufrieden sein sollen, weil sie bei ihm war, aber dass er es geschafft hatte, sie dazu zu überreden, die kommende Woche mit ihm zu verbringen, kam ihm wie ein Sieg vor. Und jetzt, wo sie auch noch die neue Kleidung trug, die er ihr gekauft hatte, war er sehr glücklich. Es fühlte sich fast so an, als wäre sie seine Freundin und sie würden es sich – trotz der frühen Stunde – gemütlich machen.

Dieser Gedanke war sehr verlockend.

Taylor wedelte mit einem viel zu großen Ärmel in der Luft herum. »Das Ding ist ja riesig.«

»Das ist eindeutig nicht deine Größe. Soll ich aufstehen und dir beim Umziehen helfen?« Er wollte schon von der Couch aufspringen.

»Was? Das ist doch albern!« Sie machte einen schnellen Schritt nach hinten, wäre beinahe über einen Beistelltisch gefallen und schaffte es gerade noch, nicht das Gleichgewicht zu verlieren. »Ich brauche wirklich keine Hilfe beim Anziehen.«

»Dann hebe ich mir mein Talent fürs Ausziehen auf«, neckte er sie und entspannte sich wieder auf dem Sofa. Dabei behielt er sie jedoch genau im Auge, nicht dass sie erneut stolperte und sich wehtat – sie war schließlich Taylor.

Sie bekam rote Wangen und ging zurück ins Schlafzimmer. »Am besten fange ich mit der kleinsten Größe an. Bin gleich wieder da.«

»Denk dran, dass du deinen Knöchel nicht belasten sollst«, rief er ihr hinterher.

»Ja, ja«, entgegnete sie und schloss die Tür hinter sich.

Leo grinste breit. Schon jetzt war sein Aufenthalt hier in den USA weitaus unterhaltsamer geworden, und das lag allein daran, dass Taylor bei ihm war. Benahm er sich egoistisch, wenn er verlangte, dass sie bei ihm blieb, obwohl sie arbeiten musste? Möglicherweise. Gretchen oder eine ihrer Freundinnen hätten ihr bestimmt auch helfen können, aber er musste sich eingestehen, dass er das nur zu gern tat. Außerdem gab es an ihrem Körper nichts, das er nicht schon gesehen – oder geküsst – hatte, von daher konnte er ihr genauso gut helfen wie jeder andere.

Er machte das wirklich nicht, weil er mit ihr schlafen wollte ... auch wenn das ein Thema sein würde, sobald es ihr besser ging. Vorerst war er nur ein guter Freund ...

Ach, verdammt. Er konnte sich nicht mal selbst anlügen.

Er genoss Taylors Gesellschaft, weil er eine Braut brauchte und ihre vorübergehende Notlage ihm perfekt in die Hände spielte.

Seitdem der Minister diesen Witz gemacht hatte, dass Leo schon eine unpassende Amerikanerin heiraten müsste, bekam er diesen Gedanken nicht mehr aus dem Kopf. Wenn er schon eine »unpassende« Amerikanerin brauchte, dann war Taylor perfekt. Gut, sie war süß und lebhaft, aber auch sehr auffällig und neigte dazu, einfach auszusprechen, was ihr in den Sinn kam, ob es nun angemessen war oder nicht. Außerdem mochte sie lauter seltsame Sachen wie ihre Spiele und zog sich an wie eine Statistin aus einer Science-Fiction-Serie.

Und er schlief gern mit Taylor. Das war ein eindeutiger Pluspunkt.

Außerdem vertraute sie ihm. Sie war sexy, ohne es darauf anzulegen, offen, und man konnte gut mit ihr reden. Er würde sich keine Sorgen machen müssen, dass sie hinter seinem Rücken über Außenpolitik redete oder hinter seinem Geld her war. Sie würde es nicht darauf anlegen, zu allen königlichen Feierlichkeiten auf der ganzen Welt zu fliegen, wie es einige der Frauen seiner unter dem Pantoffel stehenden Cousins taten. Wenn man Taylor einen Computer vor die Nase setzte, war sie zufrieden. Man konnte ihr leicht eine Freude machen.

Dazu kam noch, dass sie umwerfende Brüste hatte. Wenn er nur daran dachte, bekam er schon eine Erektion. Vorsichtshalber legte er sich ein Kissen in den Schoß. Im Augenblick stand Sex nicht zur Debatte, aber er musste zugeben, dass die Anziehungskraft, die Taylor auf ihn ausübte, diese seltsame Idee von einer spontanen Hochzeit umso reizvoller machte. Bei jeder anderen Frau hätte er diesen Gedanken sofort wieder verworfen.

Aber bei Taylor konnte er sich das durchaus vorstellen.

Es gab natürlich auch einige Nachteile seines Plans, wozu

unter anderem gehörte, dass er sich sofort wieder von ihr scheiden lassen musste, sobald sich die Lage in seiner Heimat beruhigt hatte. Damit würde er garantiert ihre Gefühle verletzen, aber vielleicht konnten sie einander dann auch längst schon nicht mehr ausstehen.

Die Geldfrage musste auch noch geklärt werden. Immerhin war er sehr reich und sie nicht. Er wusste zwar nicht genau, wie wohlhabend er wirklich war, aber wenn man bedachte, dass die Hotelsuite, in der er wohnte, größer war als eine ganze Etage in ihrem Apartmenthaus, dann gab es eindeutig einen gewaltigen Unterschied zwischen ihren Finanzen. Sie machte nicht den Anschein, als würde sie das sehr interessieren, doch sein Buchhalter wäre da sicher anderer Meinung. Am besten klärte man das im Vorfeld. Er würde sie zur Sicherheit bitten, einen Ehevertrag zu unterschreiben, und konnte sich nicht vorstellen, dass Taylor Einwände haben würde.

Tatsächlich musste sie auch nie erfahren, dass das alles nur ein Plan war, mit dem er seine Eignung als Thronanwärter torpedieren wollte. Sie glaubte, er wäre in den USA nur zu Besuch, und die wahren Gründe für seinen Aufenthalt hier musste sie nie erfahren.

Einen Augenblick später kam sie wieder herein, und der neue Pyjama passte ihr perfekt. Zu perfekt, wie er feststellte, da er ihre Brüste unter dem Stoff wogen sehen konnte, als sie auf ihn zu gehumpelt kam.

Er stand auf und lief zu ihr. »Ich werde dich tragen.«

»Sei nicht albern. Ich kann laufen.«

»Ich habe dir doch gesagt, dass du deinen Knöchel schonen musst«, ermahnte er sie und hob sie hoch. Sie kreischte und wand sich herrlich an ihm, und schon wieder hatte er eine Erektion. Er gab ihr einen spielerischen Klaps auf den Hintern. »Benimm dich, oder ich muss dich spanken.«

»Und das wäre eine Bestrafung?« Erneut zappelte sie herum.

»Das ist Folter für uns beide, du kleine Hexe. Ich schlafe nicht mit dir, solange du verletzt bist.« Sein Glied protestierte allerdings, vor allem da sie sich in seinen Armen so gut anfühlte.

»Spielverderber.«

Nachdem er sie sanft auf einem Sofa abgesetzt hatte, deckte er sie zu. »Du stehst nur auf, wenn ich dir die Erlaubnis dazu gebe.«

Sie zog die Augenbrauen hoch. »Ach ja?«

»Oh ja.«

»Und was ist, wenn ich mich nicht daran halte?« Sie strich mit einem Finger über die Decke. »Werde ich dann auch gespankt? Willst du mich dann bestrafen?«

»Was?«

»Ich muss zugeben, dass die Aussicht, gespankt zu werden, mich nicht gerade dazu motiviert, mich zu benehmen.« Sie warf ihm einen kecken Blick zu.

»Ich nehme dir die Fernsehfernbedienung weg und zwinge dich, Umweltdokus zu gucken.«

Sie verzog das Gesicht. »Okay, du hast die Runde gewonnen.«

»Du kannst mir glauben, dass ich mich nicht über diesen Sieg freue.« Er stopfte ihr ein Kissen in den Rücken. »Bist du hungrig? Hast du Durst? Soll ich dir deinen Laptop bringen?«

Taylor blickte auf die Decke herab und fummelte am Saum herum. »Etwas zu essen wäre nett.«

Kein Computer? Für einen Computernerd hatte sie es aber herzlich wenig eilig, zurück an die Tastatur zu kommen. Vielleicht hatte sie doch stärkere Kopfschmerzen, als sie zugab?

Sofort bereute er es, sie so geneckt zu haben. Obwohl sie schon wieder so frech war, durfte er ihre Verletzungen nicht außer Acht lassen. Er strich ihr eine Locke aus der Stirn. »Was darf's denn sein, Zimmerservice oder Cornflakes?«

Sie strahlte ihn an. »Cornflakes wären super.«

Er stand auf und ging den Inhalt der Tüten durch, bis er eine Packung Cornflakes gefunden hatte, dann nahm er eine Schüssel und Milch aus der Minibar. Sobald sie ihr Frühstück hatte, hielt er nach etwas Ausschau, das er essen konnte, da er das süße Zeug, das sie bevorzugte, nicht herunterbekam.

»Was hast du noch alles?«, erkundigte sie sich. »Irgendetwas zur Unterhaltung für heute?«

»Ein paar Computerspiele, einige DVDs und ein paar Sachen aus dem Souvenirladen unten. Ich bin mir nicht sicher, warum sie der Meinung sind, ich bräuchte eine Freiheitsstatue, aber vielleicht sollte ich einfach dankbar sein.« Als sie kicherte, sah er sie grinsend an. »Wollen wir uns einen Film ansehen?«

»Warum nicht. Was hast du denn da?«

»Ich habe ihnen erzählt, dass du auf Science-Fiction stehst, und sie haben uns anscheinend mehrere *Star-Wars*-Filme besorgt.«

»Oooh. Wollen wir uns die Original-Trilogie oder die Prequels ansehen? Was ist dir lieber?«

Leo zuckte mit den Achseln. »Ich wüsste nicht, dass ich schon irgendwas davon gesehen hätte.«

»Das ist nicht dein Ernst! Du kommst aus Europa und nicht vom Mars, du Irrer. Wie kann es sein, dass du noch nie einen *Star-Wars*-Film gesehen hast?« Sie riss die Augen auf. »Du bist eigentlich gar kein Mensch, oder? Du bist ein scharfer Weltraumprinz, der hergeschickt wurde, um die Erde zu erobern, nur deswegen kennst du *Star Wars* nicht. Das ist die einzige logische Erklärung.«

»Ganz eindeutig. Also Nummer eins?«

»Das hängt davon ab, ob wir von Episode eins oder Episode vier reden.«

Leo runzelte die Stirn. »Keine Ahnung. Mit welcher möchtest du denn anfangen?«

»Das ist deine Entscheidung: Möchtest du neun Stunden lang sehen, wie Handelsabkommen geschlossen werden, oder willst du Zeuge werden, wie ein Junge von einer Farm sein Schicksal erfüllt?«

»Ist das ein Witz? Handelsabkommen?« Er schnitt eine Grimasse. »Das klingt ja furchtbar.«

»Dann gucken wir also Episode vier. Gute Entscheidung.« Sie schob sich noch einen Löffel Cornflakes in den Mund und strahlte ihn an. »Du wirst begeistert sein.«

* * *

Die ersten drei Filme gefielen ihm tatsächlich, die anderen drei hingegen nicht so wirklich. Möglicherweise war er während Episode eins auch kurz eingenickt. Irgendwann wachte er auf und stellte fest, dass Taylor ebenfalls schlief, während im Fernseher von Senatoren und intergalaktischen Handelsabkommen die Rede war. Er schaltete das Gerät aus, deckte Taylor zu und zog sie an sich, um mit ihr in den Armen weiterzuschlafen.

Sie hatten einen schönen Tag hinter sich. Gut, eigentlich hatten sie nur gefaulenzt, und er hatte nichts als Pizza und unzählige süße Snacks aus der Minibar gegessen, die er Taylors Meinung nach unbedingt hatte probieren müssen, aber er hatte sich amüsiert. Ihre Kommentare zu den Filmen und ihre Begeisterung hatten seinen Spaß daran deutlich vergrößert, und er freute sich darauf, noch mehr Zeit mit ihr zu verbringen.

Und die Idee mit der Ehe behielt er im Hinterkopf. Wenn diese Woche vorüber war, würde sie ihm aus der Hand fressen. Dann konnte er wieder nach Hause gehen und da weitermachen, wo er sein Leben unterbrochen hatte, ohne noch länger als Thronfolger infrage zu kommen.

* * *

Am nächsten Morgen wachte Taylor aus einem ziemlich versauten Traum auf und stellte fest, dass sie auf der Couch und in den Armen des Protagonisten dieses Traums lag. *Nicht der schlechteste Ort, um aufzuwachen,* stellte sie fest. Leo hatte ihr einen Arm locker um die Taille gelegt, und ihre Wange lag an seiner Brust, während ihr verletzter Fuß auf der Armlehne der Couch ruhte. Mann, war das schön. Sie streichelte seine breite Brust und hätte trotz ihrer Verletzungen nichts gegen einen Morgen-Quickie einzuwenden gehabt. Schließlich lag er hier vor ihr ausgebreitet und sah zum Anbeißen aus. Welche Frau hätte da schon widerstehen können?

Irgendwo in einiger Entfernung vibrierte etwas. Wahrscheinlich ihr Handy. Das Brummen hörte auf und setzte erneut ein. Es schien beinahe wütend zu klingen.

Verdammt. War heute etwa Montag? Sie musste arbeiten.

Taylor setzte sich auf und löste sich langsam aus Leos Umarmung. Dabei spürte sie auf einmal einen schrecklichen Krampf im Unterleib, und sie wusste auch sofort, was ihn auslöste: Sie bekam ihre Periode. Mist! Verdammt schlechtes Timing. Sie war im Hotelzimmer eines heißen Kerls, würde jedoch die am wenigsten heiße Woche ihres Lebens haben.

Das Schicksal musste sie wirklich hassen.

Sie stand auf, und ihr aufblasbarer Stiefel knackte laut, als sie ihn belastete. »Verdammt!«

Leo rührte sich. »Ist alles in Ordnung?«

»Alles gut.« Es würde zumindest wieder gut sein, sobald sie ihre Tampons gefunden hatte.

»Ich kann dich tragen ...«

»Nein!« Taylor schrie fast schon auf und hastete ins Bad. Es gelang ihr gerade so, die Tür hinter sich zu schließen, bevor er hereinkommen konnte, dann kramte sie in der Schublade mit den Toilettenartikeln herum. Sie hätte es wissen müssen. Ihre Periode konnte sie jetzt beim besten Willen nicht gebrauchen.

Die Woche mit Leo hätte eine tolle Zeit werden können, aber nein, ausgerechnet jetzt bekam sie ihre Tage. Sie war also nicht nur verletzt, sondern würde auch noch unter Krämpfen und schlechter Laune leiden und zu allem Überfluss nicht mal mit dem heißesten Mann der Welt schlafen können.

»Ist alles okay?«

»Ja«, rief sie. Als sie in einer Ecke ihre Tasche entdeckte, atmete sie auf und griff danach. Sie bewahrte immer einige Tampons in einer versteckten Innentasche auf, und die würden lange genug reichen, bis sie unauffällig bei der Rezeption anrufen und Nachschub ordern konnte.

Möglicherweise war dies ja auch ein Zeichen von Gott, dass sie einfach die Beine zusammenhalten und nach Hause gehen sollte. Aber noch während sie das dachte, war sie dagegen. Sie wollte hierbleiben. In Leos Nähe fühlte sie sich sicher und weniger gestresst. Komisch, dass sie erst gemerkt hatte, unter welchem Stress sie die ganze Zeit gestanden hatte, als sie den Computer ausgelassen und bei ihm geblieben war ... Jetzt hatte sie das Gefühl, endlich wieder atmen zu können.

Kurze Zeit später verließ sie das Badezimmer, und Leo wartete bereits mit verschränkten Armen vor der Tür auf sie. »Ist alles in Ordnung?«

Wie sollte sie diesem menschgewordenen feuchten Traum erklären, dass sie ihre Tage hatte, ohne ihn abzutörnen? »Ja, aber ich denke, ich sollte lieber nach Hause gehen.«

Er schüttelte den Kopf. »Auf keinen Fall. Du wirst diese Woche mein Gast sein. Ich akzeptiere kein Nein als Antwort.«

Sie kaute auf der Unterlippe herum, da sie bereits befürchtet hatte, dass er das sagen würde. »Ich fühle mich ... nicht so gut.«

Sofort sah er sie besorgt an. »Musst du zu einem Arzt?«

»Nein! Ich brauche nur ... etwas Zeit für mich.« In der sie es hoffentlich schaffte, schnell nach unten zu laufen und Schmerztabletten sowie Binden zu kaufen.

»Ich könnte ja meinen Morgenlauf einlegen ...«, meinte Leo.

»Ja! Das ist eine hervorragende Idee! Das solltest du auf jeden Fall machen.«

Er musterte sie und legte den Kopf schief. »Geht es dir auch wirklich gut?« Als sie enthusiastisch nickte, steuerte er das Schlafzimmer an. »Na gut. Dann ziehe ich meine Joggingklamotten an und bin bald wieder zurück.«

»Super! Ich werde hier sein.«

Er nickte und kam auf sie zu. »Ich werde dich zurück zur Couch tragen.«

»Nein!«, kreischte sie. Wenn er das tat, passierte möglicherweise noch ein unangenehmer Unfall. »Das kann ich schon allein. Ich hüpfe einfach.«

»Und schlägst dir erneut den Schädel an? Auf gar keinen Fall.« Er kam näher, und sie zuckte zurück. Zu ihrer Erleichterung blieb er stehen. »Ist wirklich alles okay?«

»Ich bin nur im Moment nicht kuschelbedürftig.«

»Verstehe. Na gut. Du kannst allein zum Sofa gehen, aber du darfst nicht hüpfen!«

»Ich hüpfe nicht.« Sie humpelte durch das Schlafzimmer und hielt auf die Couch zu, wobei sie hoffte, dass er ihr vor Schmerz verzogenes Gesicht nicht sehen konnte, weil ihr blöder Knöchel gerade ziemlich wehtat. Nachdem sie sich auf das Sofa fallen gelassen hatte, fiel ihr ein, dass ihr Handy auf der anderen Seite des Raumes lag, das noch immer vibrierte, da neue Nachrichten kamen. Mist. Leo war noch immer im Schlafzimmer, und so humpelte sie schnell hinüber, holte ihr Handy und ihren Laptop und ging langsam zurück zur Couch.

Einige Minuten später kam Leo aus dem Schlafzimmer und hatte sich eine Jogginghose und ein enges graues T-Shirt angezogen, was sehr sexy aussah, ebenso wie sein Pferdeschwanz, auch wenn Letzteres eigentlich unmöglich zu sein schien.

Dank ihrer dummen Periode war sie auch noch unglaublich erregt. Himmel, das würde eine verdammt lange Woche werden.

Er bedachte sie mit einem neugierigen Blick, während er sich dehnte. »Ist auch wirklich alles in Ordnung?«

»Ja. Ich werde einfach nur hier liegen und ...«, *vor mich hinbluten*, »meine E-Mails abrufen.«

Leo grunzte zufrieden, streckte sich noch einmal, ging dann zum Tisch und steckte sein Handy in die Hosentasche. »Du rufst mich an, wenn was sein sollte, ja?«

Hatten sie Telefonnummern ausgetauscht? Sie konnte sich nicht daran erinnern. »Geht klar«, murmelte sie nur und klappte ihren Laptop auf.

Leo zögerte noch einen Augenblick, ging dann aber hinaus.

Sobald die Tür hinter ihm ins Schloss gefallen war, lief sie zum Telefon. Die Dame an der Rezeption war sehr mitfühlend und verständnisvoll ... und wollte alles auf Leos Rechnung schreiben. Taylor musste sie erst davon überzeugen, dass sie in bar bezahlen konnte, und dann wartete sie an der Tür auf die Lieferung. Dabei sah sie auf ihr Handy.

Es waren unzählige Nachrichten eingetroffen. Ihr Boss wollte wissen, wo sie steckte, und Sigmund überflutete sie ebenfalls mit SMS. Sofort machte sich ihre Nervosität wieder bemerkbar. Warum konnte sie andere nie zufriedenstellen? Leo hielt sie für seltsam, und jetzt waren sowohl Sigmund als auch ihr Boss sauer auf sie.

Aber sie konnte wenigstens Schadensbegrenzung betreiben. Rasch schrieb sie ihrem Boss eine SMS. *Tut mir schrecklich leid, ich logge mich sofort ein. Ich hatte am Wochenende einen Unfall und bin bei einem Freund, der auf mich aufpasst.*

Augenblicklich waren drei Punkte zu sehen, was ihr verriet, dass ihr Boss eine Antwort schrieb. Oh, oh, das war nicht gut. Sie sah auf die Uhr. Es war zehn, somit war sie also drei Stunden zu spät dran, da ihre Schicht um sieben begann. Das würde sie nur durch Mehrarbeit wiedergutmachen können.

Verstehe. Haben Sie eine Krankmeldung vom Arzt?

Ich habe mir keine geben lassen. Dafür arbeite ich heute länger. Tut mir wirklich leid.

Das ist das dritte Mal diesen Monat, dass Sie zu spät sind oder sich krankmelden, Taylor. Letzten Monat war es sogar noch schlimmer. Müssen wir uns mal unterhalten?

Sie verzog das Gesicht. *Nein, ich verspreche, dass es nie wieder passiert.*

Das haben Sie letztes Mal auch gesagt.

Das stimmte. *Das ist wirklich das letzte Mal. Versprochen.*

Keine Antwort. Na, das war ja nicht gerade gut gelaufen. Jetzt würde sie schnellstmöglich eines der Projekte fertigstellen müssen, auf die er wartete. Damit blieb noch Problem Nummer zwei.

HaveANiceTay: Ich bin da, Sigmund. Ich war nur beschäftigt.

Auch er antwortete sofort.

Sigmund: Ich dachte wirklich, du gehst mir aus dem Weg, Taylor. Ich kann das nicht leiden.

Sigmund: Du bist das einzig Gute in meinem Leben.

Hallo, Schuldgefühle. Schön, dass ihr wieder da seid.

HaveANiceTay: Tut mir leid. Ich bin bei einer Freundin. Sie passt auf mich auf, da der Arzt meinte, ich müsse mich ein paar Tage vorsehen.

Sie konnte nur hoffen, dass ihr Leo diese Geschlechtsumwandlung verzieh, aber ansonsten wäre Sig gleich durchgedreht.

Sigmund: Geht es dir nicht gut?

Sigmund: Ich habe Samstagnacht beim Raid deinen Char gespielt. Hoffe, das ist in Ordnung.

HaveANiceTay: Ja, klar. Danke, dass du eingesprungen bist.

Sigmund: Alle haben sich große Sorgen um dich gemacht, Tay.

HaveANiceTay: Ach, das ist ja lieb. Sag ihnen, dass es mir schon viel besser geht. Ich habe kaum noch Schmerzen.

Sigmund: Nein, nicht deswegen. Weil du so oft nicht bei der Gilde bist. Man bekommt den Eindruck, dass sie dir nichts mehr bedeutet.

Sigmund: Die Leute verlassen sich auf dich, verstehst du? Ohne dich können wir die Raids vergessen.

Taylor starrte die Nachricht schockiert an. Zuerst war sie irrationalerweise stinksauer. Dann hatten sich die anderen also nicht um ihr Wohlergehen gesorgt, sondern nur, weil sie nicht auftauchte und die Raids durchzog? Was war denn mit ihren Wünschen? Mit ihrem Leben? Oder war das alles unwichtig, solange alle anderen zufrieden waren? Sie knirschte mit den Zähnen und schrieb entrüstet eine Antwort.

HaveANiceTay: Entschuldige, dass ich mich verletzt habe und nicht beim Raid online sein konnte. Ich werde versuchen, das beim nächsten Mal nur zu tun, wenn ich damit niemanden störe.

Sigmund: Du weißt genau, dass ich das nicht so gemeint habe.

Sigmund: Ich habe die Nachricht nur weitergegeben.

Sigmund: Du weißt, dass mir viel an dir liegt.

Sigmund: Du hast die Blumen doch gesehen, oder nicht?

Sigmund: Tay?

Sigmund: Ignorierst du mich?

Sigmund: Jetzt komm schon, Taylor. Tu das nicht.

Sigmund: Bitte sei nicht sauer auf mich.

Sigmund: Bitte. Ich verliere jegliche Hoffnung, wenn du nicht Teil meines Lebens bist.

Sigmund: Darum bekomme ich auch solche Angst, wenn du nicht online bist. Was soll ich nur machen, wenn du gehst?

Sigmund: Ich weiß nicht, ob ich das überlebe …

Jetzt fühlte sie sich noch schlechter als vorher. Sie wusste, dass er sie emotional erpresste, doch es war viel einfacher, nachzugeben, als sich diesen ständigen Schuldgefühlen zu stellen.

HaveANiceTay: Schon okay, Sig. Ich werde versuchen, heute länger online zu sein. Aber zuerst muss ich arbeiten.

Sigmund: Kein Problem! Sag mir Bescheid, wenn ich deinen Char ein bisschen spielen soll. Ich helfe gern.

HaveANiceTay: Okay. Danke!

Sie schickte noch ein Smiley hinterher, damit er nicht wieder ausflippte, und legte ihr Handy beiseite. Großer Gott! Manchmal wollte sie das verdammte Ding am liebsten die Toilette runterspülen. Ihr Magen zog sich protestierend zusammen, und sie stöhnte auf. Wäre das Leben fair, dann hätte sie nicht ihre Tage bekommen, während sie beim heißesten Mann aller Zeiten war, die Spieler aus ihrer Gilde würden sie nicht ständig nerven, online zu kommen, und ihr Boss würde sie nicht für eine Spinnerin halten.

Aber ganz offensichtlich war das Leben nicht fair.

Taylor seufzte. Sie hätte durchaus schlimmere Probleme haben können, aber sie stressten sie dennoch. Eigentlich hätte sie mal Urlaub gebraucht an einem Ort, an dem es nur den Strand, einige schicke Drinks mit Schirmchen und sehr viele Nickerchen gab.

Dummerweise sah es nicht so aus, als würde so etwas in naher Zukunft passieren.

9

Leo joggte über die baumgesäumten Wege im Central Park und schwitzte. Es tat gut, sich nach dem Faulenzertag ein wenig zu quälen, und als er die erste Runde beendet hatte, startete er gleich eine zweite. Das Training half ihm dabei, einen klaren Kopf zu bekommen, aber selbst nach der zweiten Runde grübelte er noch.

Taylor war an diesem Morgen ziemlich distanziert gewesen, aber er hatte dennoch vor, seinen Plan durchzuziehen: Er wollte sie so schnell wie möglich heiraten, die Pläne der Alex-Gegner damit durchkreuzen und dann sein normales Leben fortsetzen.

Das war das Richtige. Dummerweise gab ihm sein Gewissen jedoch zu verstehen, dass er Taylor damit hinters Licht führen würde. Es war kein richtiger Betrug, da er sie ja mochte und gern mit ihr schlief. Es sollte nur keine dauerhafte Ehe werden. Schließlich war ja keiner von ihnen in den anderen verliebt. Sie würden heiraten, ihren Spaß haben, und wenn sich der Wirbel gelegt hatte, ließen sie sich einfach wieder scheiden.

Das war richtiggehend brillant. Alle zu Hause würden ihm dafür danken, dass er der Krone derart treu ergeben war.

Nachdem sein Entschluss gefasst war, beendete Leo sein Training und lief zu einem Händler, um eine Flasche Wasser zu kaufen. Er zog einen Geldschein aus der Tasche und reichte ihn dem Mann.

Doch der gab ihn sofort zurück. »Damit kann ich nichts anfangen.«

Leo betrachtete den Schein. Es war ein Hunderter. »Ist der gefälscht?«

»Ich nehme allerhöchstens Zwanziger, keine größeren Scheine.«

»Okay.« Leo zückte erneut sein Portemonnaie, entdeckte einen Zwanziger, gab ihn dem Mann und ging dann mit seiner Wasserflasche weg.

»Wollen Sie Ihr Wechselgeld denn nicht haben?«, rief ihm der Mann hinterher.

Doch Leo winkte ab und ging weiter. Er musste unbedingt mit dem Minister telefonieren. Wenn der Mann wusste, was Leo vorhatte, durfte er vielleicht schon früher wieder nach Hause. Er dachte an seine kleine Villa in den grünen Hügeln, an seine Pferde, die Ruhe, die er in der lauten Stadt vermisste, und an den Duft des Grases, der sich drastisch von dem Gestank in New York unterschied. Er fragte sich, was Taylor zu seinem Haus sagen würde. Nachdem er das palastartige Haus seiner Familie verkauft hatte, war er in eine viel kleinere Villa im toskanischen Stil gezogen, die weitaus besser zu ihm passte. Er konnte sich gut vorstellen, dass es ihr dort gefiel und dass sie vielleicht sogar Pferde mochte. Möglicherweise würde er ihr eins kaufen.

Er leerte die Wasserflasche und zückte sein Handy.

»Franz Bersatz«, meldete sich der Minister.

»Hier ist Leo«, begann er. »Ich habe eine Idee.«

»Was denn für eine Idee?«

»Wie ich es schaffe, nicht mehr als Thronfolger in Betracht gezogen zu werden. Ich werde eine Amerikanerin heiraten.«

Der Mann am anderen Ende fing an zu stottern. »Sie wollen ... was? Das können Sie nicht machen! Denken Sie noch einmal darüber nach!«

»Ich habe schon sehr lange darüber nachgedacht.« Leo

setzte sich im Park auf eine Bank und war sehr zufrieden mit sich. »Die Menschen mögen doch schöne Liebesgeschichten, oder nicht? Also werde ich mit meiner glücklichen Braut zurückkehren, wir lassen an die Presse durchsickern, dass es Liebe auf den ersten Blick gewesen ist, und alle halten mich für einen Idioten, aber keiner will mich mehr auf dem Thron sehen, und das ist doch alles, was zählt, oder? Alle sind zufrieden, und ich kann wieder nach Hause kommen.«

»Ich denke nicht, dass wir derart drastische Maßnahmen ergreifen?«

»Das ist doch nicht drastisch«, versicherte Leo ihm. »Sie ist wirklich sehr nett.« Er dachte an Taylor und ihre wundervollen Brüste. »Sehr nett« war untertrieben, denn es würde nicht die geringste Bürde darstellen, eine Zeit lang mit ihr verheiratet zu sein.

»Und sie ist damit einverstanden?«

»Dazu kommen wir noch.« Er musste sie nur noch ein bisschen umschmeicheln, sobald sie sich von ihren Verletzungen erholt hatte.

»Ist sie auf Ihr Geld aus? Denn dann ...«

»Nein. Aber ich werde meine Buchhalter an die Sache ransetzen, damit sie einen wasserdichten Ehevertrag anfertigen.« Er runzelte nachdenklich die Stirn. »Wissen Sie zufälligerweise, wie viel Geld ich besitze?«

Der Mann klang entrüstet. »Woher soll ich das denn wissen?«

Da hatte er auch wieder recht. »Würde das denn funktionieren? Könnte ich einige Wochen nach meiner Eheschließung wieder nach Hause zurückkehren?«

»Leo ... Mylord, seien Sie doch vernünftig.« Der Minister klang sehr bedrückt. »Tun Sie das nicht. Denken Sie an Ihre Großtante, die Königin. Würde sie das gutheißen?«

»Ich denke schon, immerhin tue ich das nur, um sicherzustellen, dass ihre Enkelin den Thron nicht verliert.«

Der Minister seufzte. »Das kommt mir sehr übereilt vor. Und es ist wirklich nicht notwendig, Mylord. Entspannen Sie sich. Genießen Sie Ihren Aufenthalt in den USA. Kaufen Sie sich ein schönes Stadthaus, und seien Sie ein würdiger und sichtbarer Vertreter von Bellissime. Gewinnen Sie die Leute mit Ihrem Charme für sich. Sobald sich hier alles beruhigt hat, können Sie nach Hause kommen. Sind drei Jahre denn eine so lange Zeit?«

Es war schon interessant, wie der Zeitraum immer länger wurde, je öfter er mit dem Mann telefonierte. Jetzt waren es schon drei Jahre? Das überzeugte Leo nur noch mehr von seiner Idee.

Taylor heiraten. Nach Hause gehen. Und alle wären zufrieden. »Ich habe mich entschieden. Teilen Sie meiner Großtante mit, was ich vorhabe. Ich melde mich wieder, sobald ich verheiratet bin.«

»Mylord ...«

Leo legte auf. Er hatte genug Proteste gehört. Das war ein guter Plan.

Jetzt musste er nur noch seine süße, verrückte Amerikanerin davon überzeugen.

Er steckte sein Handy ein, warf die Wasserflasche weg und ging zurück zum Hotel. Es lag nur einige Blocks entfernt, und nachdem er die letzten beiden Stunden gejoggt war, kam ihm der Weg kurz vor. Daher lohnte es sich auch nicht, so verschwitzt in die U-Bahn zu steigen, wo doch ein laues Lüftchen wehte. Er schlenderte leise pfeifend dahin und wäre beinahe an dem Obdachlosen vorbeigegangen, ohne ihn zur Kenntnis zu nehmen.

Dann blieb er stehen.

In Bellissime lebte niemand auf der Straße. Das war ein kleines, wohlhabendes Land mit geringer Bevölkerung. Die Armen wurden von der Regierung unterstützt und bekamen einfache Jobs und billige Wohnungen. Der Mann, der da auf der Straße saß, trug von Kopf bis Fuß schmutzige, abgenutzte Kleidung. Er hatte einen ungepflegten Bart, eine Baseballkappe auf dem zotteligen Haar und hielt einen Becher in der Hand. Neben ihm auf dem Gehweg stand ein Müllsack.

Leo ging zu dem Mann hinüber und zog einen Hundert-Dollar-Schein aus dem Portemonnaie. »Hier.«

Der Mann nahm ihn entgegen, begutachtete den Schein und gab ihn zurück. »Den kann ich nicht annehmen.«

»Warum nicht?«

Erst jetzt blickte der Mann zu Leo auf. Er hatte ein faltiges, schmutziges Gesicht, aber eine stolze Miene. »Wenn ich damit irgendwo hingehe, wird man nur denken, es wäre Falschgeld. Oder ich hätte ihn geklaut. Männer wie ich kriegen nur kleine Scheine.«

Leo suchte in seinem Portemonnaie herum, hatte aber nur noch weitere Hunderter. Verdammt. »Ich hab nichts anderes.«

Der Mann grunzte. »Sie haben es versucht. Das ist mehr, als die meisten tun. Danke für den Versuch.«

Leo zögerte. »Darf ich fragen …«

»Nein.« Der Mann wandte den Kopf ab.

Oh, das war jetzt peinlich. Diese Frage bekam der Obdachlose bestimmt ständig zu hören. Mehrere Leute gingen an ihm vorbei, ohne ihn eines Blickes zu würdigen, und Leo wurde unzufrieden. Das kam ihm einfach nicht richtig vor, aber er wusste nicht, was er dagegen tun konnte. »Darf ich Sie wenigstens zum Essen einladen?«

»Sie können mir einen Fünfer geben, dann kaufe ich mir was

zu essen«, erwiderte der Mann. »Ansonsten bin ich nicht interessiert.«

»Okay.« Leo ging weiter. Er betrat den nächsten Supermarkt, kaufte sich ein Sandwich und bekam jede Menge Wechselgeld. Dann kehrte er wieder zurück. Der Mann war immer noch da und blickte in die Ferne. Leo steckte das Wechselgeld in den Becher und stellte die Tüte mit dem Sandwich und etwas zu trinken daneben. Als Dank tippte sich der Mann an die Kappe.

Doch auch das schien noch nicht richtig zu sein. Als Leo sah, wie die Passanten vorbeihasteten, fühlte er sich schmutzig. Er musste mehr tun. Aber was?

Er wusste es nicht. Mit einem Mal kamen ihm seine eigenen Probleme jämmerlich vor.

* * *

Taylor stellte fest, dass das Zusammenleben mit Leo seine Vorteile hatte. Na ja, jedenfalls dann, wenn es nicht gerade total peinlich wurde.

Manchmal war es großartig. Das Bett war unglaublich bequem, die Kissen waren ein Traum. Die Badewanne und die Kosmetikartikel, die er ihr besorgt hatte, konnten gar nicht genug gelobt werden. Außerdem machte es Spaß, im Hotelzimmer rumzuhängen und zu arbeiten, während noch jemand da war. Ihr war erst jetzt bewusst geworden, wie einsam sie bei ihrem Job manchmal war, wenn sie aufblickte und Leo eine Grimasse schnitt, um sie aufzuheitern.

Allerdings gab es auch einige Haken. Leo schlief noch immer auf der Couch. Das gefiel ihr nicht, aber sie wollte auch nicht mit ihm kuscheln, solange sie ihre Periode hatte. Er hatte deswegen keinen Ton gesagt, doch sie war sich der Situation überdeutlich bewusst. Es war sein Hotelzimmer, und doch lag sie im Bett und nicht er. Dazu kam noch, dass ihre Beziehung momentan rein platonisch war, was die Lage nicht einfacher machte. Sie hätte ihm gern erzählt, dass sie ihre Tage hatte, aber immer wenn sie versuchte, dieses Thema anzuschneiden, verließ sie doch wieder der Mut. Es war wirklich schwer, einem attraktiven Mann zu sagen, dass man gerade blutete.

Was sie seltsamerweise am meisten ärgerte, war die Tatsache, dass sie so viel Zeit am Computer verbrachte. Sie hatte zweimal am Stück lange arbeiten müssen und sich danach bei Excelsior eingeloggt, um Zeit mit ihrer Gilde zu verbringen und Sigmund zu beruhigen. Doch jede Stunde an ihrem Rechner kam ihr wie die reinste Folter vor, da sie die Zeit lieber mit Leo verbringen wollte, wenn er sich Filme ansah, Bücher las, im Fernsehen Sportsendungen guckte oder sogar joggte. Stattdessen war sie an ihren Laptop gefesselt.

Das nervte gewaltig.

Sie waren einige Male mittagessen gegangen und hatten sich in dieser Woche auch mit Gretchen und Greer, einer anderen Freundin, getroffen. Möglicherweise hatte sie Leo dabei ein bisschen zu offensichtlich angehimmelt, da ihr Gretchen schon vielsagende Blicke zugeworfen hatte. Daher hatte sie lieber nicht erwähnt, dass sie momentan bei ihm wohnte, sonst wäre Gretchen noch vollends durchgedreht.

Aber wenn sie mit Leo ausging und selbst wenn sie nur im Hotelzimmer blieben, kam es ihr, auch wenn die Beziehung momentan rein platonisch war, vor, als wären sie ein Paar und nicht nur Freunde. Natürlich war Taylor besorgt, dass sie sich das nur einbildete, dass es die interessierten Blicke, die sie einander zuwarfen, gar nicht gab. Dass Leo nur nett war und sie sein Verhalten falsch interpretierte. Schließlich war sie nicht sein Typ, das hatte er selbst gesagt. Jetzt, wo sie rund um die

Uhr in seiner Nähe war, musste sie ihm doch irgendwann auf die Nerven gehen.

Daher zog sie den Kopf ein und arbeitete. Heute war sie früh aufgestanden, hatte eine Doppelschicht eingelegt und das Spiel im anderen Fenster minimiert, damit es wenigstens so aussah, als wäre sie da. Wenn ihr jemand im Spiel eine Nachricht schickte, behauptete sie einfach, sie wäre mit den Pelzfarmen beschäftigt. Sigmund schrieb sie gelegentlich an und ließ sie wissen, dass er sich langweilte oder dass er etwas Witziges im Auktionshaus entdeckt hatte, aber offenbar reichte ihre bloße Anwesenheit aus, um ihn zu beruhigen. Das war gut.

Sie saß auf dem Sofa und hatte gerade eine Anfrage bearbeitet, als sie etwas am Ohr kitzelte. Geistesabwesend schnippte sie es weg und blickte erst auf, als sie das Kitzeln erneut spürte.

Leo beugte sich über die Rückenlehne des Sofas, hatte einen Stift in der Hand und berührte damit ihr Ohr. Doch dieses Mal kitzelte es nicht, sondern fühlte sich erregend an. Junge, Junge. Sie wurde rot und berührte ihr Ohr. »Stört dich das Tippen?«

»Du arbeitest schon den ganzen Tag. Willst du nicht mal eine Pause machen?«

Taylor biss sich auf die Unterlippe. »Ich sollte online bleiben. Die Gilde will in einer Stunde einen Raid anfangen, bei dem ich dabei sein sollte.« Sigmund lag ihr deswegen schon den ganzen Tag in den Ohren, und sie hatte ihm versprochen, dass sie mitmachen würde, obwohl sie überhaupt keine Lust hatte. »Was schwebt dir denn vor?«

Er zuckte mit den Achseln und sah sich um. »Wir könnten irgendwo was essen gehen, aber wenn du online bleiben musst, kann ich mir auch einen Charakter erstellen und mit dir spielen. Was meinst du?«

Ihr fiel die Kinnlade herunter. »Das würdest du tun?«

»Sicher, warum nicht?«

Ihr wurde ganz warm im Bauch. »Okay. Aber du musst das Spiel bestimmt erst patchen, und das dauert ein paar Stunden …«

»Das ist längst erledigt.« Er ging anmutig durch den Raum, und sie konnte nicht umhin, seinen wunderbaren Hintern anzustarren. Denn mal im Ernst, wenn er sich bewegte, sah er noch viel umwerfender aus.

»Das hast du schon gemacht?«

»Ja.« Er holte seinen Laptop – an dem sie ihn noch nie gesehen hatte – und kam zurück zur Couch. Als er sich neben sie setzte, wippten die Kissen ein wenig. »Das habe ich gestern Abend erledigt, als du gearbeitet hast.«

»Oh.« Sie musste derart in ihre Arbeit vertieft gewesen sein, dass sie es nicht einmal bemerkt hatte. Wie peinlich. Dies war sein Hotelzimmer, und sie war eine miserable Mitbewohnerin. »Entschuldige, dass ich nicht mehr Zeit für dich …«

»Du musst dich nicht entschuldigen«, unterbrach er sie und stieß sie mit dem Ellbogen an. Er saß so dicht neben ihr, dass sie sein Aftershave riechen konnte, und, wow, auf einmal spürte sie ein Kribbeln am ganzen Körper. »Du hast zu tun. Das ist in Ordnung.«

Es war nicht in Ordnung, doch sie schien irgendwie nicht in der Lage zu sein, ihre Pflichten aufeinander abzustimmen, was auch der Grund dafür war, dass sich alle ständig über sie ärgerten. Vor Frustration stiegen ihr die Tränen in die Augen, auch wenn sie selbst nicht begriff, warum das passierte. Weil er so verständnisvoll war? Weil sie das Gefühl hatte, sich damit noch eine Pflicht aufzuladen? Sie hatte keine Ahnung.

Er rutschte etwas näher an sie heran, sodass sie den Ladebildschirm des Spiels sehen konnte. Momentan wurde dort die nächste Excelsior-Convention angepriesen, die in Oxnard, Kalifornien, stattfinden sollte. »Gibt es wirklich Leute, die dahin gehen?«, murmelte er und warf Taylor einen Seitenblick zu.

»Oh ja. Ich bin schon zweimal dort gewesen. Es war ... lustig.« Sie hatte dort auch mit einem Mann geschlafen, aber das musste Leo ja nicht wissen. »Alle verkleiden sich und reden über das Spiel. Es macht Spaß. Man bekommt einen Einblick in die nächsten Updates, und jeder Teilnehmer erhält was Besonderes für die Ausrüstung seines Charakters.«

Er zog die Augenbrauen hoch. »Hast du dich auch verkleidet?«

»Ja, klar.«

»Wer warst du denn?«

»Du würdest die Figur ja doch nicht kennen.« Es wurde Zeit, das Thema zu wechseln. Sie deutete auf seinen Bildschirm. »Hast du schon einen Benutzernamen?«

Sie erklärte ihm, wie er sein Konto einrichten musste, und zuckte innerlich zusammen, als er unbeholfen auf der Tastatur herumtippte. Es war offensichtlich, dass Leo noch nie viel Zeit vor einem Computer verbracht hatte. Schon seltsam, dass es heutzutage noch einen Erwachsenen gab, der sich so unwissend anstellte, aber irgendwie auch niedlich.

Er berührte das Trackpad und rief die Charaktererstellung auf. »Was jetzt?«

»Jetzt erstellen wir dir einen Char.«

»Einen Char – wie Charakter?« Er schaute sie erneut an, und ihr wurde ganz heiß.

»Ganz genau.« Sie gab »AFK« bei sich ein, damit die anderen wussten, dass sie mal kurz weg war, stellte ihren Laptop beiseite und rutschte näher an Leo heran, damit sie auch alles sehen konnte. »Hast du schon eine Idee, was du gern spielen möchtest?«

»Nein, aber ich bin offen für Vorschläge.«

»Möchtest du denn zaubern oder heilen oder lieber Dinge zertrümmern?«

»Zertrümmern klingt gut.«

Sie deutete auf das Schwertsymbol in der Bildschirmmitte. »Dann versuch es mit der Klasse ›Kriegsfürst‹. Später kannst du das zu ›Barbar‹ oder ›Zenmeister‹ ändern, wenn du willst, aber du musst als Kriegsfürst anfangen.«

Er klickte weiter, und auf dem Monitor erschienen mögliche Erscheinungsbilder seines Charakters. Leo runzelte die Stirn. »Die sehen ja alle total bescheuert aus. Muss ich einen davon nehmen?«

Taylor kicherte. »Du kannst auch einen weiblichen Char spielen.«

»Was?«

»Das ist mein Ernst. Die meisten weiblichen Charaktere werden von Männern gespielt. Das liegt daran, dass die Frauen schärfer aussehen.« Sie deutete auf die pinkfarbene Schaltfläche. »Klick mal da drauf.«

Er tat es und riss die Augen auf, als eine vollbusige, schwer atmende Frau in einem Kettenbikini auf dem Bildschirm auftauchte. »Oh ja. Das ist schon viel besser.«

Taylor schnaubte. »Hab ich's mir doch gedacht.«

Leo sah sie grinsend an. »Wirst du eifersüchtig sein, wenn ich die heißeste Jungfer im Spiel bin?«

»Nur wenn es einen Schönheitswettbewerb gibt und du gewinnst.«

Er wackelte mit den Augenbrauen. »Vielleicht schlafe ich mit den Juroren, um meine Chancen zu verbessern.«

»Okay, jetzt steigerst du dich etwas zu sehr rein«, erklärte sie lachend. Als sie auf den Bildschirm deutete, streifte ihre Brust seinen Arm. »Klick dahin, um einen Namen einzugeben.«

Leo tat es, und Taylor war erleichtert, dass ihm anscheinend sowohl die Berührung als auch die Tatsache, dass sie unter dem geborgten T-Shirt steife Brustwarzen bekommen hatte, entgangen war. Sie zog die Beine an und achtete darauf, ihren verletzten Knöchel nicht zu belasten.

Dann stellte sie verblüfft fest, dass er den Namen »Brunhilde« eingegeben hatte. »Brunhilde? Das ... wäre mir jetzt nicht eingefallen.«

»Findest du nicht, dass sie wie eine Walküre aussieht? Eine wohlgeformte, schwitzende Walküre, die kaum noch Luft bekommt, weil es so anstrengend ist, einen Kettenbikini und nichts anderes zu tragen.«

Taylor musste schon wieder lachen. »Sie keucht wirklich ganz schön.« Sie war zwar an das auf Männer ausgelegte Spiel gewöhnt, aber als sie es durch Leos Augen sah, merkte sie erst, wie lächerlich das alles war.

Er nickte, und seine Augen strahlten, als er klickte und der Charakter ganz zu sehen war. »Vielleicht atmet sie aber auch so schwer, weil ihr jemand die Hose gestohlen hat und sie jetzt in ihrem Metallhöschen dasteht.«

Taylor prustete los und schlug ihm spielerisch auf den Arm. »Du bist unmöglich!«

»Ich bin hier nicht derjenige, der ein Spiel spielt, in dem alle in Metallunterwäsche herumlaufen. Ist das bei den Männern auch so? Das würde erklären, warum sie so komisch stehen.«

Taylor ließ sich laut lachend gegen seine Schulter fallen. Er fiel in ihr Lachen mit ein, legte ihr einen Arm um die Schultern und zog sie an sich, um ihr dann den Rücken zu streicheln.

Mit einem Mal war alles anders.

Taylor sog die Luft ein und sah ihn an. Er war ihr auf einmal so nahe. Mit seinem Lächeln und seinen strahlenden Augen war er der attraktivste Mann, den sie je gesehen hatte. Er fühlte sich so warm an und war so nah, und sie wäre wirklich eine Idiotin, wenn sie das nicht ausnutzte, oder?

Ihre Blicke trafen sich.

»Hi«, hauchte er.

»Hi.« Sie strich über seinen Arm, weil sie ihn einfach berühren musste. Hatte sie behauptet, er wäre so gut aussehend wie Thor? Gegen ihn und seinen kräftigen Kiefer, die warmen Augen und die markanten Wangenknochen verblasste der nordische Gott. Und erst seine Lippen. Oh, seine Lippen. »Wäre ich eine schlechte Mitbewohnerin, wenn ich auf deinen Schoß krabble und dich küsse?«

»Ganz und gar nicht.« Seine Stimme klang ganz sanft.

»Oh, gut.« Sie nahm ihm den Laptop ab und stellte ihn auf die Ottomane. »Denn genau das werde ich jetzt tun.«

Sie beugte sich vor und legte ihm die Arme um den Hals. Er zog sie auf seinen Schoß, sodass sie seine Erektion spüren konnte und erleichtert feststellte, dass sie nicht als Einzige erregt war. Ihr Blut pochte in ihren Ohren und in ihrem Schritt. Erregt war noch eine Untertreibung.

Taylor schob die Finger in sein Haar und rieb eine Locke zwischen den Fingern. Irgendwie war es unfair, dass ein Mann derart dichtes, weiches, lockiges Haar hatte, während ihres struppig war und ständig zu allen Seiten abstand, weshalb sie meist eine Kappe trug. Aber mit seinem konnte sie nach Herzenslust spielen. Normalerweise mochte sie bei Männern keine längeren Haare, aber seine schulterlangen dunkelblonden Locken ließen ihn lässig und einladend wirken und passten gut zu ihm.

»Willst du nur an meinen Haaren rumfummeln, oder wollen wir uns auch küssen?«, fragte er heiser, aber auch amüsiert.

»Pst. Ich muss dich erst mal bewundern.«

»Tu dir keinen Zwang an.«

Sie fuhr mit beiden Händen durch sein Haar, zog ihn an sich und küsste ihn.

In den letzten Tagen hatte sie ganz vergessen, wie unglaublich gut es war, Leo zu küssen. Es war völlig anders als bei allen Männern, die sie zuvor geküsst hatte. Er legte es nicht darauf an, die Kontrolle zu behalten, und stieß ihr die Zunge nicht in den Rachen. Vielmehr überließ er ihr das Kommando und erwiderte den Kuss mit festen, aber nachgiebigen Lippen, sodass sie ihn erkunden konnte. Als sich ihre Zungen berührten, seufzte sie leise. Er schmeckte so gut.

So sollten Küsse sein, einer übernahm die Führung und der andere genoss. Sie küsste ihn wieder und wieder und nahm erfreut sein leises Stöhnen zur Kenntnis. Da sie es vor Verlangen kaum noch aushielt, wurde sie immer leidenschaftlicher und zeigte ihm mit der Zunge und den Lippen, wie sehr sie ihn mochte.

Sie drückte die Brüste gegen seine Brust und bewegte sich leicht hin und her, um ihre Brustwarzen an ihm zu reiben.

»Du kleines Luder«, hauchte er.

Es gefiel ihr, ihn so zu necken. Sie mochte es, ihn zu berühren. Eigentlich mochte sie alles an ihm, und sie versuchte, es ihm mit den Händen und dem gierigen Mund zu zeigen. Sie zerrte an seinem T-Shirt, strich über seine Muskeln und fuhr ihm mit den Fingernägeln über die Brust.

»Du machst mich schon die ganze Woche völlig verrückt«, murmelte er zwischen den Küssen. »Dich hier zu haben und nicht anfassen zu können, wo ich doch genau weiß, wie unsere gemeinsame Nacht gewesen ist, treibt mich bald in den Wahnsinn.«

Er schob eine Hand unter den Saum ihrer Pyjamahose.

Taylor erstarrte.

Sie war so erregt und hätte so gern mit ihm geschlafen,

aber ... sie hatte ihre Tage. Verdammt. Sie gehörte nicht zu den Frauen, die während ihrer Periode Sex hatten. Daher löste sie sich aus seiner Umarmung und tätschelte ihm peinlich berührt die Wange. »Der Raid fängt gleich an. Ich sollte mich lieber einloggen.«

Er starrte sie benommen an. »Was?«

»Ich muss mein Spiel spielen.« Das klang selbst in ihren Ohren idiotisch, war jedoch eine Entschuldigung, die sie jetzt gut gebrauchen konnte. Dabei sehnte sie sich so sehr nach weiteren Küssen und Liebkosungen, aber sie rutschte von seinem Schoß herunter, rückte ihre Kleidung zurecht und schaffte es irgendwie, nicht zu weinen ob des schlechten Timings ihres Körpers.

»Das Spiel. Genau.« Leo stieß die Luft aus und rieb sich mit einer Hand das Gesicht. »Dann wollen wir mal sehen, wie sich Brunhilde so schlägt.«

Sie hasste sich dafür, dass sie das bejahte.

Nur noch ein paar Tage, Taylor.

* * *

Er machte ganz offensichtlich etwas falsch.

Dieser Gedanke quälte Leo, während er über einen der zahlreichen Parkwege joggte. Taylor hatte etwas an sich, das ihm ein Rätsel war. Sie war offen und begierig gewesen, als sie zum ersten Mal miteinander geschlafen hatten, nur um ihm dann eine Woche lang aus dem Weg zu gehen. Jetzt war sie schon seit vier Tagen in seinem Hotelzimmer, und er durchlebte eine Mischung aus Freude und Qual. Es gefiel ihm, sie um sich zu haben, weil sie immer witzig war, aber es fiel ihm auch schwer, sie zu beobachten, wie sie mit zerzaustem Haar, schläfrigen Augen und unter der Kleidung wippenden Brüsten herumlief.

Einmal, als sie geglaubt hatte, er würde es nicht bemerken, war sie sogar in T-Shirt und Slip durchs Zimmer gelaufen.

Dieses Bild hatte er im Bad beim Masturbieren vor Augen gehabt und dabei gehofft, dass sie hereinkam und mitmachte. Doch das war nicht passiert.

Es war *überhaupt nichts* passiert, und das frustrierte ihn.

Dabei hatte er ihr eindeutige Signale gegeben. Er hatte heftig mit ihr geflirtet und jede Gelegenheit genutzt, um sie zu berühren, ohne dass es zu gewollt wirkte. Doch sie hatte das nicht bemerkt und seine Flirtversuche entweder ignoriert oder war mit ihrem Computer beschäftigt gewesen.

Für einen Mann, der eine Frau davon überzeugen wollte, ihn zu heiraten, war es wirklich traurig, dass es ihm gerade einmal gelungen war, sie zu küssen. Als sie endlich begriffen zu haben schien, was er von ihr wollte, war sie auf einmal von seinem Schoß gesprungen und hatte ihr Spiel spielen wollen.

Entweder hatte er seinen Charme verloren, oder hier ging etwas anderes vor sich.

Möglicherweise war ja auch dieser Sigmund schuld, der ihr ständig Nachrichten schickte. Sie spielte jedenfalls sehr oft mit ihm. Zwar hatte sie Leo versichert, dass sie nur Freunde wären und dass sie kein Interesse an ihm hatte, und er hatte ihr geglaubt ... aber jetzt kamen ihm doch Zweifel. Taylor machte immer ein ganz komisches Gesicht, wenn der Kerl ihr etwas schrieb.

Aber sie schien auch keine von diesen Frauen zu sein, die trotz Freund etwas mit einem anderen anfingen. Auch wenn sie sich seit ihrer ersten Nacht seltsam verhielt, hatte sie da den ersten Schritt gemacht, das wusste er noch ganz genau.

Er beendete seinen Lauf, kaufte sich eine Flasche Wasser und machte sich auf den Rückweg zum Hotel. Rein aus Gewohnheit hielt er Ausschau nach dem Obdachlosen, der seit vier Tagen an derselben Ecke gesessen hatte. Der Mann war auch heute da. Wie jeden Tag blieb Leo stehen, zückte sein Portemonnaie und wollte dem Mann etwas Geld geben.

»Morgen«, brummte der Mann mit so tiefer, leiser Stimme, dass Leo sich zuerst nicht sicher war, ob er sich das nur eingebildet hatte.

Er stutzte und freute sich absurderweise sehr darüber, dass der Mann ihn ansprach. »Lust auf Mittagessen?«

Der Mann grunzte. »Ich nehme, was Sie dabeihaben.«

»Ich meinte, ob Sie mit mir essen gehen würden? Ich habe Hunger und Lust auf Gesellschaft.«

Da starrte der Mann Leo misstrauisch an. »Wo würde man jemanden wie mich denn reinlassen?«

»Das ist ein freies Land, oder nicht? Wir können hingehen, wo immer wir wollen.« Leo zuckte mit den Achseln. »Suchen Sie das Restaurant aus. Außerdem bin ich momentan auch nicht gerade frisch und vorzeigbar.« Er wischte sich mit einem Ärmel die schweißnasse Stirn ab.

Der Mann starrte Leo noch einen Augenblick lang an und stand dann auf. »Der Diner am Ende der Straße. Folgen Sie mir.«

»Okay.«

Schweigend gingen sie nebeneinander die belebte Straße entlang. Der Diner sah ziemlich heruntergekommen aus, hatte ein verschlissenes Vordach und machte nicht den besten Eindruck, aber der Mann hinter der Theke winkte Leos neuem Freund zu, und es war offensichtlich, dass dieser schon häufiger hier gewesen war. Na gut. Sie setzten sich nebeneinander an die Theke, und Leo begutachtete die schmierige Speisekarte. »Was ist denn hier zu empfehlen?«

»Es schmeckt alles scheiße, ist aber billig.«

Der Mann bestellte einen Burger und Pommes, und Leo tat

es ihm nach. Er nippte an seinem Wasser und drehte sich dann zu seinem Begleiter um. »Ich heiße übrigens Leo.«

»Wie DiCaprio?« Der Mann grinste. »Soll ich Sie Leonardo nennen?«

»Auf keinen Fall.«

Der Mann grunzte. »Rex.«

»Wie der Tyrannosaurus? Dann kann ich Sie Dino nennen?«

Der Mann wackelte mit einem Finger. »Jetzt werden Sie nicht frech.«

»Keine Sorge.« Die Kellnerin stellte eine Tasse Kaffee vor Leo auf den Tisch und verschwand schnell wieder. Leo trank einen Schluck und verzog das Gesicht. »Der schmeckt ja widerlich.«

»Hab ich doch gesagt«, meinte Rex, trank aber dennoch etwas Kaffee.

»Und, stammen Sie aus New York?«

»Nein, und Sie offensichtlich auch nicht.« Der Mann nahm sich ein paar Ketchuppäckchen und steckte sie in die Tasche. »Verraten Sie mir, warum Sie einem Typen wie mir was zu essen spendieren?«

Leo zuckte mit den Achseln. »Ich bin neu in der Gegend und kenne noch nicht viele Leute. Eigentlich wollte ich nur ein bisschen Gesellschaft und dachte mir, dass Sie bestimmt eine interessante Geschichte zu erzählen haben.«

»Ich habe dieselbe Geschichte wie alle anderen, die auf der Straße leben.« Rex leerte seine Tasse und hob sie in die Luft, damit die Kellnerin noch einmal nachschenkte. »Ich habe eine schwere Zeit durchgemacht, und danach wurde es noch schlimmer. Jetzt bin ich hier.«

»Was hatten Sie für einen Job, bevor die schwere Zeit angefangen hat?«

Rex kratzte sich den schmutzigen Kopf. »Ich hab schon alles Mögliche gemacht, Wachmann, Kaufhauscop, Vertreter, Soldat ...«

»Soldat? Waren Sie im Krieg?« Die beiden Teller mit den Burgern wurden gebracht, und Leo biss in seinen, da Rex dasselbe machte.

Rex nickte und kaute begierig. »Im Irak. Zweimal. Danach hatte ich irgendwie einen an der Klatsche und hab es nie lange bei einem Job ausgehalten.«

»Sind Sie traumatisiert?«

»Nein, ich vermisse den Irak so sehr.« Rex warf ihm einen wütenden Blick zu. »Was denken Sie denn?«

»Entschuldigung, das war eine dumme Frage.« Leo kam sich vor wie der letzte Depp. Doch die Worte des Mannes gaben ihm zu denken. Bellissime unterhielt nur eine sehr kleine Armee, die nie in den Krieg zog, aber er hatte als Botschafter seines Landes Krankenhäuser besucht und dort mehr Soldaten getroffen, als ihm lieb gewesen war. Das Leben in Bellissime war unglaublich behütet, wie ihm erst jetzt langsam dämmerte. Nachdenklich biss er erneut von seinem Burger ab.

»Und was machen Sie beruflich?«

Leo verzog betreten das Gesicht. »Das klingt jetzt bestimmt lächerlich, aber ich bin Baron.«

»Baron?« Rex runzelte die Stirn. »Aus England?«

»Nein, aus Bellissime. Das liegt in der Nähe von Monaco. Ein sehr kleines Land in den Alpen.«

»Und was macht ein Baron so den ganzen Tag?«

Das war eine gute Frage. »Ich habe Fototermine, treffe mich mit Würdenträgern anderer Länder, all solche Sachen. Zu Hause habe ich viel Polo und Rugby gespielt.«

Rex grunzte und wischte seinen Teller mit einer Pommes ab. »Und hier?«

»Hier kann ich das nicht.« Leo ließ seinen Burger sinken. »Ich gehe laufen und verbringe die Zeit mit meiner ... Freundin.« Das Wort kam ihm nur schwer über die Lippen, aber dann stellte er fest, dass er sich daran gewöhnen könnte. »Ansonsten mache ich nicht viel.«

»Kein Wunder, dass Sie sich langweilen und sich mit meinesgleichen unterhalten.« Rex grunzte erneut und verspeiste den letzten Rest seines Burgers.

»Ich unterhalte mich mit Ihnen, weil ich Sie interessant finde.«

»Weil ich obdachlos bin? Ich hab noch nie gesehen, dass Sie mit einem der anderen essen gegangen sind.« Rex musterte Leo misstrauisch. »Ich könnte mir vorstellen, dass die anderen auch Hunger haben.«

Leo musste sich beschämt eingestehen, dass Rex recht hatte. Er war ebenso fasziniert wie angewidert von der Tatsache gewesen, dass der Mann obdachlos war. Nun hielt er betreten den Mund.

Rex deutete auf Leos Teller. »Essen Sie das noch?«

Leo schob den Teller zu ihm hinüber. »Bedienen Sie sich.«

Sie schwiegen beide, während Rex auch Leos Teller leer aß. »Welches Ziel verfolgen Sie hier?«, wollte Rex nach einer Weile wissen.

»Wie meinen Sie das?«

»Wieso wollen Sie auf einmal mein bester Freund sein? Wissen Sie überhaupt, wie viel Geld Sie mir in den letzten drei Tagen gegeben haben?«

Leo stutzte. Darauf hatte er gar nicht geachtet. »Nein.«

»Zweihundertundsechsundzwanzig Dollar.« Rex deutete auf ihre Teller. »Haben Sie eine Ahnung, was dieses Essen kostet?«

»Nein.« Wieso war das wichtig?

Rex wischte sich kopfschüttelnd die Hände an der Serviette ab und steckte dann noch einige weitere ein. »Sie geben mir jeden Tag ein nettes Sümmchen, und auch wenn ich mich darüber ebenso wie über das Essen freue, frage ich mich doch, was Sie damit bezwecken.«

Leo erstarrte. »Ich wollte Ihnen nur helfen. Ist es nicht das, was Sie wollen?«

»Nein. Ich wollte Geld. Versuchen Sie hier, mir oder sich selbst zu helfen?«

Das war eine sehr gute Frage – eine, die Leo nicht beantworten konnte.

* * *

Als er wenig später ins Hotel zurückkehrte, dachte er noch immer über die Unterhaltung mit Rex nach. Taylor winkte ihm zur Begrüßung zu, formte eine Hand zu einem Telefonhörer und redete in ihr Headset, während sie wild auf der Tastatur herumtippte. Leo ging ins Bad und stand lange unter der Dusche, aber auch als er sich abtrocknete, war er noch bedrückt.

Das Gespräch mit dem Obdachlosen hatte ihm die Augen geöffnet. Während er glaubte, er würde dem Mann einen Gefallen tun, hatte Rex ihn durchschaut. Er hatte das nicht etwa für Rex getan, sondern damit er selbst sich dadurch besser fühlte. Diese Erkenntnis war ebenso zutreffend wie peinlich. Als Rex dann auch noch darauf hingewiesen hatte, dass Leo keine Ahnung vom Wert des Geldes hatte, war er sich vorgekommen wie ein verwöhntes Kind.

Wieso wusste er denn nicht einmal, was die einfachsten Dinge wert waren? War die Blase, in der er zu Hause gelebt hatte, noch viel größer, als er dachte? Wieso war er gleichzeitig so fasziniert und erschrocken, dass es Obdachlose wie Rex gab? Lag es daran, dass ihm dadurch seine eigene Ignoranz bewusst wurde?

Leo zog sich eine lässige Hose und ein Poloshirt an, fand jedoch keine Socken. Er kramte in seinem Schrank und in der Kommode herum, doch seine Socken blieben verschollen. Schließlich ging er barfuß ins Wohnzimmer, wo Taylor gerade ihr Headset abnahm. »Hast du meine Socken gesehen?«

»Nein. Sollte ich denn wissen, wo sie gerade sind?«, neckte sie ihn. »Vielleicht wurden sie von wilden Sockenratten entführt.«

Er runzelte die Stirn und ging zum Flurschrank, in dem sich normalerweise seine frisch gewaschene Kleidung befand. Doch auch dort lagen keine Socken. »Hat irgendjemand meine Socken abgeholt?«

»Keine Ahnung.« Sie beobachtete ihn neugierig und wirkte amüsiert. »Sind sie denn so wichtig?«

Das waren sie nicht, aber dieser Vorfall zeigte wieder einmal, wie er das Leben anging. Er erwartete, dass irgendetwas vorhanden war oder dass ihm jemand etwas reichte, damit er sich nicht selbst anstrengen musste. Und jetzt, wo er allein war und sich selbst um alles kümmern musste, versagte er auf ganzer Linie.

Das war keine sehr angenehme Erfahrung.

»Oh, wow. Geht es dir gut? Die verschwundenen Socken scheinen dir wirklich Kopfzerbrechen zu bereiten.« Taylor trat zu ihm und berührte ihn am Arm. »Was ist los?«

»Ich bin nur … frustriert.« *Weil ich hilflos bin und langsam anfange, das zu erkennen.* »Manchmal habe ich das Gefühl, ich bekomme nicht mal die kleinsten Dinge in den Griff.«

Zu seiner Überraschung seufzte sie bedrückt. »Ja, das Gefühl kenne ich. Komm mit.« Sie nahm seine Hand und zog ihn zur Couch.

»Was hast du denn vor?«

»Du wirst dich jetzt auf die Couch legen und dich von mir mit einer entspannenden Fußmassage verwöhnen lassen, und wir reden über das, was dir auf der Seele liegt.«

»Willst du mich bemuttern?«

»Nein, denn dann würde ich auch in Babysprache mit dir reden.« Sie machte einen Kussmund und Kussgeräusche.

Er musste wider Erwarten lachen und ließ sich von ihr zur Couch führen. Dort nahm sie sein rechtes Bein, setzte sich auf die Ottomane und massierte seinen Fuß.

Okay ... Normalerweise stand er nicht auf so was, aber das fühlte sich wirklich gut an. Leo ließ den Kopf nach hinten sinken und stöhnte vor Wonne. »Woher wusstest du, dass ich das jetzt gebrauchen kann?«

»Weil das jedem guttut.« Sie bearbeitete geschickt seinen Spann und strich dann mit beiden Händen über seinen Fuß, was sich sowohl beruhigend als auch erotisch anfühlte. »Ich gehe immer zur Pediküre, wenn ich richtig gestresst bin. Da reibt mir jemand die Füße und sorgt dafür, dass meine Zehen gut aussehen. Das ist eine Win-win-Situation.«

»Versprich mir nur, dass du mir die Zehennägel nicht rosa lackierst«, murmelte er und hatte die Augen geschlossen, um sich ihrer Berührung richtig hingeben zu können.

»Ich habe nur roten Nagellack.«

Er machte ein Auge auf und starrte sie an, und sie strich erneut über seinen Fuß. »Du hältst dich wohl für sehr witzig, was?«

»Eigentlich schon.« Sie strahlte ihn an und drückte mit den Fingern auf eine besonders empfindliche Stelle in der Nähe seiner Ferse. Leo sprang beinahe vom Sofa, weil sich das so gut anfühlte. »Möchtest du über das reden, was dich belastet?«

Leo stieß frustriert die Luft aus. »Wenn ich es laut ausspreche, klingt es lächerlich.«

»Du redest mit einer Frau, die ihre Freizeit damit verbringt, in einem Spiel auf einem digitalen Drachen zu reiten, und deren Rucksack aussieht wie eine Katze. Wie willst du das übertrumpfen?«

Seine Mundwinkel zuckten. Wie schaffte sie es nur immer wieder, ihn in jeder Situation aufzuheitern? Er konnte von Glück reden, wenn er jemanden wie sie zur Frau bekam. Jedenfalls vorübergehend, fügte er einen Augenblick später hinzu. Es fiele ihm viel leichter, seinen Plan in die Tat umzusetzen, wenn er sich vor Augen führte, dass die Ehe nur begrenzte Zeit dauern sollte – alles andere wäre ihm völlig verrückt vorgekommen.

Natürlich musste er Taylor noch dazu bringen, dem zuzustimmen, und dabei konnte er sie momentan noch nicht einmal küssen. Doch daran würde er arbeiten.

»Raus damit«, forderte sie ihn auf. »Danach wird es dir besser gehen.«

Er seufzte. »Du lässt ja doch keine Ruhe, oder?« Was er eigentlich auch gar nicht wollte, da sich die Massage so wunderbar anfühlte.

»Das hast du völlig richtig erkannt. Also kannst du es auch gleich ausspucken.« Sie wackelte mit seinem großen Zeh. »Der große Onkel will es hören.«

Leo entzog ihr seinen Fuß, aber sie ließ sich nicht beirren, schnappte sich den anderen und machte weiter. Da sie es ihm sowieso entlocken würde, holte er tief Luft, wappnete sich für ihr Gelächter und sprach es einfach aus. »Ich … ich glaube, ich bin ziemlich hilflos.«

Sie runzelte die Stirn, massierte jedoch weiter. »Wie meinst du das?«

»Es ist nur so … Ich bin fast dreißig, habe aber noch nie auf eigenen Beinen stehen müssen. Zu Hause sucht mein Diener meine Kleidung heraus und kümmert sich um meine Termine. Ich habe Dienstmädchen, eine Köchin und einen Stallmeister, der sich um meine Pferde kümmert. Ich habe einen Fahrer und muss eigentlich nichts selbst machen, außer mich morgens aus dem Bett zu rollen. Und seit fast dreißig Jahren hatte ich nie ein Problem damit. Auf Reisen kümmern sich meine Bediensteten um alles, aber als ich ganz allein hierhergekommen bin, ist mir erst bewusst geworden, wie … abgeschirmt ich gelebt habe.« Er schnaubte. »Und das mit fast dreißig. Stell dir das nur vor. Das ist doch traurig.«

Sie tätschelte seinen Fuß. »Immerhin hast du niemanden, der dir den Hintern abwischt. Das ist doch schon mal was.«

»Es kommt mir aber beinahe so vor.«

Taylor verdrehte die Augen und stand auf. Sie trat vor und setzte sich einfach rittlings auf seinen Schoß. »Wenn du versuchst, mir einzureden, du wärst ein Riesenbaby, dann funktioniert das nicht.« Sie streichelte mit einer Hand über seine Brust. »Du hast Geld. Du bist privilegiert, und das ist vermutlich noch untertrieben. Wenn ich so reich wäre, würde ich vermutlich auch Leute einstellen, die mir die ganze Arbeit abnehmen.«

»Das Problem ist aber nicht, dass sie nur manche Dinge für mich erledigen. Sie nehmen mir eigentlich alles ab.« Doch jetzt, da Taylor auf seinem Schoß saß und beinahe seinen Penis berührte, fiel es ihm noch viel schwerer, seine Probleme zu benennen.

»Dann nutze deine Zeit hier, um ein wenig Unabhängigkeit zu lernen. Kauf dir irgendwas. Such dir deine Kleidung selbst aus.« Ein freches Grinsen umspielte ihre Lippen. »Lauf ohne Socken rum.«

»So langsam bekomme ich den Eindruck, dass du mich nicht ernst nimmst«, flüsterte er. Sein Verlangen nach ihr wurde immer größer. Sie hatte ihn die ganze Woche über abgewiesen, doch jetzt schöpfte er Hoffnung, dass sein Gejammer das Eis zwischen ihnen brechen würde. Diese Frau war wirklich undurchschaubar.

Möglicherweise sollte er aber auch selbst einfach mal die Initiative ergreifen. Er wollte Taylor davon überzeugen, ihn zu heiraten, damit er wieder nach Hause konnte, und was machte er? Er jammerte herum, weil er seine Socken nicht fand, und ging mit einem Fremden essen, während sie vor ihrem Laptop saß. Das passte doch gar nicht zu ihm. Normalerweise war er derjenige, der zur Tat schritt, der Selbstsichere und Furchtlose.

Es wurde Zeit, dass er sich wieder darauf besann, wie er wirklich war, und die Kontrolle übernahm.

Daher legte er die Arme um sie und zog sie an sich, bis sie die Hände auf seine Schultern legte. »Dabei bin ich sonst ein richtiger Draufgänger.«

»Ach, bist du das?«, säuselte sie. »Das glaube ich erst, wenn ich es sehe.«

Anscheinend war sie gut gelaunt. Das gefiel ihm. Er bekam sofort eine Erektion und ließ eine Hand zu ihrem Hintern wandern. Sie hatte einen großartigen runden Hintern, den man einfach berühren musste.

Anstatt zu protestieren, schlang sie ihm die Arme um den Hals und küsste ihn leidenschaftlich. Auf einmal hatte er eine ausgelassene Taylor auf dem Schoß. Er erwiderte den Kuss und ließ die Hände über ihren Körper wandern. Ihre Zunge umgarnte die seine, und sie bewegte anzüglich ihr Becken.

Stöhnend drückte er sie auf die Couch und drehte sich mit ihr um, bis sie unter ihm lag. Noch immer küssten sie sich heiß und wild. Sie legte ihm ein Bein um die Hüfte, und er rieb seinen Penis in ihrem Schritt, um anzudeuten, was er gern mit ihr tun würde.

Doch dann legte sie ihm eine Hand an die Schulter und unterbrach den Kuss. »Leo«, hauchte sie. »Ich kann nicht.«

Er rückte ein Stück von ihr ab und schaute ihr ins Gesicht. Was war nur mit dieser Frau los? »Warum nicht?«

Sie bekam rote Wangen. »Ach, es ist nur ... nicht die richtige Zeit.«

Leo runzelte die Stirn und wurde einfach nicht mehr schlau aus ihr. Erst küsste sie ihn, als würde sie ihn begehren, nur um ihn gleich darauf von sich wegzustoßen. Da war es doch kein Wunder, dass er in letzter Zeit so verwirrt war. »Gibt es da noch jemanden, von dem ich wissen sollte? Betrug kann ich nämlich nicht leiden.«

Taylor riss die Augen auf. »Was? Nein! Natürlich nicht!« Sie schlug ihm gegen den rechten Oberarm. »Betrug ist das Letzte!«

Er beugte sich vor, knabberte an ihrer Unterlippe und konnte deutlich das Verlangen in ihren Augen erkennen. »Dann erzähl mir, was los ist. Willst du auf einmal bis zur Hochzeitsnacht warten? Denn ich würde dich heiraten.« Leo grinste sie an und hoffte beinahe, dass sie impulsiv genug wäre, um den Köder zu schlucken.

»Was?« Sie schüttelte kichernd den Kopf. »Jetzt redest du Unsinn.«

»Tue ich das?« Er streichelte ihr mit einem Finger die Wange. »Ich versuche nur herauszufinden, warum du mich nach unserer unglaublichen ersten Nacht immer wieder wegstößt, sobald ich dich küssen will.«

Sie kaute auf ihrer Unterlippe herum und sah fast so aus, als würde sie sich schämen. »Ich kann nicht darüber reden.«

»Soll ich dich so lange küssen, bis du es mir doch verrätst?« Er ließ den Finger zu ihrer empfindlichen Ohrmuschel wandern, und sie erschauerte und sog die Luft ein.

»Mann, das ist nicht fair. Es ist nur ... eben ein schlechter Zeitpunkt.«

Er sah sie irritiert an. »Wegen der Arbeit?«

Taylor schlug sich auf die Stirn. »Weil ich meine Tage habe, wenn du es unbedingt wissen musst.«

Ah! Auf einmal ergab alles einen Sinn – ihre seltsame Art in seiner Nähe, warum sie plötzlich so weite Kleidung trug und dass sie jedes Mal erstarrte, wenn er sie in die Arme nahm. Das war zwar nicht der beste Zeitpunkt, um mit einer Frau zu schlafen, doch er ließ sich davon nicht beirren und umfing ihre Brüste. »Mich stört das nicht.«

Sie verzog das Gesicht. »Das mag das Verrückteste sein, was ich je gesagt habe, denn du bist der heißeste Kerl dieses Planeten, aber du wirst noch ungefähr zwei Tage warten müssen.« Er hatte den Eindruck, dass sie enttäuscht war. »Das ist echt blöd.«

»Allerdings.« Denn wenn er sie nur berührte, wurde er schon unglaublich erregt. Nachdenklich rieb er ihre steife Brustwarze durch den Stoff ihrer Kleidung hindurch. »Und es ist schade, weil ich dich so gern berühre.«

Sie wand sich vor Wonne und stieß ein leises Stöhnen aus. »Oh Mann, ich mag es auch, wenn du mich berührst.«

Das war alles, was er hören musste. Leo beugte sich vor, knabberte an ihrem Kinn, drückte eine Spur aus Küssen auf ihren Unterkiefer und streichelte dabei weiterhin ihre Brustwarze. »Wie wäre es, wenn wir uns dann einfach nicht ausziehen, sondern so amüsieren?«

Ihr leises Keuchen war Musik in seinen Ohren. »Du bist ein harter Verhandlungspartner.«

»Dann habe ich ja Glück, dass du auf harte Sachen stehst.«

»Oh, und wie.« Sie legte ihm eine Hand an den Hintern, drückte seine Pobacke und zog ihn wieder auf sich herunter. »Die Hose bleibt an, alles andere ist erlaubt. Einverstanden?«

Er war bereit zu nehmen, was sie ihm anbot. »Klingt gut.« Dann rückte er ein Stück weiter nach unten, bis sich sein Mund direkt über ihrer linken Brust befand. »Bist du schon mal vollständig angezogen gekommen?«

»Oooh«, hauchte Taylor. »Ich kann mich nicht erinnern, aber allein die Vorstellung ist schon total heiß.«

Das fand er auch. Er senkte den Kopf und knabberte an der steifen Brustwarze, die sich unter ihrer Kleidung abzeichnete.

Taylor stöhnte und wand sich unter ihm, und er spürte, wie sie die Fingernägel auf seinen Rücken drückte. Es war so heiß, wie sie ihn immer kratzte und zeigte, wie unersättlich sie war. Er genoss es, sie an den Rand des Wahnsinns zu treiben, und kam sich dann vor wie der Größte.

Nach dieser Woche voller Selbstzweifel war das genau das, was er brauchte. Diese ständigen Zweifel machten ihm sehr zu schaffen, sodass er sich unsicher und fehl am Platz fühlte. Möglicherweise ließ sich ja alles so leicht lösen wie das Rätsel um Taylors Zurückhaltung. Er musste einfach nur an sich glauben und Fragen stellen – und sich vor allem nicht von seinem Ziel abbringen lassen.

Im Augenblick bestand sein Ziel darin, dass die Frau in seinen Armen seinen Namen schrie.

»Dieses Shirt muss ich dir allerdings ausziehen«, murmelte Leo und leckte ihre Brustwarze durch den Stoff hindurch.

Sie bog den Rücken durch. »Das klingt nach einer verdammt guten Idee.«

Er legte ihr die Hände an die Seiten und zog ihr T-Shirt hoch, bis er ihre Brüste entblößt hatte. Oh, wow! Kein Wunder, dass ihre Brüste so verlockend wippten – sie trug keinen BH. Unter dem T-Shirt befand sich nichts als nackte, wundervolle Haut. Er stöhnte genüsslich und knabberte an der rechten Brustwarze. »Hallo, meine Schöne. Du hast mir so gefehlt.«

Taylor kicherte. »Du hast ihnen auch gefehlt.«

»Dann gestatte mir, sie mit Aufmerksamkeit zu überschütten«, sagte er leise. Er nahm die Brustwarze in den Mund und liebkoste sie mit Zunge und Zähnen. Ihre Haut war so unglaublich weich, ihre Brüste waren so schön voll, und er nahm sich viel Zeit, um beiden ausreichend Zuwendung zukommen zu lassen, indem er eine streichelte und die andere mit dem Mund verwöhnte. Taylor wand sich stöhnend unter ihm und grub immer wieder die Fingernägel in sein Poloshirt.

Immer wenn er mit der Zunge ihre Haut berührte, reagierte sie enthusiastisch, und irgendwann schien sie gar nicht mehr still liegen zu können. Ihre lustvollen Geräusche machten ihn ganz wild, und sein Penis drückte sich schmerzhaft gegen seine Hose, sodass er es sehr bereute, sich auf den »Die Hose bleibt an«-Deal eingelassen zu haben. Auch wenn sie ihre Tage hatte, sehnte er sich sehr danach, in sie einzudringen und sie ganz zu spüren.

Da er das nicht tun konnte, wollte er sie wenigstens so weit bringen, dass sie wild vor Verlangen war.

Während er sie weiter küsste und leckte, bewegte er eine Hand zu ihrem Schritt und legte sie über den Stoff der Hose.

Taylor erstarrte sofort und schob seine Hand weg. »Die Hose bleibt an.«

»Ich hatte auch nicht vor, sie dir auszuziehen«, murmelte

er und drückte den Mund erneut auf ihre Brustwarze. »Aber ich darf dich doch durch die Hose berühren, oder nicht?«

Sie stöhnte eine Antwort, die nicht wie ein Nein klang, und so drückte er die Hand wieder in ihren Schoß und auf ihren Venushügel. Er konnte durch den Stoff ansatzweise ihre Schamlippen ertasten, und so drückte er einen Finger dazwischen und bewegte ihn hin und her.

Taylor keuchte auf und klammerte sich an ihn. »Oh Gott!«

Das gefiel ihm schon besser. Wieder rieb er sie dort und versuchte, all die Stellen zu berühren, von denen er wusste, dass sie sehr empfindlich waren. Sie drückte sich gegen seine Hand, verlangte nach mehr, und so liebkoste er weiter ihre Brustwarze und streichelte ihre Scheide.

Wieder und wieder zuckte sie mit den Hüften und stieß immer wieder seinen Namen aus. Leo rieb noch fester und wollte genug Reibung erzeugen, damit sie kam. Er rieb ihre Klitoris durch ihre Hose hindurch, und einen Augenblick später schrie Taylor auf und erstarrte unter ihm, und er beobachtete zufrieden, wie ihr Gesicht einen leicht benommenen Ausdruck annahm.

»Fühlt sich das gut an?«, fragte er und küsste ihre Brust.

Sie stöhnte nur etwas, das er nicht verstand.

»Ich werte das als Ja.« Er drückte Küsse auf ihre wundervollen Brüste, denn auch wenn sie bereits gekommen war, hatte er noch immer eine Erektion, die sich schmerzhaft gegen den Reißverschluss seiner Hose drückte. Vielleicht musste er gleich kalt duschen oder im Bad masturbieren, wenn er sich nicht anderweitig Abhilfe verschaffen konnte.

Dann krabbelte sie unter ihm hervor und setzte sich neben ihn auf die Couch. Er sah ihr zu, wie sie sich das T-Shirt herunterzog und das Haar aus dem Gesicht strich. »Ich komme mir so dumm vor«, sagte sie leise.

»Warum denn?«

»Das hätten wir schon die ganze Woche tun können, aber ich habe dich immer von mir weggestoßen.«

Er lachte leise. »Komm nie zwischen einen Mann und seine Erektion. Wir können da sehr kreativ werden.«

»Ja, das habe ich gemerkt.« Sie warf ihm einen sinnlichen Blick zu und drückte sich an ihn. Dann legte sie ihm eine Hand in den Schritt und streichelte seinen Penis. »Bin ich jetzt an der Reihe?«

»Wenn du möchtest.« Er wollte sie nicht dazu drängen, aber die Vorstellung, dass sie ihm ebenso einen Orgasmus schenkte, wie er es eben bei ihr getan hatte, machte ihn wirklich an.

»Oh, und wie.« Ein freches Grinsen umspielte ihre Mundwinkel. Sie ließ die Finger über seine unter dem Stoff verborgene Eichel wandern.

Leo stieß langsam die Luft aus und lehnte sich zurück. »Soll ich mich einfach in deine Hände begeben?«

Sie riss frohlockend die Augen auf. »Und ich darf mit dir machen, was ich will?«

Als ob sie das noch fragen musste. »Aber ja.«

Taylor leckte sich die Lippen, lächelte ihn an und griff nach dem Reißverschluss seiner Hose. »Wir haben gesagt, dass die Hose an bleibt, aber aufmachen darf ich sie, oder?«

Diese kleine Hexe. »Ja, das darfst du.« Er setzte sich etwas anders hin und spreizte leicht die Beine, damit sie mehr Platz hatte. Es war sehr erregend, dass sie immer versuchte, die Grenzen neu auszuloten. Auch darum war es im Bett mit ihr so gut.

Sie ließ die Finger über seinen Reißverschluss tanzen, zog ihn langsam herunter und enthüllte seine Boxershorts und den steifen Penis darunter. »Sieh einer an. Da freut sich aber jemand, mich zu sehen.«

»Wie immer.« Er sehnte sich so sehr danach, von ihr berührt zu werden. »Jeder Tag ist schöner, wenn du da bist.«

Taylors Miene wurde sanfter, und sie lächelte ihn fast schon schüchtern an. »Das ist aber … süß. Ist dir klar, dass ich dir so oder so einen blasen werde? Du musst mich nicht mit schönen Worten dazu bewegen.«

»Das ist die Wahrheit.«

Sie strahlte förmlich vor Freude. »Du bekommst gleich den besten Blowjob aller Zeiten.«

»Da sage ich nicht Nein.« Er musste sich zwingen, ganz still zu sitzen, als sie den Stoff seiner Boxershorts herunterschob und seinen schmerzenden Penis herausholte. Sein Glied ragte aus dem Stoff hervor, und Taylor seufzte zufrieden, legte eine Hand darum und streichelte es.

Leo wäre beinahe auf der Stelle gekommen.

»Sieh dir nur diesen herrlichen Penis an«, säuselte sie. »Da läuft einem ja das Wasser im Mund zusammen.« Sie ließ die Finger sanft über die gesamte Länge gleiten, senkte den Kopf und nahm die Eichel in den Mund.

Leo stöhnte auf.

Ihr süßer, feuchter Mund fühlte sich einfach unglaublich an. Er stieß zischend die Luft aus, ließ den Kopf auf die Rückenlehne sinken und gab sich ganz diesem Gefühl hin. Sie legte eine Hand fest um seinen Penis und ließ die Zunge über seine Eichel wirbeln. Am liebsten hätte er die Finger in ihr Haar geschoben, aber er wollte sie nicht beeinflussen, da es ihr ja offensichtlich gefiel, die Kontrolle zu haben.

Dann saugte sie enthusiastisch, nahm ihn weiter in den Mund, und schon spürte er, wie sich seine Hoden zusammenzogen und sich sein ganzer Körper verkrampfte. »Nicht so schnell«, hauchte er. »Ich halte nicht mehr lange …«

Als Reaktion darauf saugte sie noch fester. Er spürte, wie

sein Glied noch weiter in ihren Mund glitt, wie seine Eichel an ihren Rachen stieß und sie erneut saugte. Ach, verdammt!

Wenige Augenblicke später kam er und ergoss sich in ihren Mund.

Als sie sich aufsetzte, wischte sie sich die Lippen ab und bedachte ihn mit einem sehr zufriedenen Blick. »Jetzt bereue ich die letzte Woche noch viel mehr.«

»Da gibt es nichts zu bereuen«, erwiderte er und zog sie an sich, weil er sie jetzt unbedingt in den Armen halten musste. Sie ließ es bereitwillig geschehen und kuschelte sich an seine Brust. »Lass uns diesen Moment einfach genießen.«

Taylor seufzte. »Manchmal wünsche ich mir, dass alle so wären wie dieser.«

Da waren sie einer Meinung.

10

Am nächsten Tag

Griffin V: Ich bin wieder in der Stadt, Cousin. Wollen wir uns zum Mittagessen treffen? Dann können wir uns unterhalten, und ich kann dir meine Verlobte vorstellen.

Leo: Klingt gut. Es gibt viel zu bereden. Heute? Morgen?

Griffin V: Ich muss heute noch arbeiten, aber wenn du Zeit hast und Maylee keine Termine hat, können wir heute Abend irgendwo essen gehen.

Leo: Gute Idee. Sag einfach, wann und wo – ich habe Zeit.

Einige Stunden später betrat Leo das schicke Fischrestaurant. Er war allein; eigentlich hatte er Taylor mitnehmen wollen, aber sie hatte noch zu arbeiten und später einen Termin für eine Konferenzschaltung mit ihrem Boss. Doch sie schien es wirklich zu bedauern, dass sie ihn nicht begleiten konnte. Daher hatte er ihr versprochen, ihr etwas Leckeres mitzubringen und später auf dem Sofa mit ihr zu kuscheln und das Erlebnis vom Vortag zu wiederholen.

Das klang nach einem guten Plan für den Abend, und sie schien sich darauf zu freuen.

Er freute sich jedoch auch darauf, seinen Cousin Griffin wiederzusehen. In den letzten Jahren schienen sie sich irgendwie nie gleichzeitig am selben Ort aufzuhalten. Zwar hatten sie sich bei Alex' Hochzeit kurz gesprochen, doch Griffin war abgelenkt gewesen und hatte sehr viele Termine gehabt. Damals hatte Leo seinen Cousin für steif und fad gehalten, weil er ständig arbeiten musste, aber jetzt beneidete er ihn. Dem Mann war nie langweilig, und er war erfolgreich, weitaus erfolgreicher als Leo, der die meiste Zeit gar nicht wusste, was er mit sich anfangen sollte.

So langsam wurde ihm klar, dass Verpflichtungen gar keine so schlechte Idee waren. Besser spät als nie, fand er.

Leo sah sich in dem kleinen Restaurant mit den winzigen weiß gedeckten Tischen um. Da wurde eine Hand in die Luft gereckt, und Leo winkte ebenfalls. Sein Cousin saß bereits am Tisch und hatte sich seit ihrer letzten Begegnung kein bisschen verändert. Er war elegant, wirkte ein wenig streng, hatte das kurze Haar nach hinten gegelt und trug eine Brille mit Drahtgestell, die sein ordentlich rasiertes Gesicht schmückte. Griffin, der einen grauen Anzug mit dazu passender Krawatte trug, stand auf, als Leo näher kam. Neben ihm saß eine Frau, die Leo vage bekannt vorkam, weil er sie bereits auf Alex' Hochzeit gesehen hatte – sie war klein, hatte einen weißblonden Lockenkopf und strahlte ihn an. Ihr Hosenanzug – der hässlichste, den er je gesehen hatte – stach ihm sofort ins Auge.

»Cousin«, begrüßte Griffin ihn und schüttelte ihm die Hand.

»Du liebe Güte«, erklärte die Frau, bei der es sich nur um Maylee handeln konnte, mit starkem Akzent, »bei euch in Bellissime gibt es wohl keine kleinen Männer? Ihr seht alle aus, als hätte man euch von klein auf mit Mais gefüttert.«

»Danke … oder?« Leo umarmte die Frau, während Griffin leise lachte. »Ich gehe mal davon aus, dass das ein Kompliment war.«

»Und was für eins!« Maylee strahlte ihn an, und er mochte sie sofort, trotz ihrer exzentrischen Kleidung und ihrer wilden

Frisur. Sie schien ein netter, bescheidener Mensch zu sein und war somit der perfekte Gegenpol zu seinem viel zu steifen Cousin.

Sie setzten sich und plauderten eine Weile, und es tat gut, sich einfach zu unterhalten. Die Kellnerin brachte ihnen Getränke und nahm ihre Bestellung auf.

»Und, wie gefällt dir New York?«, erkundigte sich Griffin und lehnte sich zurück. Er legte einen Arm um die Rückenlehne von Maylees Stuhl und spielte mit einer ihrer Korkenzieherlocken, als könnte er nicht widerstehen und müsste sie einfach berühren.

»Anfangs wollte ich eigentlich gar nicht herkommen, aber inzwischen gefällt es mir ganz gut«, antwortete Leo und stellte überrascht fest, dass das der Wahrheit entsprach. Er hatte sich derart darauf konzentriert, wieder nach Hause zu kommen, dass er sich überhaupt nicht entspannt und das genossen hatte, was ihm die Stadt bot. »Und es ist eine gewaltige Umstellung für mich, da ich keine Diener dabeihabe.«

Griffin zog die Augenbrauen hoch. »Nicht mal einen?«

»Sie wollten zu Hause in Bellissime bleiben, und ich halte mich auf unbestimmte Zeit hier auf …« Er zuckte mit den Achseln. »Es ist ein langer Lernprozess.«

Maylee lachte. »Ich mag mir gar nicht vorstellen, was Griffin tun würde, wenn ihm niemand sagt, wo er seine Sachen findet. Er wäre völlig aufgeschmissen.«

»Da ist er nicht der Einzige«, gab Leo mit reumütigem Lächeln zu. »Es ist wie gesagt ein Lernprozess. Aber ich glaube, es läuft ganz gut. Ich muss lernen, unabhängiger zu sein. Erst seitdem ich hier bin, ist mir aufgefallen, wie sehr ich mich auf andere verlassen habe.« Er schnippte mit den Fingern. »Wobei mir einfällt, dass ich meinen Buchhalter anrufen und fragen muss, wie viel Geld ich eigentlich besitze.«

Griffin zog die Augenbrauen zusammen. »Ist das dein Ernst, Leo? Du weißt nicht, wie viel Geld du hast?«

»Bisher hat sich immer jemand anderes um meine Finanzen gekümmert.«

»Aber du musst doch eine ungefähre Ahnung haben ...« Griffin schüttelte den Kopf. »Was ist mit den ganzen Investitionen, bei denen ich dir vor ein paar Jahren geholfen habe? Wie steht es darum?«

»Siehst du, wo mein Problem liegt?«, fragte Leo achselzuckend. »Ich habe irgendwie in einer Blase gelebt, aber es wird Zeit, dass ich das Ruder übernehme.«

»Da fängst du am besten mit deinen Bankkonten an«, murmelte Griffin, und Maylee legte ihm eine Hand auf den Arm. »Entschuldige, aber was die Familie und das Geld angeht, bin ich sehr empfindlich. Wusstest du, dass die Krone vor zehn Jahren beinahe bankrott gewesen wäre? Ich musste mich sehr anstrengen, um die Königin zu überzeugen, dass Investitionen und der Aktienmarkt der Ausweg sind. Bis heute mache ich mir Sorgen, dass ich ihnen nur den Rücken zuwenden muss, und schon ist einer von ihnen wieder kurz vor dem Ruin.«

»Mach dir doch keine Sorgen, Schatz.« Maylee tätschelte seinen Arm. »Sie sind erwachsen und können sich selbst um ihr Geld kümmern.«

»So wie er?« Griffin deutete auf Leo und beugte sich vor. »Möchtest du mal schätzen, wie viel Geld du auf dem Konto hast?«

Leo rieb sich das Kinn. »Ein paar Millionen?«

»Das will ich doch nicht hoffen, wo du das Delle-Scoliere-Schloss vor einigen Jahren für zweihundert Millionen verkauft hast.«

War dem so? Leo wusste, dass der unfassbar reiche Saudi-Prinz einen guten Preis gezahlt hatte, aber die genaue Summe hatte ihn nie interessiert. »Dann muss es noch mehr sein. Ich werde es heute Abend in Erfahrung bringen. Versprochen. Ich rufe meinen Buchhalter an, sobald wir das Restaurant verlassen.«

Griffin hob eine Hand, deutete auf Leo und sah Maylee an. »Das ist einer der Gründe, warum ich mir Sorgen mache, Liebes. Die Mitglieder der Königsfamilie haben keine Ahnung von Geld.«

Maylee schenkte den beiden Männern ein Lächeln. »Dann ist es ja gut, dass Griffin auf euch alle aufpasst. Deswegen wollen wir uns doch nicht streiten, oder?«

Griffin legte den Kopf schief und musterte Leo. »Ich bin jedenfalls froh, dass du hier bist. Es tut gut, jemanden aus der Familie auf dieser Seite des großen Teichs zu sehen, wo sich die meisten doch weigern, Europa zu verlassen.«

Leo lächelte angespannt. »Ich hatte nicht wirklich eine Wahl.«

»Ja, das stimmt. Das ist eine unschöne Angelegenheit.« Griffin schüttelte den Kopf. »Ich kann von Glück reden, dass ich mit dem Unsinn nichts mehr am Hut habe. Maylee ist mir tausendmal lieber als der Thron.« Er musterte seine Verlobte, und sein Blick wurde sanft, während Maylee rot anlief und verlegen lächelnd mit ihrer Serviette herumspielte.

»Dann wirst du hoffentlich erfreut sein zu hören, dass ich vorhabe, mich auf ähnliche Weise aus der Affäre zu ziehen«, sagte Leo. Wenn er Griffin und Maylee so sah, vermisste er Taylor plötzlich. Es war offensichtlich, dass Griffin Maylee liebte. Er konnte den Blick nicht von ihr abwenden, trotz des schrecklichen Hosenanzugs, der vermutlich seit zehn Jahren aus der Mode war. Ebenso augenscheinlich war, warum Maylee von der Bevölkerung von Bellissime nicht als »angemessene« Braut angesehen wurde. Mit ihrem Südstaatenakzent und der auffälligen Kleidung verkörperte sie alles, was diese Leute an Amerika nicht ausstehen konnten. Dabei war das unfair, denn sie schien ein wirklich liebenswerter Mensch zu sein.

Leo vermutete, dass man Taylor in Bellissime aufgrund ihrer seltsamen Art und ihrer Nerd-Hobbys auch nicht mögen würde … und das erfüllte ihn mit großer Zufriedenheit. Sollten sie doch Snobs sein. Sie hatten ja keine Ahnung, was ihnen entging.

»Wie meinst du das?«, hakte Griffin nach und holte Leo aus seinen Gedanken.

»Es ist offensichtlich, dass die Unzufriedenen eine Ehe mit einer Ausländerin ablehnen, vor allem mit Amerikanerinnen. Daher werde ich ebenfalls eine Amerikanerin heiraten«, erklärte Leo stolz.

»Du willst was?« Griffin zog die Augenbrauen hoch, und Maylee sah Leo ebenfalls erstaunt an.

Leo grinste. »Ich werde heiraten.«

»Wen?«

»Du kennst sie nicht. Gretchen hat uns einander vorgestellt, als ich hergekommen bin.«

Griffin konnte es nicht fassen. »Du bist doch erst seit ein paar Wochen hier. Das ist viel zu kurz, um jemanden gut genug kennenzulernen, um zu heiraten.«

»Keine Sorge, es wird auch keine richtige Ehe sein. Ich will mich so nur als möglicher Thronfolger rausziehen. Nach ein paar Jahren lassen wir die Ehe annullieren oder uns scheiden.« Er zuckte mit den Achseln und nippte an seinem Drink.

Maylee starrte ihn entsetzt an. »Und sie ist bereit, das mitzumachen? Eine falsche Ehe einzugehen?«

Leo schnitt eine Grimasse und stellte sein Glas ab. »Das sollte ich vielleicht genauer erklären. Es wird eine richtige

Ehe mit allem, was dazugehört, aber … sie ist nicht auf Dauer.«

»Und damit ist sie einverstanden?«, wiederholte Maylee ihre Frage.

Leo zuckte mit den Achseln. »Ich wüsste nicht, was dagegen spräche. Viele Ehen halten nicht besonders lange.«

Griffin und Maylee warfen sich einen besorgten Blick zu.

»Du … du willst also jemanden heiraten, den du gar nicht richtig kennst, nur um nicht den Thron besteigen zu müssen?«, fragte Griffin.

Bei ihm klang das irgendwie nach einem Geschäft. »Zufälligerweise mag ich die Frau auch«, entgegnete Leo abwehrend. »Sie ist ein tolles Mädchen, und ich bin gern mit ihr zusammen.«

»Das klingt riskant«, stellte Griffin mit finsterer Miene fest.

»Ich lasse von meinen Anwälten einen wasserdichten Ehevertrag aufsetzen. Dabei werde ich fair bleiben, aber meine Interessen schützen. Wäre das in deinem Sinne, Cousin?«

Griffin schnaubte. »Das wäre es, wenn du wüsstest, was du eigentlich schützen willst.«

Leo grinste. »Ich habe jedenfalls noch nicht um ihre Hand angehalten. Bisher war noch nicht der richtige Zeitpunkt dafür.«

»Bitte sie, bei dir einzuziehen«, schlug Maylee vor. »Und dann sag ihr, dass du eine anständige Frau aus ihr machen möchtest.«

»Tatsächlich wohnt sie diese Woche sogar schon in meinem Hotelzimmer, daher fällt das leider flach.« Er ließ lieber unerwähnt, dass er bereits einmal von Hochzeit gesprochen, Taylor das jedoch als Scherz aufgefasst hatte.

»Dann kauf ihr etwas Teures«, sagte Maylee.

»Liebes«, schaltete sich Griffin ein, »bring ihn nicht auf

noch mehr dumme Gedanken, ja? Ich denke schon jetzt, dass das Ganze eine Zeitbombe ist.«

Maylee bedachte ihren Verlobten nur mit einem kritischen Blick und sah dann wieder Leo an. »Dann fahrt in den Urlaub. Ein Ortswechsel kann Wunder wirken.«

Das war eine sehr gute Idee. Erst musste er Taylor von ihrem Laptop und den unzähligen SMS und Nachrichten wegbekommen, damit sie sich mal ausruhen und entspannen konnte. Dann würde er sie verführen – das war der beste Teil dieses Plans – und ihr einen Heiratsantrag machen. Ein tropischer Ort würde ihm gut gefallen. Er prostete Maylee zu. »Jetzt wird mir klar, warum mein Cousin dich heiraten will.«

»Vergiss es, Casanova«, knurrte Griffin. »Sie gehört mir. Such dir selbst eine Amerikanerin.«

Maylee grinste nur und verschränkte die Finger mit Griffins.

* * *

Nach dem Essen mit seinem Cousin und Maylee ging Leo zu der Bäckerei, die einige Blocks vom Hotel entfernt lag, und kaufte Taylor ein paar Süßigkeiten. Sie hatte schon alle Marshmallows aus den Cornflakes gegessen und sämtliche Snacks aus der Minibar. Seine Amerikanerin hatte eindeutig einen süßen Zahn, daher suchte er mehrere verschiedene Backwaren aus, die dick mit Zuckerguss überzogen und reich verziert waren. Die würden ihr sicher schmecken.

Als er jedoch ins Hotelzimmer kam, lag Taylor weinend auf dem Sofa. Er stellte die Tüte ab und lief zu ihr. »Was ist denn los? Geht es dir nicht gut? Ist es dein Knöchel? Dein Kopf?« Er legte ihr eine Hand an die Stirn, wo die Stiche unter dem Haaransatz noch zu sehen waren.

Sie setzte sich langsam auf, während ihr weiterhin Tränen über die Wangen strömten. »Ich bin gefeuert worden.«

»Was?« Leo ließ sich neben Taylor auf die Couch sinken und nahm sie in die Arme. Sie drückte die Nase gegen seine Brust und weinte noch bitterlicher. Er fühlte sich … verdammt, er fühlte sich so hilflos im Angesicht ihres Unglücks. Derart schwere Zeiten kannte er nicht, und seine Freunde waren alles unbekümmerte, reiche Menschen. Daher wusste er nicht, wie man jemanden tröstete, der gerade seinen Job verloren hatte. Er strich ihr über das Haar und ließ sie eine Minute lang weinen. »Was ist passiert?«

Taylor schniefte und krallte sich in sein Hemd. »Mein Boss sagte, sie wollten per Telefon einige Änderungen mit mir besprechen. Als ich mich bei der Konferenzschaltung angemeldet habe, war er da … und jemand von der Personalabteilung. Sie sagten, meine Leistung hätte stark nachgelassen, ich würde ständig zu spät anfangen und mich oft krankmelden. Daher hätten sie entschieden, mich zu entlassen.« Ihre Stimme brach.

»Diese Mistkerle.« Er legte die Arme enger um sie. »Das ist doch nicht fair.«

»Das Schlimmste daran ist, dass sie recht haben.« Sie setzte sich auf und wischte sich mit einem Handrücken die Tränen ab. »Alles, was sie gesagt haben, entspricht der Wahrheit. Ich habe mich wirklich oft krankgemeldet und war ständig spät dran.«

»Du hattest aber auch die Kopfverletzung …«

»Es ist ja nicht nur einmal vorgekommen, und ich habe in letzter Zeit häufig und ohne guten Grund viel zu spät angefangen.« Sie musterte ihn betrübt. »Ich wollte einfach Zeit mit dir verbringen. Und ich habe oft nicht gearbeitet, weil ich wegen dieser dummen Gildensachen online sein wollte.« Bei dieser Erkenntnis sah sie ganz niedergeschlagen aus.

»Dann spiel einfach nicht mehr so viel«, schlug er leise vor. »Großen Spaß macht es dir doch ohnehin nicht.«

Er war entsetzt, als sie das Gesicht verzog und noch bitterlicher zu weinen anfing. »Das verstehst du nicht. Es ist ja nicht so, dass ich das will, es ist … es ist kompliziert.«

Weil dir dieser Sigmund ständig in den Ohren liegt?, wollte er schon fragen, aber wenn sie nicht darüber reden wollte, würde er auch nicht weiter in sie dringen. Er streichelte ihre Schulter. »Wie kann ich dir helfen?«

»Es gibt nichts, was du tun könntest«, jammerte sie. »Ich muss irgendwie versuchen, einen anderen Job zu finden. Am besten gehe ich zurück in meine Wohnung, krame meinen alten Lebenslauf raus und …«

»Bleib hier«, unterbrach er sie. Die Vorstellung, sie könnte nach Hause gehen und er müsste wieder allein in seinem Hotelzimmer wohnen, behagte ihm gar nicht. Selbst wenn sie arbeitete, war es schön, sie hier zu haben. Sie konnten sich unterhalten, während sie tippte, und er war vermutlich einer der Gründe dafür, dass sie gefeuert worden war, weil er sie ständig abgelenkt hatte. »Du würdest mir fehlen.«

Sie schniefte und sah ihn traurig an. »Ich kann nicht den ganzen Tag nur bei dir sein, Leo. Ich brauche einen neuen Job …«

»Dann arbeite für mich«, schlug er vor. »Wie viel verdienst du?«

Sie hörte auf zu schniefen und starrte ihn verwirrt an. »Wie meinst du das?«

»Ich könnte dich doch einstellen. Du arbeitest als meine Assistentin, solange ich hier bin.«

»Brauchst du denn eine Assistentin? Du hast doch selbst gesagt, dass du unabhängiger werden willst.«

Es war schon komisch, wie er jeden Gedanken an seine

Unabhängigkeit in dem Augenblick vergessen hatte, in dem er sie weinen sah. »Es gibt bestimmt eine Menge Dinge, die du für mich tun kannst. Du könntest ... meine Wäsche waschen.«

»Das übernimmt doch schon das Hotel.«

Oh. Er zermarterte sich das Gehirn nach einer anderen Idee. »Du könntest mir helfen, eine Wohnung auszusuchen, falls ich länger hierbleiben will.«

»Dafür gibt es Immobilienmakler.«

»Taylor«, schalt er sie und nahm ihre Hände. »Ich kann dir versichern, dass ich sehr viele Aufgaben für eine Assistentin haben werden. Wenn es dich glücklicher macht, dann sieh dich als bezahlte Gesellschafterin. Ich langweile mich schnell und brauche Abwechslung, und dabei kannst du mir helfen.«

Sie runzelte die Stirn. »Werden wir weiterhin miteinander schlafen?«

»Aber natürlich.«

»Macht mich das dann nicht zu einer Nutte?«

Er stöhnte auf. »Könntest du mal aufhören, alles zu analysieren? Mir wird schon etwas einfallen, was du tun kannst, okay? Du brauchst einen Job, ich kann dich einstellen. Müssen wir jetzt schon weiterdenken?«

Sie überlegte kurz und musterte ihn besorgt. »Ich muss wenigstens zwanzig Dollar die Stunde verdienen, damit ich meine Miete und die Ausgaben bezahlen kann. So viel habe ich in meinem alten Job verdient.«

Das mochte ja sein, aber er hatte auch ihre winzige Wohnung gesehen. »Dann bezahle ich dir fünfundzwanzig Dollar die Stunde.«

Sie keuchte auf, und ihre Augen strahlten. »Nur dafür, dass ich deine Freundin bin?«

»Ganz genau.«

»Leo.« Sie nahm seine Hände. »Dir ist schon klar, dass

du mich nicht bezahlen musst, damit ich deine Freundin bin?«

»Taylor«, erwiderte er mit ebenso sanfter Stimme. »Ist dir denn klar, dass ich dich mit Geld überhäufen würde, wenn du dann aufhörst zu weinen?«

Als er ihr leises Kichern hörte, ging es ihm gleich viel besser. »Kannst du dir denn überhaupt eine Angestellte leisten?«

»Ach, ganz bestimmt. Zu Hause habe ich mehrere.«

Sie riss die Augen auf. »Wirklich? Ich dachte, du hast dein Elternhaus verkauft?«

»Stimmt, dafür besitze ich jetzt eine italienische Villa und habe nur noch …« Er hielt inne und zählte im Kopf. »… zehn Angestellte.«

»Zehn?«

»Das absolute Minimum«, versicherte er ihr.

Ihr fiel die Kinnlade herunter.

»Da kann ich mir bestimmt auch elf leisten.« Doch als ihm seine Unterhaltung mit Griffin wieder einfiel, begann er doch, sich Sorgen zu machen. Möglicherweise besaß er gar nicht so viel Geld, wie er geglaubt hatte. Verprasste er hier gerade sein Vermögen und merkte es nicht einmal? »Ich rufe einfach meinen Buchhalter an.«

»Das ist einer der zehn, richtig?«

Leo nickte.

»Okay.« Taylor sah noch immer skeptisch aus, als könnte sie ihm nicht wirklich glauben.

Er konnte nur hoffen, dass er gerade nicht gelogen hatte. Das wäre verdammt peinlich. Er holte sein Handy heraus, stellte es auf Lautsprecher und rief seinen Buchhalter an.

In Bellissime war es schon spät, und Leo befürchtete schon, dass niemand ans Telefon gehen würde. Aber nach dem vierten Klingeln hörte er eine Stimme. »Hier ist Bertram. Wie kann ich

Ihnen helfen, Mylord?« Der Mann klang verschlafen, als wäre er vom Telefon geweckt worden.

»Guten Abend«, sagte Leo und warf Taylor einen Blick zu. »Rufe ich zu einem ungünstigen Zeitpunkt an?«

»Nein, ganz und gar nicht, Mylord. Ist alles in Ordnung?«

»Ja. Ich wüsste nur gern, wie viel Geld ich derzeit besitze.«

Am anderen Ende herrschte lange Schweigen. »Ich ... ich kann Ihnen nicht folgen, Mylord. Meinen Sie Ihren Bargeldbestand oder ...?«

»Ich meine alles in allem. Wie viel Geld habe ich?« Drückte er sich irgendwie unklar aus? »Eine ungefähre Zahl reicht mir schon.«

Taylor, die neben ihm saß, kaute auf ihrer Unterlippe herum und sah schon wieder besorgt aus.

»Nun ja«, begann Bertram. »Die exakte Summe ist natürlich abhängig vom Aktienmarkt, und ich kann Ihnen keine exakte Zahl nennen, aber ich schätze ... Ungefähr reicht Ihnen, sagten Sie? Eins Komma zwei Milliarden müssten es in etwa sein.«

Leo nickte und schaute Taylor an. »Das ist mehr als genug für einen weiteren Angestellten, oder?«, fragte er Bertram.

»Äh, ja. Gut, vieles ist in Vermögenswerten, Aktien und Investitionen angelegt, aber Sie könnten sich noch zwanzig weitere Angestellte leisten, wenn Sie sie benötigen, Mylord. Ich ... Kann ich Ihnen vielleicht bei irgendetwas behilflich sein?«

Leo schaute Taylor an, die mit weit aufgerissenen Augen den Kopf schüttelte, und wandte sich wieder dem Telefon zu. »Nein, das wäre alles. Ich war nur neugierig. Vielen Dank! Einen schönen Abend noch.«

»Ich ... Natürlich, Mylord. Ich wünsche Ihnen auch noch einen schönen Abend.« Bertram schien völlig perplex zu sein.

Leo legte auf und drehte sich zu Taylor um. »Siehst du? Er sagt, ich habe mehr als genug Geld.«

Sie klappte den Mund auf, ohne dass ein Ton herauskam, und schüttelte langsam den Kopf. »Du bist ein gottverdammter Milliardär, Leo«, sagte sie schließlich.

Er runzelte die Stirn, da das bei ihr überhaupt nicht positiv klang. »Und?«

»Großer Gott! Wie kannst du nicht wissen, dass du Milliardär bist?«

Leo zuckte mit den Achseln. »Geld interessiert mich nicht besonders. Solange alles geregelt ist, bin ich zufrieden.« Da fiel ihm seine Frustration über sein bisher so abgeschirmtes Leben wieder ein. »Aber ich habe vor, das zu ändern«, fügte er hinzu, und er hatte eine Idee. »Du könntest meine Unabhängigkeitsberaterin sein.«

»Deine was?«

»Du kannst mir dabei helfen, unabhängiger zu werden. Bring mir bei, was ich alles wissen muss. Ich möchte mich nicht in jeder Hinsicht auf Angestellte verlassen, sondern will notfalls wie ein ganz normaler Mann zurechtkommen können. Dabei kannst du mir helfen«, meinte er und fügte hinzu, »für fünfundzwanzig Dollar die Stunde. Übernachtungen sind optional.«

»Ist das dein Ernst?«

»Aber klar.«

»Okay«, hauchte sie. »Okay. Das kann ich. Dabei kann ich dir helfen.« Sie sah ein wenig fröhlicher aus. »Was machen wir als Erstes?«

Er überlegte kurz und erinnerte sich an Maylees Vorschlag. »Urlaub.«

»Aber ... bist du nicht sowieso im Urlaub? Wo möchtest du denn hinfahren?«

Leo zermarterte sich das Gehirn. Ihr Spielelaptop stand auf dem Schreibtisch, und auf dem Bildschirm war die Anzeige für die Excelsior-Convention zu sehen, die am kommenden Wochenende stattfand. Taylor hatte erwähnt, dass einige aus ihrer Gilde hinfahren würden und sie deshalb irgendwie versuchen mussten, die fehlenden Spieler beim nächsten Raid zu ersetzen. »Wir fahren zur Excelsior-Convention.«

Sie schnappte nach Luft. »Wirklich?«

Er nickte und war überrascht, dass sie sich nicht mehr freute. »Ich habe mir überlegt, dass ich mich mehr damit beschäftigen muss, wenn ich das Spiel richtig verstehen will, und die Convention scheint mir der richtige Ort dafür zu sein.«

»Das wird ein ziemlicher Overkill für dich, aber wenn du das wirklich willst, bin ich dabei«, murmelte sie trocken.

»Großartig.« Irgendwie hatte er erwartet, dass sie sich mehr darüber freuen würde, aber eigentlich war es auch unwichtig. Sie würden zu zweit wegfahren, Urlaub machen und bekamen die Gelegenheit, einander besser kennenzulernen. Er würde diese Zeit nutzen, um sie zu beeindrucken und zu umgarnen, bis sie begriff, dass sie heiraten mussten.

Natürlich nur vorübergehend.

* * *

HaveANiceTay: Hey, ich werde dieses Wochenende doch nicht online sein.

Sigmund: Was? Nicht? Was ist denn los?

HaveANiceTay: Am Wochenende ist doch die Excelsior-Convention, und meine neue Mitbewohnerin hat Tickets! Wir fliegen hin.

Sigmund: Brunhilde hat euch Tickets besorgt?

HaveANiceTay: Ja. Kannst du den Gilden-Raid leiten?

Sigmund: ☹

HaveANiceTay: Was ist denn los?

Sigmund: Ihr verbringt ganz schön viel Zeit miteinander.

HaveANiceTay: Na, wir wohnen ja auch zusammen …

Sigmund: Du fehlst mir.

HaveANiceTay: Tu das nicht …

Sigmund: Entschuldige. Ich weiß, dass das egoistisch ist. Flieg zur Convention. Amüsier dich. Grüß alle aus der Gilde von mir, ja? Ich kümmere mich hier um alles.

HaveANiceTay: Wenn das okay für dich ist …?

Sigmund: Na klar. Du musst mal ein paar Tage rauskommen. ☺

HaveANiceTay: Ich kann wirklich Urlaub gebrauchen. Du ahnst ja gar nicht, wie ich mich darauf freue.

Sigmund: Stimmt was nicht?

HaveANiceTay: Ja, leider. Aber ich kann jetzt nicht darüber reden. Jedenfalls freue ich mich wahnsinnig auf den Urlaub.

Sigmund: Viel Spaß auf der Con. Ich melde mich, wenn ich was brauche.

HaveANiceTay: Du kannst jederzeit meine Chars spielen.

Sigmund: Amüsier dich.

11

Taylor sah nicht ein, dass sie sich schuldig fühlen sollte, weil sie mit Leo in Urlaub fuhr. Er war schließlich ihr neuer Boss. Daher ergab es doch Sinn, dass sie ihn auf einer Reise begleiten sollte. Und wenn er einen Privatjet chartern wollte, um stilvoll zu fliegen, dann war ihr das auch recht. Es war schließlich sein Geld.

Auch dass es ihm irgendwie gelungen war, eine riesige Suite in dem Hotel, in dem die Convention stattfand, zu mieten, kommentierte sie nicht weiter. Er war nun mal ihr Arbeitgeber, und wenn er mit einem gewissen Niveau reisen wollte, dann konnte er das auch machen. Dass sie zusammen mit ihm dort wohnen würde, nahm sie natürlich gern in Kauf.

Großartiger Sex und ein luxuriöses Leben – dagegen ließ sich doch nun wirklich nichts sagen.

Allerdings hatten sie bisher noch nicht wieder miteinander geschlafen. An dem Abend, an dem sie gefeuert worden war, hatte sie das Ganze derart ausgelaugt, dass sie mit dem Kopf auf seinem Schoß eingeschlafen war. Am folgenden Tag hatten sie versucht, Tickets für die Convention zu bekommen – die dem Anschein nach ausverkauft war –, und das Zimmer sowie die Flüge organisieren müssen. Aber jetzt waren sie unterwegs, und sie saß in einem bequemen Ledersessel des Privatjets und trank eine Margarita, während Leo in der Nähe ein Nickerchen machte.

Sie konnte nicht schlafen. Dafür ging ihr zu viel durch den Kopf.

Dass sie sich mit Leo ein Zimmer teilen würde, bereitete ihr keine Sorgen, vielmehr freute sie sich jetzt, wo ihre Periode vorüber war, darauf. Allein bei dem Gedanken daran wurde sie schon feucht. Schließlich hatten sie beide von Anfang an gut zusammengepasst. Ihr war, als würde sie ihn schon seit einer Ewigkeit kennen. Sie konnte sich durchaus vorstellen, auf Dauer bei ihm zu bleiben, musste sich jedoch eingestehen, dass das vermutlich Wunschdenken war. Er war der perfekte Mann und sie eher der Nerd. Selbstverständlich wollte sie mit jemandem wie ihm zusammen sein – die Frage war nur, warum sollte er mit jemandem wie ihr mehr als eine Affäre haben wollen? Dafür gab es eigentlich keinen guten Grund, daher war sie entschlossen, die Zeit mit ihm einfach zu genießen und nicht zu viel zu erwarten.

Dummerweise war das mit den Gefühlen nicht ganz so einfach. Er war einfach … toll. Sie betrachtete ihn, wie er mit einem verträumten Gesichtsausdruck dalag und schlief. Er war gut aussehend, klug, athletisch, reich, witzig … und interessierte sich wie sie für Videospiele. Das war fast so, als hätte jemand ihre Wunschliste abgearbeitet.

Da musste es doch einen Haken geben. Den hatte sie bisher noch nicht gefunden, was möglicherweise bedeutete, dass er einfach perfekt war und ihrer bald überdrüssig sein würde.

Daher durfte sie in diese Sache nicht zu viel hineininterpretieren – es war nur eine simple Affäre.

Das mit dem Job machte die Angelegenheit jedoch kompliziert. Taylor nippte an ihrer Margarita und sah aus dem Fenster auf die Wolken unter ihnen hinaus. Er hatte eingewilligt, ihr fünfundzwanzig Dollar die Stunde zu bezahlen, und mehr hatten sie darüber eigentlich nicht gesprochen, aber Leo hatte auch zugegeben, dass er nicht gerade viel über seinen Besitz wusste. War das möglicherweise ein zu hoher Stundenlohn?

Was war mit den Sozialleistungen? Würde er sie per Scheck oder in bar bezahlen? Wie lange sollte sie für ihn arbeiten? Wie viele Stunden pro Woche? Es gab so vieles, was sie noch klären mussten, doch sie traute sich nicht, das Thema anzuschneiden. Was war, wenn sie dadurch das ruinierte, was zwischen ihnen im Entstehen war? Das wollte sie nicht.

Also beschloss sie, ihre Sorgen für ein paar Tage zu ignorieren, die Convention zu genießen und sich zu amüsieren.

Hoffentlich. Auch die Convention war eine Sache für sich. Taylor hatte Sigmund – dem klammernden, nervigen, labilen Sigmund – erzählt, ihre Mitbewohnerin Brunhilde wäre eine Frau. Das war das Angenehme am Internet, dass einem das Lügen so leichtfiel. Aber auf der Convention liefen auch mehrere aus ihrer Gilde herum, und wenn sie mit Leo an ihrer Seite einen von ihnen traf, würden sie Fragen stellen. Da das Gelände jedoch riesig war und sie vorhatte, hauptsächlich kostümiert herumzulaufen, hoffte sie darauf, nicht erkannt zu werden. Falls das doch geschah, musste sie sich eben eine schlüssige Erklärung einfallen lassen. Leo konnte ja beispielsweise der Bruder einer Freundin sein, mit dem sie Zeit verbrachte. Oder sie sagte gleich, dass er ihr Boss und sie seine Assistentin war.

So würde es funktionieren.

Zufrieden trank sie noch einen Schluck. Mit dem Drink in der Hand, einem temporären Freund, der neben ihr schlief, und der Convention, auf die sie sich freute, sah sie einem tollen Wochenende entgegen.

Zur Abwechslung war sie nicht einmal von Sigmunds ständigen SMS genervt.

* * *

»Das Zimmer ist unglaublich«, stieß Taylor hervor, nachdem sie ihren Koffer auf dem Bett abgestellt und geöffnet hatte. »Ich war mir nicht sicher, ob diese Wasserfalldusche aus deiner Suite in New York noch zu schlagen ist, aber der private Swimmingpool hier ist einfach der Hammer. Zu schade, dass ich keinen Badeanzug dabeihabe.«

»Wer sagt denn, dass du einen Badeanzug brauchst?« Leo grinste sie genüsslich an, machte es sich auf der anderen Bettseite bequem und legte die Hände hinter den Kopf. Im Augenblick war er höchst zufrieden mit sich. Es war ihm gelungen, Tickets für die Convention zu bekommen, einen Privatjet, der Taylor in Begeisterung versetzt hatte, und diese sehr schöne Suite, und das alles ohne Unterstützung. Gut, er hatte mehrfach die richtigen Leute angerufen und seinen Namen fallen lassen sowie ein wenig Schmiergeld fließen lassen, aber niemand hatte ihm dabei geholfen. Das war ein kleiner Sieg. Und das Beste daran war, dass Taylor glücklich zu sein schien. Er hatte ihr einen Job gegeben, war mit ihr in den Urlaub geflogen und hatte dafür gesorgt, dass sie mehr Zeit mit ihm verbrachte. Da war der Schritt bis zum Heiratsantrag nicht mehr so groß, und er bezweifelte, dass sie Nein sagen würde.

»Das würde dir wohl gefallen, was?« Sie erwiderte sein Grinsen und faltete eins ihrer T-Shirts neu zusammen. »Allerdings bin ich mir nicht sicher, dass wir überhaupt viel Zeit auf dem Zimmer verbringen werden. Auf der Convention gibt es so viel zu sehen. Ich war die letzten beiden Male nicht da, aber wenn es noch so ist wie früher, gibt es Betatest-Räume, Charakterkämpfe, Kostümwettbewerbe, eine Halle mit Händlern, einige Panels, bei denen man hinter die Kulissen blicken kann, und Infos über die nächsten Updates, die von allen mit Spannung erwartet werden.«

Nichts davon klang für ihn besonders interessant, aber

wenn sie sich daran freute, dann würde er auch Spaß daran haben. Er liebte es, wenn Taylor derart begeistert war. »Weißt du schon, was du dir alles ansehen möchtest?«

»Ich habe noch keinen Blick ins Programm geworfen.« Sie kaute auf ihrer Unterlippe herum, zückte ein kleines Notizbuch und blätterte darin herum. »Ich war damit beschäftigt, Listen der Dinge zu erstellen, bei denen ich dir helfen kann! Beispielsweise beim Autofahren, wie du dich allein in der U-Bahn zurechtfindest, wie du deine Finanzen verwaltest oder etwas für dich kochst ... Ich bin gar keine so schlechte Köchin, auch wenn ich am liebsten Cornflakes esse. Außerdem ...«

»Das alles kann ein paar Tage warten. Lass uns erst einmal die Convention genießen, okay?«

»Oh, das habe ich vor.« Sie strahlte ihn an. »Mein altes Kostüm passt mir noch.«

»Dein Kostüm?« Das war das erste Mal, dass sie das erwähnte ... und er konnte nur hoffen, dass er nicht auch eins tragen musste. Leo beäugte sie misstrauisch. »Ich ziehe aber kein Kostüm an.«

»Meist ist nur etwa die Hälfte der Besucher kostümiert, aber ich finde, so macht es mehr Spaß.« Sie zog etwas aus ihrem Koffer, das aussah wie ein Schal. »Hier ist meins.«

Okay, jetzt war er neugierig. Er setzte sich interessiert auf und war schon ein wenig erregt. »Ist das so etwas wie dein *Doctor-Who*-Schal?«

Sie kicherte und legte das Kleidungsstück aufs Bett. »Nein, das hier ist ein Kleid. Der Schalteil kommt um den Hals und jede Brust, und der Rock ist eine Art Schärpe um die Hüften. Es gibt auch noch ein Cape, aber das muss ich erst bügeln.«

In so etwas Freizügigem hatte er Taylor noch nie gesehen. Normalerweise trug sie Jeans und T-Shirt, was ihm durchaus gefiel, aber dieses knappe Kostüm sprach ihn sehr an. »Das willst du bei der Convention tragen?«

Sie runzelte die Stirn. »Na klar. Das ist Talia Undura aus dem Spiel. Ich habe ihre Kapuze und alles dabei.«

Leo erinnerte sich vage an eine Frau mit Kapuze, die er auf dem Ladebildschirm des Spiels gesehen hatte, aber ihm waren vor allem ihre roten Lippen und ihre üppigen Brüste im Gedächtnis geblieben. Taylor wollte so aussehen wie diese Figur? Er musste sich etwas anders hinlegen, da er bei dieser Vorstellung eine Erektion bekam, auch wenn er sich nicht sicher war, ob er wollte, dass sie so offenherzig herumlief. »Wie schaffst du es, dass die Schärpe über …«, er suchte nach dem richtigen Wort, »… dem Brustbereich nicht verrutscht?«

»Doppelseitiges Klebeband.« Sie hängte das Kostüm, das diese Bezeichnung kaum verdient hatte, auf einen Kleiderbügel und drehte sich zu ihm um. »Ach, und falls dich jemand erkennt, bist du mein Boss.«

»Was?«

»Es werden auch einige aus meiner Gilde hier sein und einige aus unserer Allianz, was bedeutet, dass sie uns bei größeren Raids unterstützen. Jedenfalls sind sie hier, und wenn mich jemand erkennt, werden sie wissen wollen, wer du bist. Sag einfach, du bist mein Boss und dass wir hier sind, weil du das Spiel kennenlernen willst.« Sie strahlte ihn an.

Ihm war das Lächeln jedoch vergangen. Er fühlte sich sogar ein wenig beleidigt. »Willst du etwa nicht zugeben, dass wir zusammen hier sind?«

»Was? Nein! Sei doch nicht albern!« Ihr Lächeln verblasste, und sie sackte ein wenig in sich zusammen. »Okay, ja. Aber es liegt nicht daran, dass du nicht heiß wärst, denn das bist du.« Sie musterte ihn mit gierigem Blick von oben bis unten und seufzte. »Es ist nur so … Wenn jemand herausfindet, dass ich mit meinem Freund hier bin, muss ich unangenehme Fragen beantworten, auf die ich dieses Wochenende keine Lust habe.«

»Was denn für unangenehme Fragen?« Wieso ärgerte er sich so darüber, dass sie so tat, als wären sie nicht zusammen? Er war ein gottverdammter Baron von Bellissime! Der Fünfte in der Thronfolge – und weitaus höher, wenn die Aufständischen ihren Willen bekamen. Und sie schämte sich seinetwegen?

Sie rang die Hände. »Die Sache ist ... kompliziert.«

»Kompliziert genug, dass du niemandem erklären willst, warum du mit deinem Boss Händchen hältst und er dir ständig auf die kaum bedeckten Brüste glotzt?«

Taylor kicherte, rang dann jedoch erneut die Hände. »Wir sollten vielleicht lieber nicht Händchen halten. Es ist nur ...« Ihr Handy summte und unterbrach sie, und sie sah automatisch nach und tippte dann etwas.

Aha. Auf einmal war alles sonnenklar. Leo stellte überrascht fest, dass Eifersucht in ihm aufstieg. »Es ist wegen diesem Typen, richtig? Sigmund? Der, der dir ständig Nachrichten schickt. Er soll nicht wissen, dass wir zusammen sind.«

Sie lief puterrot an.

»Ist er dein Freund?« War das alles hier nur Fassade? Warum schmerzte ihn dieser Gedanke derart? Weil Taylor süß und bescheiden war und ihm das so gefiel? Weil er es schrecklich finden würde, wenn sie manipulativ wäre? Denn er war wirklich sehr gern mit ihr zusammen, und die Vorstellung, nur benutzt zu werden, gefiel ihm gar nicht.

»Was? Nein!«, stieß sie hervor, nur um dann zu seinem Entsetzen das Gesicht zu verziehen und zu weinen anzufangen. »Ich wünschte mir sogar, er würde endlich Ruhe geben.« Schon wieder summte ihr Handy, und ihr lief eine dicke Träne die Wange herunter. »Manchmal hasse ich ihn.«

Ach, verdammt. Jetzt kam er sich vor wie der letzte Mensch.

Er stand vom Bett auf, ging zu Taylor und nahm sie in die Arme. »Jetzt wein doch nicht. Ich versuche doch nur, es zu verstehen.«

Sie schniefte an seiner Brust. »Es ist das reinste Chaos.«

»Aber ich will es jetzt ganz genau wissen. Es hat schließlich mit dir zu tun.« Er strich ihr über das Haar und drückte sie an sich.

»Er gehört zu meiner Gilde – ich gehe zumindest davon aus, dass es ein ›Er‹ ist. Sein Benutzername ist Sigmund, aber er heißt in Wirklichkeit Lynn. Aber er ist kein Mädchen, spielt immer nur männliche Charaktere und hat auch gesagt, dass er ein Mann ist, daher glaube ich ihm. Jedenfalls haben wir beide ungefähr gleichzeitig mit dem Spiel angefangen und sind schnell Freunde geworden. Bloß ist er wirklich einsam und kommt nicht oft vor die Tür, daher spielt er sehr viel. Wenn ich während der Arbeit online war, haben wir uns oft unterhalten. Eines Nachts, als wir auf einen bestimmten Boss gewartet haben, der irgendwann spawnen musste, habe ich ihm meine Telefonnummer gegeben, damit wir jederzeit auf die Jagd nach dem Boss gehen konnten. Von da an hat er mir auch SMS geschrieben.« Sie krallte sich etwas fester in sein Hemd. »Zuerst habe ich mir nichts dabei gedacht. Er hat mich immer nur gefragt, ob ich online komme, oder mir erzählt, wenn ein bestimmter Gegenstand gedroppt wurde. Keine große Sache also. Daher habe ich zurückgeschrieben. Aber irgendwann kamen ständig Nachrichten von ihm, bis mein Handy auch dann gepiept hat, wenn ich gerade in einem Kundengespräch war. Es ist fast so, als wollte er, dass ich ständig für ihn da bin.«

»Es klingt ganz danach«, meinte Leo und streichelte ihr den Rücken. Da war also jemand, den sie nur online kannte, in Taylor verknallt. Das war irgendwie ganz süß, aber Leo hatte trotzdem nicht vor, wegen irgendeines Idioten aus einem Spiel seine Beziehung zu Taylor zu verheimlichen.

Sie schüttelte den Kopf. »Es wurde immer schlimmer. Wenn ich mal einen Tag nicht am Rechner gewesen bin, will er wissen, was ich gemacht habe. Er hat meine Online-Profile durchforstet. Wahrscheinlich hat er meine Handynummer bei einer Rückwärtssuche eingegeben und ist so an meine persönlichen Daten gekommen. Er kommentiert meine Posts bei Facebook und schickt Blumen zu LAN-Partys, wenn er weiß, dass ich hingehe.« Sie erschauderte.

»Dann ist er ein Stalker.«

Taylor schaute Leo frustriert und verwirrt an. »Das ist ja die Sache – ich bin mir nicht sicher, ob er ein Stalker ist. Ich habe nämlich nicht den Eindruck, dass er mich treffen will. Er war zu den LAN-Partys eingeladen und auch zu Gildentreffen in seiner Heimatstadt. Einige Spieler haben sogar angeboten, ihm ein Ticket für diese Convention zu kaufen, aber er geht nirgendwo hin. Er will einfach nur ständig mit mir online sein.« Sie verzog den Mund. »Und zwar *immerzu*. Ich bin es so leid.«

Ihre Worte überraschten ihn, da sie doch so gern spielte. »Und wenn du aufhörst zu spielen? Verbring doch einfach weniger Zeit am Rechner.«

»Das ist ja das Problem: Er will, dass ich da bin.« Sie fuhr mit den Fingern über seine Brust. »Und wenn ich versuche, mal nicht zu spielen, sorgt er dafür, dass ich Schuldgefühle bekomme.«

»Na und?«

»Es ist viel schlimmer, als es klingt.« Sie schniefte erneut.

Leo begriff nicht, wieso der Kerl ihr solche Schuldgefühle machen konnte. »Schick ihn doch in die Wüste.«

»Es ist … Ich sagte ja schon, dass es kompliziert ist. Daher fällt es mir leichter, einfach zu spielen, als die Konsequenzen zu ertragen.«

Für Leo hörte sich das nach einem verwöhnten Kind an, das seinen Willen nicht bekam, und er wurde wütend. Taylor war entschieden zu nett und ließ sich von diesem blöden Sigmund ausnutzen. »Du musst ihm eben eindeutig klarmachen, dass er dich in Ruhe lassen soll.«

Taylor erwiderte nichts. Erst nach einigen Sekunden sagte sie leise: »Ich bin seine Freundin. Manchmal vermute ich fast, dass er außer mir keine Freunde hat. Er ist einfach nur einsam und depressiv. Ich möchte nicht, dass er noch deprimierter wird. Aber wegen dieses ganzen Drucks habe ich schon manchmal gar keine Lust mehr auf das Spiel. Wahrscheinlich hätte ich schon vor langer Zeit aufgehört, wären da nicht ...«

»Die Schuldgefühle?«

Sie nickte.

»Der ist mir vielleicht ein Freund.«

»Er ist depressiv.« Sie schenkte ihm ein Lächeln und versuchte offenbar, den Ernst der Lage zu beschönigen. »Ich bin genau das Gegenteil. Wie könnte ich mich denn nicht freuen, dass ich hier mit dir bei dieser tollen Convention bin?«

»So langsam bekomme ich aber das Gefühl, dass das gar keine so gute Idee war, wenn du das Spiel leid bist.«

»Ein Strandurlaub wäre eine gute Alternative gewesen«, neckte Taylor ihn und schlang ihm die Arme um den Hals. »Aber der Gedanke zählt, und das hier ist unglaublich lieb von dir. Solange du bei mir bist, werde ich auch sehr viel Spaß haben.«

Leo gab ihr einen Kuss, da er einfach nicht widerstehen konnte. »Tu mir einfach einen Gefallen«, murmelte er zwischen den Küssen. »Dieses Wochenende wird nicht gespielt, und Sigmund bleibt auch außen vor.«

»In Ordnung. Ich hab ihm schon gesagt, dass ich das ganze Wochenende nicht erreichbar sein werde.«

Sie erwähnte nicht, dass Sigmund ihr in der letzten halben Stunde trotzdem unaufhörlich geschrieben hatte. »Hmmm.«

»Vergessen wir das Ganze doch vorerst, ja?« Wieder küsste sie ihn und fuhr mit der Zunge über seine Lippen.

Leo kam es so vor, als würde er durch die Küsse und Taylors Lächeln nun ebenfalls manipuliert. Er zögerte. »Aber wenn wir zurück sind, wirst du mit ihm reden und ihm sagen, dass er dich in Ruhe lassen soll?«

»Versprochen.« Sie spielte mit einer seiner Locken. »Wollen wir heute Abend zu dem Chaldassian-Bankett gehen?«

»Ich könnte die Frage beantworten, wenn ich wüsste, was das ist.«

Taylor grinste. »Das ist eigentlich so was wie ein Abendessen in der Art eines traditionellen chaldassianischen Fests. Du weißt doch noch, dass Chaldassi das Land ist, in dem das Spiel angesiedelt ist?«

»Ah. Und dann würdest du dein Kostüm tragen, das im Grunde genommen nur aus einem Schal und Klebeband besteht?«

Sie grinste schelmisch. »Vielleicht.«

»Dann sollten wir da unbedingt hingehen.«

* * *

Obwohl Leo gewusst hatte, woraus Taylors Kostüm bestand, war er dennoch verblüfft, als sie darin aus dem Badezimmer kam. Ihr wundervoller Körper, der normalerweise unter mehreren Kleidungsschichten verschwand, war darin nicht im Geringsten verhüllt. Die winzigen Schals, aus denen das Oberteil bestand, ließen sich kaum noch als sittsam bezeichnen. Ihr

Dekolleté sah umwerfend aus … und man sah seiner Meinung nach viel zu viel. Im Grunde genommen war sie vom Hals bis zum Bauchnabel nackt und ihr Oberkörper nur von den beiden Schals bedeckt, die im Rücken verknotet wurden. Um die Taille trug sie einen dritten, an der Seite gebundenen Schal wie einen Minirock.

Sie stemmte die Hände in die Hüften und stolzierte vor ihm herum. »Wie sehe ich aus?«

»Nackt«, antwortete Leo offen. Ihr Anblick erregte ihn zwar, aber es machte ihm Sorgen, dass sie so in der Öffentlichkeit herumlaufen wollte. Er würde gut auf sie aufpassen müssen, nicht dass noch jemand einen der Schals losband.

In ihrer normalen Kleidung sah sie niedlich, süß und nahbar aus.

Aber in diesem Kostüm wirkte sie wie eine Göttin und schien nur aus Kurven und weicher Haut zu bestehen. Er wollte sie anfassen und diese Schals lösen … und gleichzeitig hätte er sie am liebsten in eine Decke eingewickelt.

Ihr Lächeln verblasste. »Gefällt dir mein Kostüm nicht?«

Leo kam sich vor wie ein Blödmann. Es war ihr Körper, und sie konnte anziehen, was sie wollte. Seine Eifersucht war allein sein Problem. »Du siehst umwerfend aus«, gab er zu. »Ich habe mir nur gerade überlegt, wie viele Kerle ich wohl umbringen muss, weil sie dich falsch angucken.«

Sie strich mit den Händen über ihre Schals, und – großer Gott – er konnte ihre Brustwarzen sehen. »Sie sollen doch auch gucken, nur anfassen dürfen sie nicht.« Taylor zwinkerte ihm zu und ging mit wiegenden Hüften durch den Raum.

»Ich werde vermutlich nicht richtig laufen können«, gestand Leo und rückte seinen erigierten Penis in seiner Hose zurecht. Himmel, allein dieser Anblick war schon unglaublich heiß. Ihr Rücken war auch so gut wie nackt, und als sie vor ihm herumstolzierte, sah er die kleinen Grübchen über ihrem Hintern und hätte sie am liebsten gepackt, aufs Bett geworfen und bestiegen.

»Armer Schatz«, säuselte sie spöttisch und warf ihm über die Schulter einen neckischen Blick zu. »Soll ich vielleicht etwas dagegen tun?«

»Wenn du das machst, werden wir dieses Zimmer heute nicht mehr verlassen.« Nicht dass das für ihn ein Problem gewesen wäre …

»Dann musst du dir selbst helfen«, erklärte Taylor kess und warf sich den frisch gebügelten Umhang um. »Keine Sorge, der Umhang verbirgt einiges.« Sie setzte sich die Kapuze auf. »Ist es so besser?«

»Ich bin mir nicht sicher«, antwortete er und musterte sie. Anstelle der Kurven und der nackten Haut sah er jetzt den mitternachtsblauen Umhang und einen Teil ihrer kaum bekleideten Brüste, die verlockend wippten, wenn sie sich bewegte.

Taylor kicherte und winkte ab. »Ich weiß, dass ich darin verdammt gut aussehe. Na los, lass uns zum Bankett gehen!«

* * *

Es war gar nicht so einfach, auf Taylor aufzupassen. Als sie in den Bankettsaal kamen, bemerkte Leo sofort, dass der Großteil der Gäste verkleidet war. Einige trugen billige, selbst gemachte Kostüme, andere ganze Rüstungen, und die meisten waren männlich. Jeder einzelne von ihnen beäugte Taylor und ihre wundervollen, kaum bedeckten Brüste.

Leo blieb natürlich immer an ihrer Seite. Sie fanden einen Tisch am Rand, und während Taylor die Dekoration bewunderte und feststellte, dass die Bierkrüge direkt aus dem Spiel entsprungen zu sein schienen, starrte er jeden Mann wütend an, der in ihre Nähe kam und Taylor begaffte. Sie sah großartig aus – viel zu gut für diesen Anlass, dachte er verstimmt.

»Silenus?«, kreischte Taylor, sprang auf und umarmte einen Freund, einen bärtigen Mann mittleren Alters, der wie ein Barde gekleidet war. Sie unterhielten sich einige Minuten lang, und Silenus warf Leo immer wieder nervöse Blicke zu. *Gut so*, dachte er grimmig und trank sein Bier.

»Wer er ist?«, sagte Taylor irgendwann. »Ach, das ist mein Boss. Er ist hier, um das Spiel kennenzulernen.«

Leo knirschte mit den Zähnen und verfluchte diesen Mistkerl Sigmund, der Taylor dazu zwang, andere zu belügen. Im Augenblick hätte Leo am liebsten den ganzen Raum voller gaffender Männer zerlegt, Taylor hochgehoben und rausgeschleppt. Aber sie hatte Spaß und strahlte, daher zwang er sich, sitzen zu bleiben und den Bodyguard zu spielen, damit nicht einer der Männer, die schon Schlange standen, um mit ihr zu plaudern oder sich neben ihr fotografieren zu lassen, auf dumme Gedanken kam.

Ihr Tisch füllte sich langsam, und Taylor plauderte mit den anderen über die Kultur des Spiels, Klassen, Bosse und Dinge, von denen Leo keine Ahnung hatte. Daher gab er sich damit zufrieden, Taylor anzusehen, in deren Miene sich Begeisterung widerspiegelte und deren Dekolleté ihn verzauberte. Er wusste hinterher nicht einmal mehr, ob er überhaupt etwas gegessen hatte. Er trank sein Bier, ließ ihr den Spaß und hatte aufgrund ihres Kostüms die ganze Zeit schmutzige Gedanken.

Außerdem fragte er sich, wie er den Abend überstehen sollte, ohne ihr irgendwann das Kostüm vom Leib zu reißen.

»Und, was spielst du?«, fragte der Ritter, der neben ihm saß und hin und wieder zu Taylor hinüberschaute, die einem verheirateten Paar, das auch in ihrer Gilde war, etwas erzählte und dabei wild herumfuchtelte, sodass ihre Brüste wackelten.

»Keine Ahnung«, gab Leo zu. »Eine Frau, die wie eine Walküre aussieht. Eine Kriegerin?« Er warf Taylor einen hilflosen Blick zu. Was sollte er denn sagen? »Brunhilde« wurde angeblich von ihrer Mitbewohnerin gespielt, und er ging davon aus, dass niemand seine wahre Identität kannte.

»Kriegsfürst«, korrigierte Taylor ihn und schenkte ihm ein strahlendes Lächeln. »Er hat erst vor Kurzem mit dem Spiel angefangen und ...« Plötzlich starrte sie ins Leere und verzog betreten das Gesicht, während sie an Leo vorbeiblickte. »Verdammt.«

Leo drehte sich um.

Zwischen den Tischen kam ein Mann mit einem leuchtend roten Umhang und einem mit einer Feder besetzten Helm unter dem Arm auf sie zu. Er hatte langes schwarzes Haar und trug eine silberne, mit roten Verzierungen versehene Rüstung. Darin sah er sehr schneidig aus, und sein Kostüm musste sehr viel Geld gekostet haben.

»Mann, ist das peinlich«, murmelte Taylor und machte sich immer kleiner. Leo wurde überrascht Zeuge, wie sie mit dem Stuhl näher an ihn heranrückte und ihm eine Hand auf den Oberschenkel legte. »Hilfst du mir, ihn schnell wieder loszuwerden?«

»Aber klar«, versprach Leo ihr und wurde immer neugieriger.

»Hi«, rief der Neuankömmling, als er an ihren Tisch trat. Er verbeugte sich vor allen höflich, trat dann vor Taylor und gab ihr einen Handkuss. »Mylady, es ist viel zu lange her, dass wir uns zuletzt gesehen haben. Ihr habt mir gefehlt.«

Taylor lachte nervös auf. »Ich freue mich auch, dich zu sehen, Julian.« Sie deutete auf Leo. »Das ist mein ... Bekannter, Leo. Wir sind zusammen hier.«

Warum konnte sie ihn nicht einfach als ihren Freund

bezeichnen? Leo bemerkte, dass alle am Tisch sie gebannt beobachteten.

»Jammerschade«, murmelte Julian, der Taylors Hand noch immer festhielt. »Du weißt ja, wo du mich findest, wenn du sie fortsetzen möchtest, unsere …«

»Freundschaft«, fiel Leo ihm ins Wort und legte Taylor besitzergreifend einen Arm um die Taille. Er wusste genau, worauf der Mann hinauswollte, und das gefiel ihm gar nicht.

»Freundschaft«, stimmte Julian ihm zu. Er verbeugte sich noch einmal, warf Taylor einen letzten lodernden Blick zu und ging weiter.

Sie hob ihren Bierkrug an die Lippen und nahm einen großen Schluck, wobei einige Tropfen auf ihren Brüsten landeten.

Leo hatte genug. Zuerst die Eifersucht, dass seine halb nackte Begleiterin hier so großen Anklang fand und ihn nicht einmal als ihren Freund bezeichnen konnte, noch dazu die Tatsache, dass sie seit ihrer ersten Nacht nicht mehr miteinander geschlafen hatten … Er wollte nicht länger hier rumsitzen. Leo stand auf und reichte Taylor die Hand. »Wenn ihr uns entschuldigen würdet. Wir müssen jetzt leider gehen.«

»Ganz genau«, bestätigte Taylor und stand auf. Sie zog ihren Umhang zurecht, sodass man ihr Kostüm nicht mehr so gut erkennen konnte, und ergriff Leos Hand – und mit dieser kleinen Geste schwand seine Eifersucht dahin.

Sie verabschiedeten sich rasch, und Leo führte sie aus der riesigen, mittelalterlich anmutenden Halle. Sein Blut kochte, er hatte eine Erektion und konnte es kaum erwarten, Taylor als die Seine zu beanspruchen. So hatte er noch bei keiner anderen empfunden, aber bei Taylor war anscheinend alles anders.

Er sah sich in den Fluren des Konferenzzentrums des Hotels

um und suchte nach einer ruhigen Ecke, in der sie verschwinden konnten, aber überall waren Excelsior-Poster, andere Gäste und Bildschirme, auf denen das Spiel zu sehen war. So zog er sie mit sich zum Fahrstuhl und beschloss, mit ihr wieder aufs Zimmer zu gehen, sie ausgiebig zu lieben und all das hier zu vergessen.

Doch dann stutze er. Vor dem Fahrstuhl stand eine lange Schlange. »Das kann doch nicht euer Ernst sein.«

»Es ist eine gut besuchte Convention«, meinte Taylor. »Sollen wir die Treppe nehmen?«

»Unser Zimmer ist im vierzigsten Stock.« So lange würde er es niemals aushalten, aber er wollte nicht im dreckigen Treppenhaus mit ihr schlafen. Er nahm ihre Hand und führte sie durch einen anderen Flur weiter ins Konferenzzentrum hinein. »Wer ist dieser Julian?« Er versuchte, sich einzureden, dass er das nur aus Neugier fragte.

»Äh, jemand, den ich lieber vergessen würde.«

Leo drehte sich zu ihr um. »Hat er dich belästigt?«

»Was? Nein, er war …« Sie schnitt eine Grimasse. »Mein einziger One-Night-Stand vor dir. Ich war von seinem Kostüm beeindruckt, aber nicht von dem, was im Bett passiert ist.«

»So genau wollte ich es gar nicht wissen«, murmelte Leo und führte sie von den Menschenmengen weg. Wenn es dort, wo sie hingingen, nichts Besonderes zu sehen gab, war ihm das nur recht. Da, vor ihnen – ein Gang mit mehreren Türen, noch dazu menschenleer.

»Du hast gefragt«, sagte Taylor. »Ich hatte gehofft, dass wir uns nicht begegnen. Er ist ein ziemliches Arschloch.«

Leo bereute es, diese Frage überhaupt gestellt zu haben, weil er sich jetzt ausmalte, wie dieser Mistkerl in der schimmernden Rüstung Taylor berührt hatte. Seine Taylor. Seine Eifersucht wurde noch schlimmer. Er drückte den ersten Türgriff herunter, aber es war abgeschlossen.

»Wo gehen wir denn hin?«, flüsterte Taylor.

»Wir suchen etwas«, antwortete Leo und ging zur nächsten Tür weiter. Ebenfalls abgeschlossen. Verdammt!

»Was suchen wir denn?«

Die dritte Tür ließ sich öffnen, und im Raum dahinter war es dunkel. Leo zog Taylor mit sich. »Privatsphäre.«

»Ach ja?« Taylor klang amüsiert. »Aus einem besonderen Grund?«

Er tastete mit einer Hand die Wand ab, suchte einen Lichtschalter und entdeckte einen Knopf. Als er daran drehte, flackerte das Licht und ging langsam an. »Ich bin eifersüchtig, weil alle deine Brüste angestarrt haben.«

Sie unterdrückte ein Lachen. »Armer Leo.« Ihre Stimme klang keck, und sie legte ihm eine Hand auf die Brust. »Du solltest wissen, dass ...« Sie stutzte und runzelte die Stirn, als sie hinter ihm etwas entdeckte. »Ist das ein Pilz?«

Leo drehte sich um. Jetzt, wo es heller geworden war, konnten sie ihre Umgebung erkennen. Der Raum war ... imposant ausgestattet, anders ließ es sich nicht beschreiben. Plastikranken hingen an vielen Stellen von der Decke. In einer Ecke standen künstliche Bäume mit gewaltigen Stämmen, und die weißen und roten Pilze in der Mitte waren groß genug, dass man darauf sitzen konnte. In der Mitte der Pilze stand auf einem Banner EXCELSIOR-CONVENTION. »Was ist das hier?«

»Das ist der Kerruwald«, erwiderte sie lachend. »Das Startgebiet der Drachenreiter. Ich vermute, dass sie hier Fotos machen wollen. Beim letzten Mal hatten sie etwas Ähnliches aufgebaut, allerdings Cityport und nicht ...« Sie hielt inne, als er die Tür verriegelte und sie mit sich zog. »Was hast du vor?«

Er führte sie weiter in den Raum hinein. »Hast du schon mal Sex auf einem Pilz gehabt?«

Taylor kicherte. »Nein, aber ich bin offen für Neues.« Sie ließ ihren Umhang zu Boden gleiten.

Das gehörte auch zu den Dingen, die er so an ihr mochte – sie war nie abgeneigt, etwas Neues auszuprobieren. Er zog sie an sich und stöhnte, weil er, wann immer er sie berührte, nackte, warme Haut zu spüren bekam. »Weißt du, dass du wunderschön bist?«

Sie legte ihm die Arme um den Hals, wobei ihre Brüste verlockend bebten. »Sagst du das zu mir oder zu Talia Undura?«

»Da ich nicht einmal weiß, wer das ist, sage ich es zu Taylor.« Leo küsste sie, schob die Hände unter ihren winzigen Rock und umfing ihre Pobacken. Als er dort nur einen String ertastete, stöhnte er auf. Ihm war fast so, als wäre dieses Outfit nur darauf angelegt, ihn in den Wahnsinn zu treiben. »Ich möchte dich in diesem scharfen Kostüm vögeln.«

»Es gefällt dir«, murmelte sie zwischen den Küssen und zog ihm das Hemd aus der Hose.

»Oh ja, es gefällt mir sogar viel zu sehr.«

»Das sehe ich.« Sie legte eine Hand auf seinen Penis und streichelte ihn durch den Stoff hindurch. »Hast du Kondome dabei?«

»In der Brieftasche.«

»Dann gehöre ich ganz dir.«

Er zog ihr den knappen String über die Beine, und sie trat heraus. Dann legte er ihr eine Hand an die Brust, aber der Schal ließ sich erstaunlicherweise überhaupt nicht bewegen. »Festgeklebt?«

»Doppelseitiges Klebeband«, erläuterte sie. »Eine super Erfindung.«

»Spürst du es trotzdem, wenn ich dich berühre?« Er streichelte ihre Brustwarze und beobachtete sie dabei.

Sie schloss die Augen und legte den Kopf in den Nacken. »Oh ja.«

»Gut.« Leo küsste sie leidenschaftlich und knetete dabei ihre Brüste. »Vielleicht solltest du dieses scharfe Kostüm öfter tragen«, erklärte er zwischen den Küssen und rieb ihre Brustwarzen mit den Daumen. Taylor stöhnte und klammerte sich an ihn. »So kann man dich viel besser streicheln.« Er ließ eine Hand unter ihren Rock wandern und stellte fest, dass sie schon ganz feucht war. Das entlockte ihm ein Stöhnen. »Bist du etwa erregt, Taylor?«

»Das ist allein deine Schuld«, antwortete sie keuchend. Sie drückte das Becken gegen seine Hand, als wollte sie sie reiten.

»Ach ja?« Das musste er ausnutzen. Er küsste sie noch einmal, legte ihr die Hände auf die Schultern und drehte sie um. »Beug dich über den Pilz, Süße.«

Taylor stöhnte und kam seiner Aufforderung nach. Dabei reckte sie den Hintern in die Höhe, der vom Rock so gut wie nicht verdeckt wurde, sodass er nur glatte Pobacken, nackte Oberschenkel und lange Waden sah. Wunderschön.

Leo beugte sich vor und schob ihren Rock hoch, sodass ihr runder, wundervoller Hintern jetzt unbedeckt war. Dann biss er ihr sanft in eine Pobacke. »Wurdest du schon mal auf einem Pilz geleckt, Taylor?«

»Oh Gott«, hauchte sie, und er sah, wie sie den Rand des Pilzes mit beiden Händen umklammerte. »Nein, das wurde ich nicht.«

»Gut.« Er verspürte große Zufriedenheit bei dem Gedanken, dass er sie hier lieben würde. Dann beugte er sich vor und drückte die Lippen auf ihre feuchten Schamlippen. Taylor zuckte zusammen und schrie leise auf. Ihre Scheide war ganz heiß und feucht, und er fuhr mit der Zunge über ihre Schamlippen und genoss ihren Geschmack. Sie schmeckte herrlich, süß und herb zugleich, und immer wenn er die Zunge bewegte, spürte er, wie ihre Oberschenkel bebten.

Er drückte sie noch etwas weiter nach vorn und ließ die Zunge über ihre Klitoris schnellen. Taylor stöhnte auf. »Leo! Oh Gott, wieso bist du so gut darin?«

Er lachte leise und drückte ihr einen Kuss auf die Innenseite des Oberschenkels. »Das liegt an meinem Enthusiasmus.«

»Ich danke Gott dafür«, hauchte sie, aber ihre Worte gingen in ein Stöhnen über, als er mit einem Finger in sie eindrang. Taylor drückte sich dagegen. »Mehr, Leo. Gib mir mehr.«

»Geduld«, raunte er ihr zu, schob den Finger wieder in sie hinein und machte damit, was er mit seinem schmerzenden Glied tun wollte. Taylor wimmerte leise und zuckte, und er nahm einen zweiten Finger hinzu, drang grob in sie ein und genoss es, wie ihre enge Scheide seine Finger umschloss und sie bei jedem Stoß bebte. Sie gehörte ihm. All das hier war sein, und er würde es sich nehmen.

Sein Penis drückte sich schmerzhaft gegen seinen Reißverschluss, und er wollte mehr. Widerstrebend nahm er die Hand weg, streichelte noch einmal ihren Hintern und stand auf.

Sie drehte sich keuchend zu ihm um. »Jetzt das Kondom?«

»Ja«, bestätigte er, holte es aus seiner Brieftasche und öffnete seine Hose. Er zog sie gerade weit genug herunter, dass er seinen Penis herausholen konnte, und streifte sich das Kondom über. Jetzt musste er in ihr sein, sie ausfüllen, hören, wie sie seinen Namen schrie, und ihren zuckenden Körper unter sich haben.

Leo trat vor und stellte sich dicht hinter sie. Taylor reckte ihren Hintern in die Luft, und er nahm seinen Penis in die

Hand, strich damit über ihre feuchten Schamlippen und benetzte das Kondom.

»Du Schlingel«, hauchte sie und wand sich, als er es wiederholte.

»Sei nicht so ungeduldig. Du bekommst gleich, was du haben willst.« Er legte ihr eine Hand an die rechte Pobacke, spreizte ihre Beine etwas weiter und drang mit der Eichel in sie ein.

Taylor keuchte auf und bewegte sich unter ihm, damit sie mehr von ihm spüren konnte.

Dieses ungeduldige Luder. Sie wollte es hart und schnell? Das konnte er ihr geben. Grinsend drang Leo tief in sie ein. Sie stieß dieses leise, erstickte, wonnevolle Stöhnen aus, das er so liebte, und er beugte sich vor und penetrierte sie mit harten, gleichmäßigen Stößen. Sie war die Seine, und mit jedem Stoß zementierte er seinen Anspruch auf sie.

Seine Frau.

Bald seine Ehefrau.

Es wurde Zeit, das ein für alle Mal klarzustellen. Diese ganzen Idioten auf der Convention waren ohne Bedeutung. Er würde sie dieses Wochenende bitten, seine Frau zu werden.

Sie würde die Seine sein, und danach wäre auch alles andere geregelt.

Taylor stöhnte leise, und er spürte, wie sich ihr Körper verkrampfte und wie sich ihre Scheide zusammenzog, als sie kam. Wieder stieß er sich in sie hinein, noch fester als zuvor, bis ihn der Orgasmus übermannte.

Sollten die anderen sie doch anstarren, so viel sie wollten. Sie gehörte ihm.

12

Am nächsten Morgen beschlich Taylor das Gefühl, dass Leo irgendetwas plante. Sie saß im Schneidersitz auf dem Sofa, verspeiste Cornflakes und überflog das Tagesprogramm der Convention. Leo tippte derweil wild auf seinem Handy herum. Als sie ihn fragte, was denn los sei, knurrte er nur. Er war sogar mehrmals auf den Balkon gegangen, um zu telefonieren.

Und das alles an einem Vormittag.

Sie beobachtete ihn neugierig. Wollte er sie etwa mit einem weiteren Urlaub überraschen? Bei diesem Gedanken wurde sie erst aufgeregt, doch gleich darauf folgten die Schuldgefühle, als sie sich fragte, wie Sigmund das wohl aufnehmen würde. Aber nachdem sie die letzten Tage offline gewesen war, fühlte sie sich unglaublich entspannt.

Der großartige Sex mit Leo letzte Nacht hatte natürlich auch einen Teil dazu beigetragen.

Sie hatten sich im Kerruwald-Raum geliebt. Dabei hatte sie diesem Plastikpilz mit den Fingernägeln heftig zugesetzt, aber, Mann, das war die Sache wert gewesen. Danach hatten sie sich hastig wieder angezogen, waren auf ihr Hotelzimmer gegangen und hatten da weitergemacht, wo sie unten aufgehört hatten. Wie oft hatten sie sich letzte Nacht geliebt? Sie überlegte. Vier, nein, fünf Mal. Mitten in der Nacht war sie mit seinem Bein zwischen den Schenkeln aufgewacht und hatte ihn geweckt, um erneut über ihn herzufallen, was er begeistert über sich hatte ergehen lassen.

Normalerweise überforderte Taylor ihre Freunde, auch wenn das nicht das richtige Wort war. Aber sie stürzte sich immer mit voller Kraft in alles, was ihr gefiel, und Sex stand definitiv auf dieser Liste. Meist hatte sie häufiger Lust auf Sex als ihre Partner, aber bisher war Leo stets bereit und in der Lage gewesen, mit ihr zu schlafen. Darüber hinaus war der Sex auch noch überragend – ein weiterer dicker Bonus auf ihrer Liste.

Wenn er doch nur nicht so geheimnisvoll tun würde. Als er ihr einen Blick zuwarf, machte sie einen Schmollmund.

»Was ist los?«, erkundigte er sich und streichelte ihr Knie.

»Hast du jetzt genug telefoniert?«

»Warum, willst du runter auf die Convention gehen? Dann machen wir das.«

Eigentlich hatte sie lieber noch einmal mit ihm schlafen wollen, aber die Convention war auch keine schlechte Idee. Er hatte sehr viel Geld ausgegeben, um kurzfristig noch Tickets zu besorgen, daher sollten sie auch runtergehen. Sie konnte nur hoffen, dass sie Julian nicht erneut über den Weg liefen. »Hast du ein Problem damit, wenn ich mich wieder verkleide?«

Er zog die Augenbrauen hoch. »Das Kleid von gestern haben wir wohl ruiniert.«

Ja, der Rock hatte das heiße Liebesspiel im Kerruwald nicht überlebt ... was jedoch nicht weiter schlimm war. »Zum Glück habe ich aber noch was anderes mit. Einen langen Rock mit Korsett und einer Bluse mit Puffärmeln. Ich gehe als Schankmagd.«

Leo lachte. »Solange ich mich nicht auch verkleiden muss.«

»Ach, du würdest einen niedlichen Jongleur abgeben. Im Spiel tragen sie nur einen Lendenschurz, musst du wissen.«

Er schnaubte. Dann klingelte schon wieder sein Handy, er

sprang auf und steuerte auf den Balkon zu. »Dieses Gespräch noch, dann können wir los.«

Sie seufzte und sah ihm nach, als er die Tür hinter sich schloss. Was war denn los, das ihn so viel Zeit und Nerven kostete? Selbst wenn er neben ihr saß, wirkte er abgelenkt. Es kam ihr beinahe so vor, als würde er auf etwas warten.

Aber worauf?

Taylor stellte die Cornflakesschüssel beiseite und runzelte die Stirn. Kurz spielte sie mit dem Gedanken, zum Balkon zu gehen und ihn zu belauschen, so neugierig war sie. Dann ging sie aber doch ins Schlafzimmer und suchte ihr anderes Kostüm heraus. Wenn er mit ihr darüber reden wollte, würde er es schon tun. Sie musste einfach Geduld haben.

Doch das gehörte nicht gerade zu ihren Stärken.

* * *

Alles war geregelt.

Leo warf einen letzten Blick in die Ringschachtel und vergewisserte sich, dass der Ring auch wirklich da war. Der eckige Diamant glitzerte auf dem Samt. Der Ring war wirklich einzigartig: ineinander verschlungene goldene Blätter mit zwei Schwertern, die auf den Stein deuteten. Es war nicht ganz leicht gewesen, diesen Ring zu besorgen. Er hatte ihn bei einem der Händler unten entdeckt und ihn heimlich erstanden, während Taylor bei einigen Panels war und er behauptet hatte, er wolle ein Nickerchen machen. Leo hatte einiges dafür bezahlt, damit der Juwelier den falschen blauen Stein gegen einen echten Diamanten austauschte und ihm den fertigen Ring bringen ließ. Doch die zahlreichen Telefonate waren die Sache wert gewesen, und jetzt konnte er nur hoffen, dass ihr der Ring auch gefiel.

Nun musste er nur noch den richtigen Zeitpunkt finden, um ihn ihr zu geben. Er hatte überlegt, ihr den Antrag auf dem Zimmer zu machen – was den Vorteil hätte, dass sie direkt im Anschluss miteinander schlafen konnten –, dann aber beschlossen, dass dazu mehr Publikum erforderlich war. Möglicherweise lag das daran, dass er seinen Anspruch auf sie öffentlich machen wollte, nachdem sie von so vielen Männern angestarrt worden war. Alle sollten begreifen, dass die heiße, witzige Taylor ihm gehörte – und nur ihm allein.

Daher hatte er sich das Nachmittagsprogramm angesehen und nach einem Event gesucht, das zu seinem Zweck passte. Die meisten Programmpunkte waren ihm ein Rätsel, da er die spieleigene Sprache nicht verstand. Der »Gildenkampf« hörte sich jedoch vielversprechend an. Anscheinend war das so etwas wie die Partys, auf die sie immer ging, wo die Leute ihre Laptops mitbrachten und zusammen in einem Raum spielten. Für ihn klang das seltsam, aber es hörte sich an, als würde es Taylor gefallen. Ihre Gilde würde ebenfalls dort sein, sodass alle seinen Antrag mitbekommen würden.

Somit würde es irgendjemand auch diesem Blödmann Sigmund stecken, der es dann endlich begriff und Taylor in Ruhe ließ.

Je länger Leo darüber nachdachte, desto besser gefiel ihm der Gedanke. Eigentlich war es perfekt. Taylor wäre danach diesen lästigen Sigmund los, Leo bekäme sein Mädchen und könnte bald nach Bellissime zurückkehren, ohne Sorgen und vor allem ohne als möglicher Thronfolger in Betracht zu kommen.

* * *

»Willst du da wirklich hingehen?«, fragte Taylor und drückte sich den Laptop an das leuchtend rote Korsett. »Wir können auch zu einem anderen Event oder in ein Restaurant, wenn dir das lieber wäre.«

»Das ist schon okay«, versicherte Leo ihr. Er hatte seinen Laptop ebenfalls dabei, und sie fuhren in der überfüllten Fahrstuhlkabine hinunter zur Convention. Taylor stand zwischen einem Elf und einem Ork, dessen Schulterpolster sie in die Wange pikten. »Es sind deine Freunde, also solltest du auch Zeit mit ihnen verbringen. Ich möchte, dass du dich auf der Convention amüsierst.«

Sie nickte geistesabwesend und rückte näher an ihn heran, als noch mehr Menschen einstiegen. Es machte ihr nicht einmal etwas aus, dass er ihr einen Arm um die Schultern legte und sie an sich zog. Tatsächlich empfand sie es sogar als schön, so von ihm gehalten zu werden ... Denn es gefiel ihr gar nicht, dass sie ihr Rumgeflirte geheim halten mussten. Ihr wäre es viel lieber gewesen, als seine Freundin über die Convention zu laufen und allen Frauen diesen unglaublich heißen Typen an ihrer Seite zu zeigen. Eigentlich gab sie ja nicht gern an, aber ... nun ja, Leo war ein Mann, mit dem man einfach angeben musste.

»Ich dachte, du magst solche Partys?«, flüsterte er ihr ins geflochtene Haar. Heute war sie als Asara die Magische verkleidet, die Gildentrainerin der Magiergilde. Sie trug die lilafarbene Robe eines Magiers, dazu ein knallrotes Korsett und einen tief sitzenden Bindegürtel. Das war immer noch sexy, aber bei Weitem nicht so freizügig wie ihr anderes Outfit. Auch wenn sie hier die Gelegenheit hatte, ihre witzigen Kostüme zu tragen und sich mit Leuten zu treffen, denen sie sonst tagtäglich online begegnete, gefiel es ihr ebenso gut, mit Leo in der »wirklichen Welt« zu leben. Als ein anderes Paar in die Kabine stieg, dachte sie an den vorgeschlagenen Strandurlaub.

Dazu hätte sie ebenfalls Lust gehabt, und dort hätten sie sehr viel mehr Privatsphäre genossen.

Aber was war sie denn so undankbar, wo er sich doch die ganze Mühe gemacht und diese tolle Reise organisiert hatte? Das war wirklich blöd von ihr. Taylor lehnte sich an ihn und beschloss, das später auf ihrem Zimmer wiedergutzumachen. Allein bei dem Gedanken an das, was sie mit ihm vorhatte, wurde sie feucht.

Sie betraten den großen Ballsaal zusammen mit unzähligen anderen Spielern, die ebenfalls ihre Laptops unter dem Arm hatten, und suchten die Tische, die für ihren Server reserviert waren. Sobald sie in deren Nähe kamen, winkten sie auch schon mehrere Gildenfreunde heran: Madrigal, der Jongleur, PatsySue, die Magierin, WangGus, der Taschendieb, und OuiBabySchaman, ihr Heiler.

»Wir haben euch Plätze freigehalten«, rief PatsySue, als Taylor und Leo näher kamen. »Schön, dass ihr da seid.«

»Aber klar«, erwiderte Taylor lächelnd. Leo rückte ihr einen Stuhl zurecht, und Taylor setzte sich und versuchte, nicht rot zu werden, als PatsySue sie neugierig musterte. PatsySue war die Klatschbase der Gilde, und wenn sie glaubte, dass zwischen Leo und Taylor was lief, dann würden es bald alle wissen. Daher musste sich Taylor vorsehen und dafür sorgen, dass Leo ihr in PatsySues Nähe nicht zu nahe kam. Leo setzte sich neben Taylor, und sie klappten ihre Laptops auf. »Leo hat erst vor Kurzem angefangen, daher bleibe ich bei ihm und ziehe ihn durch die Dungeons.«

»Was spielst du denn?«, wollte einer der Männer wissen.

Ach, verdammt. Sie konnte sich nicht daran erinnern, ob sie ihnen erzählt hatte, dass er einen weiblichen Charakter spielte und vorgab, ihre Mitbewohnerin zu sein. »Weißt du was? Ich habe noch einen Tank, den du spielen kannst. Möchtest du meine Kampfmagierin übernehmen, Leo? Sie hat den Maximallevel.«

»Nein danke, ich spiele meinen Krieger.« Er gab mit zwei Fingern sein Passwort ein, und irgendjemand am Tisch kicherte.

»Kriegsfürst«, wurde er korrigiert. »Krieger gibt es in *WoW*.«

»*WoW?*« Leo blickte auf.

»*World of Warcraft*«, murmelte Taylor. »Das ist ein anderes Spiel.«

»Ah.« Er starrte seinen Bildschirm konzentriert an. »Ich kenne mich mit diesen Spielen nicht aus.«

»Was du nicht sagst«, kommentierte PatsySue trocken und beobachtete, wie er unbeholfen auf der Tastatur herumtippte.

»Der Kriegsfürst spielt sich leicht«, meinte Madrigal. »Du drückst einfach immer die Angriffstaste und stürmst durch.«

»Stürmen?«

»Das erkläre ich später«, schaltete sich Taylor ein und warf den anderen einen warnenden Blick zu. Versuchten sie etwa, ihn einzuschüchtern? Aus irgendeinem Grund wollte sie Leo beschützen. Er war ein Erwachsener und konnte selbst auf sich aufpassen, aber sie ärgerte sich darüber, dass die anderen ihn schmunzelnd beobachteten. Der Mann spielte Polo und Rugby, verdammt. Er verbrachte seine Zeit nicht vor dem Bildschirm und tat so, als würde er leben, sondern tat es wirklich.

In diesem Augenblick wäre Taylor am liebsten aufgesprungen und hätte mit Leo den Raum verlassen. Sie wollte einfach nur weg von hier.

»Ich warte in Cityport auf dich«, bot Madrigal an, und Taylor war ihm sehr dankbar dafür. Wenigstens einer benahm sich nicht wie ein Arsch.

Sie loggte sich mit ihrer Drachenreiterin ein, überflog rasch die Nachricht des Tages und las die E-Mails in ihrem Gildenleiterpostfach. Sofort schickte ihr Sigmund Nachrichten, und schon versank sie ein weiteres Mal im Excelsior-Leben. Sie war derart darin vertieft, dass sie Leo ganz vergaß.

»Was hast du da gerade gemacht?«

Sie blickte auf und zu ihm hinüber, aber sie war gar nicht gemeint gewesen. Leo schaute Madrigal fragend an.

»Mein Charakter hat sich vor deinem verbeugt«, erklärte dieser. »Es gibt eine ganze Liste an Befehlen, mit denen du solche Aktionen ausführen kannst.«

»Wo?«

»Klick mal dahin.« Madrigal deutete auf Leos Bildschirm.

Taylor beschloss, Madrigal innerhalb der Gilde zu befördern. Er war immer so hilfsbereit, und dass er sich jetzt Zeit für Leo nahm, bestätigte ihr das wieder einmal. »Ich komme rüber zu euch«, meinte sie, setzte sich auf ihren Drachen und ritt durch die Stadt. »Bin gleich da.«

»Hmm«, murmelte Leo, klickte herum und starrte auf den Bildschirm. »Ich glaube, ich habe dich gerade angetanzt, Mad.«

»Das hast du«, bestätigte Madrigal kichernd.

Taylor hob den Kopf und sah, dass PatsySue wieder dieses spöttische Lächeln auf den Lippen hatte. Mann! Was musste die denn so gemein sein? Jeder von ihnen hatte doch mal angefangen. Ihr Drache flog durch ein Portal und erschien über Cityport, und sie schaute auf Leos Bildschirm, um herauszufinden, wo er sich aufhielt. Sein Charakter und Madrigals tanzten auf dem Hof. Grinsend flog sie mit ihrem Drachen dorthin und landete. »Da bin ich.«

Dann ging sie auf die beiden Tänzer zu. Einer war Madrigals kleiner Gnomling, der andere Leos Kriegsfürstin, die nichts als die knappe Anfängerrüstung trug. Da die beiden gerade solchen Spaß mit den Emotes hatten, winkte sie ihnen zu.

Leos Kriegsfürstin winkte zurück, ging dann vor ihr auf die Knie und sagte:

WILLST DU MEINE FRAU WERDEN, TAYLOR?

»Pst, du hast die Feststelltaste aktiviert«, flüsterte Madrigal Leo zu.

»Mist. Stimmt. Entschuldige.« Er tippte langsam, während Taylor ihren Bildschirm mit offenem Mund anstarrte.

Schließlich erschienen die Worte auf ihrem Bildschirm.

Willst du meine Frau werden, Taylor?

Sie starrte Leo an. »Du willst mich im Spiel heiraten?«

Er runzelte die Stirn und schüttelte den Kopf. »Ich sollte das lieber richtig machen.« Dann stand er auf und ging vor ihr auf ein Knie.

Ihr stockte der Atem.

Leo zog eine kleine Schachtel aus der Tasche und reichte sie ihr. »Taylor«, sagte er mit seiner schönen Stimme und mit seinem leichten Akzent, bei dem sie weiche Knie bekam, »willst du meine Frau werden?«

»Großer Gott!«, rief jemand an einem Nachbartisch. »Sieh nur! Er macht ihr einen Antrag!«

Taylor blickte auf und stellte fest, dass es totenstill im Raum geworden war. Alle starrten sie an. Ihr Herz raste, und ihr kam alles so unwirklich vor. Sie schaute Leo an, den attraktiven, heißen, athletischen Leo, der keine Videospiele spielte und überhaupt nicht zu ihr passte. »Warum?«, flüsterte sie.

Er legte den Kopf schief und sah sie neugierig an. »Warum was?«

Sie beugte sich vor, damit nur er sie hören konnte. »Warum willst du mich heiraten?«

Sein Lächeln ließ ihr Herz schneller schlagen. »Ich finde, wir passen ziemlich gut zusammen. Oder muss ich erst einen weiteren Pilz suchen, um dich zu überzeugen?«

Großer Gott, jetzt wurde sie auch noch rot. »Ja, wir passen gut zusammen, aber gleich heiraten?«

Er nickte.

»Liebst du mich denn?« Sie war zwar wahnsinnig scharf auf ihn, wusste jedoch nicht, ob das mit Liebe gleichzusetzen war. Waren sie überhaupt schon lange genug zusammen, um das wissen zu können?

Leo nahm ihre Hand. »Ich liebe dich, Taylor. Mir ist klar, dass alles sehr schnell geht, aber … ich habe das Gefühl, dass wir zusammengehören. Ich liebe alles an dir, und mit dir an meiner Seite wird jeder Tag schöner. Willst du meine Frau werden?«

Sie holte tief Luft. Er liebte sie? Er war ebenso in sie vernarrt wie sie in ihn? Wie war das nur möglich? Das musste ein Traum sein.

Aber wenn sie träumte, dann wollte sie nie mehr aufwachen. Taylor warf sich an seine Brust und schlang ihm die Arme um den Hals. Dabei warf sie ihn zu Boden, da der Stuhl unter ihnen umkippte, doch das war ihr egal. Sie küsste ihn und gab ihm so ihre Antwort.

»Ich glaube, sie hat Ja gesagt«, kommentierte jemand.

Der ganze Raum applaudierte.

Taylor blickte peinlich berührt auf und versuchte, sich von Leo zu lösen? was natürlich nicht ganz klappte. Sie verhakte sich in ihrem langen Rock, und er musste ihr auf die Beine helfen. Sobald sie beide wieder standen, öffnete er die Schachtel und zeigte ihr den Ring mit dem riesigen Diamanten und dem wunderschön gearbeiteten Band. Ihr blieb die Luft weg, und zitternd schob sie ihn auf ihren Finger. Der Ring war zu groß, aber das war nicht weiter wichtig. Er gehörte ihr, und er war wunderschön.

Sie küsste Leo noch einmal voller Enthusiasmus. »Ich liebe dich auch.«

* * *

Viel später in dieser Nacht lagen sie nach langem, leidenschaftlichem Sex im Bett. Leos Rücken schmerzte, da Taylor unzählige Kratzer hinterlassen hatte, und er strich ihr über das Haar, während sie in seinen Armen döste. Er war müde, konnte aber aus irgendeinem Grund nicht schlafen und starrte die Decke an.

Liebst du mich?

Diese einfache Frage hatte ihn völlig aus dem Konzept gebracht. Er hatte sich für so clever gehalten und sich den perfekten Gamer-Antrag ausgedacht, den Taylor nicht ablehnen konnte. Er hatte den richtigen Ring gehabt, den richtigen Ort, einfach alles – nur nicht die richtigen Worte.

In diesem Augenblick hatte er in der Klemme gesteckt. Liebte er sie? Er war gern mit ihr zusammen. Er schlief gern mit ihr. Er liebte ihr Lachen. Aber er war sich nicht sicher, ob er sie liebte. Noch nicht. Dafür war es viel zu früh.

Daher hatte er gelogen und behauptet, dass er sie natürlich lieben würde.

Das war der Teil, der ihm jetzt zu schaffen machte. Er kam sich vor wie ein Arschloch, als hätte er sie übers Ohr gehauen. Sobald er die Worte ausgesprochen hatte, hätte er sie am liebsten zurückgenommen. Konnten sie denn nicht einfach aus Spaß heiraten? Dann wären sie beide nicht so verletzt, wenn sie irgendwann auseinandergingen. Aber sie hatte ihm die Arme um den Hals geworfen und ihm gesagt, dass sie ihn ebenfalls liebte, und schon saß er in der Falle.

Eigentlich hätte er sich freuen sollen, schließlich bekam er alles, was er wollte. Er würde Taylor heiraten, einige Wochen warten, bis die Nachricht in Bellissime angekommen war, und dann konnte er nach Hause zurückkehren. Taylor würde es in seinem Haus gefallen, da war er sich sicher. Es war zwar nicht so groß, aber sehr schön, und außerdem besaß er Land und Pferde. Seine Familie würde sie ebenfalls mögen. Sie waren zwar ein bisschen steif, so wie die meisten Mitglieder eines Königshauses, aber im Großen und Ganzen gute Menschen mit einem großen Herzen.

Sein Plan war perfekt aufgegangen ... aber warum starrte er dann jetzt betreten an die Decke? Er wollte Taylor doch heiraten. Er mochte sie, sehr sogar. Sie passten im Bett perfekt zusammen, und sie sorgte immer dafür, dass er sich amüsierte.

Aber wann immer er die Augen schloss, sah er sie vor sich, wie sie sich begeistert in seine Arme gestürzt und Ja gesagt hatte.

Und schon fühlte er sich wieder elend.

Taylors Handy summte, und er nahm es vom Nachttisch und blickte auf das Display.

Sigmund: Glückwunsch.

Diese unspektakuläre Reaktion sorgte dafür, dass er sich noch schlechter fühlte, wo er sich doch hätte freuen sollen.

* * *

»Home sweet home«, sagte Taylor und ließ sich in Leos Hotelzimmer in New York aufs Bett fallen. Sie drehte an ihrem lockeren Ring, den sie mit etwas Klebeband angepasst hatten, und bewunderte ihn. Er war so schön. Sie war so unglaublich glücklich.

»Hm«, murmelte Leo und beugte sich zu ihr herab, um sie zu küssen. »Ich würde mich ja zu dir legen, aber nach dem langen Flug habe ich ganz lahme Beine und möchte lieber joggen gehen.« Er knabberte kurz an ihrer Unterlippe, richtete sich auf und runzelte die Stirn. »Sobald mir wieder eingefallen ist, wo ich meine Joggingklamotten hingetan habe.«

Taylor kicherte. »Ich glaube, du hast sie in die oberste Schublade gelegt.«

Er durchquerte das Zimmer, und sie drehte sich auf die Seite und unterdrückte ein Gähnen. Sie waren gerade erst von der Convention zurückgekehrt, die zwar sehr aufregend und schön gewesen war, aber jetzt wollte sie nach Hause. Da sie heiraten würden, gab es so vieles zu planen. Wieder betrachtete sie ihren Ring und blickte auf, als sich Leo seine Joggingshorts anzog. »Wann wollen wir den anderen sagen, dass wir heiraten?«

»Das können wir ihnen hinterher immer noch erzählen.« Er blickte auf sie herab. »Ich würde dich lieber früher als später heiraten.«

»Wirklich?« Das kam jetzt überraschend, aber ihr Herz schlug trotzdem schneller. »Weil du nicht warten kannst?«

»Ich sehe keinen Sinn darin. Ich bin bereit, jetzt gleich den nächsten Schritt zu tun.«

Sie lächelte, denn was hätte sie sonst tun sollen? Er wollte sie heiraten. Sie, die tollpatschige Taylor, die über ihre eigenen Füße stolperte. »Ich auch, aber es käme mir unfair vor, wenn wir noch vor Gretchen heiraten, wo ich doch ihre Brautjungfer bin.«

»Würde sie sich denn nicht für uns freuen? Sie hat uns schließlich zusammengebracht.« Er zog sich ein T-Shirt über den Kopf.

Taylor setzte sich nachdenklich auf dem Bett auf. Da hatte er recht, aber eine Hochzeit war für eine Frau sehr wichtig. Man funkte ihr da nicht dazwischen, und Gretchen hatte mit ihren

Vorbereitungen schon genug um die Ohren. »Ich schätze schon, dass sie sich für uns freuen würde, aber es würde sie auch ärgern, wenn wir ihr zuvorkommen.«

Er trat zu ihr und gab ihr einen Kuss auf die Stirn. »Wie wäre es, wenn wir erst nur eine ganz kleine Feier machen und die richtig große dann nach Gretchens Hochzeit nachholen, um ihr nicht die Show zu stehlen? Würdest du dich dann besser fühlen?«

»Allerdings.« Taylor lächelte ihn an. »Das ist eine gute Idee.« Er sah so sexy und sportlich in seiner Joggingkleidung aus, dass sie erneut das Gefühl hatte, die glücklichste Frau der Welt zu sein. Und sie wollte ihm beweisen, wie glücklich sie war, vor allem nach dem Wochenende auf der Convention, wo sie im Nerd-Paradies und er der Ahnungslose gewesen war. »Hey, kann ich mitkommen?«

Leo starrte sie entgeistert an. »Du ... willst joggen gehen? Hast du dein sportliches Ich entdeckt, meine kleine Stubenhockerin?«

»Eigentlich nicht.« Die Vorstellung, beim Joggen ins Schwitzen zu geraten, war in etwa so verlockend wie eine Wurzelbehandlung. »Aber du hast dir solche Mühe gegeben, dich mit den Dingen zu beschäftigen, die ich mag, dass ich wenigstens etwas Interesse für deine Hobbys aufbringen sollte.«

Aus irgendeinem Grund sah er auf einmal unglücklich aus.

»Ist das schlimm? Ich muss nicht mitkommen.«

»Nein, nein. Ich finde es wunderbar. Ich finde dich wunderbar.« Leo küsste sie erneut. »Und wenn du in fünf Minuten nicht angezogen bist, laufe ich ohne dich los.«

Sie sprang vom Bett auf und knallte mit dem Kopf gegen seinen. »Au!«

Er rieb sich seufzend die Stirn. »Daran sollte ich mich wohl lieber gewöhnen.«

»Das wäre vermutlich besser«, stimmte sie ihm zu und lief los, um ihre Yogahose zu suchen.

* * *

Komischerweise fühlte er sich jetzt noch mieser als beim Heiratsantrag.

Leo joggte mit Taylor an seiner Seite durch den Central Park und kam sich vor wie das letzte Arschloch. Sie wollte Zeit mit ihm verbringen und an seinen Hobbys teilhaben, weil ihr etwas an ihm lag. Aus diesem Grund lief sie jetzt an diesem heißen Tag neben ihm, schnaufte und schwitzte und versuchte tapfer, sein Tempo mitzuhalten. Als sie zurückfiel, wurde er langsamer. »Ist alles okay, Tay?«

»Ja, klar«, stieß sie keuchend aus, beugte sich vor und stemmte die Hände gegen die Knie, während sie nach Atem rang. »Die Lunge ist ohnehin ein überschätztes Organ.«

Er schmunzelte. »Sollen wir eine Pause machen und uns hinsetzen?«

»Mann, ich dachte schon, du fragst nie.«

Sie entdeckten in der Nähe eine Parkbank, auf die sich Taylor fallen ließ. Der Kragen ihres T-Shirts war schweißnass, und ihr Pferdeschwanz klebte in ihrem Gesicht. Ihre Wangen waren knallrot, aber als sich ihre Blicke begegneten, schenkte sie ihm ein tapferes Lächeln. In ihm wallte Zuneigung auf. Sie wollte ihm gefallen.

Gleichzeitig fühlte er sich noch hundsmiserabler, weil er sie aus egoistischen Gründen heiraten wollte. »Du musst nicht mit mir joggen gehen, weißt du. Ich habe kein Problem damit, allein zu laufen.«

»Das mag sein, aber du hast dir so viel Mühe mit Excelsior gegeben, dabei weiß ich, dass du dich überhaupt nicht dafür interessierst. Da kann ich dich doch wenigstens beim Joggen begleiten, oder? Das habe ich noch nie gemacht.« Sie wischte sich den Schweiß von der Stirn. »Wann setzt das Läuferhoch ein?«

»In etwa sechs Monaten.«

Sie stöhnte gequält auf. »Dann bin ich wohl doch nicht dafür geschaffen.«

Er gab ihr einen Kuss. »Aber ich liebe dich dafür, dass du es trotzdem versucht hast.« Kaum hatte er die Worte ausgesprochen, schämte er sich bereits dafür, umso mehr, als sie strahlte. »Sollen wir zurück ins Hotel gehen?«

Taylor sah erleichtert aus. »Sind wir fertig?«

»Normalerweise drehe ich noch drei oder vier weitere Runden.« Als sie das Gesicht verzog, drückte er ihre Hand. »Wie wäre es, wenn du zurückgehst und schon mal duschst? Ich komme dann nach.«

»Eigentlich bin ich ein Mensch, der Dinge durchzieht, aber ich befürchte, dass du mich irgendwann tragen müsstest.« Sie schüttelte den Kopf. »Wer hätte gedacht, dass der Central Park so verdammt groß ist?«

Er unterdrückte ein Lachen. Sie hatten noch lange nicht alle Wege des Parks gesehen. »In der Tat.«

»Okay, ich gehe zurück, aber wenn du nach Hause kommst, müssen wir über unsere Wohnsituation reden«, erklärte sie. »Es ist Quatsch, ein Hotelzimmer zu mieten, wenn ich ein sehr anständiges, wenn auch kleines Apartment zur Verfügung habe. Und wir müssen uns auch um die Green Card und den Papierkram kümmern.«

Wieder einmal wurde er sich bewusst, was eine Eheschließung bedeutete. Es gab so viel zu tun – er musste vor allem herausfinden, wie weit seine Anwälte mit dem Ehevertrag waren. Er musste den Premierminister darüber informieren, dass er heiraten wollte, damit sich die Nachricht rumsprach und die Dissidenten nicht mehr auf Leo als Thronanwärter bauten. Dann war da die Wohnsituation: Brauchten sie wirklich eine Wohnung in New York, wo er doch zurück nach Bellissime wollte? Er hatte Taylor noch nicht gefragt, was sie darüber dachte.

Ihr Leben würde sich zwangsläufig ändern, oder ihre kurzzeitige Ehe wäre schneller zu Ende, als er es sich vorstellte. Aus irgendeinem Grund machte das die Sache noch schlimmer, dass er jetzt möglicherweise auch noch Taylors Leben ruinierte.

»Darüber reden wir später«, versprach er ihr.

Nach einigen Abschiedsküssen sah er Taylor hinterher, die in die andere Richtung davonging. Obwohl sie erschöpft war, hatte sie immer noch diesen federnden Gang, der dazu führte, dass er sie erneut begehrte. Was auch immer das zwischen ihnen war, auf der körperlichen Ebene war alles perfekt.

Nur mit seinem Kopf stimmte neuerdings was nicht. Er drehte sich um und lief weiter.

Als er die letzte Runde beendet hatte, war er durchgeschwitzt, aber noch immer unruhig. Auf dem Rückweg zum Hotel sah er Rex mit einer Plastiktüte neben sich auf dem Bürgersteig sitzen. Leo blieb stehen. »Wie wär's mit Mittagessen?«

Rex schirmte die Augen vor der Sonne ab und blickte zu ihm auf. »Wo gehen wir denn hin?«

»Ihre Entscheidung. Mir ist nur nach Gesellschaft.«

Der ältere Mann schnaubte und stand auf. »Sie müssen ganz schön arm dran sein, wenn Sie dann immer zu mir kommen.«

Sie gingen zum selben Diner wie beim letzten Mal und bestellten das Gleiche. Dieses Mal wusste Leo es besser und aß das fettige Essen nicht, sondern tat nur so. Wenn Rex seinen

Teller geleert hatte, würde er ihm auch seine Portion geben, da er eigentlich gar keinen Hunger hatte. »Ich hab mich verlobt.«

»Ach ja? Sollte ich gratulieren?« Rex ertränkte seine Pommes in Ketchup. »Sie sehen nämlich gar nicht glücklich aus.«

»Sie ist toll. Ich befürchte nur, dass wir aus den falschen Gründen heiraten.«

»Das sagen doch alle Männer, sobald sie kalte Füße bekommen.«

Leo grinste. »So ähnlich ist es wohl auch bei mir. Ich mache mir Sorgen, dass ich sie nur ausnutze.«

Rex zog eine Augenbraue hoch. »Wieso?«

»Ich bin der Fünfte der Thronfolge in meinem Heimatland, und es gibt einige Bürger, denen es ein Dorn im Auge ist, dass die Kronprinzessin einen Amerikaner geheiratet hat. Daher dachte ich, wenn ich eine unstandesgemäße Amerikanerin heirate, bin ich aus dem Rennen.«

»Aha. Und Ihre Verlobte ist diese unstandesgemäße Amerikanerin?«

»Ja.«

»Dann wissen Sie doch beide, was Sache ist. Wo ist dann das Problem?«

Leo schwieg.

»Sie weiß also nicht, was Sache ist«, mutmaßte Rex. »Und das belastet Sie.«

Er nickte. »Ich mag sie sehr. Sie ist klug, witzig …«

»Gut im Bett?«, riet Rex. »Sonst würden wir dieses Gespräch wohl kaum führen.«

Leo antwortete nicht, auch wenn Rex recht hatte. »Ich habe das Gefühl, es wäre besser gewesen, es ihr zu sagen, aber jetzt ist es zu spät. Alles, was ich jetzt noch tun könnte, würde die

Sache nur schlimmer machen. Ich weiß, dass ich sie verletzen werde, und das will ich auf gar keinen Fall.«

Rex schob sich zwei vor Ketchup triefende Pommes in den Mund und kaute lautstark. »Dann sagen Sie es ihr nicht. Schlafen Sie eine Weile mit ihr, kaufen Sie ein Haus, haben Sie Spaß, und irgendwann lassen Sie sich scheiden. Sie muss die Wahrheit nie erfahren.«

Doch das behagte Leo ebenfalls nicht. »Es gibt noch ein anderes Problem. Ich habe nicht vor, hier ein Haus zu kaufen, da ich zu Hause eins besitze und dorthin zurückkehren will.«

»Mit ihr?« Rex aß unbeirrt weiter.

»Wenn sie mitkommen möchte. Wir haben noch nicht darüber gesprochen.«

Das brachte ihm ein Grunzen von Rex ein.

»Die ganze Situation belastet mich«, gab Leo zu.

»Ich wüsste nicht, warum.« Rex deutete auf Leos Teller. »Essen Sie das noch?«

Leo schob den Teller zu Rex hinüber. »Was meinen Sie damit, dass Sie nicht wissen, warum mich die Situation belastet?«

Rex schnappte sich Leos Hamburger, hob ihn hoch, verharrte dann aber. »Wollen Sie wirklich wissen, was ich denke, oder sind Sie nur auf Mitgefühl und Trost aus?«

»Ich will wirklich wissen, was Sie denken. Die meisten Leute erzählen mir nur, was ich hören will.«

»Ich denke, dass Sie keine Schuldgefühle haben müssen.«

»Nicht?«

»Nein. Was bringt das denn schon?«

Leo runzelte die Stirn. »Aber Taylor ...«

»Sie haben von Anfang an keine Rücksicht auf ihre Gefühle genommen«, stellte Rex fest. »Wieso wollen Sie jetzt damit anfangen?«

»Das stimmt doch gar nicht«, protestierte Leo. »Ich ...«

»Sie machen, was Sie wollen, und scheren sich einen Dreck um die Wünsche anderer«, erklärte Rex offen. »Sie haben Ihr Heimatland verlassen, weil Sie nicht König werden wollen. Das ist das größte aller Luxusprobleme, wenn Sie mich fragen. Dann suchen Sie sich eine Frau, die Ihre Familie nicht akzeptieren wird, damit Sie nicht auf den Thron müssen. Und Sie machen ihr einen Antrag, weil Ihnen das gut in den Kram passt. Und Sie würden zurück nach Hause gehen und sie zurücklassen, weil Ihnen das lieber ist. Jetzt verraten Sie mir doch mal, an welchem Punkt Sie an ihre Gefühle gedacht haben?«

Leo erwiderte nichts.

Rex biss von seinem Hamburger ab. »Es ist sehr einfach, andere Menschen zu benutzen, wenn einem egal ist, ob man ihnen wehtut.« Er wischte sich den Mund mit einer Serviette ab und steckte sie dann ein. »Und genau da wird es dann zu einem Problem.«

Da hatte er recht ... Rex hatte mit allem recht. Leo hatte die ganze Sache durchgezogen, ohne auch nur ein Mal an Taylors Gefühle zu denken. Er setzte seinen Plan um und nahm keine Rücksicht auf sie. Dabei war Taylor so ein netter, liebenswürdiger Mensch, der von ganzem Herzen gab, was er hatte. Jetzt, wo er das wusste, ärgerte sich Leo noch viel mehr darüber, dass er sie benutzt hatte. »Und was mache ich jetzt?«

»Entweder ist Ihnen alles scheißegal und Sie ziehen die Sache durch, oder Sie bringen es in Ordnung und hoffen darauf, dass sie Ihnen verzeiht.«

Leo nickte. »Ich werde mit ihr reden.« Bald. Sobald er den Mut fand, ihr zu gestehen, was für ein Arschloch er gewesen war. Darauf freute er sich allerdings nicht. Er nahm die Rechnung vom Tresen, betrachtete sie und sah dann Rex an. Der ungepflegte Mann hatte ihm trotz seiner Erscheinung mit einem offenen Ohr und Rat zur Seite gestanden, was Leo zu schätzen wusste. »Wenn alles so läuft, wie ich es mir vorstelle, bin ich vielleicht nicht mehr lange in der Stadt. Kann ich irgendetwas tun, um Ihnen wieder auf die Beine zu helfen?«

Rex schnaubte.

»Was ist?«

»Warum bieten Sie mir das an? Weil Sie mir helfen wollen oder weil Sie sich dann besser fühlen? Wenn Sie mir diese Frage beantworten können, denke ich über Ihre nach.«

Der Mann war ziemlich kratzbürstig, hatte Leo aber wie immer durchschaut. Leo nickte langsam, legte Geld auf den Tresen und verließ den Diner.

Auf dem Rückweg zum Hotel dachte er über Taylor nach. Er fragte sich, was passieren würde, wenn er ihr die Wahrheit sagte. Vor seinem inneren Auge sah er ihr tränenüberströmtes Gesicht und den Schmerz in ihren Augen. Das wollte er ihr nicht antun.

Möglicherweise war es besser, das zu tun, was Rex vorgeschlagen hatte, und einfach vorzugeben, es wäre alles in bester Ordnung. Dass sie aus den richtigen Gründen heirateten. Sie musste die Wahrheit nicht wissen. Das brachte doch sowieso nichts.

Ihm war eine lächelnde Taylor lieber als eine weinende. Und wenn es zur Scheidung kam ... Darüber konnte er dann immer noch nachdenken.

Vorerst reichte es aus, dass sie glücklich waren und das Leben genossen.

* * *

Zwei Tage nach der Convention fiel Taylor auf, dass irgendetwas … anders war. Nicht mit Leo, denn er war wundervoll, und es kam ihr immer noch wie ein Traum vor, dass sie jetzt verlobt waren. Es war eher das Schweigen, das sie störte – dass Sigmund keinen Ton von sich gab.

Sie überprüfte ihr Handy, nicht dass es defekt war und seine SMS einfach nicht ankamen. In diesem Fall musste er kurz vor dem Durchdrehen sein, da sie immer nur ganz kurz online gewesen war, um ihre Nachrichten zu lesen und so zu tun, als hätte sie gespielt … was sie in Wirklichkeit jedoch überhaupt nicht tat. Die Convention hatte Spaß gemacht, aber es war noch schöner, ihre Zeit mit Leo zu verbringen. Gestern waren sie klettern gegangen … und es hatte ihr gefallen. Danach waren sie in einem guten Restaurant gewesen und hatten sich in ihrem Hotelzimmer stundenlang geliebt.

Taylor war derart beschäftigt gewesen, dass sie an Sigmund keinen Gedanken verschwendet hatte.

Jetzt bekam sie aber doch Schuldgefühle, als sie keine weitere Nachricht außer der von Samstagnacht sah.

Sigmund: Glückwunsch.

Tja, die Katze war aus dem Sack. Sie konnte nur hoffen, dass er in Ruhe seine Wunden leckte und sie in Ruhe ließ. Das wäre wirklich schön. Aber irgendwie hatte sie das ungute Gefühl, dass dem nicht so war. Taylor schnappte sich ihren Laptop, legte ihn auf ihren Schoß und loggte sich bei Excelsior ein. Sie hätte mehr Zeit im Spiel verbringen müssen, aber … es war so schön, mit Leo zusammen zu sein. Vielleicht konnte sie ihn ja dazu überreden, mit seinem Charakter ein paar Anfängerdungeons anzugehen. Das wäre doch nett.

Ihr Charakter erschien auf dem Bildschirm, und sie gab automatisch *Hallo, Leute* ins Chatfenster ein.

Schweigen.

Hm. Möglicherweise waren sie gerade beschäftigt und hatten ihre Nachricht nicht gesehen. Sie rief das Gildenfenster auf und stellte fest, dass sechs Leute trotz der frühen Stunde online waren, von denen drei in Cityport herumstanden. Okay, das war merkwürdig. Wenn sie in der Stadt waren, saßen sie vielleicht gerade nicht am Computer. So was kam vor. Sigmund war ebenfalls nicht da. Sie trommelte sich nachdenklich auf die Lippen. Sollte sie sich nach ihm erkundigen? Oder würde das sein obsessives Verhalten nur erneut auslösen? Er sollte schließlich nicht auf den Gedanken kommen, dass sie seine ständigen Nachrichten vermisste. Außerdem genoss sie das Schweigen, daher schrieb sie nichts, sondern machte sich mit ihrer Drachenreiterin an die täglichen Aufgaben.

Alles blieb ruhig. Das war … angenehm.

Sie fühlte sich ein wenig schuldig, dass sie Sigmunds Abwesenheit genoss. Er schmollte bestimmt irgendwo, da er jetzt wusste, dass Brunhilde ein Mann war und um Taylors Hand angehalten hatte. Diese Offenbarung hätte zwar besser ablaufen können, aber sie war so glücklich gewesen, dass sie nicht einmal daran gedacht hatte, Sig zur Schadensbegrenzung eine SMS zu schicken. Jetzt war es zu spät.

Sie konnte nun nichts weiter tun, als sich Sigs Gejammer anzuhören, wenn er versuchte, ihr die Beziehung zu Leo madig zu machen.

Je länger sie online war, desto unheimlicher wurde das Schweigen. Es war seltsam. Normalerweise war im Gilden-Chat immer was los, selbst wenn nur zwei Leute online waren. Komisch. Sie überprüfte ihre Einstellungen, aber da war alles in Ordnung. *Hallo?,* tippte sie erneut.

Keine Antwort. Was hatte das zu bedeuten?

Sie rief erneut die Mitgliederliste auf. Madrigal war online, und sie beschloss, ihm eine private Nachricht zu schicken.

HaveANiceTay: Hey, hat mich gefreut, dass wir uns auf der Convention getroffen haben. Danke, dass du so nett zu Leo gewesen bist und ihm alles gezeigt hast.

Sie wartete so lange auf eine Antwort, dass sie sich schon fragte, ob die Verbindung vielleicht unterbrochen worden war. Dann …

Madrigal: Hey, Taylor.

Madrigal: Äh … Das ist jetzt blöd.

HaveANiceTay: Was ist denn los?

Madrigal: Die anderen sind echt sauer auf dich.

HaveANiceTay: Was? Warum? Ich war doch gar nicht online!

Madrigal: Wegen dieser Sache mit Sigmund und Leo.

Taylor stöhnte auf. Im Ernst? Die zeigten ihr die kalte Schulter, weil Sigmunds Gefühle verletzt waren? War dies eine Gilde von Erwachsenen oder Zwölfjährigen?

HaveANiceTay: Ich wusste nicht, dass er mir einen Antrag machen würde, und ich hatte nicht die geringste Ahnung, dass er es auf der Convention macht. Das habe ich ganz bestimmt nicht getan, um Sig zu ärgern.

Madrigal: Ich weiß.

Madrigal: Das habe ich ihnen auch gesagt, aber du weißt ja, wie sehr Sig an dir hängt.

Madrigal: Zum Glück ist er von der Intensivstation runter.

Augenblick mal – was?

HaveANiceTay: Von der Intensivstation? Ist er krank?

Madrigal: Wusstest du das nicht? Er hat Samstagnacht versucht, sich umzubringen. Hat einen Haufen Tabletten geschluckt. PatsySue hat es Sonntagmorgen erfahren, als sie ihm eine SMS geschickt hat. Seine Mom hat ihr geantwortet. Anscheinend hing es einige Zeit in der Schwebe.

Madrigal: Wenn du in der Gilde also nicht mit offenen Armen empfangen wirst, kennst du jetzt den Grund dafür.

Madrigal: Ich dachte, du wüsstest Bescheid.

Taylor presste sich eine Hand auf den Mund, da ihr speiübel geworden war.

Er hatte es durchgezogen. Er hatte wirklich versucht, sich umzubringen. Das war nicht nur Gerede gewesen, damit sie sich schuldig fühlte und er sie zwingen konnte, mit ihr zu spielen. Sig hatte tatsächlich einen Selbstmordversuch begangen, weil sie sich verlobt hatte. Sie starrte den Ring an ihrem zitternden Finger an.

Wie hatte er das nur tun können? Durfte sie denn nicht glücklich sein? Sie hatte gewusst, dass es ihm nicht gut ging, aus der Ferne aber nichts dagegen unternehmen können. Jetzt machte sie sich Vorwürfe, dass sie die Sache so lange hatte laufen lassen.

HaveANiceTay: Ich wusste nichts davon. Danke, dass du noch mit mir redest und es mir erzählt hast.

Madrigal: Ich hoffe, du bist jetzt nicht sauer.

»Sauer« war nicht das richtige Wort. Sie war verletzt, schockiert, betroffen und fühlte sich schuldig.

HaveANiceTay: Es geht mir gut. Ich werde seine Mom anrufen und mich nach ihm erkundigen. Danke, Madrigal.

Madrigal: Gerne doch.

HaveANiceTay: Eigentlich bräuchte ich sowieso mal eine Pause von Excelsior. Hättest du Lust, als Gildenleiter einzuspringen?

Madrigal:!!!

Madrigal: Im Ernst?

Madrigal: Liebend gern, aber ich will auch nicht, dass du deswegen aufhörst.

HaveANiceTay: Das ist alles ganz schön heftig, aber in letzter Zeit macht es mir auch nicht mehr so viel Spaß. Zuletzt war ich nur noch Sigmund zuliebe online. Ich würde mich freuen, wenn du die Gildenleitung übernimmst. Du bist ein netter Kerl, und ich denke, dass du das gut machen würdest.

Madrigal: Ich fühle mich geehrt.

Sie führte den Befehl aus und machte Madrigal zum Gildenleiter. Einen Augenblick später erschien eine Nachricht auf ihrem Bildschirm: *MADRIGAL WURDE ZUM GILDENLEITER ERNANNT.* Der Gilden-Chat, in dem es bis eben totenstill gewesen war, sprudelte über vor Fragen. Aber sie beantwortete keine davon, sondern loggte sich aus. Nachdem sie ihren Laptop zugeknallt und zur Seite geschoben hatte, vergrub sie das Gesicht in den Händen.

Taylor wusste, dass sie nicht an Sigmunds Selbstmordversuch schuld war. Sie hatte gewusst, dass er labil, überaus hilfsbedürftig und depressiv war. Alle Anzeichen waren vorhanden gewesen, und sie hatte sich lange Zeit Sorgen gemacht, dass es so weit kommen könnte. Auch wenn sie nun recht behalten hatte, fühlte sie sich deswegen nicht besser.

Und sie fühlte sich auch nicht weniger schuldig.

Taylor holte mehrmals tief Luft und sammelte sich. Es hatte keinen Sinn, jetzt bei Sig anzurufen und völlig hysterisch zu werden, wenn seine Mutter ans Telefon ging.

Auf der anderen Seite des Raums summte ein Handy.

Geistesabwesend ging sie zum Tisch, auf dem ihr Handy neben Leos lag. Sie runzelte die Stirn. Hatte er seins nicht mit zum Joggen genommen? Sie fühlte sich ohne ihr Handy immer ganz nackt. Als sie auf das Display schaute, war es jedoch leer.

Neugierig warf sie einen Blick auf Leos Handy.

PM: Ich wollte Ihnen nur mitteilen, dass HRH schwanger ist. Hoffentlich haben Sie Ihren lächerlichen Plan noch nicht in die Tat umgesetzt und die unstandesgemäße Amerikanerin geheiratet, nur um nicht mehr als Thronfolger in Betracht gezogen zu werden. Rufen Sie mich zurück, sobald Sie können.

Taylor stutzte.

Was zum Teufel hatte das zu bedeuten? Ihr war klar, dass es sich nicht gehörte, in seinem Handy rumzuschnüffeln, aber der Text hatte sie vom Display aus angesprungen, und er hatte das Gerät schließlich mitten auf dem Tisch liegen lassen. Rasch las sie sich die Nachricht noch einmal durch, und ihre Gedanken rasten. Leo hatte also vor, eine unstandesgemäße Amerikanerin zu heiraten, um nicht länger als Thronfolger infrage zu kommen. Was war denn in seinem Land los?

Taylor wirbelte herum und stolperte in ihrer Eile über den Beistelltisch. Sie rappelte sich vom Boden auf, lief zur Couch und fuhr ihren Laptop wieder hoch. Nach kurzer Recherche hatte sie mehrere Artikel aus Übersee gefunden, in denen zu lesen war, dass eine antiamerikanische Gruppe gegen die Hochzeit der Prinzessin mit einem Amerikaner protestierte und andere Thronfolger ins Auge fasste. Mehrmals tauchte Leos Name in den Artikeln auf.

Ihr wurde übel.

Langsam klappte sie den Laptop wieder zu und starrte ins Leere.

Auf einmal ergab alles einen Sinn. Sie hatte sich die ganze Zeit gefragt, wieso sich ein Mann wie Leo überhaupt für sie interessierte. Das war doch zu gut, um wahr zu sein. Anscheinend hatte sie recht gehabt.

Sie wurde benutzt. Wenn es den Unzufriedenen schon nicht gefiel, dass die Prinzessin einen berühmten Schauspieler heiratete, würden sie es erst recht nicht mögen, wenn Leo einen Nobody zur Frau nahm, der *Doctor-Who*-Schals und einen *Hello-Kitty*-Rucksack trug.

Aber … aber er hatte gesagt, dass er sie liebte. Sie hatte geglaubt, es ginge zwar alles sehr schnell, aber dass er sie wirklich liebte und dass sie gut zusammenpassten.

Und dumm, wie sie nun mal war, hatte sie nur gekreischt und ihm ihre Liebe gestanden.

Jetzt kam sie sich wie eine Riesenidiotin vor.

Heiße Tränen liefen ihr über die Wangen, und sie schlug die Hände vor das Gesicht und schluchzte.

Leo liebte sie nicht. Er benutzte sie nur. Sigmund hatte wegen eines Heiratsantrags, der nicht ernst gemeint gewesen war, versucht sich umzubringen. Verdammt, sie hatte ja selbst nicht gewusst, dass das alles nicht echt war. Sie wischte sich die Tränen von den Wangen und schniefte laut. Jetzt war sie ganz auf sich allein gestellt.

Nun gut. Es wurde Zeit, die Wunden zu lecken und alles wieder in Ordnung zu bringen.

Sie stand auf, rieb sich noch einmal die Augen und packte ihre Sachen.

* * *

Sie rang mit sich, ob sie einfach verschwinden sollte, während er noch joggen war. Einerseits wäre es äußerst zufriedenstellend, einfach spurlos unterzutauchen und ihn rätseln zu lassen … andererseits wollte sie sich aber auch nicht kindisch verhalten.

Na ja, nicht zu kindisch. Tränen und Schimpfworte würden wohl nicht auszuschließen sein.

Taylor saß in ihrem »Diese Prinzessin rettet sich selbst«-T-Shirt mit ihrem Rucksack und ihrem Koffer an der Tür und spielte *Candy Crush*, während sie auf seine Rückkehr wartete. Sie versuchte es zumindest, starrte das Display aber die meiste Zeit einfach an und kämpfte gegen die Tränen. Irgendwie war einfach alles scheiße.

Sie konnte es kaum ertragen, dass sie sich so dumm und

benutzt fühlte. Als wäre sie ein Insekt, das man einfach zertreten konnte, wenn es einem in die Quere kam.

Während sie so brütend dasaß, ging die Tür auf, und Leo kam herein. Er war verschwitzt und sah dennoch unglaublich heiß aus.

Sofort brach sie wieder in Tränen aus.

»Tay? Was ist denn los?« Er trat auf sie zu.

Was los war? *Was los war?* »Ich bin mit einem Arschloch verlobt, das ist los«, stieß sie hervor.

Als er sie verwirrt anstarrte, hoffte sie, dass das alles vielleicht, nur vielleicht, doch ein großes Missverständnis war.

Daher sprach sie weiter. »Klingelt bei dir was, wenn ich sage ›Heiraten, um nicht mehr als Thronfolger infrage zu kommen‹?«

Er wurde bleich.

»Ja, das habe ich mir gedacht.« Sie legte ihr Handy neben ihre Tasche auf den Stuhl und zog ihren Verlobungsring ab. Dummerweise flog der dabei durch den halben Raum, aber das war ihr egal. »Wir sind fertig miteinander.«

Leo sah sie traurig an. »Es tut mir leid, Taylor. Ich wollte dir nie wehtun.«

»Ach nein?« Wieder stiegen ihr Tränen in die Augen. Verdammt! Sie wollte unbedingt stark sein, doch das erwies sich als schwerer als erwartet. »Tja, dann solltest du lernen, dass man Menschen, denen man nicht wehtun will, nicht einfach benutzen sollte. Und man sollte ihnen auch nicht weismachen, dass man sie liebt, damit sie einen heiraten. Oder war das etwa nicht gelogen?«

Er seufzte schwer, stemmte die Hände in die Hüften und ließ den Kopf hängen. »Würdest du mir denn glauben, dass das die Wahrheit ist?«

»Nein.«

»Dann sage ich lieber gar nichts.«

Autsch. Jetzt liefen ihr die Tränen, gegen die sie angekämpft hatte, doch die Wangen herunter. »Das habe ich mir fast gedacht. Wenn du jemanden heiraten wolltest, nur um allen in deinem Heimatland eins auszuwischen, dann hättest du mich nur fragen müssen. Oder mache ich auf dich den Eindruck, als hätte ich dich dann in die Wüste geschickt? Aber nein, du hast nicht mal gefragt. Du bist einfach davon ausgegangen, dass ich zu deiner Verfügung stehe, genau wie einer deiner Dienstboten!« Sie wischte sich wütend die feuchten Wangen ab. »Da sie nicht hier sind, brauchst du eben jemand anderen, der deine Socken aufhebt und dir das Frühstück bringt, und die dumme, leichtgläubige Taylor kam dir da gerade recht?«

»Taylor«, murmelte er und streckte die Hände nach ihr aus. »Hör auf damit! Bitte!«

Sie schlug seine Hände weg. »Ich werde nicht aufhören! Ich bin stinksauer!« Ihr blieben die Worte im Hals stecken. »Ich dachte, du würdest mich lieben. Ich dachte, hey, dieser großartige Mann und ich haben nicht viel gemeinsam, aber ich mag ihn, warum soll ich es dann nicht einfach wagen? Letzten Endes bin ich hier wohl die Dumme, was?«

»Du bist nicht dumm«, murmelte er und wollte ihre Wange streicheln.

Wieder wehrte sie ihn ab. »Doch, das bin ich. Wir sind fertig miteinander.« Sie schaffte es, ein schiefes Grinsen aufzusetzen. »Übrigens ist die Prinzessin schwanger, sodass du mich gar nicht mehr heiraten musst. Jetzt bist du erleichtert, was?« Sie drängte sich an ihm vorbei und griff nach ihrem Koffer.

»Bitte geh nicht, Taylor. Bleib hier, und lass uns darüber reden.« Er klang frustriert und ein bisschen besorgt. Gut. Sollte er sich doch Sorgen machen. Sie hatte jedenfalls die Nase voll.

Kopfschüttelnd nahm sie ihre Sachen. Vielleicht konnten sie später, wenn sie nicht mehr so verletzt war, über die Sache reden. Im Augenblick war sie eine einzige offene Wunde, ein Häufchen Elend, und wollte nur noch nach Hause in ihr kleines Apartment und sich die Augen ausweinen. »Ach, und ich kündige.«

Sie stürmte auf den Flur und schaffte es bis zum Fahrstuhl, ohne zusammenzubrechen. Glücklicherweise gingen die Türen sofort auf.

»Taylor, warte …«, rief Leo ihr hinterher. »Wir müssen reden …«

Verdammt. Er lief ihr hinterher. Sie drückte schnell auf den »Türen schließen«-Knopf und hoffte, dass sie es noch rechtzeitig geschafft hatte. Quälend langsam glitten die Türen zu, und als sie nur noch einen Spalt weit offen waren, konnte sie durch den Schlitz Leos gequältes Gesicht erkennen.

Scheiß auf ihn. Sie konnte nur hoffen, dass er ebenso litt wie sie.

* * *

Ach, verdammt!

Leo starrte die geschlossenen Fahrstuhltüren an. Er konnte die Treppe nehmen und ihr hinterherlaufen … aber was dann? Es war offensichtlich, dass sie nichts mehr mit ihm zu tun haben wollte. Er rieb sich das Kinn und merkte, dass er das Gesicht verzog. Das war ja auch kein Wunder. Immerhin hatte er sich ihr gegenüber wie das letzte Arschloch benommen. Doch ihre Anschuldigungen hatten ihn überrascht und in die Defensive getrieben. Es gefiel ihm gar nicht, hier der Böse zu sein.

Er blieb noch einige Minuten vor dem Fahrstuhl stehen, falls sie ihre Meinung geändert hatte und wieder zurückkam, um doch mit ihm zu reden. Aber das geschah nicht. Schweren Herzens kehrte er in seine Suite zurück. Schon jetzt hatte er das Gefühl, als wäre die Sonne untergegangen und hätte nichts als trübes Licht zurückgelassen – so erbärmlich fühlte er sich. Als er ihren Ring auf dem Boden liegen sah, hob er ihn auf.

Taylor war fort. Sie war so verletzt gewesen, und jegliche Freude in ihren Augen war erloschen.

Und daran war er schuld. Sein Magen zog sich zusammen. Jeder Vorwurf, den sie ihm an den Kopf geworfen hatte, war berechtigt gewesen. Ihr schmerzverzerrtes Gesicht und die Gewissheit, dass er dafür verantwortlich war, hatten ihn bis ins Mark getroffen. Er wollte nichts anderes, als das wieder in Ordnung bringen. Zu gern hätte er sie aufgehalten und ihr gesagt, dass das alles nicht wahr wäre und dass ihm etwas an ihr lag.

Doch das war nicht dasselbe wie Liebe, und er war sich nicht sicher, ob er sie liebte. Dafür war es noch zu früh.

All ihre Worte hatten der Wahrheit entsprochen.

Daher hatte er sie gehen lassen.

Wie Taylor gesagt hatte, war seine Cousine Alexandra tatsächlich schwanger. Sie hatte ihm vor einigen Minuten eine SMS geschickt. In wenigen Stunden wollten sie eine Pressekonferenz abhalten, aber sie hatte es ihm schon vorher sagen wollen. Babys kamen bei der Bevölkerung immer gut an, und sie ging davon aus, dass alle Probleme bezüglich der Thronfolge damit ausgeräumt wären.

Eigentlich hätte er sich darüber freuen müssen. Das war doch genau das, was er wollte, oder nicht?

Bellissime war sein Zuhause und nicht New York. Er würde zu seinen Pferden, seinem ruhigen, friedlichen Leben in seiner Villa und seinen Polo- und Rugbyspielen sowie gesellschaftlichen Ereignissen zurückkehren können. Jemand würde ihm die Kleidung zurechtlegen, dafür sorgen, dass immer genug Zahnpasta und Handtücher im Bad vorhanden waren, und er würde nichts selbst tun müssen.

Dieser Gedanke war seltsam unbefriedigend, was ihn selbst wunderte. Er legte den Ring auf den Tisch und war völlig durcheinander. Ein Teil von ihm wollte hier in New York bleiben und versuchen, unabhängiger zu werden. Allerdings hatte er Taylor jetzt nicht länger an seiner Seite. Wahrscheinlich würde sie nie wieder mit ihm reden, und er konnte es ihr nicht einmal verdenken. Er hatte sich wie ein Arschloch benommen, genau wie Rex es gesagt hatte. Ohne Taylor hatte das Leben hier in New York seinen Reiz verloren.

Es klang wenig erstrebenswert.

Wieder rieb sich Leo das Gesicht. Schon jetzt vermisste er sie. Etwas nagte an ihm, und er hatte das Gefühl, einen Riesenfehler zu begehen. Er griff nach seiner Brieftasche und ging zur Tür, obwohl er nach dem Joggen nicht mal geduscht hatte. Enttäuscht stellte er fest, dass Taylor nicht vor der Tür war. Irgendwie hatte er gehofft, sie würde unschlüssig vor der Tür stehen, und dass sie es nicht tat, schmerzte ihn noch mehr.

Er verließ das Hotel und ging zu Rex' bevorzugter Straßenecke, da er sich einen Rat von dem Mann erhoffte. Rex würde weiterwissen, denn wenn seine Worte ihn oft auch tief trafen, hatte er ihn bisher immer durchschaut.

Aber Rex war nicht da. Seine Ecke war leer.

Leo war allein.

Er kehrte in sein Hotelzimmer zurück und fühlte sich tot und einsam. Als er sich in die Couchecke setzte, die Taylor immer bevorzugt hatte, konnte er es kaum ertragen, sie nicht in seiner Nähe zu haben. Die Erkenntnis, dass ihr Lächeln seinen Tag nie wieder erhellen würde, schmerzte sehr.

Für einen Mann, der davon überzeugt war, nicht verliebt zu sein, litt er erstaunlich stark.

* * *

Taylor musste zwei neue Kreditkarten beantragen, damit sie ein Flugticket kaufen und Sigmund besuchen konnte, aber das schreckte sie nicht ab. Wie sich herausstellte, lebte er in Milwaukee und nicht im Staat New York, wie er behauptet hatte. Sie hatte mit seiner Mutter gesprochen, ihr erklärt, dass sie die Onlinefreundin war, wegen der er sich hatte umbringen wollen, und sie hatten beide ein bisschen geweint. Sigs Mom gab Taylor keine Schuld, was diese sehr erleichterte, und fand die Idee gut, dass Taylor sie besuchen kommen wollte.

Taylor freute sich zwar überhaupt nicht darauf, hielt es jedoch für notwendig.

Erst spät am Abend landete ihr Flieger, sodass sie im Dunkeln am Krankenhaus ankam. Sie fuhr in die richtige Etage und ging auf der Suche nach dem richtigen Zimmer durch den Flur. Zu ihrer Überraschung war die Frau, die vor Sigmunds Tür saß und eine Zeitschrift las, höchstens zehn Jahre älter als sie. Sigs Mutter stand mit gequältem Lächeln auf, und Taylor fand, dass sie erschöpft und dünn aussah.

»Sie müssen Taylor sein.« Mrs Brooks reichte ihr die Hand. »Ich bin Donna, Davids Mom.«

Sigmund hieß in Wirklichkeit David Brooks, aber für Taylor blieb er weiterhin Sig. Sie nickte und war ganz verlegen. »Wie geht es ihm?«

»Er schimpft natürlich über das Krankenhausessen. Und er ärgert sich, weil ich ihn ständig bemuttere.« Donna schnitt eine Grimasse und presste sich eine zitternde Hand an die Wange. »Aber das muss ich doch tun. Er ist mein Ein und Alles.«

»Natürlich«, meinte Taylor leise und drückte Mrs Brooks' Hand. »Das muss sehr schwer für Sie sein. Kann ich irgendetwas tun?«

Die Frau lächelte schwach. »Können Sie ihn davon überzeugen, so etwas nie wieder zu tun?«

»Das habe ich vor.« Taylor wusste nicht, ob ihr das gelingen würde, aber sie war fest entschlossen, es zu versuchen. »Kann ich Ihnen irgendwas holen? Ihnen irgendwie helfen?« Taylor sah sich ratlos um. »Ich hätte Blumen mitbringen sollen ...«

»Die hätten Sie nicht mit ins Zimmer nehmen dürfen«, unterbrach Mrs Brooks sie. »Aber ich würde mir gern unten einen Kaffee holen, wenn das für Sie in Ordnung ist. Sie wollen ihn noch einige Tage zur Beobachtung hierbehalten, und ich möchte ihn nicht allein lassen.«

»Selbstverständlich.« Taylor schenkte ihr ein freundliches Lächeln. »Lassen Sie sich ruhig Zeit.«

Die Frau nickte, hängte sich ihre Handtasche um und ging den Flur entlang. Sie wirkte müde und ließ die Schultern hängen, und Taylor litt mit ihr. Entschlossen drehte sich Taylor zur Tür um, klopfte an und öffnete sie.

Das Zimmer war weiß, kühl und schlicht. Ein Tablett mit Krankenhausessen stand auf dem Nachttisch, und der Fernseher in der Ecke war an, jedoch auf lautlos gestellt.

Im Bett lag ein Junge, der viel zu jung aussah. Er war etwa vierzehn oder fünfzehn.

Großer Gott!

Sie hatte geglaubt – nein, angenommen –, Sigmund wäre etwa in ihrem Alter, dabei war er vielleicht halb so alt wie sie. Er war noch ein Kind, hatte dünnes braunes Haar, ein schmales Gesicht und dieselben rundlichen Schultern wie seine Mutter.

Der Junge drehte sich gelangweilt zur Tür um. Als er sie sah, riss er die Augen auf und setzte sich hin. »Tay?« Auf seinem Gesicht spiegelten sich gleichzeitig Panik und Scham wider.

»Hi, Sig.« Sie schenkte ihm ein betretenes Lächeln und winkte. »Ich wollte dich besuchen, da ich gehört habe, was passiert ist.«

Er sackte in sich zusammen. »Ich wollte dich aber nicht sehen.«

»Weil ich dann herausfinde, dass du gar nicht der bist, als der du dich ausgibst?« Sie trat neben das Bett und nahm den Rucksack ab. Dabei warf sie den Nachttisch um und musste schnell das Tablett auffangen, bevor es auf dem Bett landete.

Sig kicherte leise. »Wenn ich es bis eben nicht gewusst hätte, wäre ich mir jetzt sicher gewesen, dass du es bist.«

»Ha, ha, ha.« Aber jetzt ging es ihr schon besser, und sie setzte sich neben ihn. »Wieso hast du gelogen? Warum hast du behauptet, du lebst in New York anstatt in Milwaukee, und hast dich älter gemacht?«

Er zuckte mit den Achseln und starrte seine Hände an. In seinem rechten Arm steckte eine Infusionsnadel, und er hatte kurze, abgekaute Fingernägel. »Keine Ahnung. Ich bin tagsüber immer zu Hause, da ich Hausunterricht habe, und du hast mal gesagt, du würdest von zu Hause aus arbeiten. Darum habe ich das auch behauptet.« Er verzog den Mund zu einem schiefen Grinsen. »Ich hätte ja nie gedacht, dass du mal hier auftauchst.«

»Wie hätte ich wegbleiben können?«, fauchte sie, da ihr Temperament mit ihr durchging. »Du hast mich die letzten anderthalb Jahre tagtäglich genervt, dass ich online komme, und versucht, dich umzubringen, als du von meiner Verlobung erfahren hast! Was soll der Scheiß, Sig? Wie sollte ich mich hieran nicht schuldig fühlen? Du hast die letzten achtzehn Monate damit gedroht, dir was anzutun, wenn ich keine Zeit mit dir verbringe, und sobald ich mal ein Wochenende weg bin, machst du so was?«

Er starrte schweigend seine Hände an.

Sie seufzte und rieb sich das Gesicht. »Entschuldige. Ich bin müde. Ich hatte eine beschissene Woche.«

»Ich auch.«

Sie lachte gequält auf, doch dann schluchzte sie. »Du darfst so was nicht machen, verstehst du? Das kannst du dir und auch mir nicht antun. Das ist für keinen von uns beiden gut.«

»Ich weiß. Bitte weine nicht.« Er reichte ihr eine Packung Taschentücher. »Mom liegt mir deswegen schon seit zwei Tagen in den Ohren. Ich hätte nicht gedacht, dass sie das so trifft, aber anscheinend liegt ihr doch was an mir.«

»Wieso sollte ihr nichts an dir liegen?« Taylor tupfte sich mit einem Taschentuch das Gesicht ab.

Er zuckte mit den Achseln. »Sie arbeitet die ganze Zeit, und wenn sie nach Hause kommt, ist sie zu müde, um mit mir zu reden. Dabei habe ich doch sonst niemanden.«

»Was ist mit deinem Vater?«

»Den habe ich nie kennengelernt.« Er zupfte an seiner Decke herum. »Du und die Gilde, ihr seid meine Familie.«

»Sig«, sagte sie leise und drückte seine Hand. »Ich bin nur ein Charakter in einem Spiel. Das ist nicht das wirkliche Leben. Wir verstecken uns nur hinter unseren Bildschirmen und fliehen vor der Wirklichkeit. Wir beide. Und das muss aufhören.«

Er sah sie mit zusammengekniffenen Augen an, hielt ihre Hand jedoch mit seinen dünnen Fingern fest. »Wovor läufst du weg?«

»Womit soll ich anfangen? Rechnungen? Studentendarlehen? Einem beschissenen Job? Der Tatsache, dass ich zu viel für meine Ausbildung bezahlt habe, um jetzt derart zu versagen?« Sie verzog das Gesicht. »Manchmal ist es leichter, einfach den Computer einzuschalten und jemand anderes zu sein, aber in den letzten Wochen ist mir klar geworden, dass ich eine Menge verpasst habe.«

Sig schnitt eine Grimasse. »Dank ihm. Brunhilde.«

»Leo«, bestätigte sie und musste blinzeln, weil ihr erneut die Tränen kamen. »Dummerweise hat er sich auch als Blindgänger herausgestellt.« Sie versuchte zu lächeln, was ihr allerdings nicht gelang, und sprach schnell weiter. »Aber in der Zeit mit ihm habe ich etwas sehr Wichtiges gelernt: Ich war nicht am Rechner und fühlte mich trotzdem lebendig. Ich habe mich mit Freunden getroffen. Bin essen gegangen. War auf der *Excelsior*-Convention. Ich bin sogar mal klettern gewesen. Und mir ist klar geworden ... In den letzten Wochen habe ich mich lebendiger gefühlt als in den achtzehn Monaten davor.« Sie drückte noch einmal seine Hand. »Weil ich so viel *Excelsior* gespielt habe, ist das Leben an mir vorbeigezogen. Eine Zeit lang war das auch völlig in Ordnung, aber jetzt habe ich genug davon, mich zu verstecken.«

»Hörst du auf?«

»Wahrscheinlich.« Sie lächelte ihn gequält an. »Ich habe Madrigal zum neuen Gildenleiter ernannt.«

Sig verdrehte die Augen. »Den Typen? Ist nicht dein Ernst.«

»Er kann sehr gut mit Anfängern umgehen, und irgendjemand muss es ja machen, wenn ich nicht da bin.« Sie drückte ein weiteres Mal liebevoll seine Hand. »Ich denke, du solltest auch aufhören.«

Seine Miene wirkte gequält. »Und was mache ich dann? Soll ich den Fernseher anstarren?«

»Unternimm irgendwas. Geh aus dem Haus. Tritt einem Klub bei. Geh zu einer Selbsthilfegruppe. Such dir einen

Nebenjob. Mach irgendwas. Was auch immer. Aber du kannst dein Leben nicht von Menschen kontrollieren lassen, die du nur online kennst, und ich auch nicht.« Sie kaute kurz auf der Unterlippe herum. »Ich habe euch online auch einiges vorgespielt, weißt du. Ich hab immer so getan, als hätte ich alles unter Kontrolle, als könnte ich die ganze Zeit für dich da sein, meinen Job machen und hätte keine Probleme. Aber weißt du, was passiert ist?«

»Du wurdest gefeuert?«, mutmaßte er.

Sie nickte.

»Du hast auch sehr viel während der Arbeit gespielt.«

»Jemand hat mich emotional erpresst, damit ich mit ihm spiele.«

Er ließ beschämt den Kopf hängen. »Ja, das war dann wohl ich. Tut mir leid, Tay.« Nun war er es, der ihre Hand drückte. »Du bist meine beste Freundin.«

Sie lächelte ihn an. »Wir können auch weiterhin Freunde sein. Einfach nur Freunde. Allerdings werde ich seltener spielen, daher müssen wir uns auf SMS beschränken.«

Sig seufzte schwer. »Wenn es dich beruhigt, meine Mom hat gesagt, dass ich meinen Laptop erst in drei Monaten wiederkriege, und auch erst dann, wenn die Ärzte bestätigen, dass die Antidepressiva wirken.«

»Deine Mom ist eine kluge Frau.«

Er zögerte. »Es tut mir sehr leid, dass du meinetwegen deinen Job verloren hast.«

»Mir tut es leid, dass ich vieles so lange habe schleifen lassen.« Sie musterte ihn kritisch. »Wolltest du wirklich sterben?«

Er verzog die Lippen, und sie gab ihm die Taschentücher zurück. »Ich … Manchmal bin ich so deprimiert, und dann ist niemand für mich da.«

»Jetzt bekommst du ja Hilfe. Ich kann dir nicht versprechen, dass du ab sofort nur noch gute Tage haben wirst, aber immerhin bekommst du jetzt die richtigen Medikamente, deine Mom ist für dich da, und ich bin weiterhin deine Freundin. Okay?«

Er nickte wieder und nahm noch einmal ihre Hand, die er umdrehte. »Kein Ring?«

»Ich sagte doch, dass er ein Blindgänger ist.« Sie versuchte sich an einem Lächeln, doch das stellte sich als verdammt schwer heraus.

»Wenn er dich nicht liebt, dann ist er bescheuert.«

»Da sind wir uns immerhin einig.«

13

Taylor blieb eine ganze Woche in Milwaukee. Die Abwechslung tat ihr gut, da sie dann nicht so viel an Leo denken musste. Natürlich drehten sich ihre Gedanken dennoch oft genug um ihn. Der Schmerz über seinen Verrat war noch frisch, und sie ärgerte sich sehr darüber, dass er ihr fehlte. Sie vermisste sein Lächeln, seine Art, seine Berührungen. Sie fühlte sich zwar verraten, aber auch einsam. Wäre er nur ehrlich zu ihr gewesen, dann hätte er alles von ihr haben können, aber stattdessen fühlte sie sich jetzt benutzt.

Wieso vermisste sie ihn? Eigentlich hätte sie ihn doch hassen müssen, oder nicht? Sie hätte wütend auf ihn sein müssen, weil er sie so behandelt hatte. Stattdessen war sie einfach nur traurig. Sie weinte sich jede Nacht in den Schlaf, umklammerte ihr Kissen und wünschte sich, es wäre einer von Leos muskulösen Armen, und sie verabscheute sich selbst, weil sie noch immer bei ihm sein wollte.

Die Tage verbrachte sie mit Donna und Sig. Donna hatte schon mehrere Tage unbezahlten Urlaub nehmen müssen, weil sie niemanden hatte, der bei Sig sein konnte. Taylor sprang für sie ein, kaufte jede Computerspielezeitschrift, die sie finden konnte, und sprach mit ihm über die Spiele, die bald erscheinen würden. Sie sahen zusammen fern, und sie schlief auf dem Stuhl in seinem Zimmer, wenn seine Mom nicht da war. Es schien Sig von Tag zu Tag besser zu gehen, aber er war nicht begeistert, als sein Arzt eine langfristige Therapie vorschlug. Donna und Taylor mussten ihm beide gut zureden, damit er überhaupt zu der Psychologin ging. Aber nach der ersten Sitzung wirkte er etwas optimistischer, und er hatte Taylors Vorschlag, sich in der Stadt eine Spielegruppe zu suchen, nicht von vorneherein abgelehnt.

»Hier spielen sie jeden Freitag *Magic: The Gathering*«, meinte sie und reichte ihm einen Flyer, den sie aus einem Comicladen in der Nähe mitgebracht hatte. Sie hatte dort mehrere hundert Dollar – von ihrem ohnehin schon überzogenen Konto – ausgegeben und Sig einen Haufen Comics gekauft, von denen sie dachte, dass sie ihm gefallen würden. »Du könntest ja mal hingehen. Ich habe dir für den Anfang ein paar Karten mitgebracht.«

Er betrachtete den Flyer skeptisch und gab ihn ihr dann zurück. »Ich habe noch nie *Magic* gespielt, und die haben bestimmt keine Lust auf einen Anfänger.«

»Jetzt hör aber auf. Okay, es gibt immer ein paar Blödmänner, aber die meisten Spieler sind gern bereit, dir das Spiel zu erklären. Das kannst du mir glauben.«

Er war noch immer nicht überzeugt, aber Taylor ließ sich nicht beirren und ging mit ihm in den Comicladen, wo sie ein Gespräch mit dem Verkäufer anfing. Aus dem kurzen Besuch wurde eine dreistündige Spielesitzung. Wie sich herausstellte, spielte der Junge hinter dem Tresen, der gerade mal ein Jahr älter war als Sig, ebenfalls Excelsior, und so hatten sie den ganzen Nachmittag gespielt und geplaudert.

Sig erklärte, dass er am Freitagabend zum Spielen gehen würde, wenn sein neuer Freund Matt auch da wäre, und Taylor konnte nur hoffen, dass sich Matt als wahrer Freund und nicht als Blödmann herausstellte. Sie hatten schon jetzt beschlossen, mal zusammen einen Raid in Excelsior zu spielen, und Donna hatte sich bereit erklärt, Sig den Laptop dafür zu überlassen, solange er nicht in Panik geriet.

Schließlich musste Taylor zurück nach New York. Sie hatte Donna geholfen, ihre kleine Wohnung aufzuräumen, war mit Sig essen gegangen und hatte beide am Flughafen zum Abschied umarmt. »Du weißt, dass du mich jederzeit anrufen kannst?«

»Ja«, antwortete Sig, der trotzdem traurig aussah. Armer Junge.

Sie umarmte ihn noch einmal. »Und wenn du deprimiert bist, dann rede mit deiner Therapeutin. Vergiss auch nicht, mal an die frische Luft zu gehen, ja?«

»Ja, Mom«, spottete er und verdrehte die Augen. »Und lass dich von diesem Kerl nicht so schlecht behandeln, ja?«

»Ja, Mom«, konterte sie frech.

* * *

»Wie war's in Milwaukee?«, fragte Gretchen, als Taylor und sie in New York zusammen mittagessen gingen.

»Ich kann nicht behaupten, dass es schön gewesen wäre, immerhin hat er versucht, sich umzubringen, aber es ... hat mir gutgetan.« Taylor zuckte mit den Achseln und knabberte an einem Stück Brot, wobei sie alles vollkrümelte. »Wir haben über unsere Probleme gesprochen, und ich würde behaupten, dass wir einander jetzt besser verstehen.«

»Ich kann es noch immer nicht fassen, dass er noch ein Kind ist und dich emotional erpresst hat.«

Manchmal fiel es Taylor selbst schwer, das zu glauben. »Ich habe zugelassen, dass alles außer Kontrolle geraten ist.« Sie blickte an sich herab und stellte überrascht fest, dass ihr Oberteil auch voller Krümel war. Himmel. Leo hätte jetzt einen Witz gemacht und angeboten, die Krümel zu beseitigen. Aber Leo war nicht da. Diese Erkenntnis war schmerzhaft, doch sie zwang sich zu einem Lächeln. »Die gute Nachricht ist, dass er weniger spielen wird und ich vorübergehend ganz aufhöre.«

»Das sind gute Neuigkeiten.« Gretchen nahm sich auch ein Stück Brot und musterte Taylor besorgt. »Aber gib dir nicht die Schuld an dem, was passiert ist, okay? Manche Menschen sind selbstzerstörerisch, und man kann sie nur retten, wenn sie das auch wollen. Meine Schwester Daphne ist das beste Beispiel dafür. Sie ist jetzt schon seit Jahren ein Wrack.«

»Ich dachte, es geht ihr wieder besser?« Taylor wischte sich die letzten Krümel von der Brust. Gretchen sprach nicht oft von Daphne, aber sie war im Gegensatz zu Gretchens anderer Schwester Audrey nicht Teil der Hochzeitsgesellschaft, daher hatte sie sich schon gedacht, dass es da Probleme gab.

»Sie hat die Entzugsklinik verlassen und macht eine Therapie, aber wer weiß schon, wie lange das gut geht? In der Vergangenheit hat es nie lange gedauert.« Gretchen schüttelte traurig den Kopf. »Ich musste auf Abstand zu ihr gehen, weil das alles viel zu schmerzhaft für mich ist. Aus diesem Grund warne ich dich auch. Menschen, die entschlossen sind, sich selbst zu zerstören, werden das auch tun, selbst wenn du es verhindern willst. Die schlimmsten von ihnen ziehen andere ebenfalls mit hinunter.«

Taylor schürzte nachdenklich die Lippen. »Da hast du vermutlich recht. Aber er ist noch jung und im Grunde genommen bloß einsam. Hoffentlich ist er klug genug, daraus eine Lehre zu ziehen.«

»Das hoffe ich auch.« Gretchen beugte sich vor und schaute Taylor mit funkelnden Augen an. »Aber glaube nicht, du könntest davonkommen, ohne mir zu erzählen, was zwischen dir und Leo läuft. Als ich euch beide das letzte Mal gesehen habe, konntet ihr kaum die Finger voneinander lassen.« Sie rieb sich freudig die Hände. »Daher will ich jetzt alle Einzelheiten hören.«

Oh Gott. Taylor setzte ein falsches Lächeln auf. »Wir haben dann doch nicht zueinander gepasst.«

Gretchen lehnte sich zurück. »Was? Vor ein paar Wochen beim Mittagessen habt ihr praktisch aneinandergeklebt! Was ist denn passiert?« Sie riss die Augen auf und beugte sich vor. »Bitte erzähl mir jetzt nicht, dass du wegen deiner Spiele keine Zeit für ihn gehabt hast, denn dann bringe ich dich um.«

Taylor schüttelte den Kopf. »So war das nicht.« Ihre Unterlippe zitterte, und sie umklammerte ihre Serviette, da sie nicht schon wieder weinen wollte.

Gretchen riss die Augen auf. »Du liebe Güte! Was hat er gemacht? Jetzt will ich alles wissen.« Sie winkte den Kellner an ihren Tisch. »Wir brauchen noch mehr zu trinken.«

Im Verlauf der nächsten Stunde trank Taylor Margaritas, weinte in ihre Serviette und erzählte Gretchen alles. Begonnen mit dem One-Night-Stand, der eine einmalige Sache hatte sein sollen, über ihre Verletzung und die Woche, die sie daraufhin bei ihm verbracht hatte. Dass er sie als seine Assistentin eingestellt, zur Convention eingeladen und ihr dort einen Antrag gemacht hatte. Bis hin zu dem Augenblick, in dem sie die SMS gelesen hatte und ihr die Augen geöffnet worden waren, und der Konfrontation mit Leo, bei der ihre schlimmsten Ängste bestätigt worden waren: dass er sie gar nicht begehrte, sondern nur jemanden heiraten wollte, mit dem die Königsfamilie nicht einverstanden wäre. Als sie ihren Bericht beendet hatte, war sie völlig ausgelaugt, nach drei starken Margaritas mehr als beschwipst und teilte sich mit Gretchen einen Käsekuchenbrownie.

»Er ist ein Idiot«, erklärte Gretchen und nippte an ihrem Amaretto Sour. »Soll ich ihn aus der Hochzeitsgesellschaft werfen? Irgendwie scheinen die Trauzeugen ohnehin ständig zu wechseln, da macht einer mehr auch nichts mehr aus.«

»Nein.« Taylor hickste. »Du sollst nicht auch noch darunter

leiden müssen. Außerdem …« Sie seufzte reumütig. »Er wird im Smoking so heiß aussehen.«

Gretchen nickte ernst. »Er hat einen verdammt knackigen Hintern, das muss ich ihm lassen. Okay, Hunters ist besser, aber den kriegt niemand außer mir zu sehen. Er hat eine niedliche kleine Narbe auf der rechten Pobacke.« Sie trank noch einen Schluck. »Aber das hast du nicht von mir.«

»Ich habe nichts gehört«, versicherte Taylor ihr. Sie leckte das Salz vom Glasrand, da der Kellner keinen Nachschub brachte. »Weißt du, was traurig ist? Eigentlich müsste ich mich tierisch aufregen wegen Sig, weil er noch ein Kind ist und sich umbringen wollte, aber das Einzige, worüber ich mich wirklich ärgere, ist Leo.« Sie wischte sich ein Salzkorn vom Finger. »Ich komme mir vor wie ein schlechter Mensch.«

»Warum denn? Das ist doch nachvollziehbar. Er hat dir das Herz gebrochen.« Gretchen leerte ihr Glas und fischte die Kirsche heraus. »Genau wie mir der Kellner das Herz bricht, wenn er nicht gleich auf der Matte steht und Nachschub bringt.«

»Hmmm.« Taylor starrte ihr leeres Glas traurig an. Sie konnte noch eine Margarita trinken, aber wie sie dann nach Hause kommen sollte, ohne hinzufallen, noch dazu ohne Leo, an den sie sich anlehnen konnte, war ihr schleierhaft. Er war immer genau am richtigen Fleck gewesen, um zu verhindern, dass sie über ihre eigenen Füße fiel, und hatte dafür gesorgt, dass sie sich hübsch und nicht etwa tollpatschig fühlte. Dummerweise war das alles gespielt gewesen. »Ich hätte ihn wirklich geheiratet, weißt du.«

»Was?« Gretchen beugte sich neugierig vor.

»Wenn er mir gesagt hätte, dass er nur eine Scheinehe eingehen will, weil er eine Green Card braucht oder einen Grund, um den Thron nicht besteigen zu müssen, dann hätte ich es gemacht. Nur aus Spaß und um für eine Weile als seine Frau herumzustolzieren. Ich wäre seine Baronin gewesen. Alles andere wäre mir völlig egal gewesen.« Sie blickte betrübt in ihr leeres Glas. »Aber so, wie er es angefangen hat … fühle ich mich benutzt. Als hätte er nur mit mir schlafen wollen. Oder als wäre ich nichts als eine Dienstbotin, die ihm seine Socken reicht, wenn er sie nicht finden kann.«

»Seine Socken?«

Taylor seufzte. »Ja. Manchmal ist er völlig hilflos.« Sie schniefte. »Er wollte eine unstandesgemäße Frau, und ich schätze, diese Beschreibung trifft perfekt auf mich zu. Das schmerzt mich am meisten.«

»Ach, Süße.« Gretchen drückte Taylors Hand, zuckte dann aber zusammen. »Du bist ganz klebrig.«

»Das ist das Salz.« Taylor leckte sich den Handrücken ab und wischte mit der Serviette darüber. »Es ist nur … Ich kann es nicht leiden, dass ich mir so dumm vorkomme. Und jetzt habe ich nicht mal mehr einen Job.«

Gretchen riss die Augen auf. »Oh, da kann ich dir behilflich sein.«

»Nein, jetzt im Ernst.« Taylor winkte ab. »Ich weiß ja, dass Hunter reich ist, aber ich will nicht noch einen Milliardär anschnorren … und auch nicht seine Verlobte. Ich schicke meinen Lebenslauf los und suche mir wieder was im technischen Kundendienst.« Hurra!

»Du schnorrst nicht«, widersprach Gretchen ihr. »Ich brauche tatsächlich Hilfe.«

»Das stimmt.« Taylor kicherte über ihren eigenen Witz.

Gretchen zog eine Grimasse. »Nicht solche Hilfe. Ich arbeite an meinem Kochbuch. Der Verlag will es in einigen Monaten vorliegen haben, aber ich muss alle Rezepte testen. Ich habe den Großteil schon geschrieben, doch jetzt brauche ich jemanden, der versucht, sie anhand meiner Anweisungen nachzukochen, um sicherzustellen, dass ich alles richtig gemacht und nichts vergessen habe. Möglicherweise habe ich sie vermasselt, aber das kann ich nicht allein herausfinden. Das ist nicht gerade ein luxuriöser Job, und du musst zu mir kommen und jedes Rezept nachkochen. Danach kosten wir es und vergewissern uns, dass es auch so schmeckt, wie es schmecken soll.«

»Das … klingt nicht so schrecklich.«

»Ist es auch nicht! Und es ist mir sehr wichtig, denn sonst drehe ich noch durch, wenn ich nicht weiß, ob alles korrekt ist. Schließlich ist das mein erstes Kochbuch! Bisher gibt es einige Rezepte sogar doppelt, da ich nicht weiß, welches mir besser schmeckt. Du könntest dich an eine Straßenecke stellen und Proben austeilen, um herauszufinden, was den Leuten besser schmeckt. Das ist eine großartige Idee!«

Taylor zögerte. »Ich weiß nicht. Du hast ja gesehen, wie gut der Job bei Leo funktioniert hat.«

Gretchen schlug ihr spielerisch auf die Hand. »Hör auf damit! Wie viel hat er dir bezahlt? Ich zahle das Doppelte. Außerdem ist es nur eine kurzfristige Sache, aber du hast wenigstens Geld, um deine Miete zu bezahlen, während du dich für andere Jobs bewirbst.«

Da hatte sie recht. Taylor war auf einmal ganz gerührt. »Danke, Gretchen. Du bist eine gute Freundin.«

»Ich weiß. Aber Hunters Geld ist auch sehr hilfreich.« Gretchen umarmte Taylor. »Und du hast es verdient, dass dir mal was Gutes passiert. In letzter Zeit spielt dir das Leben übel mit.«

Taylor schniefte und legte den Kopf auf Gretchens Schulter. Sie konnte von Glück reden, Freunde wie sie zu haben – sie war respektlos und hatte ein freches Mundwerk, stand ihr jedoch immer zur Seite.

Möglicherweise würde sie irgendwann auch den Schmerz über Leos Verrat vergessen, der ihr noch stark zusetzte.

Möglicherweise …

***

Einen Monat später

»Du spielst miserabel, Mann. Hast du drüben in Amerika alles verlernt?«, spottete Roderick und stieß Leo freundschaftlich mit dem Ellbogen an, als sie zurück in die Umkleide gingen.

»Halt die Klappe«, fauchte Leo und zwang sich zu einem Grinsen. Das war nicht das erste Mal, dass er so etwas zu hören bekam, seitdem er wieder zu Hause war. Und es stimmte. Er hatte beim heutigen Rugbyspiel schlecht gespielt. Er könnte behaupten, er wäre aus der Übung, doch das wäre gelogen gewesen.

Denn es lag daran, dass er ständig an eine bestimmte Person denken musste.

»Wenn du dich öfter blicken lassen würdest, wäre vielleicht wieder alles gut. Oder hast du keine Lust mehr auf das Spiel?« Roderick musterte ihn neugierig. »Seitdem du wieder zurück bist, bekommt man dich kaum noch zu Gesicht.«

Damit hatte er recht. Leo war in dem Glauben zurückgekehrt, er könnte sein normales Leben fortsetzen, seine Sportarten genießen, mit seinen Freunden was trinken gehen und Spaß haben. Doch stattdessen saß er schlecht gelaunt in seiner Villa rum. An manchen Tagen kam er nur mit Mühe überhaupt aus dem Bett.

All das lag daran, dass sie ihn jetzt hasste. Er hatte sich ihr gegenüber mies verhalten, und jetzt glaubte sie, er hätte sie benutzt. Vielleicht hatte er das auch. Er war der Böse, und das machte ihm schwer zu schaffen. Ebenso wie die Tatsache, dass er sie verletzt und verloren hatte.

»Ich hab eben viel um die Ohren«, war seine einzige Erwiderung.

Roderick löste den Riemen seines Kopfschutzes. »Wegen deiner Cousine, des Babys und alldem?«

»Hmm.« Die Schwangerschaft der Prinzessin dominierte noch immer die Schlagzeilen. Wie erwartet hatten die unzufriedenen Bürger Ruhe gegeben, sobald die Nachricht von Alex' Schwangerschaft die Runde machte. Jetzt waren Alex und Luke ständig auf den Titelseiten, und alle warteten gespannt auf das Baby, obwohl Alex gerade erst im dritten Monat war. Alle konzentrierten sich auf die Kronprinzessin und ihre Familie, und man hatte Leo versichert, dass er nicht mehr heiraten musste. Er konnte zu seinem entspannten Leben ohne jegliche Verantwortung zurückkehren.

Welche Freude!

»Und was hast du in den Staaten so getrieben?«, erkundigte sich Roderick. »Hast du eine neue Sportart kennengelernt?«

Ich habe eine Frau kennengelernt, mich verliebt und ihr das Herz gebrochen. »Ich war in einem Poloklub, aber das war nichts für mich.«

»Und was hast du sonst den ganzen Monat lang gemacht?«, wollte Roderick überrascht wissen.

Leo zuckte mit den Achseln. Er hatte sich eine Zeit lang gelangweilt und dann Taylor kennengelernt. Danach war nichts mehr langweilig gewesen. Eigentlich erstaunlich. Seitdem er wieder hier war, konnte er seinen früheren Hobbys nichts mehr abgewinnen. Alles war öde. Das Leben war ohne Taylor einfach nicht mehr dasselbe, und das tat weh. »Ich war joggen. Habe mir Filme angesehen. Ach ja, und ich habe ein Videospiel namens Excelsior gespielt ...«

Er stutzte, als Roderick abfällig lachte. »Du nimmst mich auf den Arm, oder? Ein Videospiel? Du? Du bist doch gar nicht der Typ für so was.«

»Ach nein? Wer denn dann?« Leo wurde wütend, zwang sich jedoch, locker zu bleiben. Roderick benahm sich eben wie immer. Er war ein leichtlebiger, verwöhnter Sohn einer dummen Kuh und hatte sich kein bisschen verändert.

»Na ja«, murmelte Roderick, als sie die Umkleide betraten und der Wasserdampf aus den Duschen sie umgab. »Nerds mit dicken Brillen und blasser Haut eben.«

Leo biss die Zähne aufeinander. Diese Beschreibung passte überhaupt nicht auf Taylor. Gut, sie bezeichnete sich selbst als Nerd, aber er mochte es, dass sie zu ihren Vorlieben stand und die Dinge, die sie liebte, voller Enthusiasmus anging …

Ihn eingeschlossen.

Erneut machte sich Verzweiflung in ihm breit. »Du hast doch keine Ahnung, Rod.«

»Ich kann es nicht fassen«, neckte Roderick ihn weiter, der Leos schlechte Laune nicht zu bemerken schien. »Da bist du einen Monat lang in den Staaten und spielst nur Videospiele. Hast du das gehört, Toby?« Er ließ sein Handtuch gegen den Hintern des anderen Mannes schnalzen. »Leo hat seine Reise in die Staaten nicht genossen.«

»Was?« Toby drehte sich um und trocknete sich das nasse Haar, während Leo zu seinem Spind lief. »Hast du wenigstens jede Menge Amerikanerinnen gevögelt? Das hätte ich nämlich den ganzen Monat lang gemacht.« Er grinste breit. »Ich hätte ihnen erzählt, dass ich ein Baron aus Bellissime bin, und mich vor Angeboten nicht mehr retten können.«

»So war das aber nicht.« Na super, jetzt ärgerte er sich auch noch über Toby. Leo zog sein Poloshirt aus und stopfte es in die Tasche.

»Sieht ganz danach aus«, spottete Toby, und Roderick johlte, während der Rest des Teams zu ihnen trat und ihn mit Fragen bestürmte. Hatte er mit Schauspielerinnen geschlafen? Hatten alle Amerikanerinnen blondes, auftoupiertes Haar wie im Fernsehen? War es in New York wirklich so dreckig und voll?

Er wehrte die Fragen ab und gab nur ausweichende Antworten, wurde jedoch immer gereizter. Ihm war klar, dass er gehen sollte, sonst würde er womöglich noch irgendetwas tun, was er später bereuen würde, wie einen Teamkameraden tätlich anzugreifen. Leo zog sich aus, ging unter die Dusche und spülte sich den Schweiß ab. Dann kam einer der neuen Spieler herein, und das Gespräch konzentrierte sich auf den Neuen und was er noch alles lernen musste.

Leo wusch sich schweigend die Haare.

Er war ... nun ja, er war wütend und ziemlich angewidert.

War sein Leben früher immer so gewesen? Hatte er sich wie ein Teenager über Frauen, Sport und unwichtige Dinge unterhalten? Nachdenklich wischte er sich den Schaum aus den Augen. Rodericks Bankiersfamilie stammte aus der Schweiz, und er hatte noch keinen Tag in seinem Leben arbeiten müssen. Dasselbe galt für Toby, dessen britische Eltern nach Bellissime gezogen waren, um das Nationalhotel zu übernehmen. Er dachte über die anderen aus dem Team nach – Corey, Mitch, Albert –, die alle noch nie wirklich gearbeitet hatten, obwohl sie bereits Ende zwanzig waren. Sie waren alle zur Schule und zur Universität gegangen und danach ...

Danach war nichts mehr passiert. Sie spielten Polo und Rugby und gingen im Pub Bier trinken. Sie hatten Freundinnen, gaben Geld aus, und das war auch schon alles.

So hatte auch Leos Leben ausgesehen.

Wieder dachte er an Taylor.

Die süße, lebensfrohe Taylor mit ihren funkelnden Augen. Die sich so über kleine Dinge freuen konnte, während seine Freunde nicht einmal mehr für eine neue Jacht Begeisterung aufbringen konnten.

Er sah Taylor vor seinem inneren Auge, wie sie mit dem Headset vor dem Computer saß und einem Kunden wieder und wieder irgendein technisches Detail erklärte. Wie sie stundenlang arbeitete, Anfragen und Mails beantwortete. Sie musste lange und hart arbeiten und verdiente dafür erschreckend wenig Geld.

Wenn sie in ihrer Freizeit lieber Videospiele spielte, anstatt Sport zu treiben, wer konnte es ihr verdenken? Sie hatte sich dieses Vergnügen redlich verdient.

Und es gefiel ihm gar nicht, dass die anderen sich darüber lustig machten.

Die Dusche hatte seine Laune nicht verbessert, vielmehr war er fast noch wütender als zuvor. Taylor war besser als diese Kerle. Sie war klüger, unabhängiger, selbstständiger und hatte eine bessere Arbeitsmoral als jeder Mann, den er kannte.

Beim Anziehen fielen ihm Rex' Fragen danach, wie viel Geld er eigentlich besaß, wieder ein. Der Mann hatte ihm zu verstehen gegeben, dass er ein privilegiertes Leben führte und keine Ahnung hatte, was in seinem Leben wirklich vor sich ging. Als er seine Sachen zusammenpackte, standen die anderen noch immer in der Nähe, lachten und unterhielten sich. Roderick hatte sich ein Handtuch um den Leib geschlungen und war noch nicht angezogen.

Leo musterte ihn. »Hey, Rod, wie viel Geld hast du?«

Roderick schaute ihn irritiert an. »Was?«

»Wie viel Geld hast du auf dem Konto?«, wollte Leo wissen. »Ich bin bloß neugierig.«

Roderick warf lachend den Kopf in den Nacken. »Woher

zum Teufel soll ich das wissen? Sehe ich aus wie ein gottverdammter Buchhalter?«

»War ja nur eine Frage. Tschüss.« Er winkte den anderen zu und machte sich ans Gehen.

»Kommst du nicht mit in den Pub?«, rief ihm Toby hinterher.

»Ich hab noch was zu erledigen«, erwiderte Leo, ohne sich umzudrehen. »Macht's gut.« Er vermutete, dass die anderen verwirrt und vielleicht sogar beleidigt waren. Früher wäre Leo auf jeden Fall noch was trinken gegangen und hätte die erste Runde ausgegeben. Er hatte immer gesagt, dass sie sich das nach der harten Arbeit verdient hatten.

Himmel, war er ein verwöhnter Schwachkopf.

Gedankenverloren lief Leo durch den Eingangsbereich des Sportzentrums. Er sah eine junge Frau, an deren Namen er sich nicht erinnerte, aber er wusste, dass sie hier arbeitete, die Handtücher zusammenlegte und ans Telefon ging. Jetzt ging er neugierig auf sie zu. »Entschuldigen Sie bitte.«

Sie blickte von dem Stapel Handtücher vor sich auf. »Kann ich Ihnen irgendwie helfen, Sir?«

»Ich möchte Ihnen nur eine Frage stellen.« Er rieb sich das Kinn. »Das mag jetzt merkwürdig klingen, aber ich wüsste gern ... Wissen Sie, wie viel Geld Sie auf dem Konto haben?«

Die Frau starrte ihn verblüfft an und zog die Augenbrauen hoch. Ihre Miene wurde misstrauisch. »Warum wollen Sie das wissen?«

Er hob abwehrend eine Hand. »Mir ist klar, dass mich das nichts angeht. Ich war einfach neugierig. Sie wissen, wie viel Geld Sie haben, richtig?«

»Bis auf den Penny.« Sie kniff die Augen zusammen und sah sich nervös um. »Wieso fragen Sie?«

Verdammt, jetzt machte er sie auch noch nervös. Aber ihre

Antwort hatte ihm seinen Verdacht bestätigt. Natürlich wusste sie ganz genau, wie viel Geld sie auf dem Konto hatte. Das lag daran, dass es für sie von Bedeutung war. Sie hatte für dieses Geld hart gearbeitet.

Diese Frau erinnerte ihn an Taylor – sie hatte ebenfalls keinen Treuhandfonds oder reiche Eltern, die sie unterstützten. Ihr Leben bestand nicht nur aus Sport und dem Trinken mit Freunden. Zweifellos musste sie ebenfalls lange und hart arbeiten.

Und er? Er war ein verwöhntes Kind gewesen, das andere herumgeschubst hatte, um zu bekommen, was er haben wollte, nur weil er keine Lust hatte, irgendwann auf dem Thron zu sitzen. Weil das zu viel Verantwortung bedeutet hätte, denn das war etwas, das Leo nicht leiden konnte.

Es war eine ernüchternde Erkenntnis, dass er mit achtundzwanzig anscheinend noch immer nicht erwachsen war.

Doch das ließ sich ändern.

Allerdings würde er sie selbst dann, wenn er sich änderte, verloren haben. Er konnte die Uhr nicht zurückdrehen und all die Dinge ändern, die er falsch gemacht hatte, nur damit sie noch ein paar Tage länger an seiner Seite war.

Seltsamerweise bestand sein Leben jetzt aus einer Zeit vor und einer nach Taylor. Vor Taylor war er genau wie seine Freunde nichts weiter als ein zum Mann gewordenes verwöhntes Kind gewesen, reich und sorglos. Aber danach?

Nun war er gebrochen und traurig, aber auch fest entschlossen, ein besserer Mensch zu werden. Wenn er Taylor nicht zurückgewinnen konnte, würde er wenigstens versuchen, der Mann zu werden, den sie sich erhofft hatte.

* * *

Am nächsten Tag ging Leo mit Alex und ihrem Mann Luke zum Mittagessen aus. Seine Cousine strahlte förmlich und sah gesund und glücklich aus, und alle in dem kleinen Restaurant kamen an ihren Tisch, um der Prinzessin zu gratulieren. Sie nahm die Glückwünsche lächelnd und geduldig entgegen. Ihr Mann schien sich ebenfalls sehr zu freuen. Alex und Luke hielten Händchen und berührten sich während des Essens immer wieder, und es war offensichtlich, dass sie einander sehr liebten.

Leo war höllisch eifersüchtig.

»Wie ist es dir ergangen, Cousin?«, fragte Alex. »Wir haben uns in letzter Zeit kaum gesehen.«

Inzwischen war er sehr gut darin, ausweichende Antworten zu geben. »Ich war beschäftigt. Wie stehen die Dinge im Palast?«, erkundigte sich Leo und wechselte geschickt das Thema. »Hat sich die Lage beruhigt?«

»So weit es möglich ist.« Alexandra warf ihrem Mann einen liebevollen Blick zu. »Luke geht für zwei Monate zurück nach Los Angeles, um einen Film zu drehen, wovon einige Leute nicht gerade begeistert sind, aber er hat den Vertrag schon vor mehreren Monaten unterschrieben.«

»Es ist ein Kinderfilm, Himmel noch mal«, warf Luke ein und verdrehte die Augen. »Ich werde ein Tutu und einen Gymnastikanzug tragen und die bösen Jungs durch eine Ballettschule jagen. Daher weiß ich wirklich nicht, was dagegen sprechen sollte, aber aus irgendeinem Grund scheinen diese Leute zu denken, ich würde meine Frau im Stich lassen.« Er nahm ihre Hand. »Baby, soll ich hierbleiben und dir während der Morgenübelkeit zur Seite stehen, unter der du gar nicht leidest?«

Alex kicherte und warf ihm einen kecken Blick zu. »Ich werde schon zwei Monate lang ohne dich auskommen.« Sie sah Leo wieder an und zuckte leicht mit den Achseln. »Er wird den ganzen Rest der Schwangerschaft mitbekommen, und wir werden dafür sorgen, dass wir dann häufig in der Öffentlichkeit auftreten.«

Leo nickte geistesabwesend und blickte auf seinen Teller hinab, den er kaum angerührt hatte. Das Wortgeplänkel der beiden und ihr liebevoller Umgang miteinander ließen ihn wieder an Taylor denken und daran, wie gut und richtig sich ihre Nähe angefühlt hatte. Welchen Spaß sie zusammen gehabt hatten. Wie sie es geschafft hatte, dass er sich wichtig fühlte, und wie sehr er das seitdem vermisste.

Sie fehlte ihm so sehr. Nein, das war noch untertrieben. Ohne sie war er am Ende.

»Ich werde auch noch mal für eine Weile in die Staaten gehen«, verkündete Leo einen Augenblick später. »Ich behalte meine Villa hier, habe aber vor, jedes Jahr mehrere Monate in den USA zu verbringen.«

Alex sah ihn überrascht an. »Hat es dir dort so gut gefallen? Ich dachte, du hättest da gar nicht schnell genug wieder wegkommen können?«

Ja, anfangs war es auch so gewesen … doch dann hatte sich alles geändert. Er hatte sich geändert. Und Taylor war nicht hier. Er wollte sich wenigstens an dem Ort aufhalten, an dem sie lebte. Doch das würden die beiden nicht verstehen. »Mit der Zeit wurde es immer besser. Das Leben allein in New York war ganz anders, als ich es von hier gewohnt war. Da ist mir erst bewusst geworden, dass Veränderungen nicht unbedingt etwas Schlechtes sein müssen, und ich habe gemerkt, wie wichtig Unabhängigkeit ist. Vermutlich werde ich mir dort ein Haus kaufen und abwechselnd hier und in den Staaten leben.«

»Verstehe.« Alex sah nicht überzeugt aus.

Luke grinste nur. »Du hast jemanden kennengelernt, richtig?«

Leo lachte bedrückt auf. *Und sie wieder verloren.* »Ist das so offensichtlich?«

»Das hängt davon ab, wen du fragst.« Luke bedachte seine Frau mit einem liebevollen Blick. »Ich weiß, wie sehr sich meine Meinung über Bellissime geändert hat, nachdem ich Alex kennengelernt hatte.«

Alex wurde rot und fingerte an ihrer Serviette herum. »Wenn du wirklich gehen willst, dann hoffe ich, dass sie es wert ist, Cousin.«

Leo dachte an Taylor, und sein Brustkorb zog sich schmerzhaft zusammen. »Ich weiß nicht, ob sie noch an mir interessiert ist, aber sie ist es auf jeden Fall wert.«

14

Eine Woche später war Leo wieder in New York und logierte in derselben Hotelsuite wie bei seinem vorherigen Besuch. Der Raum sah genauso aus, wie er ihn verlassen hatte ... und doch irgendwie anders. Alles war geputzt, aufgeräumt und sortiert worden, der Schrank war voller neuer Kleiderbügel und das Bad bestückt mit eingewickelten Seifenstücken. Das Bett war gemacht, die Bettwäsche steif und sauber, und es sah aus, als wäre das Zimmer nie zuvor benutzt worden. Nichts deutete darauf hin, dass Taylor und er längere Zeit hier gelebt, gelacht, sich geliebt und die Gesellschaft des anderen genossen hatten.

Er konnte es kaum ertragen.

Das alles machte ihn traurig. Es war nur ein Hotelzimmer, aber ... es kam ihm komisch vor, dass alle Überreste ihres gemeinsamen Lebens beseitigt worden waren. Er schaute sogar in den Minikühlschrank, weil Taylor immer halb volle Wasserflaschen dort deponiert hatte, damit er nicht dafür bezahlen musste, doch es standen nur volle, unangetastete Flaschen darin.

Alle Hinweise auf Taylor waren verschwunden. Das Zimmer war wie sein ganzes Leben frei von ihrer schimmernden Präsenz, und ihm wurde wieder einmal bewusst, was für einen Mist er gebaut hatte.

Wie viel er verloren hatte.

Er packte seine Koffer gar nicht erst aus, sondern setzte sich mit dem Laptop und dem Handy aufs Sofa. Das Bedürfnis, Taylor wiederzusehen, war so groß, dass es ihn beinahe auffraß. Dummerweise war er ein hilfloser, verzogener Idiot und erinnerte sich nicht mehr an ihre Adresse, obwohl er mehrfach in ihrer Wohnung gewesen war, daher konnte er nicht einfach dort auftauchen und verlangen, dass sie mit ihm redete.

Was wahrscheinlich auch ganz gut war. Er hatte den Verdacht, dass er von Taylor nicht das Geringste mehr verlangen konnte.

Daher wollte er es mit SMS versuchen. Seit ihrer Trennung hatte er ihr nicht mehr geschrieben. Zuerst aus Scham, weil er sich so benommen hatte und sich nicht auf diese Weise bei ihr entschuldigen wollte. Als ihm klar geworden war, wie sehr er sie vermisste, hatte er beschlossen, sie erst zu kontaktieren, wenn er wieder in New York war, um ihr damit zu demonstrieren, dass er versuchte, sich zu ändern, anstatt nur leere Lippenbekenntnisse von sich zu geben.

Jetzt, wo er wieder hier war, erschien es ihm jedoch verlorene Zeit zu sein. Hätte sie seinen Anruf denn entgegengenommen? Er wusste es nicht, und diese Ungewissheit machte ihn ganz verrückt.

Leo: Taylor? Ich bin's, Leo. Können wir reden?

Das war doch ... sehr steif. Er starrte den Text einige Sekunden lang an und fügte dann noch hinzu:

Leo: Du hast mir gefehlt. Sehr sogar. Bitte melde dich.

Dann wartete er.

Es geschah nichts.

Nachdem er eine halbe Stunde lang ungeduldig aufs Display gestarrt hatte, legte er das Handy beiseite. Entweder war sie nicht in der Nähe ihres Handys, oder sie wollte ihm nicht antworten. Vielleicht war sie ja online. Er nahm seinen Computer auf den Schoß und loggte sich bei Excelsior ein. Sein Charakter erschien in Cityport vor einem Gebäude. Taylors Charakter war nirgendwo zu sehen, aber er wusste auch nicht genau, wie das in diesem Spiel so funktionierte. Beim letzten Mal hatte er ihr einfach eine Nachricht geschrieben?

Daher versuchte er es auf diese Weise. *Bist du da, Taylor? Können wir reden?*

Jemand lief an ihm vorbei und blieb stehen.

SoySawse: LOL NOOB.

Leo starrte den Bildschirm mit finsterer Miene an und tippte weiter.

Brunhilde: Taylor, bist du das?

SoySawse: Ist dir klar, dass du mit der ganzen Stadt redest?

Brunhilde: Nein, was muss ich denn tun? Ich suche eine Freundin.

SoySawse: LOL Du hast echt keine Ahnung.

Arschloch. Aber der andere schien zu wissen, wovon er redete, was Leo von sich nicht behaupten konnte.

Brunhilde: Kannst du mir helfen?

SoySawse: Gib/duel Soysawse ein, dann können wir chatten, und ich kann dir helfen.

Na, das war doch ein Anfang. Leo gab den Befehl ein, der ihm allerdings komisch vorkam. War das der Weg, auf dem sich zwei Personen unterhielten?

Sobald er die Eingabetaste gedrückt hatte, erschien eine rote Flagge auf dem Bildschirm. *BRUNHILDE FORDERT SOYSAWSE ZU EINEM DUELL HERAUS.*

Was? Das hatte er doch gar nicht tun wollen …

Der andere Charakter zog ein riesiges Schwert, schlug nach ihm, und Brunhilde ging sofort zu Boden. Ihr Geist erschien.

BRUNHILDE HAT EIN DUELL GEGEN SOYSAWSE VERLOREN!

RESPAWN VON BRUNHILDE IN 30 SEKUNDEN.

Der andere Charakter lief immer wieder um ihn herum,

hockte sich dann über den Kopf von Leos Charakter und bewegte sich auf und ab.

SoySawse: LOL. Mann, du bist echt ein Anfänger. Dafür wirst du geteabaggt.

Brunhilde: Du bist echt ein Idiot.

SoySawse: LOL. YUP.

Dieses blöde Spiel. Wütend starrte Leo den Bildschirm an. Als der Countdown endlich abgelaufen war, erschien der Geist nackt über der Leiche. Er klickte sie an und sammelte seine Rüstung wieder ein. Verdammt. Er hatte doch nur mit Taylor reden wollen, stattdessen wurde er von diesem Blödmann hier verarscht.

Kurz nachdem er seine Rüstung wieder angelegt hatte, erschien eine weitere Nachricht.

Madrigal: Hallo, mein Freund! Willkommen zurück im Spiel!

Oh. Das war der Typ, den er auf der Convention kennengelernt hatte. Der nette. Er gab *Hi, Madrigal* ein, aber auch diese Worte erschienen wieder im Hauptfenster. Verdammt. Wie gelangte man denn in den Chat?

SoySawse stand noch in der Nähe und lachte sich schlapp.

SoySawse: Hast du es noch immer nicht begriffen?/msg, du Depp!

Leo starrte grimmig auf den Bildschirm und witterte eine weitere Falle. Aber das hörte sich schon besser an, außerdem war er ja schon einmal gestorben, da konnte er das jetzt auch ausprobieren.

Brunhilde: Hi, hier ist Leo.

Es schien zu klappen!

Brunhilde: Schön, dich wiederzusehen, Madrigal. Wie geht es dir mein Freund?

Madrigal: Gut! Ich wollte mal nachsehen, ob du Hilfe brauchst. ☺

Brunhilde: Ich bin auf der Suche nach Taylor. Ist sie da?

Er musste einige Zeit auf eine Antwort warten.

Madrigal: Oh Mann. Ich weiß nicht, wie ich es dir schonend beibringen soll, Kumpel, aber sie hat vor etwa einem Monat aufgehört zu spielen.

Madrigal: Tut mir leid. ☹

Brunhilde: Schon okay. Danke.

Leo loggte sich aus und war verwirrt. Sie hatte aufgehört? Aber sie liebte dieses Spiel doch und hatte es in jeder freien Minute gespielt. Und das nicht nur, weil sie sich ihrer Gilde verbunden fühlte, sondern auch Sigmund, mit dem sie eine seltsame Beziehung verband. War irgendetwas vorgefallen?

Wenn sie nicht im Spiel war und nicht ans Handy ging, wie sollte er sie dann erreichen?

Gretchen.

Aber natürlich. Sofort rief er bei Gretchen an. Sie konnte ihn doch nicht ignorieren, wo er zu ihrer Hochzeitsgesellschaft gehörte?

Doch es ging nur die Mailbox dran.

Leo knirschte mit den Zähnen. So langsam wurde es lächerlich.

* * *

Leo versuchte den ganzen Tag über, Gretchen zu erreichen, und hinterließ ihr mehrere Nachrichten, und als sie nicht zurückrief, schrieb er ihr auch noch eine E-Mail. Er überlegte, ob er seinen Assistenten bitten sollte, ihm Taylors Adresse rauszusuchen, aber er wollte schließlich unabhängig sein, da konnte er nicht schon am ersten Tag jemanden um Hilfe bitten.

Daher versuchte er es mit googeln.

Nicht dass ihn das weiterbrachte. Taylor war die Computerexpertin, während er keine Ahnung hatte, und er ging davon aus, dass sie wusste, was man tun musste, um online nicht gefunden zu werden. Die einzige Information über eine Taylor Westfield in New York, die er entdeckte, war ein Facebook-Profil ... was bedeutete, dass er sich auch eins anlegen musste. Verdammt. Nachdem er mehrere Minuten damit verbracht hatte, schickte er ihr eine Freundschaftsanfrage.

Und stellte fest, dass sie diese erst annehmen musste.

So ein Mist! Sie wollte ihn ganz bestimmt nicht als Facebook-Freund haben. Der dumme Computer half ihm einfach nicht weiter.

* * *

Am nächsten Morgen ging Leo besonders lange joggen, um Frust abzubauen. Auch im Central Park hatte sich nichts verändert, selbst der Wasserverkäufer war noch derselbe. Dieses Mal gab er dem Mann den passenden Betrag und keinen Zwanziger, was dieser mit einer enttäuschten Miene quittierte.

Auf dem Heimweg sah er eine bekannte Gestalt an einer Straßenecke sitzen. Auch das hatte sich nicht geändert. Lächelnd ging er näher. »Hallo, Rex. Schön, Sie wiederzusehen.«

Der bärtige Mann blickte auf und kniff die Augen zusammen. »Hey, der Leonardo. Wie geht es Ihnen, Mann?«

Hundsmiserabel, da ich das Beste in meinem Leben ruiniert habe. »Könnte besser sein. Gehen wir was essen?«

Leo konnte Gesellschaft gut gebrauchen.

»Wie immer? Gute Idee.« Rex stand auf und wischte sich den Staub von der Kleidung. »Gehen Sie voraus, mein Freund.«

Der Diner war so gut wie leer, und als sie zum Tresen gingen, bemerkte Leo eine Frau, die angewidert mitansah, wie Rex seine Plastiktüte neben sich auf einen Stuhl stellte. Rex hatte genau wie jeder andere das Recht, hier etwas zu essen. Leo schlug ihm auf die Schulter und umarmte ihn halb, um aller Welt – oder wenigstens den anderen Gästen – zu demonstrieren, dass er diesen Mann mochte. »Schön, Sie wiederzusehen.«

Rex grunzte. »Ja. Ist ein paar Wochen her. Waren Sie auf Geschäftsreise?«

Leo setzte sich, griff nach der Speisekarte und suchte nach einem Gericht, das appetitlicher klang als der Hamburger, den er sonst immer bestellte, und entschied sich für ein gegrilltes Käsesandwich. Damit konnte man doch nicht so viel falsch machen, oder? »Nein, ich war zu Hause.«

»In der Schweiz? Weißrussland? Wo kommen Sie noch mal her?«

»Aus Bellissime.«

»Stimmt.« Rex beäugte Leo. »Wenn Sie zu Hause waren, wieso sind Sie dann wieder hier?«

Leo schwieg und überlegte, wie viel er dem Mann erzählen wollte. Am liebsten hätte er über seine Gefühle für Taylor gesprochen, die Verzweiflung, die er ob des Verlusts empfand, aber er war sich nicht sicher, was Rex dazu sagen würde. Daher hielt er vorerst den Mund. Die Kellnerin kam zu ihnen, und sie gaben ihre Bestellung auf. Nachdem sie jeder ein Glas Wasser vor sich stehen hatten, wandte sich Leo wieder Rex zu. »Ich bin zurückgekommen, weil es zu Hause nicht mehr so war wie früher.«

»Sie haben sich gelangweilt?«, riet Rex.

»Ganz genau.« Leo lächelte betrübt. »Ich glaube, die Blase, in der ich bisher gelebt habe, ist geplatzt.«

»Ich kann nicht behaupten, dass ich das schlimm finde.

Manchmal ist es ganz gut, aus der Komfortzone rauszukommen.«

»Da haben Sie recht«, stimmte Leo ihm zu. Die Unterhaltung fühlte sich irgendwie … falsch an. Als würde er um den heißen Brei herumreden. Er beschloss, das Risiko einzugehen. »Aber der wahre Grund, warum ich wieder hier bin … Erinnern Sie sich an die Frau, von der ich Ihnen erzählt habe? Ich habe Mist gebaut und will die Sache mit ihr nicht einfach so auf sich beruhen lassen.«

Rex steckte sich einen Stapel Servietten ein. »Sie haben ihr nicht die Wahrheit gesagt, was?«

»Nein.« Leo wurde ein bisschen übel, und der Geruch des fettigen Essens machte das auch nicht besser.

»Haben Sie geglaubt, Sie würden damit durchkommen?«

»Ja, aber da habe ich mich gewaltig geirrt.« Leo seufzte und trank einen Schluck Wasser. »Wie auch in vielerlei anderer Hinsicht. Mir war gar nicht klar, wie viel sie mir bedeutet, bis ich sie verloren hatte.«

»Das hört man öfter.«

Noch ging es Leo nicht besser. »Ich will sie zurückgewinnen. Ohne sie bin ich verloren.«

»Schöne Worte, aber sie wird auch noch ein Wörtchen mitreden wollen.«

Aber sicher. Leo dachte an Taylors verletzte, wütende Miene und wie sie geweint hatte, als ihr klar geworden war, dass er sie benutzt hatte. »Davon gehe ich aus. Aber wenn ich auch nur eine kleine Chance habe, dann werde ich es trotzdem versuchen. Ich will die Sache zwischen uns wieder in Ordnung bringen. Und das, was mit mir nicht stimmt. Ich bin es leid, ständig von anderen abhängig zu sein, und will für eine Weile auf eigenen Füßen stehen. Ich suche mir ein Haus und finde heraus, was ich eigentlich vom Leben erwarte.«

Rex nickte langsam. »Ich bin stolz auf Sie. Man braucht Mumm, um sich einzugestehen, dass man sich geirrt hat.«

Seltsamerweise freute sich Leo über Rex' Lob. »Danke. Ihnen möchte ich auch helfen.«

»Ach ja?« Rex' Stimme klang mit einem Mal misstrauisch.

»Keine Almosen«, versicherte Leo ihm schnell. »Ich will Ihnen helfen, wieder auf die Beine zu kommen, weil Sie mir ein guter Freund gewesen sind und ich das für jeden meiner Freunde tun würde. Dafür erwarte ich auch keine Gegenleistung. Sagen Sie mir einfach, was ich tun kann.«

Rex grunzte und leerte sein Glas, bis nur noch die Eiswürfel darin waren. Dann rief er die Kellnerin zu sich, damit sie nachschenkte, bevor er sich zu Leo umdrehte. »Ich brauche nicht mehr als einen Freund, Leonardo. Almosen interessieren mich nicht.«

»Ach nein? Mein Geld nehmen Sie aber jedes Mal an.«

Rex lachte schnaubend los. »Drehen Sie den Spieß um? Das gefällt mir! Okay. Sie haben recht. Es sind nicht die Almosen, die ich nicht mag, sondern das Gefühl, jemandem was schuldig zu sein. Sie kennen das Gefühl.«

»Ja, sehr gut sogar.« Leo rieb sich nachdenklich das Kinn. »Was machen Sie gern? Womit möchten Sie Ihr Geld verdienen?«

»Wieso? Bieten Sie mir einen Job an? Sie haben doch selbst keinen.«

»Tun Sie mir den Gefallen.«

Rex schwieg kurz und warf Leo dann einen Seitenblick zu. »Ich bin auf einer Farm aufgewachsen und mag Pferde. Tiere allgemein. All so was. Und ich arbeite gern mit den Händen.« Sein Lächeln wirkte gezwungen. »Viel Glück dabei, einen solchen Job in der Stadt zu finden.«

»Na ja ...« Leo grinste und schlug Rex auf den Rücken.

»Hatte ich schon erwähnt, dass ich mir hier ein Pferd kaufen will? Vielleicht sogar mehrere. Ich könnte jemanden gebrauchen, der sich um meinen Stall kümmert, sobald es so weit ist.«

Rex zog die buschigen Augenbrauen zusammen und kratzte sich den Bart. »Warum sind Sie so heiß drauf, einen armseligen Landstreicher einzustellen? Sie wissen doch gar nichts über mich. Vielleicht habe ich ja jemanden ermordet und saß deswegen im Gefängnis.«

»Haben Sie das denn?«

»Nein. Aber wenn Sie mich überprüfen, werden Sie einige nicht wirklich schöne Sachen herausfinden.«

»Dann zahle ich Ihnen eben einen Hungerlohn. Kost und Logis und das Grundgehalt oder etwas in der Art, wenn Sie sich dann besser fühlen.« Leo nippte erneut an seinem Wasser und wartete darauf, dass Rex etwas zu seinem Angebot sagte. »Das ist kein Almosen. Ich muss ohnehin jemanden einstellen, der sich um meine Pferde kümmert, da ich gern reite. Da kann ich auch Sie nehmen, es sei denn, Sie nennen mir einen guten Grund, es nicht zu tun. Aber ich arbeite gern mit Freunden.«

Rex schürzte die Lippen und starrte lange Zeit ins Leere. Dann nickte er. »Danke, Mann. Ich … ich weiß das wirklich zu schätzen.« Er drehte sich zu Leo um. »Wollen Sie jeden Obdachlosen in New York retten? Dann brauchen Sie aber ein verdammt großes Haus.«

»Nein, aber ich werde vermutlich noch einen Hausmeister und vermutlich einige andere Angestellte benötigen, und Sie können mir gern Ihre Freunde empfehlen. Sagen Sie ihnen, es gibt nicht viel Geld, aber eine Unterkunft und etwas zu essen. Wahrscheinlich wird es etwas außerhalb der Stadt sein. Hier kann ich wohl kaum Pferde halten. Möglicherweise wollen einige nicht so weit draußen leben.«

»Ich lasse es Sie wissen. Aber wenn es sehr weit von der Stadt entfernt ist, werde ich ein bisschen mehr Geld benötigen, damit ich mir einen Wagen leisten kann ... oder wenigstens ein Fahrrad.«

»Das klingt nur fair. Wir besprechen die Einzelheiten, sobald ich ein Haus gekauft habe und eingezogen bin.« Leo fühlte sich gut. Das war ein guter Anfang. Außerdem war er ein bisschen egoistisch, denn wenn Rex für ihn arbeitete, konnte er dessen Gesellschaft und ihre Unterhaltungen jeden Tag genießen. Das machte ihn nachdenklich. Genau so etwas brauchte er in seinem Leben: Menschen, die ihn mit der Nase darauf stießen, dass er sich wie ein verwöhntes Kind benahm. »Es könnte aber noch einige Wochen dauern.«

»Sie wissen ja, wo Sie mich finden«, kommentierte Rex trocken.

»Kann ich Sie solange irgendwo anders unterbringen?« Als Rex ihm einen finsteren Blick zuwarf, hob Leo sofort kapitulierend die Hände. »Okay, okay. Eins nach dem anderen.«

Sie verfielen in ein angenehmes Schweigen, während die Kellnerin ihnen nachschenkte und schließlich ihr Essen brachte. Leo biss von seinem Sandwich ab, das etwas fettig, aber noch genießbar war.

»Und«, meinte Rex und deutete mit einer Pommes auf Leo, »dann hat das mit Ihrem Mädchen also nicht geklappt?«

»Nein.« Leo seufzte und wischte sich die Hände an der Serviette ab, da ihm der Appetit vergangen war. Seit Taylors Weggang hatte er kaum noch etwas gegessen. »Sie war stinksauer, und das zu Recht. Ich hätte es sofort in Ordnung bringen sollen, aber ich habe sie gehen lassen. Dann bin ich nach Hause gefahren, um meine Wunden zu lecken. Ich dachte, es wäre das Beste, aber ...«

»Sie haben sie vermisst.«

Leo nickte. »Ich vermisse sie so sehr. Wieso habe ich sie nur gehen lassen? Erst als sie weg war, ist mir klar geworden, dass die Sache zwischen uns ernster war, als ich gedacht hatte. Ich muss sie finden und zurückerobern.«

»Dann tun Sie das.«

»Ich versuche es ja, aber sie ruft mich nicht zurück. Ich kann es ihr nicht mal verdenken.« Er legte sein schmieriges Sandwich auf den Teller und starrte es an. »Ich weiß einfach nicht, wie ich an sie rankommen soll.«

»Tja, wenn Sie mir einen Gefallen tun, kann ich ihn auch erwidern«, meinte Rex freundlich.

»Ach ja?« Leo wischte sich geistesabwesend die Finger ab und dachte an Taylor. Sie würde Rex bestimmt mögen. Und alle Pferde, die Leo kaufen wollte. Wenn er ihr auch eins besorgte, musste es ein ganz sanftes sein, das sie nicht sofort abwarf. Vorausgesetzt, sie redete jemals wieder ein Wort mit ihm. Es schnürte ihm die Kehle zu.

»Ja. Ich weiß, wo sie arbeitet.«

Leo stutzte und drehte sich zu Rex um, der gerade eine Pommes durch die Ketchuppfütze auf seinem Teller zog und sie sich dann in den Mund steckte. »Wirklich?«

»Ja«, bestätigte Rex. »Ich bin ihr neulich begegnet. Sie haben doch gesagt, dass sie einen *Doctor-Who*-Schal und einen *Hello-Kitty*-Rucksack trägt, richtig? Das machen nicht gerade viele erwachsene Frauen. Außerdem sah sie wirklich niedlich aus. Braunes Haar und rundliches Gesicht?«

Leo nickte langsam und starrte Rex mit weit aufgerissenen Augen an. Sein Herz raste. »Wo ist sie?«

Rex deutete auf seinen Teller. »Lassen Sie mich aufessen, dann zeige ich es Ihnen.«

* * *

Nachdem sie den Diner verlassen hatten, führte Rex Leo über mehrere überfüllte Bürgersteige. Leo folgte dem Mann mit wild hämmerndem Herzen. Taylor war ganz in der Nähe, und er konnte es kaum erwarten, mit ihr zu sprechen. Er wollte ihr süßes Gesicht sehen und ihr fröhliches Lachen hören. Er wollte sehen, wie ihre Augen funkelten, wenn sie sich amüsierte.

Himmel, sie fehlte ihm so sehr. Ihm war, als hätte er Heimweh, jedoch war in diesem Fall Taylor sein Zuhause und er ohne sie verloren.

An einer belebten Straßenecke blieb Rex stehen und deutete auf die andere Straßenseite. »Da drüben ist sie. Sie steht schon seit letzter Woche dort und verteilt Kostproben. Ein nettes Mädchen. Sie gibt mir immer besonders viel und tut so, als wären es Reste.« Rex starrte Leo mit zusammengekniffenen Augen an. »Bauen Sie nicht wieder Mist.«

Leo blickte über die viel befahrene Straße. Auf der anderen Seite stand ein Tisch auf dem Bürgersteig, und er sah den Rücken einer Frau, die sich mit den Menschen vor sich unterhielt und sich Notizen machte. Sie schien etwas zu verteilen. Aus dieser Entfernung konnte er nicht viel mehr erkennen, aber er sah eindeutig ihren Schal und ihren Rucksack.

Es war Taylor.

Seine Frau. Einige Tage lang seine Verlobte, bis er alles vermasselt und erst zu spät kapiert hatte, was er gehabt hatte. Bei ihrem Anblick erfasste ihn Zueignung. Sie war wunderschön, und als er beobachtete, wie sie sich bewegte, wenn sie Kostproben verteilte und mit den Menschen sprach, spürte er das Verlangen nach ihr in seinem ganzen Körper aufsteigen. Doch es war kein sexuelles Verlangen – auch wenn dazu nicht viel fehlte –, sondern eher ... Sehnsucht. Als wäre er ein Junkie und sie seine Droge.

Vermisste sie ihn auch? Wünschte sie sich, dass er sich nicht wie ein Idiot benommen hätte? Bedauerte sie es, ihn verlassen zu haben, so wie er es bereute, dass er sie hatte gehen lassen? Oder war sie ohne ihn glücklich? Er konnte ohne sie nicht leben. Sie war derart mühelos in sein Leben geschlüpft, dass er erst gemerkt hatte, wie perfekt sie zueinander passten, als sie nicht mehr da gewesen war.

Mit Taylor gab es Sonnenschein, Leben und Lachen. Ohne sie waren da nur Wolken. Das mochte kitschig klingen, entsprach aber der Wahrheit.

»Wollen Sie hier nur rumstehen und sie angaffen oder rübergehen und sie ansprechen?« Rex stieß ihn mit einem Ellbogen an.

Okay. Leo holte tief Luft und sah Rex an. »Ich bin nicht besonders gut in solchen Sachen.«

»Was für Sachen?«

»Zuzugeben, dass ich einen Fehler gemacht habe. Jemanden zu bitten, zu mir zurückzukommen. Ihr zu sagen, dass ich Mist gebaut und mich wie ein Arschloch benommen habe. Dass ich sie schlecht behandelt habe.« Er rieb sich den verspannten Nacken. Dieses Mal musste er alles richtig machen. »Was soll ich ihr denn sagen?«

»Alles davon wäre ein guter Anfang.« Rex schob Leo in Richtung Straße. »Und jetzt hören Sie auf, ein Weichei zu sein, gehen da rüber und reden mit der Kleinen. Ich gehe wieder an meinen Platz. Danke für das Essen.«

»Man sieht sich«, meinte Leo gedankenverloren und starrte Taylor aus der Ferne an. Sie unterhielt sich gerade lebhaft mit jemandem, dem sie etwas gegeben hatte. Als sie lachte, bekam er eine Erektion. Himmel, wie er ihr glückliches, sorgloses Lachen liebte. Es schien seinen ganzen Körper zu beleben.

Entschlossen überquerte er die Straße und ging auf sie zu.

Taylor hatte ihm den Rücken zugewandt, und im Näherkommen beobachtete er sie. Sie unterhielt sich eifrig mit den Passanten und teilte etwas in kleinen Plastikschälchen aus. Die Menschen blieben stehen, kosteten und sagten etwas zu ihr, das sie sich aufschrieb. Machte sie eine Umfrage für ihren neuen Job? Während er sich dem Tisch von der Seite näherte, redete Taylor gerade mit einer Frau, und er konnte das Schild lesen, das neben ihr stand:

REZEPTTEST! KOSTEN SIE EINE LECKEREI UND SAGEN SIE UNS IHRE MEINUNG! DIE ENDGÜLTIGEN REZEPTE FINDEN SIE IN DEM DEMNÄCHST ERSCHEINENDEN KOCHBUCH »G WIE GESCHMACK« VON GRETCHEN PETTY-BUCHANAN.

»Hat Ihnen der Zitronenkuchen mit der Schokoladen-Ganache in der Mitte oder der mit der Limonencreme besser geschmeckt?«, wollte Taylor gerade wissen und war ganz in ihre Studie vertieft. Sie bemerkte Leo, der ganz in der Nähe stand, nicht mal. Das war gut. So konnte er sie noch etwas länger beobachten und jedes Detail in sich aufnehmen. Er prägte sich ihr schönes Gesicht ein und die Art, wie sie sich beim Schreiben die Lippen leckte.

»Schokolade«, antwortete die Frau und leckte sich die Finger. »Der andere war zu zitronig.«

»Aber es ist ein Zitronenkuchen«, erwiderte Taylor kichernd. »Sollte er da nicht zitronig schmecken?«

»Schon, aber Schokolade macht alles besser.«

»Da haben Sie allerdings recht«, bestätigte Taylor lächelnd. »Ich habe es mir notiert. Vielen Dank.« Sie schrieb noch etwas auf, und ihr fiel eine Locke ins Gesicht, die Leo am liebsten weggestrichen hätte. Taylor sah großartig aus – ihre Wangen waren gerötet, sie lächelte, und ihre Caprihose brachte ihren Hintern gut zur Geltung. Er sehnte sich danach, sie zu berühren.

Langsam näherte er sich dem Tisch.

»Hallo«, sagte Taylor, ohne aufzublicken. »Würden Sie gern den Zitronenkuchen probieren? Wir führen einen Geschmackstest durch, aber ich muss Sie warnen: Falls Sie eine Nuss-, Zitrus- oder Milchallergie haben, sollten Sie lieber nichts…« Sie stockte, nachdem sie den Kopf gehoben hatte.

Ihr Lächeln erstarb.

Leo fühlte sich, als hätte er einen Schlag in die Magengrube bekommen. Verdammt. Er hatte ihr das angetan.

»Hi, Taylor.« Leo wollte so gern ihre Wange streicheln und ihr Lächeln wiedersehen. Auch das Licht in ihren Augen war verblasst. »Ich bin's.«

Ihre Miene sah kurz verletzt aus. »Was machst du hier? Ich bin beschäftigt.« Sie kritzelte so heftig auf dem Blatt herum, dass ihr Bleistift abbrach. »Mist.«

Was er hier tat? War das nicht offensichtlich? Möglicherweise ja doch nicht. Vielleicht war das gar nicht das, was sie wollte. Er schaute sich panisch um. »Ich schätze, ich möchte probieren.« Auf dem Tisch standen kleine glasierte Küchlein nebeneinander aufgereiht auf roten oder blauen Servietten. »Bekomme ich einmal A und einmal B?«

»Ich bin mir nicht sicher, ob ich dir wirklich was geben will, aber das wäre vermutlich unfair.« Sie hob eines der roten Exemplare auf. »Das ist A.«

Er beugte sich vor.

Taylor wollte ihm das Küchlein in den Mund stecken, traf jedoch nicht richtig und verschmierte etwas am Kinn.

»War das jetzt Absicht oder nur ein dummer Zufall?«, neckte Leo sie, nahm sich eine Serviette vom Tisch und wischte sich das Kinn ab. Er beschloss, einfach so zu tun, als wäre es ohne Bedeutung, ob sie ihn hasste, auch wenn es ihn innerlich auffraß.

»Das war Absicht.« Sie warf ihm einen herausfordernden Blick zu. »Und?«

Er leckte sich etwas Zuckerguss von den Fingern und starrte Taylor an. Sie verzog das Gesicht, weinte aber nicht. Vielleicht … nur vielleicht, hasste sie ihn ja doch nicht so sehr, wie er befürchtet hatte. Daher sagte er: »A ist sehr lecker.«

»Möchtest du B auch probieren?«, fragte sie und wackelte mit den Augenbrauen.

»Nur wenn ich mir selbst etwas nehmen darf.«

»Auf gar keinen Fall.«

Er schenkte ihr ein reumütiges Lächeln und sprach die Worte aus, auch wenn es ihm die Kehle zuschnürte. »Ich habe viel mehr als Kuchen im Gesicht verdient, nachdem ich dich so behandelt habe, aber an deiner Stelle würde ich das niemanden sehen lassen, sonst will keiner mehr kosten.«

Sie legte den Kopf schief. »Dann gibst du also zu, dass du ein Idiot gewesen bist?«

»Mistkerl wäre vermutlich die bessere Bezeichnung.«

Taylor nickte. »Ja, da bin ich ganz deiner Meinung. Das ist eindeutig die bessere Bezeichnung. Schön, dass du das einsiehst.«

»Ich habe dich schlecht behandelt, und ich möchte mit dir reden, weil ich alles vermasselt habe und es bereue.« Leo hätte so gern ihre Hand genommen, aber er zwang sich, es nicht zu tun. *Ich liebe dich. Bitte hass mich nicht. Ich kann ohne dich nicht leben.* »Du fehlst mir.«

Ihr fiel leicht die Kinnlade herunter. Sie schwieg lange Zeit, dann leckte sie sich die Lippen. »Ich … Damit habe ich nicht gerechnet.«

Sie schickte ihn nicht weg, das war doch schon mal ein Anfang. In ihm keimte Hoffnung auf. »Kann ich dich vielleicht zum Essen einladen? Dann könnten wir uns unterhalten.« Es war völlig unwichtig, dass er gerade gegessen hatte. Er hätte die ganze Speisekarte bestellt und keinen Bissen zu sich genommen, wenn er sie nur ansehen konnte.

»Uns unterhalten?« Taylor machte einen Schritt nach hinten und hätte beinahe den schmalen Klapptisch umgeworfen.

Leo verhinderte gerade noch, dass die Proben herunterrutschten. Nur eine einzige landete auf dem Boden, und Taylor warf sie sofort in den Müll.

»Na ja, ich habe unterhalten gesagt«, meinte er und sprach schnell weiter, »aber eigentlich meine ich, dass ich so lange auf dich einreden will, bis du mir verziehen hast. Bis ich dich dazu bringen kann, mich wieder zu lieben. Das klappt wahrscheinlich am besten bei Kuchen und Alkohol.«

Sie blinzelte mehrmals und musste dann kichern. »Dann wird das also ein Entschuldigungsessen.«

Er erwiderte ihr Lächeln und war hocherfreut, dass sie ihn nicht sofort abblockte. Mit einem Mal sah seine ganze Welt wieder rosiger aus. »Das ist es in der Tat.«

Sie kaute auf ihrer Unterlippe herum und sah erst auf den Tisch und dann ihn an. »Ich bin immer noch sauer auf dich.«

Ihre Worte schmerzten ihn sehr. »Du hast jedes Recht dazu.«

»Du hast dich mir gegenüber wirklich mies benommen.«

»Ich weiß.«

Taylor stemmte eine Hand in die Hüfte. »Und du hättest auch mit mir reden können.«

»Da hast du recht. Aber ich war ein Volltrottel, der dachte, er wüsste, was das Beste ist.« Er streckte hilflos die Hände aus. »Als mir klar wurde, wie bescheuert das ist, war es zu spät.«

»Ich weiß noch nicht, ob ich dir vergeben werde. Mir ist nicht einmal klar, ob das nach dem, was passiert ist, überhaupt möglich ist.«

»Das mag sein, aber ich bin entschlossen, es zu versuchen.« Um ihr zu demonstrieren, wie ernst es ihm war, kniete er sich auf den Bürgersteig und sah Taylor flehentlich an. »Bitte geh mit mir essen, Taylor.«

Wieder musste sie kichern, doch sie unterdrückte es schnell. Sie sah sich um und wedelte mit einer Hand. »Steh auf. Sonst denken die Leute noch, da wäre Hasch im Kuchen.«

»Ich stehe erst auf, wenn du einwilligst, mit mir essen zu gehen.« Er deutete auf den Boden. »Ansonsten rolle ich hier rum, halte mir den Bauch und tue so, als hätte ich mir mit dem Kuchen den Magen verdorben.«

»Jetzt willst du mich auch noch erpressen?« Sie riss in gespieltem Entsetzen den Mund auf. »Das ist eine ziemliche Drohung.« Aber das Zucken ihrer Mundwinkel war ermutigend, und ihre Augen funkelten wieder. Doch dann schüttelte sie den Kopf. »Ich lasse mich nicht von dir zum Essen einladen.«

Ihm wurde das Herz schwer, und er hatte das Gefühl, als würde seine Welt zusammenbrechen. »Nicht?«

»Aber ... ich werde mit dir essen gehen. Wenn ich hier fertig bin.«

Gott sei Dank. »Geht in Ordnung.« Er stand auf und wischte sich den Staub von der Hose.

Sie scheuchte ihn weg. »Aber jetzt verschwindest du erst mal. Ich muss noch etwa eine Stunde hier stehen bleiben, und ich kann nicht arbeiten, wenn du in der Nähe bist.«

Er grinste und hatte auf einmal so gute Laune, dass er zu Späßen aufgelegt war. »Ich werde tun, was du verlangst ... aber soll ich nicht erst noch B probieren?«

Sie starrte ihn finster an, reichte ihm dann aber die zweite Kostprobe, die sie nicht halb in seinem Gesicht verschmierte.

Es gab wieder Hoffnung. Sehr viel Hoffnung. Leo leckte

genüsslich über den Zuckerguss und bemerkte, dass sie den Blick nicht von seinen Lippen abwandte. »Ich glaube, mir schmeckt B besser.«

»Was?« Sie blinzelte mehrmals und sah ihm in die Augen. »Ach ja, B.« Als sie sich das notieren wollte, fiel ihr wieder der abgebrochene Bleistift ein. Zum Glück hatte sie noch einen zweiten im Rucksack. »Was ist an B besser als an A?«

»Der Kuchen wurde mir nicht ins Gesicht geschmiert.«

Taylor lachte laut los.

15

Großer Gott, er war wieder da.

Und, du liebe Güte, Taylor liebte ihn noch immer.

Ihr Herz schlug wie wild, während sie die Proben verteilte und sich die Bewertungen aufschrieb. Aber ihre Gedanken blieben die ganze Zeit bei dem Mann, der in einiger Entfernung wartete und sie mit einem derart intensiven Blick beobachtete, als wollte er sie am liebsten verschlingen.

Sie wurde immer unruhiger.

Dabei wollte sie doch weiterhin wütend auf ihn sein. Er hatte sie benutzt, sie behandelt, als wäre sie ihm egal oder als wäre sie eine seiner Bediensteten, die nur darauf wartete, etwas für ihn tun zu können. Während der letzten sechs Wochen hatte sie sich einzureden versucht, dass es gut war, ihn los zu sein, dass sie die Sache nach diesem One-Night-Stand hätten beenden sollen. Wenigstens bereute sie es nicht, mit ihm geschlafen zu haben. Der Sex war einfach umwerfend gewesen. Es tat ihr nur leid, dass sie ihr Herz auf ihn gesetzt und er es gebrochen hatte.

Aber so ein Herz war etwas Trügerisches. Ihres pochte jetzt wie verrückt, weil er wieder da war.

Er war zurück, und er hatte aus irgendeinem Grund beschlossen, sie zu suchen, weil er mit ihr reden wollte. Anscheinend gefiel es ihm auch nicht, wie alles zu Ende gegangen war … und das war gut, da sie es ganz schrecklich fand. Aber es war schließlich seine Schuld gewesen, und sie war deshalb noch immer sauer.

Aber sie hatte ihn auch sehr vermisst. Sie hatte gehofft, dass der Schmerz mit der Zeit nachlassen würde. Immerhin waren sie jetzt schon länger getrennt, als sie überhaupt zusammen gewesen waren. Das musste sich doch irgendwie bemerkbar machen, oder? Doch das tat es nicht, und sie hatte weiterhin das Gefühl, als hätte ihr jemand das Herz rausgerissen und eine offene Wunde hinterlassen.

Möglicherweise war es ein Fehler, nach allem, was passiert war, mit ihm essen zu gehen.

Du fehlst mir.

Verdammt, er hatte ihr auch gefehlt. Letzten Endes hatte das den Ausschlag gegeben. Denn sie wollte ihn trotz allem zurückhaben. Der Schmerz über den Verlust war noch nicht verschwunden, und sie brauchte auf die eine oder andere Weise entweder einen eindeutigen Abschluss oder die Möglichkeit, ihm eine zweite Chance zu geben.

Daher verteilte sie jetzt Kuchen und versuchte, geduldig zu bleiben, wenn jemand langsamer kaute oder sich nicht sofort entscheiden konnte. Am liebsten hätte sie die Leute nach dem Probieren weitergescheucht und sie mit Kuchen beworfen, damit sie endlich weggingen. Irgendwann waren ihre Proben endlich aufgebraucht und sie wischte den Tisch ab, räumte alles zusammen und drehte sich zu dem großen, attraktiven Mann um, der geduldig auf sie wartete. »Du bist ja noch da.« Der spielerische Tonfall, an dem sie sich versuchte, scheiterte an ihrer zittrigen Stimme. Verdammt.

»Selbstverständlich.« Leo lächelte sie an und nahm ihr den Klapptisch ab. »Lass mich das tragen.«

»Mein Wagen steht ein paar Straßen weiter«, teilte sie ihm mit. »Gretchen hat ihn mir geliehen, solange ich für sie arbeite.«

»Das ist sehr nett von ihr. Ich wusste gar nicht, dass sie an einem Kochbuch arbeitet, bis ich das Schild gesehen habe.« Er lief neben ihr her über den Bürgersteig. »Soll ich dir noch was abnehmen?«

»Nein, das ist nicht nötig.« Noch während sie das sagte, rutschte ihr der leere Behälter, in dem sie die Kuchenstücke transportiert hatte, aus der Hand. Mist. In Leos Nähe schien sie ständig die Kontrolle über ihre Gliedmaßen zu verlieren. Das lag bestimmt daran, dass sie ihm ständig auf den Hintern glotzen musste.

Aber er hatte so einen prächtigen Hintern, auch wenn er ansonsten ein Idiot war.

Sie gingen zu ihrem Wagen und verstauten alles darin. Taylor überlegte kurz, ob sie sich einfach hinters Lenkrad setzen, wegfahren und vergessen sollte, dass sie Leo je gesehen hatte. Das würde alles viel leichter machen, oder? Aber dann sah sie ihm zu, wie er den Tisch in den Kofferraum legte, und ihre Blicke begegneten sich. Mit einem Mal durchfuhr sie ein aufregendes, hoffnungsvolles Kribbeln, das sie erregte.

Gar nicht gut, schalt sie ihren Körper. *Sei brav. Wir wollen ihn erst zurück, wenn er sich entschuldigt hat.*

Dummerweise war ihr Körper, der jetzt seit sechs Wochen auf tollen Sex hatte verzichten müssen, anderer Meinung und schien sich eher darauf zu freuen, wieder mit Leo zu schlafen.

Nein! Sie sollte sich gegen seine Anziehungskraft zur Wehr setzen.

Sobald sie alles eingeladen hatten, drehte sich Leo zu ihr um. »Wohin möchtest du?«

Zu dir, dachte sie, aber sie zwang sich, auf eine Pizzeria in der Nähe zu deuten. Leo nickte, legte ihr eine Hand in den Rücken und führte sie dorthin, als hätten sie ein Date.

Das war nicht gerade hilfreich, da sie sich ohnehin am liebsten auf ihn gestürzt hätte. *Reiß dich zusammen, Taylor. Er hat dir wehgetan und sich wie ein Arschloch benommen. Deine Gefühle waren ihm völlig egal.*

Sie bestellte eine leckere Käsepizza und eine Limonade und bezahlte selbst. Während Leo seine Bestellung aufgab, setzte sie sich an einen kleinen Tisch im hinteren Teil des Restaurants. Eigentlich war es eher ein Imbiss mit einigen einfachen Tischen, wo man etwas essen, sich jedoch nicht lange aufhalten sollte. Hier schlang man sein Essen hinunter und ging wieder, was sich entweder als positiv oder negativ für sie erweisen würde.

Taylor biss ein Stück von ihrer Pizza ab, als Leo sich zu ihr setzte, und wischte sich die Hände an einer Serviette ab. »So. Du wolltest mit mir reden?«

Er nickte. »Ich ... Du hast Käse am Mund.«

Verdammt. Sie wischte sich rasch die Lippen ab.

»Lass mich das machen«, murmelte er. Leos Finger berührten ihren Mundwinkel, und dann fuhr er mit dem Daumen mit einer sehr sinnlichen Berührung über ihre Unterlippe, wobei ihr ganzer Körper zu kribbeln begann. Danach leckte er sich genüsslich den Daumen ab.

Du liebe Güte, eigentlich hätte das nicht sexy sein dürfen, aber für sie war es das Erotischste, was sie je gesehen hatte.

»Danke«, flüsterte sie.

»Ich lecke dich auch gern an vielen anderen Stellen ab, wenn du das möchtest«, erwiderte er leise.

Sie presste die Beine zusammen. »Erst musst du mir erzählen, warum du hier bist.«

Er nickte. »Es ist vermutlich das Beste, wenn ich von vorn anfange, richtig?«

»Das hört sich vernünftig an.«

»Vor ungefähr einem Jahr hat meine Cousine, die Kronprinzessin von Bellissime, einen Schauspieler namens Luke Houston geheiratet.«

Daran erinnerte sich Taylor. Sie hatte in den Klatschzeitungen davon gelesen und auch in den Artikeln, die sie bei ihrer Googlesuche nach Leo entdeckt hatte. »Ich weiß. Nicht alle waren davon begeistert.«

»Einige Leute fanden es großartig und glaubten, wir hätten jetzt so etwas wie Grace Kelly und Fürst Rainier.« Er zuckte mit den Achseln. »Aber es gab auch eine kleine, dafür jedoch lautstarke Gruppierung, die der Ansicht war, dass sie den Thron nicht besteigen dürfe, wenn sie sich Bellissime nicht völlig widmen könne. Sie wollten jemand anderen als Thronfolger sehen – mich. Daher wurde mir nahegelegt, in die Vereinigten Staaten zu gehen und so zu tun, als wollte ich hier Freunde und Angehörige besuchen, und ich sollte zu Gretchens Hochzeitsgesellschaft gehören, damit ich aus dem Blickfeld dieser Leute verschwinde. Die Hoffnung war, dass sich irgendwann alle beruhigten und ich dann wieder zurückkehren könnte. Als ich hierherkam, war ich daher nicht besonders begeistert von New York und wollte lieber schnellstmöglich wieder nach Hause. Es war schrecklich für mich, mein Haus und meinen Lebensstil aufgeben zu müssen und herzukommen.« Er sah ihr in die Augen. »Doch dann habe ich dich kennengelernt.«

Sie hielt den Atem an. »Und du hast festgestellt, dass ich eine Katastrophe bin und du mich nur heiraten musst, damit alle erkennen, was für einen schlechten König du abgeben würdest?«

»Nein«, korrigierte er sie ruhig. »Sobald ich dich kennengelernt hatte, wurde New York auf einmal interessant.«

Plötzlich hatte sie Schmetterlinge im Bauch.

»In deiner Nähe habe ich mich nicht länger gelangweilt. Es ging mir nicht mehr schlecht. Du hattest zu tun, warst aber immer witzig, offen und interessant. Du warst nie vorhersehbar, hast in allem stets das Gute gesehen, und jedes Mal, wenn du gelächelt hast, ging für mich die Sonne auf.«

Bei seinen Worten wurde ihr ganz warm. Am liebsten wäre sie aufgesprungen und hätte sein Gesicht mit Küssen bedeckt, aber sie umklammerte nur ihre Papierserviette und zwang sich, still sitzen zu bleiben. »Das hat dich jedoch nicht davon abgehalten, mich heiraten zu wollen, um als Thronfolger nicht mehr infrage zu kommen.«

Leo nickte. »Ich war egoistisch und wollte das Beste aus beiden Welten. Ich wollte, dass du bei mir bleibst, weil ich es genossen habe, dich um mich zu haben. Und ich wollte nicht mehr für den Thron in Betracht gezogen werden. Ich dachte, wenn ich dich heirate, und zwar schnell, wären all meine Probleme gelöst. Dann könnte ich wieder nach Hause gehen, und es war durchaus hilfreich, dass ich dich so gern hatte. Doch ich habe nicht weiter als bis zu meiner Rückkehr gedacht.« Seine Miene verfinsterte sich. »Das war ein großer Fehler. Ich dachte, wenn unsere Ehe nur sechs Monate oder ein Jahr Bestand hat, wäre das auch kein Problem. Mir ist aber nie in den Sinn gekommen, dass du das anders sehen könntest. Ebenso wenig habe ich darüber nachgedacht, was du sagen würdest, wenn ich nach Bellissime zurückkehren wollte, ohne das vorher mit dir besprochen zu haben. Oder wie du es finden würdest, als Mittel zum Zweck benutzt worden zu sein. Ich hätte mit dir reden und dir alles erklären müssen.«

»Ja, das wäre besser gewesen. Ich hätte aber trotzdem Ja gesagt.«

Er lehnte sich überrascht zurück. »Wirklich?«

»Aber natürlich. Ich hätte dich gehabt, heißen Sex und wäre herumgekommen. Wo ist da der Haken?« Taylor zuckte mit den Achseln. »Mache ich den Anschein, als würde ich mich so wichtig nehmen und wäre beleidigt, wenn du mir so etwas vorschlägst? Aber du hast mich nicht gefragt, sondern mich nur benutzt. Und darüber ärgere ich mich am meisten.«

Er sah sie gequält an. »Ich weiß.«

»Und du hast mich belogen, als du behauptet hast, du würdest mich lieben.« Ihre Stimme schwankte, denn das war das Schmerzhafteste von allem. »Warum hast du es überhaupt gesagt, wenn es nicht stimmt? Warum musstest du so weit gehen, Leo? Das ist das Allerschlimmste.«

»Die Sache ist die.« Seine Stimme wurde ganz sanft, und er sah ihr in die Augen. »Damals dachte ich, es wäre nur ein bisschen übertrieben. Erst als ich dich verloren hatte, wurde mir klar, wie viel du mir bedeutest. Als die Fahrstuhltüren hinter dir zugingen, wusste ich auf einmal, dass ich das Beste, was mir je passiert war, vermasselt hatte.«

Ihr blieben die Proteste in der Kehle stecken.

Leo legte seine Hand auf ihre. »Sag doch was, Taylor.«

»Ich …« Sie seufzte. »Unsere erste gemeinsame Nacht war großartig. Ich dachte, es wäre nur ein One-Night-Stand und hätte nichts zu bedeuten. Wir passen schließlich überhaupt nicht zueinander. Du bist ein Snob und ich ein Computernerd, und das ist auch okay. Aber dann haben wir uns wiedergesehen, und ich fing an, dich zu mögen, aber ich habe mich immer gefragt … was du in mir siehst. Das wollte mir einfach nicht in den Kopf.«

Er runzelte die Stirn und drückte ihre Hand. »Du bist zu hart zu dir, Taylor. Du bist eine wunderschöne Frau. Du bist witzig und klug.«

»Das ist es nicht. Das hat nichts mit Selbstbewusstsein zu tun, Leo. Es ist völlig unwichtig, ob ich heiß bin oder nicht, was zählt, ist, dass wir nicht in denselben Kreisen verkehren. Für alle Männer, die auf Computerspiele und Comics stehen, bin ich eine Traumfrau, für alle anderen jedoch nur Mittelmaß. Aber du bist für jede Frau der Hauptgewinn. Daher ergab es für mich nie einen Sinn, dass du mit mir zusammen sein wolltest. Und dann habe ich diese SMS gesehen ... und auf einmal wurde mir alles klar. Das hat verdammt wehgetan. Und ich habe mich wertlos gefühlt.«

»Das tut mir leid.« Er streichelte ihren Handrücken mit dem Daumen. »Es tut mir so schrecklich leid. Ich wollte nie, dass du dich wertlos fühlst, auf gar keinen Fall. Und wer dich nicht für eine Traumfrau hält, sollte mal zum Augenarzt gehen. Für mich bist du perfekt.« Er überlegte kurz und fügte dann hinzu: »Na ja, abgesehen von deinem Gleichgewichtssinn.«

Sie musste unwillkürlich kichern. Es fühlte sich gut an, seine Hand auf ihrer zu spüren. Als wäre es richtig. Und es tat gut, ihm dabei zuzuhören, wie er seine Fehler eingestand.

Er verzog die Lippen zu einem schiefen Grinsen. »Ich hatte eher das Gefühl, dass du nicht mit mir zusammen sein wolltest.«

Taylor blinzelte. »Was? Du bist ja verrückt.«

»Bin ich das? Du wolltest deinen Freunden nicht erzählen, dass du bei mir bist. Wir sollten auf der Convention so tun, als wäre ich dein Boss und du meine Angestellte. Dein Freund Sigmund hatte keine Ahnung, dass wir ein Paar waren.«

Ach, verdammt, da hatte sie wirklich Mist gebaut. Taylor zuckte zusammen. »Na ja, das ist ziemlich kompliziert. Es war nicht etwa so, dass ich nicht zu unserer Beziehung stehen wollte, vielmehr ... nun, Sigmund hat mich emotional erpresst.«

Leo runzelte die Stirn. »Hattest du nicht gesagt, ihr wärt nur Freunde und er wäre ein bisschen labil?«

»Die Sache war nicht ganz so einfach.« Sie erzählte ihm von Sigmunds ständigen Drohungen, dass er sich etwas antun würde, und seinem Selbstmordversuch. Während sie redete, wurde Leo immer wütender.

»Ich kann es nicht fassen, dass dich dieser Mistkerl unter Druck gesetzt hat«, knurrte er. »Er ist durchgedreht, weil er dich für sich haben wollte. Ich sollte?«

»Hatte ich schon erwähnt, dass er erst fünfzehn ist?«

Leo stutzte. »Was?«

»Er ist noch ein Kind. Er ist fünfzehn und depressiv. Ich habe ihn und seine Mutter besucht, als er im Krankenhaus lag. Er nimmt jetzt eine Auszeit vom Spiel und versucht, Freunde in der wirklichen Welt zu finden.« Sie schüttelte den Kopf. Sig ging es noch nicht richtig gut, aber absurderweise freute sie sich darüber, dass Leo eifersüchtig wurde und sie beschützen wollte. »Ich wollte nicht, dass jemand davon erfährt, dass er mich emotional erpresst, weil ich dachte, dass ich schon damit fertigwerde. Ich dachte, ich könnte ihn davon abhalten und hätte alles unter Kontrolle. Was dumm war, denn je mehr ich um die Ohren hatte, desto weniger hatte ich unter Kontrolle. Letzten Endes habe ich meinen Job verloren, und er wollte sich umbringen.« Sie schüttelte abermals den Kopf. »Es war auch für mich ein Lernprozess.«

»Du hättest es mir erzählen sollen, Taylor. Dann hätte ich dir jedenfalls nicht vor deiner ganzen Gilde einen Heiratsantrag gemacht und den Jungen so zu diesem drastischen Schritt getrieben.« Er sah zerknirscht aus.

»Ich weiß, da habe ich Mist gebaut. Wir haben beide Fehler gemacht. Bist du nun zufrieden?«

»Nein.« Er wurde schlagartig ernst. »Erst wenn du wieder an meiner Seite bist.«

Da waren die Schmetterlinge in ihrem Bauch wieder. Sie ermahnte sich, nicht vorschnell zu handeln. »Und warum bist du wieder in der Stadt? Gibt es zu Hause erneut Ärger?«

»Nein, meine Cousine ist doch schwanger. Seitdem sie es bekannt gegeben haben, sind alle zufrieden, und keiner will sie mehr übergehen. Alle warten nur noch auf das Baby.«

»Aber … Ich dachte, du wolltest unbedingt wieder nach Hause.«

»Ja, das dachte ich wie gesagt auch. Aber es hat sich vieles verändert. Ich habe mich verändert. Ich bin zurück nach Hause gegangen und … es hat mir nicht mehr gefallen. Irgendwie schien nichts mehr zu stimmen. Du warst nicht da … daher bin ich wieder hergekommen.«

Die Wärme breitete sich von ihrem Bauch aus in ihrem ganzen Körper aus. »Ja?«

»Mir ist klar geworden, dass ich nach der Zeit mit dir nicht mehr derselbe Mann war, der ich bei meiner Abreise gewesen bin. Früher haben andere stets alles für mich erledigt. Hier war ich gezwungen, selbst zu denken, und du hast mir dabei geholfen.« Er schenkte ihr ein Lächeln. »Ich bin zurückgekommen, weil ich noch unabhängiger werden will. Ich habe sogar schon meine Socken gefunden.«

»Ein großer Schritt nach vorn«, spottete sie, aber das Flattern in ihrem Bauch ließ ein wenig nach. Er war also nicht ihretwegen zurückgekehrt, sondern wollte nur unabhängiger werden? Das war schön für ihn, und sie freute sich darüber … aber gleichzeitig war sie auch enttäuscht. Sie hatte gehofft, sie wäre der Grund für seine Rückkehr gewesen.

»Ich werde mir hier ein Haus kaufen«, teilte er ihr mit. »Vermutlich ein Stück außerhalb der Stadt. Ein paar Stockwerke, einige Hektar Land, genug Platz für mehrere Pferde. Nichts Großes.«

»Klingt bescheiden«, frotzelte sie. »Nur mehrere Pferde?«

Er nickte. »Ich werde auch nicht so viele Diener einstellen

und vieles selbst machen. Aber ich habe da einen Freund, der Arbeit sucht, und er kann sich um meine Pferde kümmern, und falls er noch Freunde mitbringt, können sie auch für mich arbeiten.«

Freunde? »Du stellst Freunde ein?« Großer Gott, hatte er sich deshalb mit ihr treffen wollen? Sollte sie für ihn arbeiten? Sie konnte es nicht fassen. Wenn es hier wirklich nur um einen Job ging …

Dann wäre sie am Boden zerstört.

»Er ist obdachlos«, fuhr Leo fort. »Und er braucht Hilfe, um wieder auf die Beine zu kommen, will aber keine Almosen, daher werde ich ihn einstellen. Dasselbe gilt für seine Freunde.«

Sie schmolz trotz ihrer düsteren Gedanken dahin. »Das ist lieb von dir, Leo.« Er war wirklich ein guter Mensch und meinte es gut, auch wenn er die Dinge manchmal falsch anging.

»Wahrscheinlich werde ich die eine Hälfte der Zeit in den Staaten und die andere Hälfte in Bellissime verbringen und daher an beiden Orten ein Haus mit Angestellten unterhalten.«

»Wie … nett.« Was sollte sie schon dazu sagen? Sie wurde immer trauriger, weil sie vermutete, dass er ihr gleich eine Stelle als Haushälterin anbieten würde, anstatt sie zu fragen, ob sie ihn zurücknehmen würde. Zwar suchte sie noch immer einen Job, doch die Vorstellung, ihn jeden Tag zu sehen und nicht mit ihm zusammen zu sein, war unerträglich.

»Was denkst du?«

»Ich finde, das klingt … gut.« Sie breitete die Hände aus. »Es ist schön, dass du unabhängiger werden und deine Zukunft selbst bestimmen möchtest, Leo. Ich bin mir nur nicht sicher, was das alles mit mir zu tun hat.«

Leo lächelte, nahm ihre Hand und streichelte mit dem Daumen ihre Fingerknöchel. »Ich mache schon wieder alles falsch, was? Ich erzähle dir das alles ... Na ja, ich werde zwar zur Hälfte hier und zur Hälfte in Bellissime leben, aber ich möchte dich stets an meiner Seite haben.«

Das warme Gefühl in ihrem Bauch kehrte zurück, aber sie war noch nicht überzeugt. Sie musste es aus seinem Mund hören. »In welcher Eigenschaft?«

Er beäugte sie irritiert. »Wie meinst du das?«

»Ich will wissen, ob du mich als Haushälterin einstellen willst. Das wäre zwar schmeichelhaft, aber ich denke wirklich nicht ...«

Seine Miene wirkte betreten. Er rückte mit dem Stuhl näher an sie heran, beugte sich vor und hatte seine Pizza völlig vergessen. »Verzeih mir, Taylor. Ich erzähle dir hier von meinen Plänen und bin noch gar nicht zum wichtigsten Teil gekommen.«

Sie wartete ungeduldig, da sie es jetzt endlich hören wollte.

»Ich muss nicht mehr heiraten«, sagte er leise und streichelte weiter ihre Hand. »Alex ist schwanger und kann den Thron besteigen.« Er sah ihr in die Augen. »Aber ich begehre dich noch immer, und ich möchte dich heiraten.«

Taylor schnappte nach Luft. »Wirklich?«

Er nickte. »Weil ich dich will. Weil ich dich liebe. Nicht weil ich eine Green Card brauche oder mich jemand auf dem Thron sehen will. All das ist mir völlig egal. Für mich zählt nur, dass du Teil meines Lebens bist, dass ich dich an meiner Seite und in meinem Bett habe.« Er hob ihre Hand an die Lippen. »Du fehlst mir. Als ich behauptet habe, ich würde dich nicht lieben, war mir nicht einmal klar, dass das nicht stimmte. Denn ich liebe dich. Und ich vermisse dich mehr, als ich es je für möglich gehalten hätte.«

Taylor kamen die Tränen, und sie schniefte. »Du fehlst mir auch.«

»In gewisser Hinsicht bin ich sogar froh, dass sich alles so entwickelt hat.« Er hielt ihre Hand ganz fest. »Denn ich musste erwachsen werden und hätte nie begriffen, was ich an dir habe, wenn ich dich nicht verloren hätte. Aber … als du nicht mehr da warst, hatte ich das Gefühl, ich hätte einen Teil von mir verloren. Nichts ergab mehr einen Sinn, weil ich wusste, dass du irgendwo da draußen, aber nicht Teil meines Lebens bist.« Seine Miene nahm wieder einen verzweifelten Ausdruck an. »Weil mir erst bewusst wurde, wie sehr ich dich liebe, als ich dich verloren hatte.«

Himmel, jetzt musste sie tatsächlich weinen.

»Ich liebe dich, Taylor. Das kann ich dir gar nicht oft genug sagen. Ich liebe dich, und ich will dich zurückhaben. Ich flehe dich an, mir noch eine Chance zu geben. Ich kann dir nicht versprechen, dass ich keinen Mist mehr baue oder dass ich deine Gefühle nie wieder verletze, aber ich kann dir versichern, dass ich dich immer lieben werde.«

Sie nickte und wischte sich mit der freien Hand die Tränen von den Wangen.

»Wirst du mich heiraten?« Leos Gesicht war ganz dicht vor ihrem, so nah, dass sie ihn hätte küssen können, wenn sie sich vorgebeugt hätte.

»Oh, Leo … Nein.«

Er sah sie entsetzt an. »Nein?«

»Noch nicht.« Sie drückte seine Hand. »Aber ich bin bereit, wieder in Sünde mit dir zusammenzuleben. Und ich möchte deine Freundin sein. Wenn ich glaube, dass ich bereit für die Ehe bin, sage ich auch Ja. Doch bis dahin würde ich es gern langsam angehen lassen, wenn das für dich in Ordnung ist.«

Er strahlte sie an. »Natürlich. Ich liebe dich, Taylor.«

»Oh Gott, ich liebe dich doch auch, Leo.« Und wie sehr sie ihn liebte.

»Aber du solltest wissen, dass dein Schal seit fünf Minuten auf der Pizza liegt.«

»Das ist mir egal«, hauchte sie und verschlang ihn mit ihren Blicken. »Wohnst du noch im selben Hotel, oder sind wir schneller in meiner Wohnung?«

Sein Blick wurde hitzig. »Ich bin im selben Hotel. Es ist nur wenige Blocks entfernt.«

»Wollen wir zu dir gehen und wilden Versöhnungssex haben?«

»Ich dachte schon, du fragst nie.«

Sie räumten schnell den Tisch ab und warfen die restliche Pizza in den Müll. Auf der Straße hielten sie sich wie Kinder an den Händen und rannten zum Hotel. Als sie dort ankamen, war Leo nicht einmal außer Atem, während Taylor keuchte. »Ich sollte wohl besser mit dir joggen gehen, um an meiner Kondition zu arbeiten«, meinte sie und wischte sich mit dem nicht fettigen Ende ihres Schals den Schweiß von der Stirn.

»Ich werde dich daran erinnern«, versprach er ihr und zog sie mit sich in die Fahrstuhlkabine. Sobald sich die Türen geschlossen hatten, küsste er sie leidenschaftlich, drückte sie an sich und eroberte so stürmisch ihren Mund, dass sie ganz weiche Knie bekam.

Als sie auf seinem Stockwerk ankamen, konnte Taylor kaum noch aufrecht stehen. Sein Kuss wirkte fast schon verzweifelt, und ihr ging es genauso – es schien eine Ewigkeit her zu sein, dass sie das letzte Mal zusammen gewesen waren, und sie konnte es kaum erwarten, ihn endlich wieder auszuziehen. Der Fahrstuhl blieb stehen, die Türen gingen auf, und sie lösten sich voneinander. »Wow«, murmelte Taylor und war noch ganz benommen von seinem Kuss.

Kaum hatte sie den Flur betreten, hob er sie hoch. »Ich beanspruche dich für mich, Taylor Westfield.«

»Tu das«, erwiderte sie, und schon warf er sie sich über die Schulter und trug sie wie ein Höhlenmensch zu seinem Hotelzimmer. Sie konnte nicht aufhören zu grinsen. Am liebsten hätte sie vor Freude laut losgesungen und wäre die Wände hochgeklettert.

Aber sie würde sich damit begnügen, auf ihm rumzuklettern.

Er öffnete die Tür seiner Suite, trug sie hinein und blieb nicht stehen. Erst als er sie auf dem Bett absetzte, konnte sie sich umschauen. »Dasselbe Zimmer?«

»Dasselbe Zimmer«, bestätigte er.

Wunderbar. Taylor zerrte an ihrem Schal und ihrem T-Shirt und zog sich in Windeseile aus. Leo zog ihr die Caprihose herunter und den Slip gleich mit. Kurz darauf war sie nackt, nachdem er ihr noch den BH ausgezogen hatte, und sofort streckte sie die Hände nach ihm aus und riss ihm das Hemd vom Leib, während er den Gürtel öffnete und schnell aus der Hose stieg.

»Kondome?«, fragte sie und wünschte sich beinahe, es nicht getan zu haben. Bei ihrem ersten Mal hatte er beiläufig geantwortet, dass er immer Kondome dabeihabe, und sie hatte vermutet, dass er mit vielen Frauen schlief. War er während der letzten Wochen zu seiner alten Lebensweise zurückgekehrt, oder nicht? Sie hatte ihn nicht danach gefragt, musste das auf einmal aber unbedingt wissen.

Leo zögerte und schaute sich mit gerunzelter Stirn um. »Ich habe keine dabei«, gab er zu und wollte seinen Reißverschluss schon wieder hochziehen. »Mist.«

»Hast du ... hast du mit einer anderen Frau geschlafen, während wir getrennt waren?«

Er sah sie entsetzt an. »Natürlich nicht. Allein bei der Vorstellung, eine andere Frau zu berühren, wäre mir schlecht geworden. Ich habe nur dich begehrt.«

Taylor atmete erleichtert auf. »Ich würde es auch nicht anders wollen.«

»Bin gleich wieder da.« Er verschwand im Badezimmer, und sie konnte hören, wie er leise fluchend in seinen Sachen herumsuchte.

Sie konnte ein Kichern nicht unterdrücken und war zur Abwechslung sogar froh, dass er nicht sofort ein Kondom zur Hand gehabt hatte.

»Aha!«, rief er einen Augenblick später und kehrte mit einem zerknitterten Päckchen zurück. »Das lag ganz unten in der Kulturtasche.«

»Ist es abgelaufen? Es sieht ganz schön mitgenommen aus.« Sie kicherte, als er nach einem Verfallsdatum suchte.

»Es läuft erst in einem Monat ab. Wollen wir es trotzdem benutzen?«

»Auf jeden Fall!« Sie machte sich wieder an seiner Hose zu schaffen. »Wir können notfalls noch die Pille danach besorgen. Das ist mir egal, aber jetzt will ich dich.«

»Ich will dich auch«, murmelte er und streichelte sie überall. »Du hast mir so gefehlt, Taylor.«

Sie schob ihm die Hose herunter, und er trat heraus, um sich auch gleich die Boxershorts auszuziehen. Sein Hemd flog quer durch den Raum, und dann lag er auf ihr und küsste sie leidenschaftlich, während sie das Kondom festhielt. Er presste sich auf sie, und sie legte ihm begierig ein Bein um die Taille. Das war es, was sie wollte und was ihr so gefehlt hatte. Es fühlte sich so richtig an, bei ihm zu sein. Es war perfekt.

»Kondom bitte«, murmelte er zwischen den Küssen und

presste die Lippen immer wieder auf ihren Hals und ihren Unterkiefer. »Wenn ich nicht gleich in dir bin, explodiere ich.«

»Dann beeil dich«, entgegnete sie und reichte es ihm. Sobald er sich wieder über sie beugte, fuhr sie ihm mit den Fingernägeln über den Rücken und bohrte sie in seine Schultern. Leo zischte und drückte mit verzerrtem Gesicht den Rücken durch. »Oh Gott! Entschuldige«, sagte sie. »Ich bin nur so froh ...«

»Ich liebe deine kleinen Klauen«, erklärte er und legte sich zwischen ihre Beine, um sie erneut wild zu küssen. »Ich liebe es, wenn du mich so markierst, weil ich dann weiß, dass ich dich ganz verrückt mache. Ich liebe dich so sehr, und ich liebe alles an dir, Taylor.«

»Ich liebe dich auch«, stieß sie keuchend aus, und als er mit einem Mal tief in sie eindrang, schrie sie auf, bohrte ihm erneut die Fingernägel in die Schultern und bog den Rücken durch. »Ich liebe dich. Ich liebe dich so sehr!«

»Und ich liebe dich«, knurrte er. »Meine Taylor. Alles meins.«

Wieder drang er in sie ein, wieder und wieder, wild und unersättlich, und sie genoss es. Bei jedem Stoß schrie sie laut auf, bohrte die Fersen in seinen Hintern, als wollte sie ihn ermutigen, und hinterließ rote Striemen auf seinen Schultern. Als sie kam, tat sie es mit derselben wilden Hingabe, mit der er sie nahm. Kurz darauf wurde auch er von seinem Orgasmus übermannt, schrie ihren Namen und presste sie mit wilden Bewegungen ans Kopfbrett. Der Sex war kurz, brutal und wunderschön gewesen.

Danach lag Taylor durch und durch zufrieden unter ihm. Sie ließ die Finger über seinen verschwitzten Arm gleiten, während er ihre Wange mit Küssen bedeckte. Sie stellte fest, dass sie ewig so liegen bleiben konnte, die Beine mit seinen verschränkt, seinen Penis in sich und völlig sorglos.

Irgendwo auf dem Fußboden summte ein Handy.

Sie sah ihn an. »Ist das deins?«

»Das kann ich mir nicht vorstellen.« Er knabberte an ihrem Ohr, und sie stöhnte, da sich ihre Scheide zusammenzog, die noch Leos halb erschlafften Penis umschloss. »Willst du rangehen?«

»Ich habe keine Ahnung, wer das sein kann.« Sie wollte eigentlich gar nicht aufstehen, wo er so wundervolle Dinge mit der Zunge an ihrem Ohr machte.

»Dann geh ran und komm wieder ins Bett.« Er knabberte an ihrem Ohrläppchen. »Aber beeil dich.«

Das musste er ihr nicht zweimal sagen. Zwischen den Küssen löste sie sich aus seiner Umklammerung und stand schließlich widerwillig auf, um ihr Handy zu suchen. Es steckte noch immer in ihrer Hosentasche, und sie zog es heraus.

Als sie Sigmunds Namen auf dem Display sah, bekam sie kurz Panik.

Sigmund: Darf ich heute Abend deinen Char spielen?

Ihr wurde das Herz schwer. Nein! Nicht jetzt, wo gerade alles so perfekt lief!

Sigmund: Matt hat mich zu einer LAN-Party eingeladen, und sie veranstalten ein Excelsior-Turnier im Comicladen anstelle eines Magic-Turniers. Sein Char taugt nichts, daher würde ich ihm heute gern deinen überlassen. Ist das okay für dich?

Taylor atmete erleichtert auf. Sig ging es gut. Er hatte Freunde außerhalb des Spiels gefunden. Und selbst wenn er einen Rückfall hatte, wäre sie dafür nicht verantwortlich. Er musste auf eigenen Füßen stehen.

Taylor: Das geht in Ordnung, solange deine Mom einverstanden ist.

Sigmund: Ja. Du kannst sie gern fragen, wenn du willst. Sie macht gerade Snacks, die ich heute Abend mitnehmen soll.

Taylor: Das ist ja super! Meine Drachenreiterin gehört ganz dir! Viel Spaß!

Sigmund: Super. Danke!

Taylor machte einen Screenshot der Unterhaltung und schickte ihn an Donna, nur zur Sicherheit, und krabbelte wieder zu Leo ins Bett.

»Ist alles in Ordnung?«, erkundigte er sich und gab ihr einen Kuss auf die Schulter.

»Alles bestens«, versicherte sie ihm, legte das Handy beiseite und setzte sich auf ihn.

Und genauso war es auch.

Epilog

An ihrem zweiten Jahrestag nahm Taylor Leos Heiratsantrag an. Sie lagen morgens aneinandergekuschelt im Bett, und es war ein Tag wie jeder andere. Da aber jeder Tag perfekt war, sah sie keinen Grund mehr, noch länger zu warten. Sie hatte ihm damals gesagt, dass sie sich erst ganz sicher sein wollte, doch eigentlich hatte sie die ganze Zeit gewusst, dass sie ihn heiraten wollte. Nichts hatte sie zögern lassen, es gab keine Zweifel und keine Sorgen.

Manchmal wusste man einfach, was das Richtige war. Und zwei Jahre schienen eine gute Zeit zu sein. Sie beschloss, dass sie die Verlobungszeit überspringen und direkt heiraten sollten, und teilte ihm das auch so mit. Friedensrichter, kirchliche Trauung, ihr war es einerlei.

Als Leo jedoch vorschlug, in einem extra angefertigten Zelt zu heiraten, das wie die TARDIS aussah, noch dazu in *Star-Wars*-Kostümen und mit einer Hochzeitstorte, auf der ihre *Excelsior*-Charaktere thronten, da wusste sie, dass einige Dinge es wert waren, dass man auf sie wartete.